U0653394

史铁生作品精选

史铁生 著

长江出版传媒
长江文艺出版社

图书在版编目（CIP）数据

史铁生作品精选 / 史铁生著. -- 武汉 : 长江文艺出版社，2015.8(2023.5 重印)
（现当代名家作品精选）
ISBN 978-7-5354-7450-6

Ⅰ. ①史… Ⅱ. ①史… Ⅲ. ①中国文学－当代文学－作品综合集 Ⅳ. ①I217.2

中国版本图书馆 CIP 数据核字(2014)第 161377 号

责任编辑：高田宏　　责任校对：毛季慧
封面设计：回归线视觉传达　　责任印制：邱　莉　杨　帆

出版：长江出版传媒 | 长江文艺出版社
地址：武汉市雄楚大街 268 号　　邮编：430070
发行：长江文艺出版社
http://www.cjlap.com
印刷：中印南方印刷有限公司

开本：700 毫米×1000 毫米　1/16　　印张：26　插页：4 页
版次：2015 年 8 月第 1 版　　2023 年 5 月第 16 次印刷
字数：356 千字

定价：38.00 元

目录

contents

【散文卷】

我与地坛 / 003

秋天的怀念 / 019

故乡的胡同 / 021

合欢树 / 023

比如摇滚与写作 / 026

好运设计 / 036

我 21 岁那年 / 053

庙的回忆 / 064

树林里的上帝 / 073

对话四则 / 075

游戏・平等・墓地 / 091

无答之问或无果之行 / 098

墙下短记 / 105

宿命的写作 / 112

复杂的必要 / 114

想念地坛 / 116
病隙碎笔 1 / 121
轻轻地走与轻轻地来 / 153
放下与执着 / 157
诚实与善思 / 162
昼信基督夜信佛 / 172
扶轮问路 / 186
人间智慧必在某处汇合 / 192

【小说卷】

法学教授及其夫人 / 201
我的遥远的清平湾 / 208
奶奶的星星 / 222
命若琴弦 / 250
原罪·宿命 / 269
老屋小记 / 304
务虚笔记（节选） / 320
我的丁一之旅（节选） / 328

【诗歌卷】

鸽子 / 341
预言者 / 344

生辰 /345
另外的地方 /348
最后的练习 /350
秋天的船 /351
希米，希米 /354
节日 /356
遗物 /357

［剧本卷］

地坛与往事（节选） /361

［书信卷］

给盲童朋友 /375
给杨晓敏的信 /377
给李健鸣Ⅰ /382
给李健鸣Ⅱ /386
给李健鸣Ⅲ /391
给肖瀚 /395
理想的危险 /400

【散文卷】

自从那个下午我无意中进了这园子，就再没长久地离开过它。我一下子就理解了它的意图，正如我在一篇小说中所说的："在人口密聚的城市里，有这样一个宁静的去处，像是上帝的苦心安排。"

我与地坛

一

我在好几篇小说中都提到过一座废弃的古园，实际就是地坛。许多年前旅游业还没有开展，园子荒芜冷落得如同一片野地，很少被人记起。

地坛离我家很近。或者说我家离地坛很近。总之，只好认为这是缘分。地坛在我出生前四百多年就坐落在那儿了；而自从我的祖母年轻时带着我父亲来到北京，就一直住在离它不远的地方——五十多年间搬过几次家，可搬来搬去总是在它周围，而且是越搬离它越近了。我常觉得这中间有着宿命的味道：仿佛这古园就是为了等我，而历尽沧桑在那儿等待了四百多年。

它等待我出生，然后又等待我活到最狂妄的年龄上忽地残废了双腿。四百多年里，它一面剥蚀了古殿檐头浮夸的琉璃，淡褪了门壁上炫耀的朱红，坍圮了一段段高墙又散落了玉砌雕栏，祭坛四周的老柏树愈见苍幽，到处的野草荒藤也都茂盛得自在坦荡。这时候想必我是该来了。十五年前的一个下午，我摇着轮椅进入园中，它为一个失魂落魄的人把一切都准备好了。那时，太阳循着亘古不变的路途正越来越大，也越红。在满园弥漫的沉静光芒中，一个人更容易看到时间，并看见自己的身影。

自从那个下午我无意中进了这园子，就再没长久地离开过它。我一下子就理解了它的意图，正如我在一篇小说中所说的：“在人口密聚的城市里，有这样一个宁静的去处，像是上帝的苦心安排。”

两条腿残废后的最初几年，我找不到工作，找不到去路，忽然间几乎什么都找不到了，我就摇了轮椅总是到它那儿去，仅为着那儿是可以逃避一个世界的另一个世界。我在那篇小说中写道："没处可去我便一天到晚耗在这园子里。跟上班下班一样，别人去上班我就摇了轮椅到这儿来。""园子无人看管，上下班时间有些抄近路的人们从园中穿过，园子里活跃一阵，过后便沉寂下来。""园墙在金晃晃的空气中斜切下一溜荫凉，我把轮椅开进去，把椅背放倒，坐着或是躺着，看书或者想事，撅一杈树枝左右拍打，驱赶那些和我一样不明白为什么要来这世上的小昆虫。""蜂儿如一朵小雾稳稳地停在半空；蚂蚁摇头晃脑捋着触须，猛然间想透了什么，转身疾行而去；瓢虫爬得不耐烦了，累了，祈祷一回便支开翅膀，忽悠一下升空了；树干上留着一只蝉蜕，寂寞如一间空屋，露水在草叶上滚动，聚集，压弯了草叶轰然坠地摔开万道金光。""满园子都是草木竞相生长弄出的响动，窸窸窣窣，片刻不息。"这都是真实的记录，园子荒芜但并不衰败。

除去几座殿堂我无法进去，除去那座祭坛我不能上去而只能从各个角度张望它，地坛的每一棵树下我都去过，差不多它的每一米草地上都有过我的车轮印。无论是什么季节，什么天气，什么时间，我都在这园子里呆过。有时候呆一会儿就回家，有时候就呆到满地上都亮起月光。记不清都是在它的哪些角落里了，我一连几小时专心致志地想关于死的事，也以同样的耐心和方式想过我为什么要出生。这样想了好几年，最后事情终于弄明白了：一个人，出生了，这就不再是一个可以辩论的问题，而只是上帝交给他的一个事实；上帝在交给我们这件事实的时候，已经顺便保证了它的结果，所以死是一件不必急于求成的事，死是一个必然会降临的节日。这样想过之后我安心多了，眼前的一切不再那么可怕。比如你起早熬夜准备考试的时候，忽然想起有一个长长的假期在前面等待你，你会不会觉得轻松一点？并且庆幸并且感激这样的安排？

剩下的就是怎样活的问题了。这却不是在某一个瞬间就能完全想透的，不是能够一次性解决的事，怕是活多久就要想它多久了，就像是伴你终生的魔鬼或恋人。所以，十五年了，我还是总得到那古园里去，去它的老树下或荒草边或颓墙旁，去默坐，去呆想，去推开耳边的嘈杂理一理纷乱的思绪，去窥看自己的心魂。十五年中，这古园的形体被不能理解它的人肆意雕琢，幸好有些东西是任谁也不能改变它的。譬如祭坛石门中的落日，寂静的光辉平铺的一刻，地上的每一个坎坷都被映照得灿烂；譬如在园中最为落寞的时间，一群雨燕便出来高歌，把天地都叫喊得苍凉；譬如冬天雪地上孩子的脚印，总让人猜想他们是谁，曾在那儿做过些什么，然后又都到哪儿去了；譬如那些苍黑的古柏，你忧郁的时候它们镇静地站在那儿，你欣喜的时候它们依然镇静地站在那儿，它们没日没夜地站在那儿，从你没有出生一直站到这个世界上又没了你的时候；譬如暴雨骤临园中，激起一阵阵灼烈而清纯的草木和泥土的气味，让人想起无数个夏天的事件；譬如秋风忽至，再有一场早霜，落叶或飘摇歌舞或坦然安卧，满园中播散着熨帖而微苦的味道。味道是最说不清楚的，味道不能写只能闻，要你身临其境去闻才能明了。味道甚至是难于记忆的，只有你又闻到它你才能记起它的全部情感和意蕴。所以我常常要到那园子里去。

二

现在我才想到，当年我总是独自跑到地坛去，曾经给母亲出了一个怎样的难题。

她不是那种光会疼爱儿子而不懂得理解儿子的母亲。她知道我心里的苦闷，知道不该阻止我出去走走，知道我要是老呆在家里结果会更糟，但她又担心我一个人在那荒僻的园子里整天都想些什么。我那时脾气坏到极点，经常是发了疯一样地离开家，从那园子里回来又中了魔似的什么话都不说。母亲知道有些事不宜问，便犹犹豫豫地想问而终于不敢问，因为她自己心里也没有答案。她料想我不会愿意她跟我一同去，所以她从未这样要求过，她知道得给我一点独处的时间，得有这样一段过程。她只是不知道这过程得要多久，和这过程的尽头究竟是什么。每次我要动身时，她便无言地帮我准备，帮助我上了轮椅车，看着我摇车拐出小院，这以后她会怎样，当年我不曾想过。

有一回我摇车出了小院，想起一件什么事又返身回来，看见母亲仍站在原地，还是送我走时的姿势，望着我拐出小院去的那处墙角，对我的回来竟一时没有反应。待她再次送我出门的时候，她说："出去活动活动，去地坛看看书，我说这挺好。”许多年以后我才渐渐听出，母亲这话实际是自我安慰，是暗自的祷告，是给我的提示，是恳求与嘱咐。只是在她猝然去世之后，我才有余暇设想，当我不在家里的那些漫长的时间，她是怎样心神不定坐卧难宁，兼着痛苦与惊恐与一个母亲最低限度的祈求。现在我可以断定，以她的聪慧和坚忍，在那些空落的白天后的黑夜，在那不眠的黑夜后的白天，她思来想去最后准是对自己说：“反正我不能不让他出去，未来的日子是他自己的，如果他真的要在那园子里出什么事，这苦难也只好我来承担。”在那段日子里——那是好几年长的一段日子呵，我想我一定使母亲作过了最坏的准备了，但她从来没有对我说过“你为我想想”。事实上我也真的没为她想过。那时她的儿子还太年轻，还来不及为母亲想，他被命运击昏了头，一心以为自己是世上最不幸的一个，不知道儿子的不幸在母亲那儿总是要加倍的。她有一个长到二十岁上忽然截瘫了的儿子，这是她唯一的儿子；她情愿截瘫的是自己而不是儿子，可这事无法代替。她想，只要儿子能活下去哪怕自己去死呢也行，可她又确信一个人不能仅仅是活着，儿子得有一条路走向自己的幸福，而这条路呢，没有谁能保证她的儿子终于能找到。——这样一个母亲，注定是活得最苦的母亲。

有一次与一个作家朋友聊天，我问他学写作的最初动机是什么？他想了一会说：“为我母亲。为了让她骄傲。”我心里一惊，良久无言。回想自己最初写小说的动机，虽不似这位朋友的那般单纯，但如他一样的愿望我也有，且一经细想，发现这愿望也在全部动机中占了很大比重。这位朋友说：“我的动机太低俗了吧？”我光是摇头，心想低俗并不见得低俗，只怕是这愿望过于天真了。他又说：“我那时真就是想出名，出了名让别人羡慕我母亲。”我想，他比我坦率。我想，他又比我幸福，因为他的母亲还活着。而且我想，他的母亲也比我的母亲运气好，他的母亲没有一个双腿残废的儿子，否则事情就不这么简单。

在我的头一篇小说发表的时候，在我的小说第一次获奖的那些日子里，我真是多么希望我的母亲还活着。我便又不能在家里呆了，又整天整天独自跑到地坛去，心里是没头没尾的沉郁和哀怨，走遍整个园子却怎么也想不通：母亲为什么就不能再多活两年？为什么在她的儿子就快要碰撞开一条路的时候，她却忽然熬不住了？莫非她来此世上只是为了替儿子担忧，却不该分享我的一点点快乐？她匆匆离我去时才只有四十九岁呀！有那么一会，我甚至对世界对上帝充满了仇恨和厌恶。后来我在一篇题为“合欢树”的文章中写道：“我坐在小公园安静的树林里，闭上眼睛，想，上帝为什么早早地召母亲回去呢？很久很久，迷迷糊糊的我听见了回答：‘她心里太苦了，上帝看她受不住了，就召她回去。’我似乎得了一点安慰，睁开眼睛，看见风正从树林里穿过。”小公园，指的也是地坛。

只是到了这时候，纷纭的往事才在我眼前幻现得清晰，母亲的苦难与伟大才在我心中渗透得深彻。上帝的考虑，也许是对的。

摇着轮椅在园中慢慢走，又是雾罩的清晨，又是骄阳高悬的白昼，我只想着一件事：母亲已经不在了。在老柏树旁停下，在草地上在颓墙边停下，又是处处虫鸣的午后，又是鸟儿归巢的傍晚，我心里只默念着一句话：可是母亲已经不在了。把椅背放倒，躺下，似睡非睡挨到日没，坐起来，心神恍惚，呆呆地直坐到古祭坛上落满黑暗然后再渐渐浮起月光，心里才有点明白：母亲不能再来这园中找我了。

曾有过好多回，我在这园子里呆得太久了，母亲就来找我。她来找我又不想让我发觉，只要见我还好好地在这园子里，她就悄悄转身回去；我看见过几次她的背影。我也看见过几回她四处张望的情景，她视力不好，端着眼镜像在寻找海上的一条船；她没看见我时我已经看见她了，待我看见她也看见我了我就不去看她，过一会我再抬头看她就又看见她缓缓离去的背影。我单是无法知道有多少回她没有找到我。有一回我坐在矮树丛中，树丛很密，我看见她没有找到我，她一个人在园子里走，走过我的身旁，走过我经常呆的一些地方，步履茫然又急迫。我不知道她已经找了多久还要找多久，我不知道为什么我决意不喊她——但这绝不是小时候的捉迷藏，这也许是出于长大了的男孩子的倔强或羞涩？但这倔强只留给我痛悔，丝毫也没有骄傲。我真想告诫所有长大了的男孩子，千万不要跟母亲来这套倔强，羞涩就更不必，我已经懂了可我已经来不及了。

儿子想使母亲骄傲，这心情毕竟是太真实了，以致使“想出名”这一声名狼藉的念头也多少改变了一点形象。这是个复杂的问题，且不去管它了罢。随着小说获奖的激动逐日暗淡，我开始相信，至少有一点我是想错了:我用纸笔在报刊上碰撞开的一条路,并不就是母亲盼望我找到的那条路。年年月月我都到这园子里来，年年月月我都要想，母亲盼望我找到的那条路到底是什么。母亲生前没给我留下过什么隽永的哲言,或要我恪守的教诲,只是在她去世之后，她艰难的命运、坚忍的意志和毫不张扬的爱，随光阴流转，在我的印象中愈加鲜明深刻。

有一年，十月的风又翻动起安详的落叶，我在园中读书，听见两个散步的老人说："没想到这园子有这么大。"我放下书，想，这么大一座园子，要在其中找到她的儿子,母亲走过了多少焦灼的路。多年来我头一次意识到,这园中不单是处处都有过我的车辙，有过我的车辙的地方也都有过母亲的脚印。

三

如果以一天中的时间来对应四季，当然春天是早晨，夏天是中午，秋天是黄昏，冬天是夜晚。如果以乐器来对应四季，我想春天应该是小号，夏天是定音鼓，秋天是大提琴，冬天是圆号和长笛。要是以这园子里的声响来对应四季呢？那么，春天是祭坛上空漂浮着的鸽子的哨音，夏天是冗长的蝉歌和杨树叶子哗啦啦地对蝉歌的取笑，秋天是古殿檐头的风铃响，冬天是啄木鸟随意而空旷的啄木声。以园中的景物对应四季，春天是一径时而苍白时而黑润的小路，时而明朗时而阴晦的天上摇荡着串串杨花；夏天是一条条耀眼而灼人的石凳，或阴凉而爬满了青苔的石阶，阶下有果皮，阶上有半张被坐皱的报纸；秋天是一座青铜的大钟，在园子的西北角上曾丢弃着一座很大的铜钟，铜钟与这园子一般年纪，浑身挂满绿锈，文字已不清晰；冬天，是林中空地上几只羽毛蓬松的老麻雀。以心绪对应四季呢？春天是卧病的季节，否则人们不易发觉春天的残忍与渴望；夏天，情人们应该在这个季节里失恋，不然就似乎对不起爱情；秋天是从外面买一棵盆花回家的时候，把花搁在阔别了的家中，并且打开窗户把阳光也放进屋里，慢慢回忆慢慢整理一些发过霉的东西；冬天伴着火炉和书，一遍遍坚定不死的决心，写一些并不发出的信。还可以用艺术形式对应四季，这样春天就是一幅画，夏天是一部长篇小说，秋天是一首短歌或诗，冬天是一群雕塑。以梦呢？以梦对应四季呢？春天是树尖上的呼喊，夏天是呼喊中的细雨，秋天是细雨中的土地，冬天是干净的土地上一只孤零的烟斗。

因为这园子，我常感恩于自己的命运。

我甚至现在就能清楚地看见，一旦有一天我不得不长久地离开它，我会怎样想念它，我会怎样想念它并且梦见它，我会怎样因为不敢想念它而梦也梦不到它。

四

现在让我想想，十五年中坚持到这园子来的人都有谁呢？好像只剩了我和一对老人。

十五年前，这对老人还只能算是中年夫妇，我则货真价实还是个青年。他们总在薄暮时分来园中散步，我不大弄得清他们是从哪边的园门进来，一般来说他们是逆时针绕这园子走。男人个子很高，肩宽腿长，走起路来目不斜视，胯以上直至脖颈挺直不动；他的妻子攀了他一条胳膊走，也不能使他的上身稍有松懈。女人个子却矮，也不算漂亮，我无端地相信她必出身于家道中衰的名门富族；她攀在丈夫胳膊上像个娇弱的孩子，她向四周观望似总含着恐惧，她轻声与丈夫谈话，见有人走近就立刻怯怯地收住话头。我有时因为他们而想起冉阿让与柯赛特，但这想法并不巩固，他们一望即知是老夫老妻。两个人的穿着都算得上考究，但由于时代的演进，他们的服饰又可以称为古朴了。他们和我一样，到这园子里来几乎是风雨无阻，不过他们比我守时。我什么时间都可能来，他们则一定是在暮色初临的时候。刮风时他们穿了米色风衣，下雨时他们打了黑色的雨伞，夏天他们的衬衫是白色的裤子是黑色的或米色的，冬天他们的呢子大衣又都是黑色的，想必他们只喜欢这三种颜色。他们逆时针绕这园子一周，然后离去。他们走过我身旁时只有男人的脚步响，女人像是贴在高大的丈夫身上跟着漂移。我相信他们一定对我有印象，但是我们没有说过话，我们互相都没有想要接近的表示。十五年中，他们或许注意到一个小伙子进入了中年，我则看着一对令人羡慕的中年情侣不觉中成了两个老人。

曾有过一个热爱唱歌的小伙子，他也是每天都到这园中来，来唱歌，唱了好多年，后来不见了。他的年纪与我相仿，他多半是早晨来，唱半小时或整整唱一个上午，估计在另外的时间里他还得上班。我们经常在祭坛东侧的小路上相遇，我知道他是到东南角的高墙下去唱歌，他一定猜想我去东北角的树林里做什么。我找到我的地方，抽几口烟，便听见他谨慎地整理歌喉了。他反反复复唱那么几首歌。文化革命没过去的时候，他唱“蓝蓝的天上白云飘，白云下面马儿跑……”我老也记不住这歌的名字。“文革”后，他唱《货郎与小姐》中那首最为流传的咏叹调。“卖布——卖布嘞，卖布——卖布嘞！”我记得这开头的一句他唱得很有声势，在早晨清澈的空气中，货郎跑遍园中的每一个角落去恭维小姐。“我交了好运气，我交了好运气，我为幸福唱歌曲……”然后他就一遍一遍地唱，不让货郎的激情稍减。依我听来，他的技术不算精到，在关键的地方常出差错，但他的嗓子是相当不坏的，而且唱一个上午也听不出一点疲惫。太阳也不疲惫，把大树的影子缩小成一团，把疏忽大意的蚯蚓晒干在小路上。将近中午，我们又在祭坛东侧相遇，他看一看我，我看一看他，他往北去，我往南去。日子久了，我感到我们都有结识的愿望，但似乎都不知如何开口，于是互相注视一下终又都移开目光擦身而过，这样的次数一多，便更不知如何开口了。终于有一天——一个丝毫没有特点的日子，我们互相点了一下头。他说：“你好。”我说：“你好。”他说：“回去啦？”我说：“是，你呢？”他说：“我也该回去了。”我们都放慢脚步（其实我是放慢车速），想再多说几句，但仍然是不知从何说起，这样我们就都走过了对方，又都扭转身子面向对方。他说：“那就再见吧。”我说：“好，再见。”便互相笑笑各走各的路了。但是我们没有再见，那以后，园中再没了他的歌声，我才想到，那天他或许是有意与我道别的，也许他考上哪家专业的文工团或歌舞团了吧？真希望他如他歌里所唱的那样，交了好运气。

还有一些人，我还能想起一些常到这园子里来的人。有一个老头，算得一个真正的饮者；他在腰间挂一个扁瓷瓶，瓶里当然装满了酒，常来这园中消磨午后的时光。他在园中四处游逛，如果你不注意你会以为园中有好几个这样的老头，等你看过了他卓尔不群的饮酒情状，你就会相信这是个独一无二的老头。他的衣着过分随便，走路的姿态也不慎重，走上五六十米路便选定一处地方，一只脚踏在石凳上或土埂上或树墩上，解下腰间的酒瓶，解酒瓶的当儿眯起眼睛把一百八十度视角内的景物细细看一遭，然后以迅雷不及掩耳之势倒一大口酒入肚，把酒瓶摇一摇再挂向腰间，平心静气地想一会什么，便走下一个五六十米去。还有一个捕鸟的汉子，那岁月园中人少，鸟却多，他在西北角的树丛中拉一张网，鸟撞在上面，羽毛戗在网眼里便不能自拔。他单等一种过去很多而现在非常罕见的鸟，其它的鸟撞在网上他就把它们摘下来放掉，他说已经有好多年没等到那种罕见的鸟了，他说他再等一年看看到底还有没有那种鸟，结果他又等了好多年。早晨和傍晚，在这园子里可以看见一个中年女工程师，早晨她从北向南穿过这园子去上班，傍晚她从南向北穿过这园子回家。事实上我并不了解她的职业或者学历，但我以为她必是个学理工的知识分子，别样的人很难有她那般的素朴并优雅。当她在园中穿行的时刻，四周的树林也仿佛更加幽静，清淡的日光中竟似有悠远的琴声，比如说是那曲《献给艾丽丝》才好。我没有见过她的丈夫，没有见过那个幸运的男人是什么样子，我想象过却想象不出，后来忽然懂了想象不出才好，那个男人最好不要出现。她走出北门回家去，我竟有点担心，担心她会落入厨房，不过，也许她在厨房里劳作的情景更有另外的美吧，当然不能再是《献给艾丽丝》，是个什么曲子呢？还有一个人，是我的朋友，他是个最有天赋的长跑家，但他被埋没了。他因为在“文革”中出言不慎而坐了几年牢，出来后好不容易找了个拉板车的工作，样样待遇都不能与别人平等，苦闷极了便练习长跑。那时他总来这园子里跑，我用手表为他计时，他每跑一圈向我招一下手，我就记下一个时间。每次他要环绕这园子跑二十圈，大约两万米。他盼望以他的长跑成绩来获得政治上真正的解放，他以为记者的镜头和文字可以帮他做到这一点。第一年他在春节环城赛上跑了第十五名，他看见前十名的照片都挂在了长安街的新闻橱窗里，于是有了信心。第二年他跑了第四名，可是新闻橱窗里只挂了前三名的照片，他没灰心。第三年他跑了第七名，橱窗里挂前六名的照片，他有点怨自己。第四年他跑了第三名，橱窗里却只挂了第一名的照片。第五年他跑了第一名——他几乎绝望了，橱窗里只有一幅环城赛群众场面的照片。那些年我们俩常一起在这园子里呆到天黑，开怀痛骂，骂完沉默着回家，分手时再互相叮嘱：先别去死，再试着活一活看。现在他已经不跑了，年岁太大了，跑不了那么快了。最后一次参加环城赛，他以 38 岁之龄又得了第一名并且破了纪录，有一位专业队的教练对他说："我要是十年前发现你就好了。"他苦笑一下什么也没说，只在傍晚又来这园中找到我，把这事平静地向我叙说一遍。不见他已有好几年了，现在他和妻子和儿子住在很远的地方。

这些人现在都不到园子里来了，园子里差不多完全换了一批新人。十五年前的旧人，现在就剩我和那对老夫老妻了。有那么一段时间，这老夫老妻中的一个也忽然不来，薄暮时分唯男人独自来散步，步态也明显迟缓了许多，我悬心了很久，怕是那女人出了什么事。幸好过了一个冬天那女人又来了，两个人仍是逆时针绕着园子走，一长一短两个身影恰似钟表的两支指针；女人的头发白了很多，但依旧攀着丈夫的胳膊走得像个孩子。"攀"这个字用得不恰当了，或许可以用"搀"吧，不知有没有兼具这两个意思的字。

五

我也没有忘记一个孩子——一个漂亮而不幸的小姑娘。十五年前的那个下午，我第一次到这园子里来就看见了她，那时她大约三岁，蹲在斋宫西边的小路上捡树上掉落的"小灯笼"。那儿有几棵大栾树，春天开一簇簇细小而稠密的黄花，花落了便结出无数如同三片叶子合抱的小灯笼，小灯笼先是绿色，继而转白，再变黄，成熟了掉落得满地都是。小灯笼精巧得令人爱惜，成年人也不免捡了一个还要捡一个。小姑娘咿咿呀呀地跟自己说着话，一边捡小灯笼。她的嗓音很好，不是她那个年龄所常有的那般尖细，而是很圆润甚或是厚重，也许是因为那个下午园子里太安静了。我奇怪这么小的孩子怎么一个人跑来这园子里？我问她住在哪儿？她随手指一下，就喊她的哥哥，沿墙根一带的茂草之中便站起一个七八岁的男孩，朝我望望，看我不像坏人便对他的妹妹说“我在这儿呢”，又伏下身去；他在捉什么虫子。他捉到螳螂、蚂蚱、知了和蜻蜓，来取悦他的妹妹。有那么两三年，我经常在那几棵大栾树下见到他们，兄妹俩总是在一起玩，玩得和睦融洽，都渐渐长大了些。之后有很多年没见到他们。我想他们都在学校里吧，小姑娘也到了上学的年龄，必是告别了孩提时光，没有很多机会来这儿玩了。这事很正常，没理由太搁在心上，若不是有一年我又在园中见到他们，肯定就会慢慢把他们忘记。

那是个礼拜日的上午。那是个晴朗而令人心碎的上午，时隔多年，我竟发现那个漂亮的小姑娘原来是个弱智的孩子。我摇着车到那几棵大栾树下去，恰又是遍地落满了小灯笼的季节。当时我正为一篇小说的结尾所苦，既不知为什么要给它那样一个结尾，又不知何以忽然不想让它有那样一个结尾，于是从家里跑出来，想依靠着园中的镇静，看看是否应该把那篇小说放弃。我刚刚把车停下，就见前面不远处有几个人在戏耍一个少女，作出怪样子来吓她，又喊又笑地追逐她拦截她，少女在几棵大树间惊惶地东跑西躲，却不松手揪卷在怀里的裙裾，两条腿袒露着也似毫无察觉。我看出少女的智力是有些缺陷，却还没看出她是谁。我正要驱车上前为少女解围，就见远处飞快地骑车来了个小伙子，于是那几个戏耍少女的家伙望风而逃。小伙子把自行车支在少女近旁，怒目望着那几个四散逃窜的家伙，一声不吭喘着粗气，脸色如暴雨前的天空一样一会比一会苍白。这时我认出了他们，小伙子和少女就是当年那对小兄妹。我几乎是在心里惊叫了一声，或者是哀号。世上的事常常使上帝的居心变得可疑。小伙子向他的妹妹走去。少女松开了手，裙裾随之垂落下来，很多很多她捡的小灯笼便洒落一地，铺散在她脚下。她仍然算得漂亮，但双眸迟滞没有光彩。她呆呆地望着那群跑散的家伙，望着极目之处的空寂，凭她的智力绝不可能把这个世界想明白吧？大树下，破碎的阳光星星点点，风把遍地的小灯笼吹得滚动，仿佛喑哑地响着的无数小铃铛。哥哥把妹妹扶上自行车后座，带着她无言地回家去了。

无言是对的。要是上帝把漂亮和弱智这两样东西都给了这个小姑娘，就只有无言和回家去是对的。

谁又能把这世界想个明白呢？世上的很多事是不堪说的。你可以抱怨上帝何以要降诸多苦难给这人间，你也可以为消灭种种苦难而奋斗，并为此享有崇高与骄傲，但只要你再多想一步你就会坠入深深的迷茫了：假如世界上没有了苦难，世界还能够存在么？要是没有愚钝，机智还有什么光荣呢？要是没了丑陋，漂亮又怎么维系自己的幸运？要是没有了恶劣和卑下，善良与高尚又将如何界定自己如何成为美德呢？要是没有了残疾，健全会否因其司空见惯而变得腻烦和乏味呢？我常梦想着在人间彻底消灭残疾，但可以相信，那时将由患病者代替残疾人去承担同样的苦难。如果能够把疾病也全数消灭，那么这份苦难又将由（比如说）相貌丑陋的人去承担了。就算我们连丑陋，连愚昧和卑鄙和一切我们所不喜欢的事物和行为，也都可以统统消灭掉，所有的人都一样健康、漂亮、聪慧、高尚，结果会怎样呢？怕是人间的剧目就全要收场了，一个失去差别的世界将是一条死水，是一块没有感觉也没有肥力的沙漠。

看来差别永远是要有的。看来就只好接受苦难——人类的全部剧目需要它，存在的本身需要它。看来上帝又一次对了。

于是就有一个最令人绝望的结论等在这里：由谁去充任那些苦难的角色？又由谁去体现这世间的幸福、骄傲和欢乐？只好听凭偶然，是没有道理好讲的。

就命运而言，休论公道。

那么，一切不幸命运的救赎之路在哪里呢？

设若智慧或悟性可以引领我们去找到救赎之路，难道所有的人都能够获得这样的智慧和悟性吗？

我常以为是丑女造就了美人。我常以为是愚氓举出了智者。我常以为是懦夫衬照了英雄。我常以为是众生度化了佛祖。

六

设若有一位园神，他一定早已注意到了，这么多年我在这园里坐着，有时候是轻松快乐的，有时候是沉郁苦闷的，有时候优哉游哉，有时候凄惶落寞，有时候平静而且自信，有时候又软弱，又迷茫。其实总共只有三个问题交替着来骚扰我，来陪伴我。第一个是要不要去死？第二个是为什么活？第三个，我干吗要写作？

现在让我看看，它们迄今都是怎样编织在一起的吧。

你说，你看穿了死是一件无需乎着急去做的事，是一件无论怎样耽搁也不会错过的事，便决定活下去试试？是的，至少这是很关键的因素。为什么要活下去试试呢？好像仅仅是因为不甘心，机会难得，不试白不试，腿反正是完了，一切仿佛都要完了，但死神很守信用，试一试不会额外再有什么损失。说不定倒有额外的好处呢是不是？我说过，这一来我轻松多了，自由多了。为什么要写作呢？“作家”是两个被人看重的字，这谁都知道。为了让那个躲在园子深处坐轮椅的人，有朝一日在别人眼里也稍微有点光彩，在众人眼里也能有个位置，哪怕那时再去死呢也就多少说得过去了。开始的时候就是这样想，这不用保密。这些现在不用保密了。

我带着本子和笔，到园中找一个最不为人打扰的角落，偷偷地写。那个爱唱歌的小伙子在不远的地方一直唱。要是有人走过来，我就把本子合上把笔叼在嘴里。我怕写不成反落得尴尬。我很要面子。可是你写成了，而且发表了。人家说我写的还不坏，他们甚至说：真没想到你写得这么好。我心说你们没想到的事还多着呢。我确实有整整一宿高兴得没合眼。我很想让那个唱歌的小伙子知道，因为他的歌也毕竟是唱得不错。我告诉我的长跑家朋友的时候，那个中年女工程师正优雅地在园中穿行。长跑家很激动，他说好吧，我玩命跑，你玩命写。这一来你中了魔了，整天都在想哪一件事可以写，哪一个人可以让你写成小说。是中了魔了，我走到哪儿想到哪儿，在人山人海里只寻找小说，要是有一种小说试剂就好了，见人就滴两滴看他是不是一篇小说，要是有一种小说显影液就好了，把它泼满全世界看看都是哪儿有小说，中了魔了，那时我完全是为了写作活着。结果你又发表了几篇，并且出了一点小名，可这时你越来越感到恐慌。我忽然觉得自己活得像个人质，刚刚有点像个人了却又过了头，像个人质，被一个什么阴谋抓了来当人质，不定哪天就被处决，不定哪天就完蛋。你担心要不了多久你就会文思枯竭，那样你就又完了。凭什么我总能写出小说来呢？凭什么那些适合作小说的生活素材就总能送到一个截瘫者跟前来呢？人家满世界跑都有枯竭的危险，而我坐在这园子里凭什么可以一篇接一篇地写呢？你又想到死了。我想见好就收吧。当一名人质实在是太累了太紧张了，太朝不保夕了。我为写作而活下来，要是写作到底不是我应该干的事，我想我再活下去是不是太冒傻气了？你这么想着你却还在绞尽脑汁地想写。我好歹又拧出点水来，从一条快要晒干的毛巾上。恐慌日甚一日，随时可能完蛋的感觉比完蛋本身可怕多了，所谓不怕贼偷就怕贼惦记，我想人不如死了好，不如不出生的好，不如压根儿没有这个世界的好。可你并没有去死。我又想到那是一件不必着急的事。可是不必着急的事并不证明是一件必要拖延的事呀？你总是决定活下来，这说明什么？是的，我还是想活。人为什么活着？因为人想活着，说到底是这么回事，人真正的名字叫作：欲望。可我不怕死，有时候我真的不怕死。有时候，——说对了。不怕死和想去死是两回事，有时候不怕死的人是有的，一生下来就不怕死的人是没有的。我有时候倒是怕活。可是怕活不等于不想活呀？可我为什么还想活呢？因为你还想得到点什么，你觉得你还是可以得到点什么的，比如说爱情，比如说价值感之类，人真正的名字叫欲望。这不对吗？我不该得到点什么吗？没说不该。可我为什么活得恐慌，就像个人质？后来你明白了，你明白你错了，活着不是为了写作，而写作是为了活着。你明白了这一点是在一个挺滑稽的时刻。那天你又说你不如死了好，你的一个朋友劝你：你不能死，你还得写呢，还有好多好作品等着你去写呢。这时候你忽然明白了，你说：只是因为我活着，我才不得不写作。或者说只是因为你还想活下去，你才不得不写作。是的，这样说过之后我竟然不那么恐慌了。就像你看穿了死之后所得的那份轻松？一个人质报复一场阴谋的最有效的办法是把自己杀死。我看出我得先把我杀死在市场上，那样我就不用参加抢购题材的风潮了。你还写吗？还写。你真的不得不写吗？人都忍不住要为生存找一些牢靠的理由。你不担心你会枯竭了？我不知道，不过我想，活着的问题在死之前是完不了的。

这下好了，您不再恐慌了不再是个人质了，您自由了。算了吧你，我怎么可能自由呢？别忘了人真正的名字是：欲望。所以您得知道，消灭恐慌的最有效的办法就是消灭欲望。可是我还知道，消灭人性的最有效的办法也是消灭欲望。那么，是消灭欲望同时也消灭恐慌呢，还是保留欲望同时也保留人性？

我在这园子里坐着，我听见园神告诉我：每一个有激情的演员都难免是一个人质。每一个懂得欣赏的观众都巧妙地粉碎了一场阴谋。每一个乏味的演员都是因为他老以为这戏剧与自己无关。每一个倒霉的观众都是因为他总是坐得离舞台太近了。

我在这园子里坐着，园神成年累月地对我说：孩子，这不是别的，这是你的罪孽和福祉。

七

要是有些事我没说，地坛，你别以为是我忘了，我什么也没忘，但是有些事只适合收藏。不能说，也不能想，却又不能忘。它们不能变成语言，它们无法变成语言，一旦变成语言就不再是它们了。它们是一片朦胧的温馨与寂寥，是一片成熟的希望与绝望，它们的领地只有两处：心与坟墓。比如说邮票，有些是用于寄信的，有些仅仅是为了收藏。

如今我摇着车在这园子里慢慢走，常常有一种感觉，觉得我一个人跑出来已经玩得太久了。有一天我整理我的旧相册，看见一张十几年前我在这园子里照的照片——那个年轻人坐在轮椅上，背后是一棵老柏树，再远处就是那座古祭坛。我便到园子里去找那棵树。我按着照片上的背景找很快就找到了它，按着照片上它枝干的形状找，肯定那就是它。但是它已经死了，而且在它身上缠绕着一条碗口粗的藤萝。我当然记得园工们种那棵藤萝时的情景，我却不记得是在什么时候它已经长到了碗口粗。有一天我在这园子里碰见一个老太太，她说："哟，你还在这儿哪？"她问我："你母亲还好吗？""您是谁？""你不记得我，我可记得你。有一回你母亲来这儿找你，她问我您看没看见一个摇轮椅的孩子？……"我忽然觉得，我一个人跑到这世界上来玩真是玩得太久了。有一天夜晚，我独自坐在祭坛边的路灯下看书，忽然从那漆黑的祭坛里传出一阵阵唢呐声。四周都是参天古树，方形的祭坛占地几百平米空旷坦荡独对苍天，我看不见那个吹唢呐的人，唯唢呐声在星光寥寥的夜空里低吟高唱，时而悲怆时而欢快，时而缠绵时而苍凉，或许这几个词都不足以形容它，我清清醒醒地听出它响在过去，响在现在，响在未来，回旋飘转亘古不散。

必有一天，我会听见喊我回去。

那时您可以想象一个孩子，他玩累了可他还没玩够呢，心里好些新奇的念头甚至等不及到明天。也可以想象是一个老人，无可置疑地走向他的安息地，走得任劳任怨。还可以想象一对热恋中的情人，互相一次次说“我一刻也不想离开你”，又互相一次次说“时间已经不早了”，时间不早了可我一刻也不想离开你，一刻也不想离开你可时间毕竟是不早了。

我说不好我想不想回去。我说不好是想还是不想，还是无所谓。我说不好我是像那个孩子，还是像那个老人，还是像一个热恋中的情人。很可能是这样：我同时是他们三个。我来的时候是个孩子，他有那么多孩子气的念头所以才哭着喊着闹着要来，他一来一见到这个世界便立刻成了不要命的情人，而对一个情人来说，不管多么漫长的时光也是稍纵即逝，那时他便明白，每一步每一步，其实一步步都是走在回去的路上。当牵牛花初开的时节，葬礼的号角就已吹响。

但是太阳，他每时每刻都是夕阳也都是旭日。当他熄灭着走下山去收尽苍凉残照之际，正是他在另一面燃烧着爬上山巅布散烈烈朝辉之时。有一天，我也将沉静着走下山去，扶着我的拐杖。那一天，在某一处山洼里，势必会跑上来一个欢蹦的孩子，抱着他的玩具。

当然，那不是我。

但是，那不是我吗？

宇宙以其不息的欲望将一个歌舞炼为永恒。这欲望有怎样一个人间的姓名，大可忽略不计。

写于89年5月5日

修改于90年1月7日

秋天的怀念

双腿瘫痪后，我的脾气变得暴怒无常。望着望着天上北归的雁阵，我会突然把面前的玻璃砸碎；听着听着李谷一甜美的歌声，我会猛地把手边的东西摔向四周的墙壁。母亲就悄悄地躲出去，在我看不见的地方偷偷地听着我的动静。当一切恢复沉寂，她又悄悄地进来，眼边红红的，看着我。“听说北海的花儿都开了，我推着你去走走。”她总是这么说。母亲喜欢花，可自从我的腿瘫痪后，她侍弄的那些花都死了。“不，我不去！”我狠命地捶打这两条可恨的腿，喊着：“我可活什么劲！”母亲扑过来抓住我的手，忍住哭声说：“咱娘儿俩在一块儿，好好儿活，好好儿活……”

可我却一直都不知道，她的病已经到了那步田地。后来妹妹告诉我，她常常肝疼得整宿整宿翻来覆去地睡不了觉。

那天我又独自坐在屋里，看着窗外的树叶“唰唰啦啦”地飘落。母亲进来了，挡在窗前：“北海的菊花开了，我推着你去看看吧。”她憔悴的脸上现出央求般的神色。“什么时候？”“你要是愿意，就明天？”她说。我的回答已经让她喜出望外了。“好吧，就明天。”我说。她高兴得一会儿坐下，一会儿站起：“那就赶紧准备准备。”“哎呀，烦不烦？几步路，有什么好准备的！”她也笑了，坐在我身边，絮絮叨叨地说着：“看完菊花，咱们就去‘仿膳’，你小时候最爱吃那儿的豌豆黄儿。还记得那回我带你去北海吗？你偏说那杨树花是毛毛虫，跑着，一脚踩扁一个……”她忽然不说了。对于“跑”和“踩”一类的字眼儿，她比我还敏感。她又悄悄地出去了。

她出去了，就再也没回来。

邻居们把她抬上车时，她还在大口大口地吐着鲜血。我没想到她已经病成那样。看着三轮车远去，也绝没有想到那竟是永远的诀别。

邻居的小伙子背着我去看她的时候，她正艰难地呼吸着，像她那一生艰难的生活。别人告诉我，她昏迷前的最后一句话是："我那个有病的儿子和我那个还未成年的女儿……"

又是秋天，妹妹推我去北海看了菊花。黄色的花淡雅，白色的花高洁，紫红色的花热烈而深沉，泼泼洒洒，秋风中正开得烂漫。我懂得母亲没有说完的话。妹妹也懂。我俩在一块儿，要好好儿活……

1981 年

故乡的胡同

北京很大，不敢说就是我的故乡。我的故乡很小，仅北京城之一角，方圆大约二里，东和北曾经是城墙现在是二环路。其余的北京和其余的地球我都陌生。

二里方圆，上百条胡同密如蛛网，我在其中活到四十岁。编辑约我写写那些胡同，以为简单，答应了，之后发现，这岂非是要写我的全部生命？办不到。但我的心神便又走进那些胡同，看它们一条一条怎样延伸怎样连接，怎样枝枝杈杈地漫展，以及曲曲弯弯地隐没。我才醒悟，不是我曾居于其间，是它们构成了我。密如蛛网，每一条胡同都是我的一段历史、一种心绪。

四十年前，一个男孩艰难地越过一道大门槛，惊讶着四下张望，对我来说胡同就在那一刻诞生。很长很长的一条土路，两侧一座座院门排向东西，红而且安静的太阳悬挂西端。男孩看太阳，直看得眼前发黑，闭一会儿眼，然后顽固地再看那太阳。因为我问过奶奶："妈妈是不是就从那太阳里回来？"

奶奶带我走出那条胡同，可能是在另一年。奶奶带我去看病，走过一条又一条胡同，天上地上都是风、被风吹淡的阳光、被风吹得继续的鸽哨声。那家医院就是我的出生地。打完针，嚎啕之际，奶奶买一串糖葫芦慰劳我，指着医院的一座西洋式小楼说，她就是在那儿听见我来了，说那天下着罕见的大雪。

是我不断长大所以胡同不断地漫展呢，还是胡同不断地漫展所以我不断长大？可能是一回事。有一天母亲领我拐进一条更长更窄的胡同，把我送进一个大门，一眨眼母亲不见了，我正要往门外跑时被一个老太太拉住，她很和蔼但是我哭着使劲挣脱她，屋里跑出来一群孩子，笑闹声把我的哭喊淹没。那是我头一回离家在外，那一天很长，墙外磨刀人的喇叭声尤其漫漫。幼儿园是那老太太办的，都说她信教。

几乎每条胡同都有庙。僧人在胡同里静静地走，回到庙去沉沉地唱，那诵经声总让我看见夏夜的星光。睡梦中我还常常被一种清朗的钟声唤醒，以为是午后阳光落地的震响，多年后我才找到它的来源。现在俄国使馆的位置，曾是一座东正教堂，我把那钟声和它联系起来时，它已被推倒。那时，寺庙多也消失或改为他用。

我的第一个校园就是往日的寺庙，庙院里松柏森森。那儿有个可怕的孩子，他有一种至今令我惊诧不解的能力，同学们都怕他，他说他第一跟谁好谁就会受宠若惊，他说他最后跟谁好谁就会忧心忡忡，他说他不跟谁好了谁就像是被判离群的鸟。因为他，我学会了谄媚和防备，看见了孤独。成年以后，我仍能处处见出他的影子。

十八岁我去插队，离开这片故土三年。回来时两腿残废了找不到工作，我常独自摇了轮椅一条条再去走那些胡同。它们几乎没变，只是往日都到哪儿去了很费猜解。在一条胡同里我碰见一群老太太，她们用油漆涂抹着美丽的图画，我说，我可以参加吗？我便在那儿拿到平生第一份工资。我们镇日涂抹说笑，对未来抱着过分的希望。

母亲对未来的祈祷，可能比我对未来的希望还要多，她在我们住的院子里种下一棵合欢树。那时我开始写作，开始恋爱，爱情使我的心魂从轮椅里站起来。可是合欢树长大了，母亲却永远离开了我。几年后我的恋人也远去他乡，但那时她们已经把我培育得可以让人放心了。然后我的妻子来了，我把珍贵的以往说给她听，她说因此她也爱恋着我的这块故土。

我单不知，像鸟儿那样飞在不高的空中俯看那片密如蛛网的胡同，会是怎样的景象？飞在空中而且不惊动下面的人类，看一条条胡同的延伸、连接、枝枝杈杈地漫展以及曲曲弯弯地隐没，是否就可以看见了命运的构造？

1993 年 12 月

合欢树

十岁那年，我在一次作文比赛中得了第一。母亲那时候还年轻，急着跟我说她自己，说她小时候的作文做得还要好，老师甚至不相信那么好的文章会是她写的。“老师找到家来问，是不是家里的大人帮了忙。我那时可能还不到十岁呢。”我听得扫兴，故意笑：“可能？什么叫可能还不到？”她就解释。我装作根本不再注意她的话，对着墙打乒乓球，把她气得够呛。不过我承认她聪明，承认她是世界上长得最好看的女的。她正给自己做一条蓝底白花的裙子。

二十岁，我的两条腿残废了。除去给人家画彩蛋，我想我还应该再干点别的事，先后改变了几次主意，最后想学写作。母亲那时已不年轻，为了我的腿，她头上开始有了白发。医院已经明确表示，我的病目前没办法治。母亲的全副心思却还放在给我治病上，到处找大夫，打听偏方，花很多钱。她倒总能找来些稀奇古怪的药，让我吃，让我喝，或者是洗、敷、熏、灸。“别浪费时间啦！根本没用！”我说。我一心只想着写小说，仿佛那东西能把残疾人救出困境。“再试一回，不试你怎么知道有用没用？”她说。每一回都虔诚地抱着希望。然而对我的腿，有多少回希望就有多少回失望。最后一回，我的胯上被熏成烫伤。医院的大夫说，这实在太悬了，对于瘫痪病人，这差不多是要命的事。我倒没太害怕，心想死了也好，死了倒痛快。母亲惊惶了几个月，昼夜守着我，一换药就说：“怎么会烫了呢？我还直留神呀？”幸亏伤口好起来，不然她非疯了不可。

后来她发现我在写小说。她跟我说：“那就好好写吧。”我听出来，她对治好我的腿也终于绝望。“我年轻的时候也最喜欢文学。”她说。“跟你现在差不多大的时候，我也想过搞写作。”她说。“你小时候的作文不是得过第一？”她提醒我说。我们俩都尽力把我的腿忘掉。她到处去给我借书，顶着雨或冒了雪推我去看电影，像过去给我找大夫，打听偏方那样，抱了希望。

三十岁时，我的第一篇小说发表了，母亲却已不在人世。过了几年，我的另一篇小说又侥幸获奖，母亲已经离开我整整七年。

获奖之后，登门采访的记者就多。大家都好心好意，认为我不容易。但是我只准备了一套话，说来说去就觉得心烦。我摇着车躲出去。坐在小公园安静的树林里，我闭上眼睛，想：上帝为什么早早地召母亲回去呢？很久很久，迷迷糊糊地，我听见回答：“她心里太苦了。上帝看她受不住了，就召她回去。”我似乎得到一点安慰，睁开眼睛，看见风正在树林里吹过。

我摇车离开那儿，在街上瞎逛，不想回家。

母亲去世后，我们搬了家。我很少再到母亲住过的那个小院儿去。小院儿在一个大院儿的尽里头，我偶尔摇车到大院儿去坐坐，但不愿意去那个小院儿，推说手摇车进去不方便。院儿里的老太太们还都把我当儿孙看，尤其想到我又没了母亲，但都不说，光扯些闲话，怪我不常去。我坐在院子当中，喝东家的茶，吃西家的瓜。有一年，人们终于又提到母亲：“到小院儿去看看吧，你妈种的那棵合欢树今年开花了！”我心里一阵抖，还是推说手摇车进出太不易。大伙儿就不再说，忙扯些别的，说起我们原来住的房子里现在住了小两口，女的刚生了个儿子，孩子不哭不闹，光是瞪着眼睛看窗户上的树影儿。

我没料到那棵树还活着。那年，母亲到劳动局去给我找工作，回来时在路边挖了一棵刚出土的“含羞草”，以为是含羞草，种在花盆里长，竟是一棵合欢树。母亲从来喜欢那些东西，但当时心思全在别处。第二年合欢树没有发芽，母亲叹息了一回，还不舍得扔掉，依然让它长在瓦盆里。第三年，合欢树却又长出叶子，而且茂盛了。母亲高兴了很多天，以为那是个好兆头，常去侍弄它，不敢再大意。又过一年，她把合欢树移出盆，栽在窗前的地上，有时念叨，不知道这种树几年才开花。再过一年，我们搬了家，悲痛弄得我们都把那棵小树忘记了。

与其在街上瞎逛，我想，不如就去看看那棵树吧。我也想再看看母亲住过的那间房。我老记着，那儿还有个刚来到世上的孩子，不哭不闹，瞪着眼睛看树影儿。是那棵合欢树的影子吗？小院儿里只有那棵树。

院儿里的老太太们还是那么欢迎我，东屋倒茶，西屋点烟，送到我眼前。大伙都不知道我获奖的事，也许知道，但不觉得那很重要；还是都问我的腿，问我是否有了正式工作。这回，想摇车进小院儿真是不能了。家家门前的小厨房都扩大，过道儿窄到一个人推自行车进出也要侧身。我问起那棵合欢树。大伙儿说，年年都开花，长到房高了。这么说，我再看不见它了。我要是求人背我去看，倒也不是不行。我挺后悔前两年没有自己摇车进去看看。

我摇着车在街上慢慢走，不急着回家。人有时候只想独自静静地待一会儿。悲伤也成享受。

有一天那个孩子长大了，会想起童年的事，会想起那些晃动的树影儿，会想起他自己的妈妈。他会跑去看看那棵树。但他不会知道那棵树是谁种的，是怎么种的。

比如摇滚与写作

如今的年轻人不会再像六庄那样，渴慕的仅仅是一件军装，一条米黄色的哔叽裤子。如今的年轻人要的是名牌，比如鞋，得是“耐克”，“锐步”，“阿迪达斯”。大人们多半舍不得。家长们把“耐克”一类颠来倒去地看，说：“啥东西，值得这么贵？”他们不懂，春天是不能这样计算的。

我的小外甥没上中学时给什么穿什么，一上中学不行了，在“耐克”专卖店里流连不去。春风初动，我看他快到时候了。那就挑一双吧。他妈说：“捡便宜的啊！”可便宜的都那么暗淡、呆板，小外甥不便表达的意思是：怎么都像死人穿的？他挑了一双色彩最为张扬、造型最奇诡的，这儿一道斜杠，那儿一条曲线，对了，他说“这双我看还行”。大人们说：“这可哪儿好？多闹得慌！”他们又不懂了，春天要的就是这个，要的就是张扬。

大人们其实忘了，春天莫不如此，各位年轻时也是一样。曾经，军装就是名牌。六十年代没有“耐克”，但是有“回力”。“回力”鞋，忘了吗？商标是一个张弓搭箭的裸汉；买得起和买不起它的人想必都渴慕过它。我还记得我为能有一双“回力”，曾是怎样地费尽心机。有一天母亲给我 5 块钱，说：“脚上的鞋坏了，买双新的去吧。”我没买，5 块钱存起来，把那双破的又穿了好久。好久之后母亲看我脚上的鞋怎么又坏了？“穿鞋呀还是吃鞋呀你？再买一双去吧。”母亲又给我 5 块钱。两个 5 块加起来我买回一双“回力”。母亲也觉出这一双与众不同，问：“多少钱？”我不说，只提醒她：“可是上回我没买。”母亲愣一下：“我问的是这回。”我再提醒她：“可这一双能顶两双穿，真的。”母亲瞥我一眼，但比通常的一瞥要延长些。

现在我想，当时她心里必也是那句话：这孩子快到时候了。母亲把那双“回力”颠来倒去地看，再不问它的价格。料必母亲是懂得，世上有一种东西，其价值远远超过它的价格。这儿的价值，并不止于“物化劳动”，还物化着春天整整一个季节的能量。

能量要释放，呼喊期待着回应，故而春天的张扬务须选取一种形式。这形式你别担心它会没有；没有“耐克”有“回力”，没有“回力”还会有别的。比如，没有“摇滚乐”就会有“语录歌”，没有“追星族”就会有“红卫兵”，没有耕耘就有荒草丛生，没有春风化雨就有了沙尘暴。一个意思。春天按时到来，保证这颗星球不会死去。春风肆意呼啸，鼓动起狂妄的情绪，传扬着甚至是极端的消息，似乎，否则，冬天就不解冻，生命便难以从中苏醒。

你听那“摇滚乐”和“语录歌”都唱的什么？没有什么不同，你要忽略那些歌词直接去听春天的骚动，听它的不可压抑，不可一世，听它的雄心勃勃但还盲目。你看那摇滚歌手和语录歌群，同样的声嘶力竭，什么意思？春光迷乱！春光迷乱但决不是胡闹，别用鄙薄的目光和嘴角把春天一笔勾销。想想亚当和夏娃走出伊甸园时的惊讶与好奇吧。想想那条魔魔道道的蛇，它的谗言，它的诱惑，在这繁华人世的应验吧。想想春风若非强劲，夏天的暴雨可怎样来临？想想最初的生命之火若非猛烈，如何能走过未来秋风萧瑟的旷野（譬如一头极地的熊，或一匹荒原的狼）？因而想想吧，灵魂一到人间便被囚入有限的躯体，那灵魂原本就是多少梦想的埋藏，那躯体原本就是多少欲望的贮备！

因而年轻的歌手没日没夜地叫喊，求救般地呼号。灵魂尚在幼年，而春天，生命力已如洪水般暴涨；那是幼小的灵魂被强大的躯体所胁迫的时节，是简陋的灵魂被豪华的躯体所蒙蔽的时节，是喑哑的灵魂被喧腾的躯体所埋没的时节。

万物生长，到处都是一样，大地披上了盛装。一度枯寂的时空，突然间被赋予了一股巨大的能量，灵魂被压抑得喘不过气来，欲望被刺激得不能安宁。我猜那震耳欲聋的摇滚并不是要你听，而是要你看。灵魂的谛听牵系得深远那要等到秋天，年轻的歌手目不暇接，现在是要你看。看这美丽的有形多么辉煌，看这无形的本能多么不可阻挡，看这天赋的才华是如何表达这一派灿烂春光。年轻的歌手把自己涂抹得标新立异，把自己照耀得光怪陆离，他是在说：看呀——我！

我？可我是谁？

我怎样了？我还将怎样？

我终于又能怎样呢？

先别这样问吧，这是春天的忌讳。虽不过是弱小的灵魂在角落里的暗自呢喃，但在春天，这是一种威胁，甚至侵犯。春天不理睬这样的问题，而秋天还远着呢！秋天尚远，这是春天的佳音，春天的鼓舞，是春风中最为受用的恭维。

所以你看那年轻的歌手吧，在河边，在路旁，在沸反盈天的广场，在烛光寂暗的酒吧，从夜晚一直唱到天明。歌声由惆怅到高亢，由枯疏到丰盈，由孤单而至张狂（但是得真诚）……终至于捶胸顿足，呼天抢地，扯断琴弦，击打麦克风（装出来的不算），熬红了眼睛，眼睛里是火焰，喊哑了喉咙，喉咙里是风暴，用五彩缤纷的羽毛模仿远古，然后用裸露的肉体标明现代（倘是装出来的，春风一眼就能识别），用傲慢然后用匍匐，用嚣叫然后用乞求，甚至用污秽和丑陋以示不甘寂寞，与众不同……直让你认出那是无奈，是一匹牢笼里的困兽（这肯定是装不出来的）！——但，是什么，到底是什么被困在了牢笼？其实春天已有察觉，已经感到：我，和我的孤独。

我，将怎样？

我将投奔何方？

怎样，你才能看见我？我才能走进你？

那无奈，让人不忍袖手一旁。但只有袖手一旁。不过慢慢地听吧，你能听懂，其实是那弱小的灵魂正在成长，在渴望，在寻求，年轻的歌手一直都在呼唤着爱情。从夜晚到天明一直呼唤着的都是：爱情。自古而今一切流传的歌都是这样：呼唤爱情。自古而今的春天莫不如此。被有形的躯体，被无形的本能，被天赋的才华困在牢笼里的，正是那呢喃着的灵魂，呢喃着，但还没有足够的力量。

于是，年轻的恋人四处流浪。

心在流浪。

春天，所有的心都在流浪，不管人在何处。

都在挣扎。

在河边。在桥上。在烦闷的家里，不知所云的字行间。在寂寞的画廊，画框中的故作优雅。阴云中有隐隐的雷声，或太阳里是无依无靠的寂静。在熙熙攘攘的街头，目光最为迷茫的那一个。

空空洞洞的午后。满怀希望的傍晚。在万家灯火之间脚步匆匆，在星光满天之下翘首四顾。目光洒遍所有的车站，看尽中年人漠然的脸——这帮中年人怎都那样儿？走过一盏盏街灯。数过 12 个钟点。踩着自己的影子，影子伸长然后缩短，伸长然后缩短……一家家店铺相继打烊。到哪儿去了呀你？你这个混蛋！

（你这个冤家——自古的情歌早都这样唱过。）

细雨迷蒙的小街。细雨迷蒙的窗口。细雨迷蒙中的琴声。

直至深夜。

春风从不入睡。

一个日趋丰满的女孩。一个正在成形的男子。

但力量凶猛，精力旺盛，才华横溢一天 24 小时都是早晨八九点钟的太阳。

跟警察逗闷子。对父母撒谎。给老师提些没有答案的问题。在街上看人打架，公平地为双方数点算分。或混迹于球场，道具齐备，地地道道的“足球流氓”。

也把迷路的儿童送回家，但对那些家长没好气：“我叫什么？哥们儿这事可归你管？”或搀起摔倒在路边的老人，背他回家，但对那些儿女也没好气：“钱？那就一百万吧，哥们儿我也算发回财。”

不知道中年人怎都那样儿？

不知道中年人是不是都那样儿？

剩下的他们都知道。

一群鸽子，雪白，悠扬。一群男孩和女孩疯疯癫癫五光十色。

鸽子在阳光下的楼群里吟咏，徘徊。男孩和女孩在公路上骑车飞跑。

年年如此，天上地下。

太阳地里的老人闭目养神，男孩和女孩的事他了如指掌——除了不知道还要在这太阳底下坐多久，剩下的他都知道。

一个日趋丰满的女孩，一个正在成形的男子——流浪的歌手，抑或流浪的恋人——在瓢泼大雨里依偎伫立，在漫天大雪中相拥无语。

大雨和大雪中的春风，抑或大雨和大雪中的火焰。

老人躲进屋里。老人坐在窗前。老人看得怦然心动，看得嗒然若失：我们过去多么规矩，现在的年轻人呀！

曾经的禁区，现在已经没有。

但，现在真的没有了吗？

亲吻，依偎，抚慰，阳光下由衷的袒露，月光中油然地嘶喊，一次又一次，呻吟和颤抖，鲁莽与温存，心荡神驰但终至，束手无策……

肉体已无禁区。但禁果也已不在那里。

倘禁果已因自由而失——“我拿什么献给你，我的爱人？”

春风强劲，春风无所不至，但肉体是一条边界——你还能走进哪里，还能走进哪里？肉体是一条边界，因而，一次次心荡神驰，一次次束手无策。一次又一次，那一条边界更其昭彰。

无奈的春天，肉体是一条边界，你我是两座囚笼。

倘禁果已被肉体保释——“我拿什么献给你，我的爱人？”

所有的词汇都已苍白。所有的动作都已枯槁。所有的进入，无不进入荒茫。

一个日趋丰满的女孩，一个正在成形的男子，互相近在眼前但是：你在哪儿？

你在哪儿呀——

群山响遍回声。

群山响彻疯狂的摇滚，春风中遍布沙哑的歌喉。

整个春天，直至夏天，都是生命力独享风流的季节。长风沛雨，艳阳明月，那时田野被喜悦铺满，天地间充斥着生的豪情，风里梦里也全是不屈不挠的欲望。那时百花都在交媾，万物都在放纵，蜂飞蝶舞、月移影动也都似浪言浪语。那时候灵魂被置于一旁，就像秋天尚且遥远，思念还未成熟。那时候视觉呈一条直线，无暇旁顾。

不过你要记得，春天的美丽也正在于此。在于纯真和勇敢，在于未通世故。

设若枝桠折断，春天惟努力生长。设若花朵凋残，春天惟含苞再放。设若暴雪狂风，但只要春天来了，天地间总会飘荡起焦渴的呼喊。我还记得一个伤残的青年，是怎样在习俗的忽略中，摇了轮椅去看望他的所爱之人。

也许是勇敢，也许不过是草率，是鲁莽或无暇旁顾，他在一个早春的礼拜日起程。摇着轮椅，走过融雪的残冬，走过翻浆的土路，走过滴水的屋檐，走过一路上正常的眼睛，那时，伤残的春天并未感觉到伤残，只感觉到春天。摇着轮椅，走过解冻的河流，走过湿润的木桥，走过满天摇荡的杨花，走过幢幢喜悦的楼房，那时，伤残的春天并未有什么卑怯，只有春风中正常的渴望。走过喧嚷的街市，走过一声高过一声的叫卖，走过灿烂的尘埃，那时，伤残的春天毫无防备，只是越走越怕那即将到来的见面太过俗常……就这样，他摇着轮椅走进一处安静的宅区——安静的绿柳，安静的桃花，安静的阳光下安静的楼房，以及楼房投下的安静的阴影。

但是台阶！你应该料到但是你忘了，轮椅上不去。

自然就无法敲门。真是莫大的遗憾。

屡屡设想过她开门时的惊喜，一路上也还在设想。

便只好在安静的阳光和安静的阴影里徘徊，等有人来传话。

但是没人。半天都没有一个人来。只有安静的绿柳和安静的桃花。

那就喊她吧。喊吧，只好这样。真是大煞风景，亏待了一路的好心情。

喊声惊动了好几个安静的楼窗。转动的玻璃搅乱了阳光。你们这些幸运的人哪，竟朝夕与她为邻！

她出来了。

可是怎么回事？她脸上没有惊喜，倒像似惊慌："你怎么来了？"

"呵老天，你家可真难找。"

她明显心神不定："有什么事吗？"

"什么事？没有哇？"

她频频四顾："那你……？"

"没想到走了这么久……"

她打断你："跑这么远干吗，以后还是我去看你。"

"咳，这点路算什么？"

她把声音压得不能再低："嘘——，今天不行，他们都在家呢。"

不行？什么不行？他们？他们怎么了？噢……是了，就像那台阶一样你应该料到他们！但是忘了。春天给忘了。尤其是伤残，给忘了。

她身后的那个落地窗，里边，窗帷旁，有个紧张的脸，中年人的脸，身体埋在沉垂的窗帷里半隐半现。你一看他，他就埋进窗帷，你不看他，他又探身出现——目光严肃，或是忧虑，甚至警惕。继而又多了几道同样的目光，在玻璃后面晃动。一会儿，窗帷缓缓地合拢，玻璃上只剩下安静的阳光和安静的桃花。

你看出她面有难色。

"哦，我路过这儿，顺便看看你。"

你听出她应接得急切："那好吧，我送送你。"

"不用了，我摇起轮椅来，很快。"

"你还要去哪儿？"

"不。回家。"

但他没有回家。他沿着一条大路走下去，一直走到傍晚，走到了城市的边缘，听见旷野上的春风更加肆无忌惮。那时候他知道了什么？那个遥远的春天，他懂得了什么？那个伤残的春天，一个伤残的青年终于看见了伤残。

看见了伤残，却摆脱不了春天。春风强劲也是一座牢笼，一副枷锁，一处炼狱，一条命定的路途。

盼望与祈祷。彷徨与等待。以至漫漫长夏，如火如荼。

必要等到秋天。

秋风起时，疯狂的摇滚才能聚敛成爱的语言。

在《我与地坛》里有这样一段话："要是有些事我没说，地坛，你别以为是我忘了，我什么也没忘，但是有些事只适合收藏。不能说，也不能想，却又不能忘。它们不能变成语言，它们无法变成语言，一旦变成语言就不再是它们了。它们是一片朦胧的温馨与寂寥，是一片成熟的希望与绝望，它们的领地只有两处：心与坟墓。比如说邮票，有些是用于寄信的，有些仅仅是为了收藏。"

终于一天，有人听懂了这些话，问我："这里面像似有个爱情故事，干吗不写下去？"

"这就是那个爱情故事的全部。"

在那座废弃的古园里你去听吧，到处都是爱情故事。到那座荒芜的祭坛上你去想吧，把自古而今的爱情故事都放到那儿去，就是这一个爱情故事的全部。

"这个爱情故事，好像是个悲剧？"

"你说的是婚姻，爱情没有悲剧。"

对爱者而言，爱情怎么会是悲剧？对春天而言，秋天是它的悲剧吗？

"结尾是什么？"

"等待。"

"之后呢？"

"没有之后。"

"或者说，等待的结果呢？"

"等待就是结果。"

"那，不是悲剧吗？"

"不，是秋天。"

夏日将尽，阳光悄然走进屋里，所有随它移动的影子都似陷入了回忆。

那时在远处，在北方的天边，远得近乎抽象的地方，仔细听，会有些极细微的骚动正仿佛站成一排，拉开一线，嗡嗡嘤嘤跃跃欲试，那就是最初的秋风，是秋风正在起程。

近处的一切都还没有什么变化。人们都还穿着短衫，摇着蒲扇，暑气未消草木也还是一片葱茏。惟昆虫们似有觉察，迫于秋天的临近，低吟高唱不舍昼夜。

在随后的日子里，你继续听，远方的声音逐日地将有所不同：像在跳跃，或是谈笑，舒然坦荡阔步而行，仿佛歧路相遇时的寒暄问候，然后同赴一个约会。秋风，绝非肃杀之气，那是一群成长着的魂灵，成长着，由远而近一路壮大。

秋风的行进不可阻挡，逼迫得太阳也收敛了它的宠溺，于是乎草枯叶败落木萧萧，所有的躯体都随之枯弱了，所有的肉身都遇到了麻烦。强大的本能，天赋的才华，旺盛的精力，张狂的欲望和意志，都不得不放弃了以往的自负，以往的自负顷刻间都有了疑问。心魂从而被凸显出来。

秋天，是写作的季节。

一直到冬天。

呢喃的絮语代替了疯狂的摇滚，流浪的人从哪儿出发又回到了哪儿。

天与地，山和水，以至人的心里，都在秋风凛然的脚步下变得空阔、安闲。

落叶飘零。

或有绵绵秋雨。

成熟的恋人抑或年老的歌手，望断天涯。

望穿秋水。

望穿了那一条肉体的界线。

那时心魂在肉体之外相遇，目光漫漶得遥远。

万物萧疏，满目凋敝。强悍的肉身落满历史的印迹，天赋的才华闻到了死亡的气息，因而灵魂脱颖而出，欲望皈依了梦想。

本能，锤炼成爱的祭典——性，得禀天意。

细雨唏嘘如歌。

落叶曼妙如舞。

衰老的恋人抑或垂死的歌手，随心所欲。

相互摸索，颤抖的双手仿佛核对遗忘的秘语。

相互抚慰，枯槁的身形如同清点丢失的凭据。

这一向你都在哪儿呀——！

群山再度响遍回声，春天的呼喊终于有了应答：

我，就是你遗忘的秘语。

你，便是我丢失的凭据。

今夕何年？

生死无忌。

秋天，一直到冬天，都是写作的季节。

一直到死亡。

一直到尘埃埋没了时间，时间封存了往日的波澜。

那时有一个老人走来喧嚣的歌厅，走到沸腾的广场，坐进角落，坐在一个老人应该坐的地方，感动于春风又至，又一代人到了时候。不管他们以什么形式，以什么姿态，以怎样的狂妄与极端，老人都已了如指掌。不管是怎样地嘶喊，怎样地奔突和无奈，老人知道那不是错误。你要春天也去谛听秋风吗？你要少男少女也去看望死亡吗？不，他们刚刚从那儿醒来。上帝要他们涉过忘川，为的是重塑一个四季，重申一条旅程。他们如期而至。他们务必要搅动起春天，以其狂热，以其嚣张，风情万种放浪不羁，而后去经历无数夏天中的一个，经历生命的张扬，本能的怂恿，爱情的折磨，以及才华横溢却因那一条肉体的界线而束手无策！以期在漫长夏天的末尾，能够听见秋风。而这老人，走向他必然的墓地。披一身秋风，走向原野，看稻谷金黄，听熟透的果实嘭然落地，闻浩瀚的葵林掀动起浪浪香风。祭拜四季；多少生命已在春天夭折，已在漫漫长夏耗尽才华，或因伤残而熄灭于习见的忽略。祭拜星空；生者和死者都将在那儿汇聚，浩然而成万古消息。写作的季节老人听见：灵魂不死——毫无疑问。

好运设计

要是今生遗憾太多，在背运的当儿，尤其在背运之后情绪渐渐平静了或麻木了，你独自呆一会儿，抽支烟，不妨想一想来世。你不妨随心所欲地设想一下（甚至是设计一下）自己的来世。你不妨试试。在背运的时候，至少我觉得这不失为一剂良药——先可以安神，而后又可以振奋。就像输惯了的赌徒把屡屡的败绩置于脑后，输光了裤子也还是对下一局存着饱满的好奇和必赢的冲动。这没有什么不好。这有什么不好吗？无非是说迷信，好吧你就迷信它一回。无非是说这不科学，行，况且对于走运和背运的事实，科学本来无能为力。无非说这是空想，这是自欺，是做梦，没用，那么希望有用吗？希望是不是必得在被证明了是可以达到的之后才能成立？当然，这些差不多都是废话，背了运的时候哪想得起来这么多废话？背了运的时候只是想走运有多么好，要是能走运有多好。到底会有多好呢？想想吧，想想没什么坏处，干吗不想一想呢？我就常常这样去想，我常常浪费很多时间去做这样的蠢事。

我想，倘有来世，我先要占住几项先天的优越：聪明、漂亮和一副好身体。命运从一开始就不公平，人一生下来就有走运的和不走运的。譬如说一个人很笨，生来就笨，这该怨他自己吗？然而由此所导致的一切后果却完全要由他自己负责——他可能因此在兄弟姐妹之中是最不被父母喜爱的一个，他可能因此常受老师的斥责和同学们的嘲笑，他于是便更加自卑、更加委顿，饱受了轻蔑终也不知这事到底该怨谁。再譬如说，一个人生来就丑，相当丑，再怎么想办法去美容都无济于事，这难道是他的错误是他的罪过？不是。

好，不是。那为什么就该他难得姑娘们的喜欢呢？因而婚事就变得格外困难，一旦有个漂亮姑娘爱上他却又赢得多少人的惊诧和不解，终于有了孩子，不要说别人就连他自己都希望孩子长得千万别像他自己。为什么就该他是这样呢？为什么就该他常遭取笑，常遭哭笑不得的外号，或者常遭怜悯，常遭好心人小心翼翼地对待呢？再说身体，有的人生来就肩宽腿长潇洒英俊（或者婀娜妩媚娉娉婷婷），生来就有一身好筋骨，跑得也快跳得也高，气力足耐力又好，精力旺盛，而且很少生病，可有的人却与此相反生来就样样都不如人。对于身体，我的体会尤甚。譬如写文章，有的人写一整天都不觉得累，可我连续写上三四个钟头眼前就要发黑。譬如和朋友们一起去野游，满心欢喜妙想联翩地到了地方，大家的热情正高雅趣正浓，可我已经累得只剩了让大家扫兴的份儿了。所以我真希望来世能有一副好身体。今生就不去想它了，只盼下辈子能够谨慎投胎，有健壮优美如卡尔·刘易斯一般的身材和体质，有潇洒漂亮如周恩来一般的相貌和风度，有聪明智慧如阿尔伯特·爱因斯坦一般的大脑和灵感。

既然是梦想不妨就让它完美些罢。何必连梦想也那么拘谨那么谦虚呢？我便如醉如痴并且极端自私自利地梦想下去。

降生在什么地方也是件相当重要的事。二十年前插队的时候，我在偏远闭塞的陕北乡下，见过不少健康漂亮尤其聪慧超群的少年，当时我就想，他们要是生在一个恰当的地方他们必都会大有作为，无论他们做什么他们都必定成就非凡。但在那穷乡僻壤，吃饱肚子尚且是一件颇为荣耀的成绩，哪还有余力去奢想什么文化呢？所以他们没有机会上学，自然也没有书读，看不到报纸电视甚至很少看得到电影，他们完全不知道外面的世界是什么样子，便只可能遵循了祖祖辈辈的老路，日出而作日入而息，春种秋收夏忙冬闲日复一日年复一年。光阴如常地流逝，然后他们长大了，娶妻生子成家立业，才华逐步耗尽变作纯朴而无梦想的汉子。然后，可以料到，他们也将如他们的父辈一样地老去，唯单调的岁月在他们身上留下注定的痕迹，而人为什么要活这一回呢？却仍未在他们苍老的心里成为问题。然后，他们恐惧着、祈祷着、惊慌着听命于死亡随意安排。再然后呢？再然后倘若那地方没有变化，他们的儿女们必定还是这样地长大、老去、磨钝了梦想，一代代去完成同样的过程。或许这倒是福气？或许他们比我少着梦想所以也比我少着痛苦？他们会不会也设想过自己的来世呢？没有梦想或梦想如此微薄的他们又是如何设想自己的来世呢？我不知道。我不知道。我只希望我的来世不要是他们这样，千万不要是这样。

那么降生在哪儿好呢？是不是生在大城市，生在个贵府名门就肯定好呢？父亲是政绩斐然的总统，要不是个家藏万贯的大亨，再不就是位声名赫赫的学者，或者父母都是不同寻常的人物，你从小就在一个备受宠爱备受恭维的环境中长大，你从小就在一个五彩缤纷妙趣频逢的环境中长大，呈现在你面前的是无忧无虑的现实、绚烂辉煌的前景、左右逢源的机遇、一帆风顺的坦途……不过这样是不是就好呢？一般来说这样的境遇也是一种残疾，也是一种牢笼。这样的境遇经常造就着蠢材，不蠢的几率很小，有所作为的比例很低，而且大凡有点水平的姑娘都不肯高攀这样的人；固然他们之中也有智能超群的天才，也有过大有作为的人物，也出过明心见性的悟者，但毕竟几率很小比例很低。这就有相当大的风险，下辈子务必慎重从事，不可疏忽大意不可掉以轻心，今生多舛来生再受不住是个蠢材了。

生在穷乡僻壤，有孤陋寡闻之虞，不好。生在贵府名门，又有骄狂愚妄之险，也不好。

生在一个介于此二者之间的位置上怎么样？嗯，可能不错。

既知晓人类文明的丰富璀璨，又懂得生命路途的坎坷艰难，这样的位置怎么样？嗯，不错。

既了解达官显贵奢华而危惧的生活，又体会平民百姓清贫而深情的岁月，这位置如何？嗯！不错，好！

既有博览群书并入学府深造的机缘，又有浪迹天涯独自在社会上闯荡的经历；既能在关键时刻得良师指点如有神助，又时时事事都要靠自己努力奋斗绝非平步青云；既饱尝过人情友爱的美好，又深知了世态炎凉的正常，故而能如罗曼·罗兰所说“看清了这个世界，而后爱它”。——这样的位置可好？好。确实不错。好虽好，不过这样的位置在哪儿呢？

在下辈子。在来世。只要是好，咱可以设计。咱不慌不忙仔仔细细地设计一下吧。我看没理由不这样设计一下。甭灰心，也甭沮丧，真与假的说道不属于梦想和希望的范畴，还是随心所欲地来一回“好运设计”吧。

你最好生在一个普通知识分子的家庭。

也就是说，你父亲是知识分子但千万不要是那种炙手可热过于风云的知识分子，否则，“贵府名门”式的危险和不幸仍可能落在你头上：你将可能没有一个健全、质朴的童年，你将可能没有一群烂漫无猜的伙伴，你将会错过唯一可能享受到纯粹的友情、感受到圣洁的忧伤的机会，而那才是童年，才是真正的童年。一个人长大了若不能怀恋自己童年的痴拙，若不能默然长思或仍耿耿于怀孩提时光的往事，当是莫大的缺憾；对于我们的“好运设计”，则是个后患无穷的错误。你应该有一大群来自不同家庭的男孩儿和女孩儿做你的朋友，你跟他们一块认真地吵架并且翻脸，然后一块哭着和好如初。把你的秘密告诉他们，把他们告诉给你的秘密对任何人也不说。你们定一个暗号，这暗号一经发出你们一个个无论正在干什么也得从家里溜出来，密谋一桩令大人们哭笑不得的事件。当你父母不在家的时候，随便找个理由把你的好朋友都叫来——比如说为了你的生日或为了离你的生日还差一个多月，你们痛痛快快随心所欲地折腾一天，折腾饿了就把冰箱里能吃的东西都吃光，然后继续载歌载舞地庆祝，直到不小心把你父亲的一件贵重艺术品摔成分文不值，你们的汗水于是被冻僵了一会儿，但这是个机会是你为朋友们献身的时刻，你脸色煞白但拍拍胸脯说这怕什么这没啥了不起，随后把朋友们都送走，你独自胆战心惊地策划一篇谎言（要是你家没有猫，你记住：邻居家不一定都没有猫）。你还可以跟你的朋友们一起去冒险，到一个据说最可怕的地方，比如离家很远的一片野地、一幢空屋、一座孤岛、孤岛上废弃的古刹、古刹四周阴森零落的荒冢……都是可供选择的地方。你从自己家的抽屉里而不要从别人家的抽屉里拿点钱，以备不时之需；你们瞒过父母，必要的话还得瞒过姐姐或弟弟；你们可以不带那些女孩子去，但如果她们执意要跟着也就别无选择，然后出发，义无反顾。

把你的新帽子扯破了新鞋弄丢了一只这没关系，把膝盖碰出了血把白衬衫上洒了一瓶紫药水这没关系，作业忘记做了还在书包里装了两只活蛤蟆一只死乌鸦这都毫无关系，你母亲不会怪你，因为当晚霞越来越淡继而夜色越来越重的时候，你父亲也沉不住气了，他正要动身去报案，你们突然都回来了，累得一塌糊涂但毕竟完整无缺地回来了，你母亲庆幸还庆幸不过来呢还会再存什么别的奢望吗？“他们回来啦，他们回来啦！”仿佛全世界都和平解放了，一群平素威严的父亲都乖乖地跑出来迎接你们，同样多的一群母亲此刻转忧为喜光顾得摩挲你们的脸蛋和亲吻你们的脑门儿：“你们这是上哪儿去了呀，哎哟天哪，你们还知道回来吗！”你就大模大样地躺在沙发上呼吃唤喝，“累死了，哎呀真是累死了！”——你就这样，没问题，再讲点莫须有的惊险故事既吓唬他们也陶醉自己，你就得这样，只要这样一切帽子、裤子、鞋、作业和书包、活蛤蟆以及死乌鸦，就都微不足道了。（等你长到我这样的年龄时，你再告诉他们那些惊险的故事都是你为了逃避挨揍而获得的灵感，那时你年老的父母肯定不会再补揍你一顿，而仍可能摩挲你的脸甚至吻你的脑门儿了。）但重要的是，这次冒险你无论如何得安全地回来——就像所有的戏剧还没打算结束时所需要的那样，否则接下去的好运就无法展开了。不错，你的童年就应该是这样的，就应该按照这样的思路去设计，一个幸运者的童年就得是这样。我的纸写不下了，待实施的时候应该比这更丰富多彩。比如你还可颇具分寸地惹一点小祸，一个幸运的孩子理应惹过一点小祸，而且理应遇到过一些困难，遇到过一两个骗子、一两个坏人、一两个蠢货和一两个不会发愁而很会说笑话的人。一个幸运的孩子应该有点野性。当然你的父亲是个地地道道的知识分子，因为一个幸运的人必需从小受到文化的熏陶，野到什么份上都不必忧虑但要有机会使你崇尚知识，之所以把你父亲设计为知识分子，全部的理由就在于此。

你的母亲也要有知识，但不要像你父亲那样关心书胜过关心你。也不要像某些愚蠢的知识妇女，料想自己功名难就，便把一腔希望全赌在了儿女身上，生了个女孩就盼她将来是个居里夫人，养了个男娃就以为是养了个小贝多芬。这样的母亲千万别落到咱头上，你不听她的话你觉得对不起她，你听了她的话你会发现她对不起你。她把你像幅名画似的挂在墙上后退三步眯起眼睛来观赏你，把你像颗话梅似的含在嘴里颠来倒去地品味你，你呢？站在那儿吱吱嘎嘎地折磨一把挺好的小提琴，长大了一想起小提琴就发抖，要不就是没日没夜地背单词背化学方程式，长大了不是傻瓜就是暴徒。你的母亲当然不是这样。有知识不是有文凭，你的母亲可以没有文凭。有知识不是被知识霸占，你的母亲不是知识的奴隶。有知识不能只是有对物的知识，而是得有对人的了悟。一个幸运者的母亲必然是一个幸运的母亲，一个明智的母亲，一个天才的母亲，她自打当了母亲她就得了灵感，她教育你的方法不是来自于教育学，而是来自她对一切生灵乃至天地万物由衷的爱，由衷的颤栗与祈祷，由衷的镇定和激情。在你幼小的时候她只是带着你走，走在家里，走在街上，走到市场，走到郊外，她难得给你什么命令，从不有目的地给你一个方向，走啊走啊你就会爱她，走啊走啊，你就会爱她所爱的这个世界。等你长大了，她就放你到你想要去的地方去，她深信你会爱这个世界，至于其它她不管，至于其它那是你的自由你自己负责，她只有一个愿望，就是你能常常回来，你能有时候回来一下。

在你两三岁的时候你就光是玩，成天就是玩，别着急背诵《唐诗三百首》和弄通百位数以内的加减法，去玩一把没有钥匙的锁和一把没有锁的钥匙，去玩撒尿和泥，然后用不着洗手再去玩你爷爷的胡子。到你四五岁的时候你还是玩，但玩得要高明一点了，在你母亲的皮鞋上钻几个洞看看会有什么效果，往你父亲的录音机里撒把沙子听听声音会不会更奇妙。上小学的时候，我看你门门功课都得上三四分就够了，剩下的时间去做些别的事，以便让你父母有机会给人家赔几块玻璃。一上中学尤其一上高中，所有的熟人几乎都不认识你了，都得对你刮目相看：你在数学比赛上得奖，在物理比赛上得奖，在作文比赛上得奖，在外语比赛上你没得奖但事后发现那不过是老师的一个误判。但这都并不重要，这些奖啊奖啊奖啊并不足以构成你的好运，你的好运是说你其实并没花太多时间在功课上，你爱好广泛，多能多才，奇想迭出，别人说你不务正业你大不以为然，凡兴趣所至仍神魂聚注若癫若狂。

你热爱音乐，古典的交响乐、现代的摇滚乐、温文尔雅的歌剧清唱剧、粗犷豪放的民谣村歌，乃至悠婉凄长的叫卖、孤零萧瑟的风声、温馨闲适的节日的音讯，你都听得心醉神迷，听得怆然而沉寂，听出激越和威壮，听到玄缈与空冥，你真幸运，生存之神秘注入你的心中使你永不安规守矩。

你喜欢美术，喜欢画作，喜欢雕塑，喜欢异彩纷呈的烧陶，喜欢古朴稚拙的剪纸，喜欢在渺无人迹的原野上独行，在水阔天空的大海里驾舟，在山林荒莽中跋涉，看大漠孤烟看长河落日，看鸥鸟纵情翱飞看老象坦然赴死，你从色彩感受生命，由造型体味空间，在线条上嗅出时光的流动，在连接天地的方位发现生灵的呼喊，你是个幸运的人因为你真幸运，你于是匍匐在自然造化的脚下，奉上你的敬畏与感恩之心吧，同时上苍赐予你不屈不尽的创造情怀。

你幸运得简直令人嫉妒，因为体育也是你的擅长。9″91，懂吗？2:5′59″，懂吗？就是说，从一百米到马拉松不管多长的距离没有人能跑得过你；2.45m，8.91m，知道这是什么意思吗？就是说没人比你跳得高也没人比你跳得远；突破 23m、80m、100m，就是说，铅球也好铁饼也好标枪也好，在投掷比赛中仍然没有你的对手。当然这还不够，好运气哪有个够呢？差不多所有的体育项目你都行：游泳、滑雪、溜冰、踢足球、打篮球，乃至击剑、马术、射击，乃至铁人三项……你样样都玩得精彩、洒脱、漂亮。你跑起来浑身的肌肤像波浪一样滚动，像旗帜一般飘展；你跳起来仿佛土地也有了弹性，空中也有着依托；你披波戏水，屈伸舒卷，鬼没神出；在冰原雪野，你翻转腾挪，如风驰电掣；生命在你那儿是一个节日，是一个庆典，是一场狂欢……那已不再是体育了，你把体育变得不仅仅是体育了，幸运的人，那是舞蹈，那是人间最自然最坦诚的舞蹈，那是艺术，是上帝选中的最朴实最辉煌的艺术形式，这时连你在内，连你的肉体你的心神，都是艺术了，你这个幸运的人，世界上最幸运的人，偏偏是你被上帝选作了美的化身。

接下来你到了恋爱的季节。你 18 岁了，或者 19 或者 20 岁了。这时你正在一所名牌大学里读书，读一个最令人仰慕的系最令人敬畏的专业，你读得出色，各种奖啊奖啊又闹着找你。现在你的身高已经是1米88，你的喉结开始突起，嘴唇上开始有了黑色但还柔软的胡须，就是在这时候你的嗓音开始变得浑厚迷人，就是在这时候你的百米成绩开始突破十秒，你的动静坐卧举手投足都流溢着男子汉的光彩……总之，由于我们已经设计过的诸项优点或说优势，明显地追逐你的和不露声色地爱慕着你的姑娘们已是成群结队，你经常在教室里看见她们异样的目光，在食堂里听出她们对你嘁嘁嚓嚓的议论，在晚会上她们为你的歌声所倾倒，在运动会上她们被你的身姿所激动而忘情地欢呼雀跃，但你一向只是拒绝，拒绝，婉言而真诚地拒绝，善意而巧妙地逃避，弄得一些自命不凡的姑娘们委屈地流泪。但是有一天，你在运动场上正放松地慢跑，你忽然看见一个陌生的姑娘也在慢跑，她的健美一点不亚于你，她修长的双腿和矫捷的步伐一点不亚于你，生命对她的宠爱、青春对她的慷慨这些绝不亚于你，而她似乎根本没有发现你，她顾自跑着目不斜视，仿佛除了她和她的美丽这世界上并不存在其它东西，甚至连她和她的美丽她也不曾留意，只是任其随意流淌，任其自然地涌荡。而你却被她的美丽和自信震慑了，被她的优雅和茁壮惊呆了，你被她的倏然降临搞得心慌神惚手足无措（我们同样可以为她也作一个“好运设计”，她是上帝的一个完美的作品，为了一个幸运的男人这世界上显然该有一个完美的女人，当然反过来也是一样），于是你不跑了，伏在跑道边的栏杆上忘记了一切，光是看她。她跑得那么轻柔那么从容，那么飘逸，那么灿烂。你很想冲她微笑一下向她表示一点敬意，但她并不给你这样的机会，她跑了一圈又一圈却从来没有注意到你，然后她走了。简单极了，就是说她跑完了该走了，就走了。就是说她走了，走了很久而你还站在原地。就是说操场上空空旷旷只剩了你一个人，你头一回感到了惆怅和孤零——她不知道你是谁，你也不知道她从哪儿来。但你把她记在了心里。但幸运之神仍然和你在一起。此后你又在图书馆里见到过她，你费尽心机总算弄清了她在哪个系。此后你又在游泳池里见到过她，你拐弯抹角从别人那儿获悉了她的名字。此后你又在滑冰场上见到过她，你在她周围不露声色地卖弄你的千般技巧万种本事，终于引起了她的注意。此后你又在领奖台上和她站到过一起，这一回她对你笑了笑使你一生再也没能忘记。

此后你又在朋友家里和她一起吃过一次午饭（你和你的朋友为此蓄谋已久），这下你们到底算认识了，你们谈了很多，谈得融洽而且热烈。此后不是你去找她，就是她来找你，春夏秋冬春夏秋冬，不是她来找你就是你去找她，春夏秋冬……总之，总而言之，你们终成眷属。你是一个幸运的人——至少我们的“幸运设计”是这样说的——所以你万事如意。

也许你已经注意到了，我们的“好运设计”至此显得有些潦草了。是的。不过绝不是我们无能把它搞得更细致、更完善、更浪漫、更迷人，而是我忽然有了一点疑虑，感到了一点困惑，有一道淡淡的阴影出现了并正在向我们靠近，但愿我们能够摆脱它，能够把它消解掉。

阴影最初是这样露头的：你能在一场如此称心、如此顺利、如此圆满的爱情和婚姻中饱尝幸福吗？也就是说，没有挫折，没有坎坷，没有望眼欲穿的企盼，没有撕心裂肺的煎熬，没有痛不欲生的痴癫与疯狂，没有万死不悔的追求与等待，当成功到来之时你会有感慨万端的喜悦吗？在成功到来之后还会不会有刻骨铭心的幸福？或者，这喜悦能到什么程度？这幸福能被珍惜多久？会不会因为顺利而冲淡其魅力？会不会因为圆满而阻塞了渴望，而限制了想象，而丧失了激情，从而在以后漫长的岁月中只是遵从了一套经济规律、一种生理程序、一个物理时间，心路却已荒芜，然后是腻烦，然后靠流言蜚语排遣这腻烦，继而是麻木，继而用插科打诨加剧这麻木——会不会？会不会是这样？地球如此方便如此称心地把月亮搂进了自己的怀中，没有了阴晴圆缺，没有了潮汐涌落，没有了距离便没有了路程，没有了斥力也就没有了引力，那是什么呢？很明白，那是死亡。当然一切都在走向那里，当然那是一切的归宿，宇宙在走向热寂。但此刻宇宙正在旋转，正在飞驰，正在高歌狂舞，正借助了星汉迢迢，借助了光阴漫漫，享受着它的路途，享受着坍塌后不死的沉吟，享受着爆炸后辉煌的咏叹，享受着追寻与等待，这才是幸运，这才是真正的幸运，恰恰死亡之前这波澜壮阔的挥洒，这精彩纷呈的燃烧才是幸运者得天独厚的机会。你是一个幸运者，这一点你要牢记。所以你不能学那凡夫俗子的梦想，我们也不能满意这晴空朗日水静风平的设计。所谓好运，所谓幸福，显然不是一种客观的程序，而完全是心灵的感受，是强烈的幸福感罢了。幸福感，对了。没有痛苦和磨难你就不能强烈地感受到幸福，对了。那只是舒适只是平庸，不是好运不是幸福，这下对了。

现在来看看，得怎样调整一下我们的“设计”，才能甩掉那道不祥的阴影，才能远远地离开它。也许我们不得不给你加设一点小小的困难，不太大的坎坷和挫折，甚至是一些必要的痛苦和磨难，为了你的幸福不致贬值我们要这样做，当然，会很注意分寸。

仍以爱情为例。我们想是不是可以这样：一开始，让你未来的岳父岳母对你们的恋爱持反对态度，他们不大看得上你，包括你未来的大舅子、小姨子、大舅子的夫人和小姨子的男朋友等等一干人马都看不上你。岳父说要是这样他宁可去死。岳母说要是这样她情愿少活。大舅子于是奉命去找了你们单位的领导说你破坏了一个美满的家庭。小姨子流着泪劝她的姐姐三思再三思，爹有心脏病娘有高血压。岳父便说他死不瞑目。岳母说她死后做鬼也不饶过你们。你是个幸运的人你真没看错那个姑娘，她对你一往情深始终不渝，她说与其这样不如她先于他们去死，但在死前她有必要提个问题：“请问他哪点不如你们？请问他有哪点不好？”是呀，他哪点儿不好呢？你，是说你，你有哪点儿不好呢？不仅这姑娘的父母无言以对，就连咱们也无以作答。按照已有的设计，你好像没有哪点不好，你简直无懈可击，那两个老人倘不是疯子不是傻瓜不是心理变态，他们为什么会反对你成为他们的女婿呢？所以对此得做一点修改，你不能再是一个完人，你得至少有一个弱点，甚至是一种很要紧的缺欠，一种大凡岳父岳母都难以接受的缺欠，然后你在爱情的鼓舞下，在那对蛮横老人颇合逻辑的蔑视的刺激下，痛下决心破釜沉舟发奋图强历尽艰辛终于大功告成终于光彩照人终于震撼了那对老人令他们感动令他们愧悔于是心悦诚服地承认了你这个女婿使你热泪盈眶欣喜若狂忽然发现天也是格外的蓝地球也是出奇的圆柔情似水佳期如梦幸福地久天长……是不是得这样呢？得这样。大概是得这样。

什么样的缺欠呢？你看给你设计什么样的缺欠比较适合？

笨？不不，这不行，笨很可能是一件终生的不幸，几乎不是努力可以根本克服的，此一点应坚决予以排除。

丑呢？不，丑也不行，丑也是无可挽回的局面，弄不好还会殃及后代，不行，这肯定不行。

无知呢，行不行？不，这比笨还不如，绝对的（或相当严重的）无知与白痴没什么区别；而相对的无知又不是一项缺欠，我们每个人都是这样。

你总得作一点让步嘛。譬如说木讷一点，古板一点行吗？缺乏点活力，缺乏点朝气，缺乏点个性，缺乏点好奇心，譬如说这样，行吗？噢，你居然还在问“行吗”，再糟糕不过！接下来你会发现他还缺乏勇气，缺乏同情，缺乏感觉，遇事永远不会激动，美好不能使其赞叹，丑恶也不令其憎恶，他既不懂得感动也不懂得愤怒，他不怎么会哭又不大会笑，这怎么能行？他还是活的吗？他还能爱吗？他还会为了爱而痛苦而幸福吗？不行。

那么狡猾一点可以吗？狡猾，唉，其实人们都多多少少地有那么一点狡猾，这虽不是优点但也不必算作缺点，凡要在这世界上生存下去的种类，有点狡猾也是在所难免。不过有一点需要明确：若是存心算计别人、不惜坑害别人的狡猾可不行。那样的人我怕大半没什么好下场。那样的人同样也不会懂得爱（他可能了解性，但他不懂得爱，他可能很容易猎获性器的快感，但他很难体验性爱的陶醉，因为他依靠的不是美的创造而仅仅是对美的赚取），况且这样的人一般来说都没什么真正的才华和魅力，否则也无需选用了狡猾。不行。无论从哪个角度想，狡猾都不行。

要不，有一点病？噢老天爷，千万可别，您饶了我吧，无论如何帮帮忙，下辈子万万不能再有病了，绝对不能。咱们辛辛苦苦弄这个“好运设计”因为什么您知道不？是的，您应该知道，那就请您再别提病，一个字也别再提。

只是有一点小病呢？小病也不行，发烧感冒拉肚子？不不，这没用，有点小病不构成对什么人的威胁，也不能如我们所期望的那样最终使你的幸福加倍，有也是白有。但这绝不是说你没病则已，有就有它一种大病，不不！绝没有这个意思；你必须要明白，在任何有期徒刑（注意：有期）

和有一种大病之间，要是你非得作出选择不可的话，你要选择前者，前者！对对，没有商量的余地。

要是你得了一种大病，别急听我说完，得了一种足以使你日后的幸福升值的大病，而这病后来好了，完全好了，这怎么样？唔，这倒值得考虑。你在病榻上躺了好几年，看见任何一个健康的人你都羡慕，你想你是他们中间的任何一个你都知足，然后你的病好了，完好如初，这怎么样？说下去。你本来已经绝望了，你想即便不死未来的日子也是无比暗淡，你想与其这样倒不如死了痛快，就在这时你的病情突然有了转机。说下去。在那些绝望的白天和黑夜，你祷告许愿，你赌咒发誓，只要这病还能好，再有什么苦你都不会觉得苦再有什么难你也不会觉得难，一文不名呀，一贫如洗呀，这都有什么关系呢？你将爱生活，爱这个世界，爱这世界上所有的人……这时，就在这时奇迹发生了，一个奇迹使你完全恢复了健康，你又是那么精力旺盛健步如飞了，这样好不好？好极了，再往下说。你本来想只要还能走就行，可你现在又能以 9″91 的速度飞跑了；你本来想要是再能跳就好了，可你现在又可以跳过 2.45m 了；你本来想只要还能独立生活就够了，可现在你的用武之地又跟地球一样大了；你本来想只要还能算个人不至于把谁吓跑就谢天谢地了，可现在喜欢你的好姑娘又是数不胜数铺天盖地而来了。往下说呀，别含糊，说下去。当然你痴心不改——这不是错误，大劫大难之后人不该失去锐气，不该失去热度，你镇定了但仍在燃烧，你平稳了却更加浩荡，你依然爱着那个姑娘爱得山高海深不可动摇，这时候你未来的老丈人老丈母娘自然也不会再反对你们的结合了，不仅不反对而且把你看作是他们的光彩是他们的荣耀是他们晚年的福气是他们九泉之下的安慰。此刻你是多么幸福，你同你所爱的人在一起，在蓝天阔野中跑，在碧波白浪中游，你会是怎样的幸福！现在就把前面为你设计的那些好运气都搬来吧，现在可以了，把它们统统搬来吧，劫难之后失而复得，现在你才真正是一个幸福的人了。苦尽甜来，对，这才是最为关键的好运道。

苦尽甜来，对，只要是苦尽甜来其实怎么都行，生生病呀，失失恋呀，要要饭呀，挨挨揍呀（别揍坏了），被抄抄家呀，坐坐冤狱呀，只要能苦尽甜来其实都不是坏事。怕只怕苦也不尽，甜也不来。其实都用不着甜得很厉害，只要苦尽也就够了。其实都用不着什么甜，苦尽了也就很甜了。让我们为此而祈祷吧。让我们把这作为一条基本原则，无论如何写进我们的“好运设计”中去吧，无论如何安排在头版头条。

问题是，苦尽甜来之后又怎样呢？苦尽甜来之后又当如何？哎哟，那道阴影好像又要露头。苦尽甜来之后要是你还没死，以后的日子继续怎样过呢？我们应当怎样继续为你设计好运呢？好像问题还是原来的问题，我们并没能把它解决。当然现在你可以不断地忆苦思甜，不断地知足常乐，我们也完全可以把你以后的生活设计得无比顺利，但这样下去我们是不是绕了一圈又回到那不祥的阴影中去了？你将再没有企盼了吗？再没有新的追求了吗？那么你的心路是不是又要荒芜，于是你的幸福感又要老化、萎缩、枯竭了呢？是的，肯定会是这样。幸福感不是能一次给够的，一次幸福感能维持多久这不好计算，但日子肯定比它长，比它长的日子却永远要依靠着它。所以你不能失去距离，不能没有新的企盼和追求，你一时失去了距离便一时没有了路途，一时没有了企盼和追求便一时失去了兴致和活力，那样我们势必要前功尽弃，那道阴影必会不失时机地又用无聊、用乏味、用腻烦和麻木来纠缠你，来恶心你，同时葬送我们的“好运设计”。当然我们不会答应。所以我们仍要为你设计新的距离，设计不间断的企盼和追求。不过这样你就仍然要有痛苦，一直要有。是的是的，一时没有了痛苦的衬照便一时没有了幸福感。

真抱歉，我们没想到会是这样。我们一向都是好意，想使你幸福，想使你在来世频交好运，没想到竟还得不断地给你痛苦。那道讨厌的阴影真是把咱们整惨了。看看吧，看看是否还有办法摆脱它。真对不起，至少我先不吹牛了，要是您还有兴趣咱们就再试试看，反正事已至此，我想也不必草草率率地回心转意。看在来世的分上，就再试试吧。

看来，在此设计中不要痛苦是不大可能了。现在就只剩了一条路：使痛苦尽量小些，小到什么程度并没有客观的尺度，总归小到你能不断地把它消灭就行了。就是说，你能够不断地克服困难，你能够不断地跨越距离，你能够不断地实现你的愿望，这就行了。痛苦可以让它不断地有，但你总是能把它消灭，这就行了，这样你就巧妙地利用了这些混账玩意儿而不断地得到幸福感了。只要这样行，接下来的事由我们负责。我们将根据以上要求为你设计必要的才能、必要的机运、必要的心理素质、意志品质，以及必要的资金、器械、设施、装备，乃至大夫护士、贤妻良母、孝子乖孙等等一系列优秀的后勤服务。总之，这些我们都能为你设计，只要一个人永远是个胜利者这件事是可能的，只要无论什么样的痛苦总归是能被消灭的这件事是可能的，只要这样，我们的“好运设计”就算成了。只好也就这样了，这样也就算成了。

不过，这是不是可能的？你见没见过永远的胜利者？好吧，没见过并不说明这是不可能的，没见过的我们也可以设计。你，譬如说你就是一个永远的胜利者，那么最终你会碰见什么呢？死亡。对了，你就要碰见它，无论如何我们没法使你不碰见它，不感到它的存在，不意识到它的威胁。那么你对它有什么感想？你一生都在追求，一直都在胜利，一向都是幸福的，但当死亡来临的时候你想你终于追求到了什么呢？你的一切胜利到底都是为了什么呢？这时你不沮丧，不恐惧，不痛苦吗？你从来没碰到过不可逾越的障碍，从来没见过不可消除的痛苦，你就像一个被上帝惯坏了的孩子，从来不知道什么叫失败，从来没遭遇过绝境，但死神终于驾到了，死神告诉你这一次你将和大家一样不能幸免，你的一切优势和特权（即那“好运设计”中所规定的）都已被废黜，你只可俯首帖耳听凭死神的处治，这时候你必定是一个最痛苦的人，你会比一生不幸的人更痛苦（他已经见到了的东西你却一直因为走运而没机会见到），命运在最后跟你算总账了（它的账目一向是收支平衡的），它以一个无可逃避的困境勾销你的一切胜利，它以一个不容置疑的判决报复你的一切好运，最终不仅没使你幸福反而给你一个你一直有幸不曾碰到的——绝望。绝望，当死亡到来之际这个绝望是如此的货真价实，你甚至没有机会考虑一下对付它的办法了。

怎么办？你怎么办？我们怎么办？你说事情不会是这样，你的胜利依旧还是胜利，它会造福于后人；你的追求并没有白费，它将为后人铺平道路；而这就是你的幸福，所以你不会沮丧不会痛苦你至死都会为此而感到幸福。这太好了，一个真正的幸运者就应该有这样的胸怀有如此高尚的情操——让我们暂时忘记我们只是在为自己设计好运吧，或者让我们暂时相信所有的人都能够享有同样的好运吧——一个幸运者只有这样才能最终保住自己的好运，才能使自己最终得享平安和幸福。但是——但是！就算我们没有发现您的不诚实，一个如您这般聪明高尚的人总该知道您正在把后人的路铺向哪儿吧？铺到哪儿才算成功了呢？铺到所有的人都幸福都没了痛苦的地方？那么他们不是又将面对无聊了吗？当他们迎候死亡时不是就不能再像您这样，以“为后人铺路”而自豪而高尚而心安理得了吗？如果终于不能使所有的人都幸福都没了痛苦，您的高尚不就成了一场骗局您的胜利又怎么能胜得过阿 Q 呢？我们处在了两难境地。如果您再诚实点，事情可能会更难办：人类是要消亡的，地球是要毁灭的，宇宙在走向热寂。我们的一切聪明和才智、奋斗和努力、好运和成功到底有什么价值？有什么意义？我们在走向哪儿？我们再朝哪儿走？我们的目的何在？我们的欢乐何在？我们的幸福何在？我们的救赎之路何在？我们真的已经无路可走真的已入绝境了吗？

是的，我们已入绝境。现在你就是对此不感兴趣都不行了，你想糊弄都糊弄不过去了，你曾经不是傻瓜你如今再想是也晚了，傻瓜从一开始就不对我们这个设计感兴趣，而你上了贼船，这贼船已入绝境，你没处可退也没处可逃。情况就是这样。现在我们只占着一项便宜，那就是死神还没驾到，我们还有时间想想对付绝境的办法，当然不是逃跑，当然你也跑不了。其它的办法，看看，还有没有。

过程。对，过程，只剩了过程。对付绝境的办法只剩它了。不信你可以慢慢想一想，什么光荣呀，伟大呀，天才呀，壮烈呀，博学呀，这个呀那个呀，都不行，都不是绝境的对手，只要你最最关心的是目的而不是过程你无论怎样都得落入绝境，只要你仍然不从目的转向过程你就别想走出绝境。过程——只剩了它了。事实上你唯一具有的就是过程。一个只想（只想！）使过程精彩的人是无法被剥夺的，因为死神也无法将一个精彩的过程变成不精彩的过程，因为坏运也无法阻挡你去创造一个精彩的过程，相反你可以把死亡也变成一个精彩的过程，相反坏运更利于你去创造精彩的过程。于是绝境溃败了，它必然溃败。你立于目的的绝境却实现着、欣赏着、饱尝着过程的精彩，你便把绝境送上了绝境。梦想使你迷醉，距离就成了欢乐；追求使你充实，失败和成功都是伴奏；当生命以美的形式证明其价值的时候，幸福是享受，痛苦也是享受。现在你说你是一个幸福的人你想你会说得多么自信，现在你对一切神灵鬼怪说谢谢你们给我的好运，你看看谁还能说不。

过程！对，生命的意义就在于你能创造这过程的美好与精彩，生命的价值就在于你能够镇静而又激动地欣赏这过程的美丽与悲壮。但是，除非你看到了目的的虚无你才能够进入这审美的境地，除非你看到了目的的绝望你才能找到这审美的救助。但这虚无与绝望难道不会使你痛苦吗？是的，除非你为此痛苦，除非这痛苦足够大，大得不可消灭大得不可动摇，除非这样你才能甘心从目的转向过程，从对目的的焦虑转向对过程的关注，除非这样的痛苦与你同在，永远与你同在，你才能够永远欣赏到人类的步伐和舞姿，赞美着生命的呼喊与歌唱，从不屈获得骄傲，从苦难提取幸福，从虚无中创造意义，直到死神和天使一起来接你回去，你依然没有玩够，但你却不惊慌，你知道过程怎么能有个完呢？过程在到处继续，在人间、在天堂、在地狱，过程都是上帝巧妙的设计。

但是我们的设计呢？我们的设计是成功了呢还是失败了？如果为了使你幸福，我们不仅得给你小痛苦，还得给你大痛苦，不仅得给你一时的痛苦，还得给你永远的痛苦，我们到底帮了你什么忙呢？如果这就算好运，我，比如说我——我的名字叫史铁生，这个叫史铁生的人又有什么必要弄这么一份“好运设计”呢？也许我现在就是命运的宠儿？也许我的太多的遗憾正是很有分寸的遗憾？上帝让我终生截瘫就是为了让我从目的转向过程，所以有那么一天我终于要写一篇题为“好运设计”的散文，并且顺理成章地推出了我的好运？多谢多谢。可我不，可我不！我真是想来世别再有那么多遗憾，至少今生能做做好梦！

我看出来了——我又走回来了，又走到本文的开头去了。我看出来了，如果我再从头开始设计我必然还是要得到这样一个结尾。我看出来了，我们的设计只能就这样了。我不知道怎么办了，不知道还能怎么办。上帝爱我！——我们的设计只剩这一句话了，也许从来就只有这一句话吧。

1990 年 2 月 27 日

我 21 岁那年

友谊医院神经内科病房有 12 间病室，除去 1 号 2 号，其余 10 间我都住过。当然，绝不为此骄傲。即便多么骄傲的人，据我所见，一躺上病床也都谦恭。1 号和 2 号是病危室，是一步登天的地方，上帝认为我住那儿为时尚早。

19 年前，父亲搀扶着我第一次走进那病房。那时我还能走，走得艰难，走得让人伤心就是了。当时我有过一个决心：要么好，要么死，一定不再这样走出来。

正是晌午，病房里除了病人的微鼾，便是护士们轻极了的脚步，满目洁白，阳光中飘浮着药水的味道，如同信徒走进了庙宇我感觉到了希望。一位女大夫把我引进 10 号病室。她贴近我的耳朵轻轻柔柔地问："午饭吃了没？"我说："您说我的病还能好吗？"她笑了笑。记不得她怎样回答了，单记得她说了一句什么之后，父亲的愁眉也略略地舒展。女大夫步履轻盈地走后，我永远留住了一个偏见：女人是最应该当大夫的，白大褂是她们最优雅的服装。

那天恰是我 21 岁生日的第二天。我对医学对命运都还未及了解，不知道病出在脊髓上将是一件多么麻烦的事。我舒心地躺下来睡了个好觉。心想：十天，一个月，好吧就算是三个月，然后我就又能是原来的样子了。和我一起插队的同学来看我时，也都这样想；他们给我带来很多书。

10 号有 6 个床位。我是 6 床。5 床是个农民，他天天都盼着出院。"光房钱一天就一块一毛五，你算算得啦，"5 床说，"死呗可值得了这么些？"3 床就说："得了嘿你有完没完！死死死，数你悲观。"4 床是个老头，说："别介别介，咱毛主席有话啦——既来之，则安之。”农民便带笑地把目光转向我，却是对他们说：“敢情你们都有公费医疗。”他知道我还在与贫下中农相结合。1床不说话，1床一旦说话即可出院。2床像是个有些来头的人，举手投足之间便赢得大伙的敬畏。2床幸福地把一切名词都忘了，包括忘了自己的姓名。2床讲话时，所有名词都以“这个”“那个”代替，因而讲到一些轰轰烈烈的事迹却听不出是谁人所为。4床说：“这多好，不得罪人。”

我不搭茬儿。刚有的一点舒心顷刻全光。一天一块多房钱都要从父母的工资里出，一天好几块的药钱、饭钱都要从父母的工资里出，何况为了给我治病家中早已是负债累累了。我马上就想那农民之所想了：什么时候才能出院呢？我赶紧松开拳头让自己放明白点：这是在医院不是在家里，这儿没人会容忍我发脾气，而且砸坏了什么还不是得用父母的工资去赔？所幸身边有书，想来想去只好一头埋进书里去，好吧好吧，就算是三个月！我平白地相信这样一个期限。

可是三个月后我不仅没能出院，病反而更厉害了。

那时我和2床一起住到了7号。2床果然不同寻常，是位局长，11级干部，但还是多了一级，非10级以上者无缘去住高干病房的单间。7号是这普通病房中唯一仅设两张病床的房间，最接近单间，故一向由最接近10级的人去住。据说刚有个13级从这儿出去。2床搬来名正言顺。我呢？护士长说是“这孩子爱读书”，让我帮助2床把名词重新记起来。“你看他连自己是谁都闹不清了。”护士长说。但2床却因此越来越让人喜欢，因为“局长”也是名词也在被忘之列，我们之间的关系日益平等、融洽。有一天他问我：“你是干什么的？”我说：“插队的。”2床说他的“那个”也是，两个“那个”都是，他在高出他半个头的地方比划一下：“就是那两个，我自己养的。”“您是说您的两个儿子？”他说对，儿子。他说好哇，革命嘛就不能怕苦，就是要去结合。他说：“我们当初也是从那儿出来的嘛。”我说：“农村？”“对对对。什么？”“农村。”“对对对，农村。别忘本呀！”我说是。我说：“您的家乡是哪儿？”他于是抱着头想好久。这一回我也没办法提醒他。最后他骂一句，不想了，说：“我也放过那玩意。”他在头顶上伸直两个手指。“是牛吗？”他摇摇头，手往低处一压。“羊？”“对了，羊。我放过羊。”他躺下，双手垫在脑后，甜甜蜜蜜地望着天花板老半天不言语。大夫说他这病叫作“角回综合征，命名性失语”，并不影响其它记忆，尤其是遥远的往事更都记得清楚。我想局长到底是局长，比我会得病。他忽然又坐起来：“我的那个，喂，小什么来？”“小儿子？”“对！”他怒气冲冲地跳到地上，说：“那个小玩意，娘个！”说：“他要去结合，我说好嘛我支持。”说：“他来信要钱，说要办个这个。”他指了指周围，我想“那个小玩意”可能是要办个医疗站。他说：“好嘛，要多少？我给。可那个小玩意！”他背着手气哼哼地来回走，然后停住，两手一摊：“可他又要在那儿结婚！”“在农村？”“对，农村。”“跟农民？”“跟农民。”无论是根据我当时的思想觉悟，还是根据报纸电台当时的宣传倡导，这都是值得肃然起敬的。“扎根派。”我钦佩地说。“娘了个派！”他说，“可你还要不要回来嘛？”这下我有点发蒙。见我愣着，他又一跺脚，补充道：“可你还要不要革命？！”这下我懂了，先不管革命是什么，2 床的坦诚都令人欣慰。

不必去操心那些玄妙的逻辑了。整个冬天就快过去，我反倒拄着拐杖都走不到院子里去了，双腿日甚一日地麻木，肌肉无可遏止地萎缩，这才是需要发愁的。

我能住到 7 号来，事实上是因为大夫护士们都同情我。因为我还这么年轻，因为我是自费医疗，因为大夫护士都已经明白我这病的前景极为不妙，还因为我爱读书——在那个“知识越多越反动”的年代，大夫护士们尤为喜爱一个爱读书的孩子。他们都还把我当孩子。他们的孩子有不少也在插队。护士长好几次在我母亲面前夸我，最后总是说：“唉，这孩子……”这一声叹，暴露了当代医学的爱莫能助。他们没有别的办法帮助我，只能让我住得好一点，安静些，读读书吧——他们可能是想，说不定书中能有“这孩子”一条路。

可我已经没了读书的兴致。整日躺在床上，听各种脚步从门外走过；希望他们停下来，推门进来，又希望他们千万别停，走过去走你们的路去别来烦我。心里荒荒凉凉地祈祷：上帝如果你不收我回去，就把能走路的腿也给我留下！我确曾在没人的时候双手合十，出声地向神灵许过愿。多年以后才听一位无名的哲人说过：危卧病榻，难有无神论者。如今来想，有神无神并不值得争论，但在命运的混沌之点，人自然会忽略着科学，向虚冥之中寄托一份虔敬的祈盼。正如迄今人类最美好的向往也都没有实际的验证，但那向往并不因此消灭。

主管大夫每天来查房，每天都在我的床前停留得最久："好吧，别急。"按规矩主任每星期查一次房，可是几位主任时常都来看看我："感觉怎么样？嗯，一定别着急。"有那么些天全科的大夫都来看我，八小时以内或以外，单独来或结队来，检查一番各抒主张，然后都对我说："别着急，好吗？千万别急。"从他们谨慎的言谈中我渐渐明白了一件事：我这病要是因为一个肿瘤的捣鬼，把它找出来切下去随便扔到一个垃圾桶里，我就还能直立行走，否则我多半就把祖先数百万年进化而来的这一优势给弄丢了。

窗外的小花园里已是桃红柳绿，22个春天没有哪一个像这样让人心抖。我已经不敢去羡慕那些在花丛树行间漫步的健康人，和在小路上打羽毛球的年轻人。我记得我久久地看过一个身着病服的老人，在草地上踱着方步晒太阳；只要这样我想只要这样！只要能这样就行了就够了！我回忆脚踩在软软的草地上是什么感觉？想走到哪儿就走到哪儿是什么感觉？踢一颗路边的石子，踢着它走是什么感觉？没这样回忆过的人不会相信，那竟是回忆不出来的！老人走后我仍呆望着那块草地，阳光在那儿慢慢地淡薄，脱离，凝作一缕孤哀凄寂的红光一步步爬上墙，爬上楼顶……我写下一句歪诗：轻拨小窗看春色，漏入人间一斜阳。日后我摇着轮椅特意去看过那块草地，并从那儿张望7号窗口，猜想那玻璃后面现在住的谁？上帝打算为他挑选什么前程？当然，上帝用不着征求他的意见。

我乞求上帝不过是在和我开着一个临时的玩笑——在我的脊椎里装进了一个良性的瘤子。对对，它可以长在椎管内，但必须要长在软膜外，那样才能把它剥离而不损坏那条珍贵的脊髓。"对不对，大夫？""谁告诉你的？""对不对吧？"大夫说："不过，看来不太像肿瘤。"我用目光在所有的地方写下"上帝保佑"，我想，或许把这四个字写到千遍万遍就会赢得上帝的怜悯，让它是个瘤子，一个善意的瘤子。要么干脆是个恶毒的瘤子，能要命的那一种，那也行。总归得是瘤子，上帝！

朋友送了我一包莲子，无聊时我捡几颗泡在瓶子里，想，赌不赌一个愿？——要是它们能发芽，我的病就不过是个瘤子。但我战战兢兢地一直没敢赌。谁料几天后莲子竟都发芽。我想好吧我赌！我想其实我压根儿是倾向于赌的。我想倾向于赌事实上就等于是赌了。我想现在我还敢赌——它们一定能长出叶子！（这是明摆着的。）我每天给它们换水，早晨把它们移到窗台西边，下午再把它们挪到东边，让它们总在阳光里；为此我抓住床栏走，扶住窗台走，几米路我走得大汗淋漓。这事我不说，没人知道。不久，它们长出一片片圆圆的叶子来。“圆”，又是好兆。我更加周到地侍候它们，坐回到床上气喘吁吁地望着它们，夜里醒来在月光中也看看它们：好了，我要转运了。并且忽然注意到“莲”与“怜”谐音，毕恭毕敬地想：上帝终于要对我发发慈悲了吧？这些事我不说没人知道。叶子长出了瓶口，闲人要去摸，我不让，他们硬是摸了呢，我便在心里加倍地祈祷几回。这些事我不说，现在也没人知道。然而科学胜利了，它三番五次地说那儿没有瘤子，没有没有。果然，上帝直接在那条娇嫩的脊髓上做了手脚！定案之日，我像个冤判的屈鬼那样疯狂地作乱，挣扎着站起来，心想干吗不能跑一回给那个没良心的上帝瞧瞧？后果很简单，如果你没摔死你必会明白：确实，你干不过上帝。

我终日躺在床上一言不发，心里先是完全的空白，随后由着一个死字去填满。王主任来了。（那个老太太，我永远忘不了她。还有张护士长。8年以后和17年以后，我有两次真的病到了死神门口，全靠这两位老太太又把我抢下来。）我面向墙躺着，王主任坐在我身后许久不说什么，然后说了，话并不多，大意是：还是看看书吧，你不是爱看书吗？人活一天就不要白活。将来你工作了，忙得一点时间都没有，你会后悔这段时光就让它这么白白地过去了。这些话当然并不能打消我的死念，但这些话我将受用终生，在以后的若干年里我频繁地对死神抱有过热情，但在未死之前我一直记得王主任这些话，因而还是去做些事。使我没有去死的原因很多（我在另外的文章里写过），“人活一天就不要白活”亦为其一，慢慢地去做些事于是慢慢地有了活的兴致和价值感。有一年我去医院看她，把我写的书送给她，她已是满头白发了，退休了，但照常在医院里从早忙到晚。我看着她想，这老太太当年必是心里有数，知道我还不至去死，所以她单给我指一条活着的路。可是我不知道当年我搬离7号后，是谁最先在那儿发现过一团电线？并对此作过什么推想？那是个秘密，现在也不必说。假定我那时真的去死了呢？我想找一天去问问王主任。我想，她可能会说“真要去死那谁也管不了”，可能会说“要是你找不到活着的价值，迟早还是想死”，可能会说“想一想死倒也不是坏事，想明白了倒活得更自由”，可能会说“不，我看得出来，你那时离死神还远着呢，因为你有那么多好朋友”。

友谊医院——这名字叫得好。“同仁”“协和”“博爱”“济慈”，这样的名字也不错，但或稍嫌冷静，或略显张扬，都不如“友谊”听着那么平易、亲近。也许是我的偏见。21岁末尾，双腿彻底背叛了我，我没死，全靠着友谊。还在乡下插队的同学不断写信来，软硬兼施劝骂并举，以期激起我活下去的勇气；已转回北京的同学每逢探视日必来看我，甚至非探视日他们也能进来。“怎进来的你们？”“咳，闭上一只眼睛想一会儿就进来了。”这群插过队的，当年可以凭一张站台票走南闯北，甭担心还有他们走不通的路。那时我搬到了加号。加号原本不是病房，里面有个小楼梯间，楼梯间弃置不用了，余下的地方仅够放一张床，虽然窄小得像一节烟筒，但毕竟是单间，光景固不可比10级，却又非11级可比。这又是大夫护士们的一番苦心，见我的朋友太多，都是少男少女难免说笑得不管不顾，既不能影响了别人又不可剥夺了我的快乐，于是给了我9.5级的待遇。加号的窗口朝向大街，我的床紧挨着窗，在那儿我度过了21岁中最惬意的时光。每天上午我就坐在窗前清清静静地读书，很多名著我都是在那时读到的，也开始像模像样地学着外语。一过中午，我便直着眼睛朝大街上眺望，尤其注目骑车的年轻人和5路汽车的车站，盼着朋友们来。有那么一阵子我暂时忽略了死神。朋友们来了，带书来，带外面的消息来，带安慰和欢乐来，带新朋友来，新朋友又带新的朋友来，然后都成了老朋友。以后的多少年里，友谊一直就这样在我身边扩展，在我心里深厚。把加号的门关紧，我们自由地嬉笑怒骂，毫无顾忌地议论世界上所有的事，高兴了还可以轻声地唱点什么——陕北民歌，或插队知青自己的歌。晚上朋友们走了，在小台灯幽寂而又喧嚣的光线里，我开始想写点什么，那便是我创作欲望最初的萌生。我一时忘记了死，还因为什么？还因为爱情的影子在隐约地晃动。那影子将长久地在我心里晃动，给未来的日子带来幸福也带来痛苦，尤其带来激情，把一个绝望的生命引领出死谷。无论是幸福还是痛苦，都会成为永远的珍藏和神圣的纪念。

21岁、29岁、38岁，我三进三出友谊医院，我没死，全靠了友谊。后两次不是我想去勾结死神，而是死神对我有了兴趣；我高烧到40多度，朋友们把我抬到友谊医院，内科说没有护理截瘫病人的经验，柏大夫就去找来王主任，找来张护士长，于是我又住进神内病房。尤其是29岁那次，高烧不退，整天昏睡、呕吐，差不多三个月不敢闻饭味，光用血管去喝葡萄糖，血压也不安定，先是低压升到120接着高压又降到60，大夫们一度担心我活不过那年冬天了——肾，好像是接近完蛋的模样，治疗手段又像是接近于无了。我的同学找柏大夫商量，他们又一起去找唐大夫：要不要把这事告诉我父亲？他们决定：不。告诉他，他还不是白着急？然后他们分了工：死的事由我那同学和柏大夫管，等我死了由他们去向我父亲解释；活着的我由唐大夫多多关照。唐大夫说："好，我以教学的理由留他在这儿，他活一天就还要想一天办法。"真是人不当死鬼神奈何其不得，冬天一过我又活了，看样子极可能活到下一个世纪去。唐大夫就是当年把我接进10号的那个女大夫，就是那个步履轻盈温文尔雅的女大夫，但8年过去她已是两鬓如霜了。又过了9年，我第三次住院时唐大夫已经不在。听说我又来了，科里的老大夫、老护士们都来看我，问候我，夸我的小说写得还不错，跟我叙叙家常，唯唐大夫不能来了。我知道她不能来了，她不在了。我曾摇着轮椅去给她送过一个小花圈，大家都说：她是累死的，她肯定是累死的！我永远记得她把我迎进病房的那个中午，她贴近我的耳边轻轻柔柔地问："午饭吃了没？"倏忽之间，怎么，她已经不在了？她不过才50岁出头。这事真让人哑口无言，总觉得不大说得通，肯定是谁把逻辑摆弄错了。

但愿柏大夫这一代的命运会好些。实际只是当着众多病人时我才叫她柏大夫。平时我叫她“小柏”，她叫我“小史”。她开玩笑时自称是我的“私人保健医生”，不过这不像玩笑这很近实情。近两年我叫她“老柏”她叫我“老史”了。19年前的深秋，病房里新来了个卫生员，梳着短辫儿，戴一条长围巾穿一双黑灯芯绒鞋，虽是一口地道的北京城里话，却满身满脸的乡土气尚未退尽。“你也是插队的？”我问她。“你也是？”听得出来，她早已知道了。“你哪届？”“老初二，你呢？”“我68，老初一。你哪儿？”“陕北。你哪儿？”“我内蒙。”这就行了，全明白了，这样的招呼是我们这代人的专利，这样的问答立刻把我们拉近。我料定，几十年后这样的对话仍会在一些白发苍苍的人中间流行，仍是他们之间最亲切的问候和最有效的沟通方式；后世的语言学者会煞费苦心地对此作一番考证，正儿八经地写一篇论文去得一个学位。而我们这代人是怎样得一个学位的呢？十四五岁停学，十七八岁下乡，若干年后回城，得一个最被轻视的工作，但在农村呆过了还有什么工作不能干的呢，同时学心不死业余苦读，好不容易上了个大学，毕业之后又被轻视——因为真不巧你是个“工农兵学员”，你又得设法摘掉这个帽子，考试考试考试这代人可真没少考试，然后用你加倍的努力让老的少的都服气，用你的实际水平和能力让人们相信你配得上那个学位——比如说，这就是我们这代人得一个学位的典型途径。这还不是最坎坷的途径。“小柏”变成“老柏”，那个卫生员成为柏大夫，大致就是这么个途径，我知道，因为我们已是多年的朋友。她的丈夫大体上也是这么走过来的，我们都是朋友了；连她的儿子也叫我“老史”。闲下来细细去品，这个“老史”最令人羡慕的地方，便是一向活在友谊中。真说不定，这与我21岁那年恰恰住进了“友谊”医院有关。

因此偶尔有人说我是活在世外桃源，语气中不免流露了一点讥讽，仿佛这全是出于我的自娱甚至自欺。我颇不以为然。我既非活在世外桃源，也从不相信有什么世外桃源。但我相信世间桃源，世间确有此源，如果没有恐怕谁也就不想再活。倘此源有时弱小下去，依我看，至少讥讽并不能使其强大。千万年来它作为现实，更作为信念，这才不断。它源于心中再流入心中，它施于心又由于心，这才不断。欲其强大，舍心之虔诚又向何求呢？

也有人说我是不是一直活在童话里？语气中既有赞许又有告诫。赞许并且告诫，这很让我信服。赞许既在，告诫并不意指人们之间应该加固一条防线，而只是提醒我：童话的缺憾不在于它太美，而在于它必要走进一个更为纷繁而且严酷的世界，那时只怕它太娇嫩。

事实上在 21 岁那年，上帝已经这样提醒我了，他早已把他的超级童话和永恒的谜语向我略露端倪。

住在 4 号时，我见过一个男孩。他那年 7 岁，家住偏僻的山村，有一天传说公路要修到他家门前了，孩子们都翘首以待好梦联翩。公路终于修到，汽车终于开来，乍见汽车，孩子们惊讶兼着胆怯，远远地看。日子一长孩子便有奇想，发现扒住卡车的尾巴可以威风凛凛地兜风，他们背着父母玩得好快活。可是有一次，只一次，这 7 岁的男孩失手从车上摔了下来。他住进医院时已经不能跑，四肢肌肉都在萎缩。病房里很寂寞，孩子一瘸一瘸地到处窜；淘得过分了，病友们就说他：“你说说你是怎么伤的？”孩子立刻低了头，老老实实地一动不动。“说呀？”“说，因为什么？”孩子嗫嚅着。“喂，怎么不说呀？给忘啦？”“因为扒汽车。”孩子低声说。“因为淘气。”孩子补充道。他在诚心诚意地承认错误。大家都沉默，除了他自己谁都知道：这孩子伤在脊髓上，那样的伤是不可逆的。孩子仍不敢动，规规矩矩地站着，用一双正在萎缩的小手擦眼泪。终于会有人先开口，语调变得哀柔：“下次还淘不淘了？”孩子很熟悉这样的宽容或原谅，马上使劲摇头：“不，不，不了！”同时松了一口气。但这一回不同以往，怎么没有人接着向他允诺“好啦，只要改了就还是好孩子”呢？他睁大眼睛去看每一个大人，那意思是：还不行么？再不淘气了还不行么？他不知道，他还不懂，命运中有一种错误是只能犯一次的，并没有改正的机会，命运中有一种并非是错误的错误（比如淘气，是什么错误呢？），但这却是不被原谅的。那孩子小名叫“五蛋”，我记得他，那时他才 7 岁，他不知道，他还不懂。未来，他势必有一天会知道，可他势必有一天就会懂吗？但无论如何，那一天就是一个童话的结尾。在所有童话的结尾处，让我们这样理解吧：

上帝为了锤炼生命，将布设下一个残酷的谜语。

住在6号时，我见过有一对恋人。那时他们正是我现在的年纪，40岁。他们是大学同学。男的24岁时本来就要出国留学，日期已定，行装都备好了，可命运无常，不知因为什么屁大的一点事不得不拖延一个月，偏就在这一个月里因为一次医疗事故他瘫痪了。女的对他一往情深，等着他，先是等着他病好，没等到；然后还等着他，等着他同意跟她结婚，还是没等到。外界的和内心的阻力重重，一年一年，男的既盼着她来又说服着她走。但一年一年，病也难逃爱也难逃，女的就这么一直等着。有一次她狠了狠心，调离北京到外地去工作了，但是斩断感情却不这么简单，而且再想调回北京也不这么简单，女的只要有三天假期也迢迢千里地往北京跑。男的那时病更重了，全身都不能动了，和我同住一个病室。女的走后，男的对我说过：你要是爱她，你就不能害她，除非你不爱她，可那你又为什么要结婚呢？男的睡着了，女的对我说过：我知道他这是爱我，可他不明白其实这是害我，我真想一走了事，我试过，不行，我知道我没法不爱他。女的走了男的又对我说过：不不，她还年轻，她还有机会，她得结婚，她这人不能没有爱。男的睡了女的又对我说过：可什么是机会呢？机会不在外边而在心里，结婚的机会有可能在外边，可爱情的机会只能在心里。女的不在时，我把她的话告诉男的，男的默然垂泪。我问他："你干吗不能跟她结婚呢？"他说："这你还不懂。"他说："这很难说得清，因为你活在整个这个世界上。"他说："所以，有时候这不是光由两个人就能决定的。"我那时确实还不懂。我找到机会又问女的："为什么不是两个人就能决定的？"她说："不，我不这么认为。"她说："不过确实，有时候这确实很难。"她沉吟良久，说："真的，跟你说你现在也不懂。"19年过去了，那对恋人现在该已经都是老人。我不知道现在他们各自在哪儿，我只听说他们后来还是分手了。19年中，我自己也有过爱情的经历了，现在要是有个21岁的人问我爱情都是什么？大概我也只能回答：真的，这可能从来就不是能说得清的。无论它是什么，它都很少属于语言，而是全部属于心的。还是那位台湾作家三毛说得对：爱如禅，不能说不能说，一说就错。那也是在一个童话的结尾处，上帝为我们能够永远地追寻着活下去，而设置的一个残酷却诱人的谜语。

21 岁过去，我被朋友们抬着出了医院，这是我走进医院时怎么也没料到的。我没有死，也再不能走，对未来怀着希望也怀着恐惧。在以后的年月里，还将有很多我料想不到的事发生，我仍旧有时候默念着“上帝保佑”而陷入茫然。但是有一天我认识了神，他有一个更为具体的名字——精神。在科学的迷茫之处，在命运的混沌之点，人唯有乞灵于自己的精神。不管我们信仰什么，都是我们自己的精神的描述和引导。

1990 年 12 月 7 日

庙的回忆

据说，过去北京城内的每一条胡同都有庙，或大或小总有一座。这或许有夸张成分。但慢慢回想，我住过以及我熟悉的胡同里，确实都有庙或庙的遗迹。

在我出生的那条胡同里，与我家院门斜对着，曾经就是一座小庙。我见到它时它已改作油坊，庙门、庙院尚无大变，惟走了僧人，常有马车运来大包大包的花生、芝麻，院子里终日磨声隆隆，呛人的油脂味经久不散。推磨的驴们轮换着在门前的空地上休息，打滚儿，大惊小怪地喊叫。

从那条胡同一直往东的另一条胡同中，有一座大些的庙，香火犹存。或者是庵，记不得名字了，只记得奶奶说过那里面没有男人。那是奶奶常领我去的地方，庙院很大，松柏森然。夏天的傍晚不管多么燠热难熬，一走进那庙院立刻就觉清凉，我和奶奶并排坐在庙堂的石阶上，享受晚风和月光，看星星一个一个亮起来。僧尼们并不驱赶俗众，更不收门票，见了我们惟颔首微笑，然后静静地不知走到哪里去了，有如晚风掀动松柏的脂香似有若无。庙堂中常有法事，钟鼓声、铙钹声、木鱼声，噌噌吰吰，那音乐让人心中犹豫。诵经声如无字的伴歌，好像黑夜的愁叹，好像被灼烤了一白天的土地终于得以舒展便油然飘缭起的雾霭。奶奶一动不动地听，但鼓励我去看看。我迟疑着走近门边，只向门缝中望了一眼，立刻跑开。那一眼印象极为深刻。现在想，大约任何声音、光线、形状、姿态，乃至温度和气息，都在人的心底有着先天的响应，因而很多事可以不懂但能够知道，说不清楚，却永远记住。那大约就是形式的力量。气氛或者情绪，整体地袭来，它们大于言说，它们进入了言不可及之域，以致一个五六岁的孩子本能地审视而不单是看见。我跑回到奶奶身旁，出于本能我知道了那是另一种地方，或是通向着另一种地方；比如说树林中穿流的雾霭，全是游魂。奶奶听得入神，摇撼她她也不觉，她正从那音乐和诵唱中回想生命，眺望那另一种地方吧。我的年龄无可回想，无以眺望，另一种地方对一个初来的生命是严重的威胁。我钻进奶奶的怀里不敢看，不敢听也不敢想，唯觉幽冥之气弥漫，月光也似冷暗了。这个孩子生而怯懦，禀性愚顽，想必正是他要来这人间的缘由。

上小学的那一年，我们搬了家，原因是若干条街道联合起来成立了人民公社，公社机关看中了我们原来住的那个院子以及相邻的两个院子，于是他们搬进来我们搬出去。我记得这件事进行得十分匆忙，上午一通知下午就搬，街道干部打电话把各家的主要劳力都从单位里叫回家，从中午一直搬到深夜。这事很让我兴奋，所有要搬走的孩子都很兴奋，不用去上学了，很可能明天和后天也不用上学了，而且我们一齐搬走，搬走之后仍然住在一起。我们跳上运家具的卡车奔赴新家，觉得正有一些动人的事情在发生，有些新鲜的东西正等着我们。可惜路程不远，完全谈不上什么经历新家就到了。不过微微的失望转瞬即逝，我们冲进院子，在所有的屋子里都风似的刮一遍，以主人的身份接管了它们。从未来的角度看，这院子远不如我们原来的院子，但新鲜是主要的，新鲜与孩子天生有缘，新鲜在那样的季节里统统都被推崇，我们才不管院子是否比原来的小或房子是否比原来的破，立刻在横倒竖歪的家具中间捉迷藏，疯跑疯叫，把所有的房门都打开然后关上，把所有的电灯都关上然后打开，爬到树上去然后跳下来，被忙乱的人群撞倒然后自己爬起来，为每一个新发现激动不已，然后看看其实也没什么……最后集体在某一个角落里睡熟，睡得不省人事，叫也叫不应。那时母亲正在外地出差，来不及通知她，几天后她回来时发现家已经变成了公社机关，她在那门前站了很久才有人来向她解释，大意是：不要紧放心吧，搬走的都是好同志，住在哪儿和不住在哪儿都一样是革命需要。

新家所在之地叫“观音寺胡同”，顾名思义那儿也有一座庙。那庙不能算小，但早已破败，久失看管。庙门不翼而飞，院子里枯藤老树荒草藏人。侧殿空空。正殿里尚存几尊泥像，彩饰斑驳，站立两旁的护法天神怒目圆睁但已赤手空拳，兵器早不知被谁夺下扔在地上。我和几个同龄的孩子便捡起那兵器，挥舞着，在大殿中跳上跳下杀进杀出，模仿俗世的战争，朝残圮的泥胎劈砍，向草丛中冲锋，披荆斩棘草叶横飞，大有堂吉诃德之神采，然后给寂寞的老树“施肥”，擦屁股纸贴在墙上……做尽亵渎神灵的恶事然后鸟儿一样在夕光中回家。很长一段时期那儿都是我们的乐园，放了学不回家先要到那儿去，那儿有发现不完的秘密，草丛中有死猫，老树上有鸟窝，幽暗的殿顶上据说有蛇和黄鼬，但始终未得一见。有时是为了一本小人书，租期紧，大家轮不过来，就一齐跑到那庙里去看，一个人捧着大家围在四周，大家都说看好了才翻页。谁看得慢了，大家就骂他笨，其实都还识不得几个字，主要是看画，看画自然也有笨与不笨之分。或者是为了抄作业，有几个笨主儿作业老是不会，就抄别人的，庙里安全，老师和家长都看不见。佛嘛，心中无佛什么事都敢干。抄者撅着屁股在菩萨眼皮底下紧抄，被抄者则乘机大肆炫耀其优越感，说一句“我的时间不多你要抄就快点儿”，然后故意放大轻松与快乐，去捉蚂蚱、逮蜻蜓，大喊大叫地弹球儿、扇三角，急得抄者流汗，撅起的屁股有节奏地颠，嘴中念念有词，不时扭起头来喊一句：“等我会儿嘿！”其实谁也知道，没法等。还有一回专门是为了比赛胆儿大。“晚上谁敢到那庙里去？”“这有什么，嘁！”“有什么？有鬼，你敢去吗？”“废话！我早都去过了。”“牛×！”“嘿，你要不信嘿……今儿晚上就去你敢不敢？”“去就去有什么呀，嘁！”“行，谁不去谁孙子敢不敢？”“行，几点？”“九点。”“就怕那会儿我妈不让我出来。”“哎哟喂，不敢就说不敢！”“行，九点就九点！”那天晚上我们真的到那庙里去了一回，有人拿了个手电筒，还有人带了把水果刀好歹算一件武器。我们走进庙门时还是满天星斗，不一会儿天却阴上来，而且起了风。我们在侧殿的台阶上蹲着，挤成一堆儿，不敢动也不敢大声说话，荒草摇摇，老树沙沙，月亮在云中一跳一跳地走。有人说想回家去撒泡尿。有人说撒尿你就到那边撒去呗。有人说别的倒也不怕，就怕是要下雨了。有人说下雨也不怕，就怕一下雨家里人该着急了。有人说一下雨蛇先出来，然后指不定还有什么呢。

那个想撒尿的开始发抖，说不光想撒尿这会儿又想屙屎，可惜没带纸。这样，大家渐渐都有了便意，说憋屎憋尿是要生病的，有个人老是憋屎憋尿后来就变成了罗锅儿。大家惊诧道：是吗？那就不如都回家上厕所吧。可是第二天，那个最先要上厕所的成了惟一要上厕所的，大家都埋怨他，说要不是他我们还会在那儿待很久，说不定就能捉到蛇，甚至可能看看鬼。

有一天，那庙院里忽然出现了很多暗红色的粉末，一堆堆像小山似的，不知道是什么，也想不通到底何用。那粉末又干又轻，一脚踩上去“噗”的一声到处飞扬，而且从此鞋就变成暗红色再也别想洗干净。又过了几天，庙里来了一些人，整天在那暗红色的粉末里折腾，于是一个个都变成暗红色不说，庙墙和台阶也都变成暗红色，荒草和老树也都变成暗红色，那粉末随风而走或顺水而流，不久，半条胡同都变成了暗红色。随后，庙门前挂出了一块招牌：有色金属加工厂。从此游戏的地方没有了，蛇和鬼不知迁徙何方，荒草被锄净，老树被伐倒，只剩下一团暗红色满天满地逐日壮大。再后来，庙堂也拆了，庙墙也拆了，盖起了一座轰轰烈烈的大厂房。那条胡同也改了名字，以后出生的人会以为那儿从来就没有过庙。

我的小学，校园本也是一座庙，准确说是一座大庙的一部分。大庙叫柏林寺，里面有很多合抱粗的柏树。有风的时候，老柏树浓密而深沉的响声一浪一浪，传遍校园，传进教室，使吵闹的孩子也不由得安静下来，使朗朗的读书声时而飞扬时而沉落，使得上课和下课的铃声飘忽而悠扬。

摇铃的老头，据说曾经就是这庙中的和尚，庙既改作学校，他便还俗做了这儿的看门人，看门兼而摇铃。老头极和蔼，随你怎样摸他的红鼻头和光脑袋他都不恼，看见你不快活他甚至会低下头来给你，说：想摸摸吗？孩子们都愿意到传达室去玩，挤在他的床上，挤得密不透风，没大没小地跟他说笑。上课或下课的时间到了，他摇起铜铃，不紧不慢地在所有的窗廊下走过，目不旁顾，一路都不改变姿势。叮当叮当——叮当叮当——，铃声在风中飘摇，在校园里回荡，在阳光里漫散开去，在所有孩子的心中留下难以磨灭的记忆。那铃声，上课时摇得紧张，下课时摇得舒畅，但无论紧张还是舒畅都比后来的电铃有味道，浪漫，多情，仿佛知道你的惧怕和盼望。

但有一天那铃声忽然消失，摇铃的老人也不见了，听说是回他的农村老家去了。为什么呢？据说是因为他仍在悄悄地烧香念佛，而一个崭新的时代应该是无神论的时代。孩子们再走进校门时，看见那铜铃还在窗前，但物是人非，传达室里端坐着一名严厉的老太太，老太太可不让孩子们在她的办公重地胡闹。上课和下课，老太太只在按钮上轻轻一点，电铃于是"哇——哇——"地叫，不分青红皂白，把整个校园都吓得要昏过去。在那近乎残酷的声音里，孩子们懂得了怀念：以往的铃声，它到哪儿去了？惟有一点是确定的，它随着记忆走进了未来。在它飘逝多年之后，在梦中，我常常又听见它，听见它的飘忽与悠扬，看见那摇铃老人沉着的步伐，在他一无改变的面容中惊醒。那铃声中是否早已埋藏下未来，早已知道了以后的事情呢？

多年以后，我 21 岁，插队回来，找不到工作，等了很久还是找不到，就进了一个街道生产组。我在另外的文章里写过，几间老屋尘灰满面，我在那儿一干 7 年，在仿古的家具上画些花鸟鱼虫、山水人物，每月所得可以糊口。那生产组就在柏林寺的南墙外。其时，柏林寺已改作北京图书馆的一处书库。我和几个同是待业的小兄弟常常就在那面红墙下干活儿。老屋里昏暗而且无聊，我们就到外面去，一边干活一边观望街景，看来来往往的各色人等，时间似乎就轻快了许多。早晨，上班去的人们骑着车，车后架上夹着饭盒，一路吹着口哨，按响车铃，单那姿态就令人羡慕。上班的人流过后，零零散散地有一些人向柏林寺的大门走来，多半提个皮包，进门时亮一亮证件，也不管守门人看不看得清楚便大步朝里面去，那气派更是让人不由得仰望了。并非什么人都可以到那儿去借书和查阅资料的，小 D 说得是教授或者局级才行。"你知道？""废话！"小 D 重感觉不重证据。小 D 比我小几岁，因为小儿麻痹一条腿比另一条腿短了三公分，中学一毕业就到了这个生产组；很多招工单位也是重感觉不重证据，小 D 其实什么都能干。我们从早到晚坐在那面庙墙下，眼观六路耳听八方，不用看表也不用看太阳便知此刻何时。一辆串街的杂货车，"油盐酱醋花椒大料洗衣粉"

一路喊过来，是上午九点。收买废品的三轮车来时，大约十点。磨剪子磨刀的老头总是星期三到，瞄准生产组旁边的一家小饭馆，“磨剪子来嘿——戗菜刀——！”声音十分洪亮；大家都说他真是糟蹋了，干吗不去唱戏？下午三点，必有一群幼儿园的孩子出现，一个牵定一个的衣襟，咿咿呀呀地唱着，以为不经意走进的这个人间将会多么美好，鲜艳的衣裳彩虹一样地闪烁，再彩虹一样地消失。四五点钟，常有一辆囚车从我们面前开过，离柏林寺不远有一座著名的监狱，据说专门收容小偷。有个叫小德子的，十七八岁没爹没妈，跟我们一起在生产组干过。这小子能吃，有一回生产组不知惹了什么麻烦要请人吃饭，吃客们走后，折箩足足一脸盆，小德子买了一瓶啤酒，坐在火炉前稀里呼噜只用了半小时脸盆就见了底。但是有一天小德子忽然失踪，生产组的大妈大婶们四处打听，才知那小子在外面行窃被逮住了。以后的很多天，我们加倍地注意天黑前那辆囚车，看看里面有没有他；囚车呼啸而过，大家一齐喊“小德子！小德子！”小德子还有一个月工资未及领取。

那时，我仍然没头没脑地相信，最好还是要有一份正式工作，倘能进一家全民所有制单位，一生便有了倚靠。母亲陪我一起去劳动局申请。我记得那地方廊回路转的，庭院深深，大约曾经也是一座庙。什么申请呀简直就像去赔礼道歉，一进门母亲先就满脸堆笑，战战兢兢，然后不管抓住一个什么人，就把她的儿子介绍一遍，保证说这一个坐在轮椅上的孩子其实仍可胜任很多种工作。那些人自然是满口官腔，母亲跑了前院跑后院，从这屋被支使到那屋。我那时年轻气盛，没那么多好听的话献给他们。最后出来一位负责同志，有理有据地给了我们回答：“慢慢再等一等吧，全须儿全尾儿的我们这还分配不过来呢！”此后我不再去找他们了。再也不去。但是母亲，直到她去世之前还在一趟一趟地往那儿跑，去之前什么都不说，疲惫地回来时再向她愤怒的儿子赔不是。我便也不再说什么，但我知道她还会去的，她会在两个星期内重新积累起足够的希望。

我在一篇名为《合欢树》的散文中写过，母亲就是在去为我找工作的路上，在一棵大树下，挖回了一棵含羞草；以为是含羞草，越长越大，其实是一棵合欢树。

大约 1979 年夏天，某一日，我们正坐在那庙墙下吃午饭，不知从哪儿忽然走来了两个缁衣落发的和尚，一老一少仿佛飘然而至。“哟？”大家停止吞咽，目光一齐追随他们。他们边走边谈，眉目清朗，步履轻捷，颦笑之间好像周围的一切都变得空阔甚至是虚拟了。或许是我们的紧张被他们发现，走过我们面前时他们特意地颔首微笑。这一下，让我想起了久违的童年。然后，仍然是那样，他们悄然地走远，像多年以前一样不知走到哪里去了。

“不是柏林寺要恢复了吧？”

“没听说呀？”

“不会。那得多大动静呀咱能不知道？”

“八成是北边的净土寺，那儿的房子早就翻修呢。”

“没错儿，净土寺！”小 D 说，“前天我瞧见那儿的庙门油漆一新我还说这是要干吗呢。”

大家愣愣地朝北边望。侧耳听时，也并没有什么特殊的声音传来。这时我才忽然想到，庙，已经消失了这么多年了。消失了，或者封闭了，连同那可以眺望的另一种地方。

在我的印象里，就是从那一刻起，一个时代结束了。

傍晚，我独自摇着轮椅去找那小庙。我并不明确为什么要去找它，也许只是为了找回童年的某种感觉？总之，我忽然想念起庙，想念起庙堂的屋檐、石阶、门廊，月夜下庙院的幽静与空荒，香缕细细地飘升，然后破碎。我想念起庙的形式。我由衷地想念那令人犹豫的音乐，也许是那样的犹豫，终于符合了我的已经不太年轻的生命。然而，其实，我并不是多么喜欢那样的音乐。那音乐，想一想也依然令人压抑、惶恐、胆战心惊。但以我已经走过的岁月，我不由地回想，不由地眺望，不由地从那音乐的压力之中听见另一种存在了。我并不喜欢它，譬如不能像喜欢生一样地喜欢死。但是要有它。人的心中，先天就埋藏了对它的响应。响应，什么样的响应呢？

在我（这个生性愚顽的孩子！），那永远不会是成就圆满的欣喜，恰恰相反，是残缺明确的显露。眺望越是美好，越是看见自己的丑弱，越是无边，越看到限制。神在何处？以我的愚顽，怎么也想象不出一个无苦无忧的极乐之地。设若确有那样的极乐之地，设若有福的人果真到了那里，然后呢？我总是这样想：然后再往哪儿去呢？心如死水还是再有什么心愿？无论再往哪儿去吧，都说明此地并非圆满。丑弱的人和圆满的神，之间，是信者永远的路。这样，我听见，那犹豫的音乐是提醒着一件事：此岸永远是残缺的，否则彼岸就要坍塌。这大约就是佛之慈悲的那一个悲字吧。慈呢，便是在这一条无尽无休的路上行走，所要有的持念。

没有了庙的时代结束了。紧跟着，另一个时代到来了，风风火火。北京城内外的一些有名的寺庙相继修葺一新，重新开放。但那更像是寺庙变成公园的开始，人们到那儿去多是游览，于是要收门票，票价不菲。香火重新旺盛起来，但是有些异样。人们大把大把地烧香，整簇整簇的香投入香炉，火光熊熊，烟气熏蒸，人们衷心地跪拜，祈求升迁，祈求福寿，消灾避难，财运亨通……倘今生难为，可于来世兑现，总之祈求佛祖全面的优待。庙，消失多年，回来时已经是一个极为现实的地方了，再没有什么犹豫。

1996 年春天，我坐了八九个小时飞机，到了很远的地方，地球另一面，一座美丽的城市。一天傍晚，会议结束，我和妻子在街上走，一阵钟声把我们引进了一座小教堂（庙）。那儿有很多教堂，清澈的阳光里总能听见飘扬的钟声。那钟声让我想起小时候我家附近有一座教堂，我站在院子里，最多两岁，刚刚从虚无中睁开眼睛，尚未见到外面的世界先就听见了它的声音，清朗、悠远、沉稳，仿佛响自天上。此钟声是否彼钟声？当然，我知道，中间隔了八千公里并四十几年。我和妻子走进那小教堂，在那儿拍照，大声说笑，东张西望，毫不吝惜地按动快门……这时，我看见一个中年女人独自坐在一个角落，默默地望着前方耶稣的雕像。（后来，在洗印出来的照片中，在我和妻子身后，我又看见了她。）她的眉间似有些愁苦，但双手放松地摊开在膝头，心情又似非常宁静，对我们的喧哗一无觉察，或者是我们的喧哗一点也不能搅扰她吧。我心里忽然颤抖——那一瞬间，我以为我看见了我的母亲。

我一直有着一个凄苦的梦，隔一段时间就会在我的黑夜里重复一回：母亲，她并没有死，她只是深深地失望了，对我，或者尤其对这个世界，完全地失望了，困苦的灵魂无处诉告，无以支持，因而她走了，离开我们到很远的地方去了，不再回来。在梦中，我绝望地哭喊，心里怨她："我理解你的失望，我理解你的离开，但你总要捎个信儿来呀，你不知道我们会牵挂你不知道我们是多么想念你吗？"但就连这样的话也无从说给她，只知道她在很远的地方,并不知道她到底在哪儿。这个梦一再地走进我的黑夜，驱之不去，我便在醒来时、在白日的梦里为它作一个续：母亲，她的灵魂并未消散，她在幽冥之中注视我并保佑了我多年，直等到我的眺望已在幽冥中与她汇合，她才放了心，重新投生别处，投生在一个灵魂有所诉告的地方了。

我希望，我把这个梦写出来，我的黑夜从此也有了皈依了。

树林里的上帝

人们说，她是个疯子。她常常到河边那片黑苍苍的树林中去游荡，穿着雪白的连衣裙，总嘀嘀咕咕地对自己说着什么，像一个幽灵。

那儿有许多将信将疑：蝉、蜻蜓、蜗牛、蚂蚱、蜘蛛……她去寻找每一只遇难的小虫。

一只甲虫躺在青石上，绝望地空划着细腿。她小心地帮它翻身。看它张开翅膀飞去，她说："它一定莫名其妙，一定在感谢命运之神呢。"

几只蚂蚁吃力地拖着一块面包屑。她用树叶把面包屑铲起，送到了蚁穴近旁。她笑了，想起一句俗话：天上掉馅饼。"它们回家后一定是又惊又喜。"她说。"庆祝上帝的恩典吧！"

一个小伙子用气枪瞄准着树上的麻雀。她急忙捡起一块石子，全力向树上抛去。鸟儿"扑棱棱"飞上了高空……几个老人在河边垂钓。她唱着叫着，在河边奔跑，鱼儿惊惶地沉下了河底……孩子们猫着腰，端着网，在捕蜻蜓。她摇着一根树枝把蜻蜓赶跑……这些是她最感快慰的事情。自然，这要招来阵阵恶骂："疯子！臭疯子！"但她毫无反应。她正陶醉在幸福中。她对自己说："我就是它们的上帝，它们的命运之神。"

然而，有一种情况却使她茫然：一只螳螂正悄悄地接近一只瓢虫。是夺去螳螂赖以生存的口粮呢，还是见瓢虫死于非命而不救？她只是双手使劲地揉搓着裙子，焦急而紧张地注视着螳螂和瓢虫，脸色煞白。她不知道该让谁死、谁活。直至那弱肉强食的斗争结束，她才颓然坐在草地上。"我不是一个善良的上帝。"她说。而且她怀疑了天上的上帝：他既是芸芸众生的救星，为什么一定要搞成你死我活的局面？

她在林中游荡，嘀嘀咕咕的，像一个幽灵。

一天，她看见几个孩子用树枝拨弄着一只失去了螫针的蜜蜂。那只蜜蜂滚得浑身是土，疲惫地昏头昏脑地爬。她小时候就听姥姥讲过，蜜蜂丢了螫针就要被蜂群拒之门外，它会孤独地死去。蜜蜂向东爬，孩子们把它拨向西，它向西爬，又被拨向东。她走过去，一脚把那只蜜蜂踩死了。她呆呆地望着天空……

她从此不再去那树林。

对话四则

一、关于死

M：你想过死吗？

S：想过，可是想不明白。大概活着的人都不可能想得明白。

M：不，我不是问死是怎么回事，我是说，你想没想过死？

S：你是说寻死，或者说自杀，但是你不忍心用这个词。用不着这样，想寻死不见得就是坏事，这说明一个人对生命的意义有着要求，否则的话他怎么活着都行。

M：从理性上讲我很理解，但是我没有过这样的亲身体验，我从来没有真的想要去死过。而你有过？

S：是的。不过这无法证明，因为我毕竟还活着。我只是曾经非常渴望过死，祈求过死。

M：因为什么事？因为你的双腿瘫痪？

S：差不多，总归跟我的病有关，虽然并不总是这么直接。都是什么事说起来话长，但总之是因为我感到了绝望。

M：你这句话等于没说，当然是绝望。

S：比如说，你终于明白你再也站不起来了。比如说，才只有二十一岁，你却不能上大学，大学已经预先把你开除了；你也找不到正式工作，好像你已经到了退休的时候；差不多所有的人都会称赞你的坚强，但是有一个前提：你不要试图成为他们的女婿；如果你爱上了一个姑娘，你会发现最好的方式是离开她，否则说不定她比你还痛苦；你最好是做个通情达理的人，那样会安全些，那样你会得到好评，但是这样一来你就不知道为什么还要活着了；这就是绝望。如果你走运你会有一对爱你的父母，会有一些好朋友，但是你经常会在他们脸上看见深深的忧虑，你自然就会想，你活着是给他们带来的帮助多呢还是麻烦多呢？是安慰多呢还是愁苦多？这就是绝望。我知道，就在咱俩这样说着的时候，正有很多人处在这样的绝望中。

M：你是怎么从这样的绝望中摆脱出来的呢？你怎么没死？

S：别着急，早晚会死的。

M：少贫嘴。我是说，你怎么没自杀。

S：一点儿都不贫嘴。我听了卓别林的劝。

M：我跟你说正经的呢。

S：要是你正正经经地陷入了绝望，你不妨听听幽默大师的话。当然，使我没去自杀的原因很多，但是我第一次平心静气地放弃自杀的念头却是因为听了卓别林的劝，以后很多次都是这样。幸好有一天我去看了那场电影，什么名字我忘了，一个女人想自杀，但被卓别林扮演的那个角色发现了，女人很埋怨他，发了疯似的喊："你为什么不让我死？为什么不让我死！"卓别林慢悠悠不动声色地说："着什么急？早晚会死的。"

M：真是妙。

S：怪事，为什么他说了就"真是妙"，我说了就是"少贫嘴"呢？

M（笑）：你让我想想，嗯……

M：可能是这样，我在听他说这句话之前已经进入了幽默的心态，已经对幽默有了准备，卓别林这三个字就像一个信号把我带进了另一种思维方式，你自然而然就跳出了常规的逻辑。

S：就是就是，关键是你得进入幽默，关键是卓别林能把你领进幽默中去。在那之前我从来没想到过对于死还有这样一种态度。一般人们总是劝你坚强些，"别这么软弱，你应该坚强些"。你想，要是医生对病人说："别生病，健康些，你应该健康些。"这不是废话吗？

M：人家这是好意，我讨厌你这样对待人家的好意。

S：我也知道这是好意，事后我也后悔这样对待人家的好意，但是当我一心一意想死的时候我不在乎谁讨厌我。还有，还有人会这样劝你："别这么悲观，生活是多么美好，你要热爱生活。”如果生活一向只是美好，如果生活中压根儿没有悲哀没有丑恶没有绝望，活下去本来就不需要谁来劝，就像吃喝拉撒睡一样用不着谁来劝。比如说，被侮辱、被歧视、被不公平不平等地对待，而且这局面很可能坚如磐石至少在九十九年里无法动摇，这样的事让你碰上了，没让他碰上，你想死，他却用“生活是多么美好”来劝你活，当然他这也是好意，但是你不觉得他比我还讨厌吗？

M：还有些人，谈死色变。你一说到死，他就说“哎哎，老提什么死呀怪不吉利的”，或者说“嘘嘘——，别老这么悲观，要说死找没人的地方说去”，好像不知道死就是乐观，好像不说死就能不死了似的。

S：那倒不怎么讨厌，那不过是让死吓的。其实他知道人必有一死，这一事实吓得他不敢再想下去。很可能他还会找到一种自我安慰的方法：“活着先说活着的事。”那么死呢？“咳，到时候再说。”这让人想起其它动物，除了人，其它动物都是这么任凭生死摆布的，并且对此毫无意见。

M：也许倒是人错了呢？想它又管什么用：顺其自然，也许倒是其它动物对了呢？

S：顺其自然大概不等于逆来顺受，人对生、对死都要求着意义。先不说这个，总而言之，要是我们一时弄不清是做人好还是做其它动物好，我们不妨只记住一个事实：我们是人，我们必不可免地得思考生和死的问题。就是说，无论我们赞成思考这一问题，还是禁止思考这一问题，还是设法逃避这一问题，我们都已经进入了这一问题，我们可以羡慕其它动物，但是从我们是了人的那一天起，我们就无法改变自己的种类了。况且，子非鱼，安知鱼不知生死乎？这有点像废话了。

M：还说卓别林吧，还说你是怎么听了他的劝的吧。

S：关键是卓别林先让你放了心，他不像很多人那样先劈头盖脸地反击、嘲笑、或是企图粉碎你的愿望，他理解你的一切苦衷，他相信死也是人的一种权利，他和你站在一起维护你的这个权利，然后他只是提醒你：死神是最守信用的，他早晚会来的，你又何必这么着急呢？我真是长长地出了一口闷气，觉得轻松多了。死本来是绝望，但卓别林轻而易举地把它变成了一种希望。这希望有两层意思：一是说，要是你真的再没有力气了，你放心吧，那时候死神肯定会来搭救你；二是说，既然如此你何必不再试试呢？说不定你还能玩出什么花样来高兴高兴呢。可不是么？你活着已经苦到了头，你想死而死又是那么样地可靠，你还怕什么呢？你还会有什么损失呢？你就再试试呗。

M：摆脱死的诱惑就这么简单？

S：当然不会就这么简单。我只是说，要是别人或是你自己忽然想寻死，要是你还有可能劝劝别人或者是你自己，让我说，卓别林的劝法是最有效的劝法。至于彻底摆脱绝望摆脱死神的诱惑，可能只有两个办法，一是设法把自己变成傻瓜，一是在明白了过程就是目的之后。

二、关于生

M：上次你说，彻底摆脱死神的诱惑只有两个办法，一个办法是当傻瓜，一个办法就是得明白——过程就是目的。

S：是。

M：这么说，你是靠了后一种办法喽？

S：为什么？

M：我看你不像个傻瓜。

S：谢谢。我希望我没辜负你的恭维。

我还要补充一点。照我的理解，"傻瓜"一词绝不是指先天的弱智，而是指后天的麻木。弱智常常并不妨碍弱智者向他们不公正的命运要求意义。可是对生命意义的麻木不问，却可以使智力健全的生命仅仅为一种生理现象，而不是精神过程。

M：这样的人只是活着，无论怎样活着只要活着就够了，因此他们不会有烦恼得要去自杀的时候。可这又有什么不好呢？在烦恼和傻瓜之间，选择后者说不定是更明智的呢。

S：也许是吧，所以我说那也不失为一种活着的办法。

M：那你为什么不选择这种办法？

S：我试过，但是没成功。

M：在这点上咱俩倒是挺一样。我也试过，可是不行。我老是想，与其那样活着倒不如死了痛快。

S：亚当和夏娃吃了禁果，知道了善与恶，被逐出了伊甸园，再也回不去了。所谓“知道了善与恶”其实就是对生活有了价值判断，对生命的意义有了要求，所以我们跟亚当夏娃一样，也别想回去当傻瓜了。

《圣经》上说，亚当和夏娃被逐出伊甸园，人类历史从此开始。这说法真是妙极了。也就是说，从此开始他们才是人了，由此他们才有别于其它动物而成为人了。遗憾的是人们只注意到了这是痛苦的开始，而没看到这才有了人生欢乐的可能。人们应该理解上帝的好意。把那个伊甸园称为乐园实在荒唐，我相信那儿可能没有痛苦，但没有痛苦的地方肯定也没有欢乐。所以我想，还是别回到伊甸园去当那漫长的傻瓜吧。

M：所以你选择了第二个办法？

S：不如说是去寻找另外的办法，因为第二个办法不是现成的。但是，如果你相信死是一件不必着急的事，如果你又不想去当那个漫长的傻瓜，如果你诚心诚意地去找另外的办法，你就准能找到它，你找到的就准是它。

M：玄了。我看你是不是越说越玄了？你就直截了当地说吧，怎么会“过程就是目的”呢？

S：比如说踢足球，全场九十分钟常常才进一两个球，有时候甚至是零比零，那么目的是什么呢？就是过程，在这九十分钟的过程中证明和欣赏生命矫健、坚强、智慧和优美。其实要想多进球还不简单吗？只要越位不算犯规，大伙都上大门那儿等着去，要不干脆一开始就罚点球，保险进球多。可是那样就没意思了，没有了过程，就没有了趣味，没有了快乐。在真正的球迷看来，过程比目的要紧。

不久前意大利的世界杯赛，由于时差关系，很多场球我们只能看录像，那时胜败已定，但球迷们都避免先知道结果，并向知道了结果的人发出警告：不许说！因为令我们着迷的是过程，他们要在前途未卜的过程中享受激情，享受惊险，享受渴望，享受悲欢。

我还知道一些更高明的球迷，甚至不怕知道结果；无论结果如何，丝毫不影响他们的兴致，只要那过程是充满艰险和激情的，不管辉煌的还是悲壮的，他们依然会如醉如痴地沉入在美的享受之中。问他们：谁赢了？他们可能会告诉你，但也可能他们记不清了，不过他们肯定能告诉你最好的球队是哪个，最好的球星是谁。如果他们告诉你得亚军的那个队实际上是最乏味的一个队，你用不着吃惊，因为他们是以过程来做判断的。

其实什么事都是这样。小说是这样，小说要是只写最后谁死了谁还活着，那就像人口普查了，没人爱看。科学怎么样？如果没有坎坷而欢欣的过程，人类想办到什么就办到了什么，人就差不多又要去当那个漫长的傻瓜了。生活也是，一场球赛九十分钟，一场生活就算它九十年，区别无非时间的长短罢了。上帝给人们设置了很多障碍，为的是展开一个过程，于是才能有趣味有快乐。

M：照此说来，生活是无需乎目的了？

S：不行，目的还非得有不可。如果都不想赢球，这场球还怎么踢下去呢？就像人活着没有理想，人可往哪儿走呢？没有了目的，过程一样没法展开。目的和理想的设置，我想，原就是为了引导出一个过程，我想，一个最最美好的理想或目的不如就让它处在那个望眼欲穿的位置上吧，这样才永远都有个奔头，创造着，欣赏着，乐此不疲。

M：但是你终于得到了什么呢？你总得能得到什么呀？总就是过程、过程、过程，总也达不到目的，你不觉得有点儿荒诞吗？

S：你得到了一个快乐的过程。就像一场球赛，你无论是输了还是赢了，只要你看重的是过程，你满怀激情地参与过程，生龙活虎不屈不挠地投入了过程，你在这过程的每一分钟里就都是快乐的。我发现这是划算的，胜负毕竟太短暂，过程却很长久，你干吗不去取得那长久的快乐呢？

况且胜利常常与上帝的情绪有关，上帝要是决心不喜欢你（比如说让你瘫痪了等等），你再怎么抗议也是白搭。但是，上帝神通再大也无法阻止你获取过程的欢乐。所以不如把那没有保证的胜利交给上帝去过瘾，咱们只用那靠得住的过程来陶醉。

M：嗯，有道理。我发现你确实不是傻瓜。

S：多谢多谢，我很喜欢你经常发现这一点。

M：我有时候也这么想，真的，人最终究竟能得到什么呢？未知是无限的，人类的希望无穷无尽，于是认识就永远没有个完，永远不会到达终点，一个阶段的结束不过是又一个阶段的开始。也许你说对了，人要是不能从过程中体味幸福和欢乐，生命就成了一场荒诞的苦役，死就一直具有诱惑力。

S：这么聪明的话，我希望你还是留给我说。我要说什么来着？哦，对了——所以过程就是目的。我想给你念一段一个残疾朋友写给我的话：

“事实上你唯一具有的就是过程。一个只想（只想！）使过程精彩的人是无法剥夺的，因为死神也无法将一个精彩的过程变成不精彩的过程，因为坏运也无法阻挡你去创造一个精彩的过程，相反你可以把死亡也变成一个精彩的过程，相反坏运更利于你去创造精彩的过程。于是绝境溃败了，它必然溃败。你立于目的的绝境却实现着、欣赏着、饱尝着过程的精彩，你便把绝境送上了绝境。梦想使你迷醉，距离就成了欢乐；追求使你充实，失败和成功都是伴奏；当生命以美的形式证明其价值的时候，幸福是享受，痛苦也是享受。现在你说你是一个幸福的人你想你会说得多么自信，现在你对一切神灵鬼怪说谢谢你们给我的好运，你看看谁还能说不。”

M：嗯，这个人很能说。

但是意义呢？价值呢？目的要是不重要，为什么还有高尚和卑下之分呢？

S：道德的最高尚的原则，我想，就是使最多的人最大程度地获得自由、幸福、快乐的生命过程。只有更为高尚的目的才能引导出更为自由、更为幸福、更为快乐的过程。我看这用不着担心。如果为了展开过程我们需要设置目的，那么为了展开更为自由、幸福、快乐的过程，我们明显需要设置更为高尚的目的。你没想到再表扬我两句吗？

M：等你不止是说，而是去做的时候吧。

S：那我就听不到了。

M：为什么？

S：这件事在死之前是做不完的。

三、职业·事业

S：如果生命是一条河，我想，事业相当于一条船。在河上漂泊，你总是有一条船。

A：你的这条船就是写小说喽？

S：碰巧是这样。迄今为止这条船对我还合适。当然我也写别的，我也干些别的事。

A：活着就是为了事业吗？

S：正好相反。船是为了漂泊，漂泊不是为了船。事业是为了活着，是为了活得更有味道。

A：那你怎么理解，譬如："一切为了事业"，"把生命献给事业"这样的话呢？

S：我更相信这样的事实，譬如：他的事业，给了他无比的快乐。为事业而奋斗，他感到莫大的幸福。在事业中他找到了自己的位置，实现了自己的价值。

A：有人说，活着就是奉献。

S：这话不仅不美反而失实，而且细品很像是诉苦，像是抱屈，像是炫耀，仿佛从中受益的只是他人。这类少实事求是之心多哗众取宠之嫌的说道，不见得能保证长久的快乐。如果他注意到了自己从事业中享受了多少乐趣，也许能对"奉献"一词体会得更全面。如果他活着真的只有奉献，我想那是对"按劳分配"原则的违背；如果奉献是他自己选择的幸福方式，那么他已经得到了丰厚的报偿，他不会在喝彩与掌声中眉飞色舞，而更可能在人们钦佩的目光下稍稍有一点惭愧。一种是，把事业视为自己的幸福，它不仅仅意味着心血的付出，它更意味着精神的收获；另一种则把事业仅仅看作是付出，仅仅看作是为他人的利益而受苦受累——这意味着需要报答，可这希冀倘若落空呢，事业岂不成了一场折磨人的灾难么？

顺便说一句，在信念的领域里可以不考虑经济规律，但这绝不意味着按劳分配的原则应该废弃。

A：你是怎么选择了写作这条路的呢？听说你身体残疾后，也曾一度想去死？

S：不是一度，是几度。这方面的事，在和M的谈话中已经说过了。

后来我想再活一活试试，以观后效。一个人，不管他曾经与死神的关系多么密切，如果现在他想活下去试试，他总得做些事，否则不劳而食你会觉得羞耻，否则精神无以安顿你会觉得时间漫长有如徒刑。必须得干些事。

我先到一个街道生产组找了个工作。那不是正式工作，干一天拿一块钱，再无其他待遇；所得工资可以温饱，关键是自力更生了，没有活成个负数，这感觉让人踏实。生产组是一间低矮破旧的老房，成员多是家庭妇女、老头、老太太和残疾人，每天在昏暗的光线里画些美丽的图案兼而嬉笑怒骂；那也是生活，如果你能体会，那样的生活里也一样包含了深意。这感觉给人希望，生活从不轻易抛弃谁。老头老太太们都对我好，他们没有文化但有饱满的人情味，这感觉让人温暖，让人对生活多了信心。我自以为工作得努力，肯定对得起那份工作，这样感觉比占了便宜要舒服。当然，我还不满意，我想我说不定还能干些更有趣的事。人对快乐的要求没有个够，我以为这不是坏思想。

一开始我先自学了一年外语，但很快就发现既无资料可供我笔译，也没人要我去做口译，外语这东西不用就忘，于是浅尝辄止。现在外语的用处多了，可我也老了，学不彻底就该火化了，下辈子再学吧。后来又学画彩蛋、画仕女图，虽第一批交货即通过验收，但毕竟不是兴趣所在，便又半途而废。那时周围的人都在学数理化准备考大学，我动了七八回心，终于明白人家不肯录取残疾人，就没去碰那个钉子。干什么呢？想了好久，想起我上学时作文一向有好分数，平时喜欢文学，心里又颇多感受，就试试写作吧。

选择一项事业（或者找一条能够载渡精神的船）的时候，应该想起兵书上的一句话：知己知彼，百战不殆。没有谁是为了失败而工作的，因为注定的失败不能引导出一个如醉如痴的过程。所谓知己，就是要知道自己的兴趣何在？自己的禀赋何在？如果你喜欢文学，可你偏偏不肯舍弃一个学化学的机会，且不说没有兴趣你的化学很难学好，即便你小有成就那也是你的悲剧。如果你是一个数学天才，比如说是一个潜在的陈景润，可你对此浑然不知偏要去当一个写小说的，结果多半不妙。所谓知彼，就是得知道客观条件允许你干什么。如果你热爱起足球的时候已经四十多岁，你最好安心做一个球迷，千万别学马拉多纳了。如果你羡慕三毛，你也有文学才能，但是你的双腿一动都不能动，你就不要向往撒哈拉，你不如写一写自己心中的沙漠。我一贯相信，每个人都有自己的所长，倘能扬长避短谁都能有所作为；相反如果弃长取短，天才也能成为蠢才，不信让陈景润与托尔斯泰调换一下工作试试看。对事业的选择，要根据“知己知彼”的原则，可别为“热门”或时髦所左右。

然后还得需要点勇气，需要冒一点风险，没有什么办法能保证你肯定有一条金光大道。我开始想写作的时候，人们提醒我说，你哪儿都去不了不能深入生活，你凭什么能干这一行呢？我自己心里也打鼓。可是我忍不住地想写。我有纸也有笔，还有好多想法，别人一天有 24 小时的生活，我一天也有 24 小时的生活，所有的生活一样都有品味不尽的深意，我就偷偷地写了一点，自己觉得还有希望，于是豁出去了，写！如果你看不出你的选择有什么不对头，你得豁得出去，你得敢于试试，一条道走到黑或者不撞南墙不回头。当然那时我已经在街道生活组挣着自己的饭钱了，我想我最不济是个 0，不会是个负数了。

A：幸好你没撞到南墙。

S：到现在为止，我看我还不需要回头。

A：要是撞了呢？要是你撞着南墙呢？

S：要是你发现你确实不适合干某一行，你还得敢于回头，及时回头。这不丢人，事业不是为了撞南墙的，撞死在南墙下算不上勇敢。这方面你不行，你得相信在其他方面你未必都不行。

A：一开始你就相信，写小说你肯定行吗？

S：我只是认为我不见得不行。我没有把它当成一件只许成功不许失败的事来干。寻找也可以算一种事业。尝试也是一个有价值的过程。鉴于我们的选择无论多么科学多么慎重，我们仍有失败的可能，所以我们还是得把注重点从目的移向过程。

A：你很幸运。

S：你是指我的残疾？

A：别起哄，我是说能把这些事想得明白，这也是一种幸运。

S：不起哄，也许正因为命运让我有机会见识了绝境，这确实算得一种幸运。

A：你毕竟找到了你所感兴趣的事业，并不是谁都有这样的福气。

S：可是谁都有业余时间。现在的工作分配还不可能都根据个人的兴趣，可是挣完了饭钱还有不少时间，这些时间全凭个人调度。

A：你在事业上有过挫折吗？

S：我绝对认为我的智商适中。我好几次都认为我得改行了，根据“知己知彼”的原则想了又想，还是没改。我现在不大发愁写什么，可怎么能写得更好估计永远都是一个问题。

A：事业上的挫折，难道不给你带来苦恼吗？

S：当然。如果挫折不带来苦恼，成功也就不带来快乐了。

A：你怎么摆脱这样的苦恼呢？

S：一遍一遍地摆脱，没完没了地摆脱。一次一次地相信：船不是目的，河也不是，目的是诚心诚意尽心尽力地漂泊。

A：那也许是因为，你在事业上毕竟算个成功者。

S：我不起哄可是你起哄。成功与否完全是个度量标准的问题。

A：总归人家管你叫作家，不管我叫什么“家”。

S：那是因为很多事不大公道，现在“作家”这个头衔不值钱，发表几篇小说就算个“家”，比当别的“家”——比如科学家、哲学家、数学家——要省事得多。而且写小说容易出名，因为你写了，总得签上你的名。

A：我看你是得了便宜卖乖。

S：我料到您要这么说了。不过您说的也许不全错。

可是还是得说，千万别把事业当成一项赌注。尤其是我们残疾人，千万别以为成功了某项事业，你的一切艰难困苦就都迎刃而解了，根本没那回事。就算我像你说的那样是个事业的成功者吧，那么我以这个身份最想说的就是，事业的成功确实让人兴奋，但它不为人解决其余的问题，兴奋之后清静下来，一瞧：所有的问题都还在，一如既往。

A：可是对于残疾人来说，它至少可以解决工作问题。

S：你存心跟我作对，存心让我理屈词穷是不是？我得承认有这么回事，这样的事真让人遗憾。不过人大常委会很快就要通过一项“残疾人保障法”了，将明文规定残疾人与所有的人一样有工作的权利，以后谁不给残疾人工作谁就是违法。

我们还是说说法律以外的问题吧，有很多问题不见得是法律能管得了的。

A：什么问题，比如说？

S：比如说，对残疾人的歧视，这种歧视常常只流露在别人的眼睛里，法律管不了吧？可你怎么办？比如说，爱情问题，法律说你有结婚的权利，可你所爱的人（当然他或她也爱你）因为种种并不违法的外界压力而离开了你，你怎么办？这些问题并不因为你在事业上的成功就可以消失。比如说，孤独，自卑，沮丧，活着到底为了什么？我们在走向哪儿？人类的理想一向很完美，可人类的现实为什么总是不如人意？这样的问题永远都在那儿等着你，并不因为你成了什么“家”它们就云消雾散。千万别把事业的成功作为一项赌注，当成一笔全面幸福的保险金，千万别以为你一旦功成名就天下的倒霉事就都归了别人，幸福就都归了你，那样想你会失望的，到时候你的诸多奢望不能兑现绝没有谁给你赔偿，而且你还会因此而失去事业原本为你预备的快乐，那才真叫一败涂地呢。对于事业，我想还是“只问耕耘，不问收获”来得聪明，那样事业这条船才能一直载歌载舞载欢载乐。

我知道有一位残疾朋友，他一心要写小说，发誓不成功则成仁，什么事都不做，什么事都不屑于做，他说就是要有这样的决心和雄心，他说他相信成功和幸福必定会在某一天早晨成为事实。我不敢贸然说他不是天才，但我以为对于绝大多数不是天才的人来说，这么干挺危险。从我这个凡夫俗子的角度看，文学创作跟学外语大不相同，不是忍得几载寒窗苦就能行的，它需要自自然然地去体会生存这件事，然后需要不急不躁地去写。要紧的还不在这儿，要紧的是他不成功他会痛苦，他真的成功了他也见不到预期的那种幸福。还是那句话，事业是一条船，可船不是目的，船只有在航程中才给人提供创造的快乐和享受这快乐的机会。

A：我知道有一个人，他说他要是写不好小说他就一辈子不谈恋爱。

S：这可麻烦了。我总认为不会恋爱的人就不会写作。我总想，不懂得爱情的人可能懂得艺术吗？我总怀疑，要是漂泊不能吸引你，你跳到船上去干吗呢？依你看呢？

A：依我看你刚才贬低了学外语的。

S：对不起，要是有这样的事肯定不是出于恶意。

A：我以为对一个人来说，不管他干哪一行，他都应该对丰富多彩的生活葆有激情。任何事业都不应该把人弄成机器，事业的成功是一回事，人的成功是另外一回事。

S：这是我说的。

A：是我，是我说的。

S：是你替我说的。

A：你真矫情。

S：你也一样。

四、关于平等

M：《中国残疾人》上关于平等问题的讨论，你觉得怎么样？

S：好。

M：就一个字？怎么好？

S：怎么都好。这样的讨论本身就好，这讨论本身就是平等的一次实现。

M：你是说先不必期待一个放之四海而皆准的真理，先不必统一思想？

S：不是先不必，是永远不必。

M：那干吗要讨论？

S：那才要讨论。为什么讨论偏要以统一思想为目的呢？譬如平等，是意味着统一思想统一行动呢？还是说，每一种处境、每一种心绪都有被了解的机会（或权利）呢？是“非礼勿言”平等呢，还是“百花齐放”平等？

M：经过这样的讨论，不仅能使我们互相了解，也使每个人自己更了解自己了。

S：我曾经也像戈奇那样苦笑、尖刻、拍案而起过。现在嘛，我想我更赞成东野长峥的态度。我想我非常理解戈奇，我想东野长峥一定也是从那条愤怒的路上走过来的。我现在仍然相信那是美丽的愤怒，那是真正渴望平等的愤怒，那是真诚的哭喊和笑骂。我们不能做鬼我们也不要成仙，我们不忍受欺侮同样不忍受溺爱，我们看得出在过分的优待和小心的恭维后面，并非有意但确实还是非人的看待。我曾经写过，譬如说，一个人拉一辆车完全算不得什么光荣，但一只猴子拉一辆车却赢得满场的喝彩。要是我们听了类似的喝彩而不愤怒，甚至还洋洋自得，我们就很有危险沦为舞台上一道伪劣的风景。但是……

M："但是"后面大做文章。

S："但是"后面确实有文章可做。

M：当然当然。别愤怒，百花齐放。

S：也可以百花怒放。不过不保证肯定不是毒草。

我看，平等，这件事跟爱情差不多。平等很可爱，是你朝思暮想的情人，比如这么说。但是，不是你爱上谁谁就也得爱你。不是你渴望平等，人家就一定要把你平等相看。为此你拍案而起，得，人家没准儿更躲你远点儿，怕不留神"欺负"了你。人家跟你说话总得加着小心，那样你准保又要愤怒——难道跟残疾人说话就总得这么小心翼翼吗？你又要喊——残疾，给了我们什么特权！就这样，你越愤怒人家越把你另眼相看，越给你"特权"，然后你更加地愤怒，结果弄成了个怪圈，一圈一圈地转下来你离平等越远了。（顺便说一句，你把人家也弄进一个怪圈里去了——欺负你是欺负你，不欺负你还是欺负你。）我曾经就是这样，把自己和别人都弄到怪圈里去了。幸运的是我看见了这个怪圈，发现打破它的办法首先是放弃愤怒。从愤怒到放弃愤怒，不等于不会愤怒，不等于麻木，尤其不等于沾沾自喜于做一道伪劣的风景。

M：应该说，放弃对别人的愤怒，把那美丽的愤怒瞄准自己。

S：对对。因为，平等要是丢了，一定不是贼偷了，一定是自己糊里糊涂地忘了它在哪儿。平等，确实很像爱情，不可强求。强求有时可以成婚，但那婚姻中没有爱情。即使人家愿意送给你平等,但是送来的肯定不是平等。

M：不过，要是人家不认为你有爱的权利呢（还有工作的权利、学习的权利），你也放弃愤怒？

S：你是说有人在违法？那还用说？义不容辞，愤怒地把他送交法庭或诉诸舆论就是。不过我想，这样的局面并不是最难应付的局面。最难办的是人家并不违法，只是在心里看不起你，目光中流露着对你的轻视和可怜，你可有啥办法？

M:用行动，只有用行动消除他们的偏见！用我们的意志、作为、智慧，来消除他们的偏见。

S：好主意。好主意倒是好主意，可要是你的行动仅仅以他们的偏见为坐标，仅仅是根据那些偏见作出的反应，你还是有点像夺路而逃，逃进一种近乎于复仇雪耻的勇猛中去了。但是这样的出逃，很可能急不择路而掉进什么泥沼里去。

我看过一本书，书中有段话，大意是这样：我们可以为了从高处鸟瞰风景的缘故而去爬一棵树，也可以由于有一头野兽在后面紧紧追赶的缘故而去爬一棵树。在这两种情形下我们都是在爬树,但动机却完全不同。前者，我们爬树是为了娱乐；后者，我们则是受恐惧的驱使。前者，我们要不要爬树完全是我们的自由；后者，我们喜不喜欢都得这样做。前者，我们可以寻找一棵最适合我们意图的树；后者，我们却无法选择，必须立刻就近爬上树去，也就是说由一头野兽替我们作出了选择。

M：这个比喻挺不错。平等的前提，非得是自由不可，心灵的自由。爹娘让你娶A小姐你无奈就娶了A小姐，这是包办婚姻；爹娘让你娶A小姐你一气之下就娶了B小姐,这其实仍不是自由婚姻。关键是你到底爱不爱？爱谁？你是不是尊重和服从了自己的爱、自己的愿望和意志？当然，你还得像尊重自己一样地尊重A小姐和B小姐的意愿。

S：事业也是这样，一切都是这个逻辑。当我们摆脱了那头野兽，当那头野兽看见我们就逃而不是我们看见它就逃，当我们忘记了残疾，就是说我们自己心里先不受那残疾的摆布，那时，平等便悄然而至，不用怎么喊它，它自然就要光临。光临得既不鬼祟也不张扬。它光临的方式，主要不是从门外进来拜访你，而是从你心底涌起，并饱满地在那儿久住。

M：残疾，你相信真能忘记它吗？要是仍然有人因为残疾而歧视你呢？

S：法律管不了的事，只好由文明的慢慢发达来解决。有句俗话——听拉拉蛄叫还不种庄稼了吗？

M：你不是说，我们就不需要别人特殊的帮助吗？

S：请你相信我，至少我没那么大能耐。世界上可有一个人不需要别人的帮助吗？如果把帮助和蔑视混淆，那头野兽就又要调头追来了，帮助，全是特殊的，没有统一型号。你个子矮，你要一双高跟鞋，我双腿瘫痪我不要高跟鞋，我要一辆轮椅和一些坡道，我们都不是孩子了，所以我们就不要谁再来摸摸我们的后脑勺儿，你说是不？

M：要不要你妻子摸一摸呢，有时候？

S：这另当别论。

1988 年

游戏·平等·墓地

1. 游戏，摆脱时间的刑役。

设若我们不管为了一个什么目的到一个什么地方去，坐火车去，要在火车上度过比如说三天三夜。我们带上吃的、喝的以及活命72小时所必需的用物，要不就带上钱以备购买这些东西。当然此前我们先买好了车票，就是说我们的肉体在这趟车上已经确定有了一个位置。此外我们还得带上点儿什么呢？考虑到旅途的寂寞，带一副棋或一副牌，也可以是一本书，或者一个可以收听消息的小机器……很明显，这已不是活命的需要，这是逃避、抗拒、或者说摆脱时间空洞的需要，是活命之后我们这种动物所不可或缺的娱乐。如果没有棋没有牌没有书也没有消息，有一个彼此感兴趣的对话者也行，如果连这也没有，那么一个想像力丰富的人还可以在白日梦中与这个世界周旋，一个超凡入圣的人还可以默坐诵经以拒斥俗世的烦恼。但所有这些行为都证明了一个共同的起因：空洞的时间是不堪忍受的，倘其漫长就更是可怕的了。

据说有一种最残酷的刑罚：将一个人关在一间空屋子里，给他充足的食物、水、空气、甚至阳光，但不给他任何事做，不给他任何理睬，不给他与任何矛盾和意义发生关系的机会，总之，就这么让他活着性命，却让他的心神没有着落没有个去处，永远只是度着空洞的时间。据说这刑罚会使任何英雄无一例外地终致发疯，并在发疯之前渴望着死亡。

我们在那趟火车上打牌，下棋，聊天，看书，听各种消息并在心里给出自己的评价……依靠这些玩具和游戏逃过了72小时空白时间的折磨（我们之所以还挺镇静，是因为我们知道72小时毕竟不是太久），然后我们下车，颇有凯旋的感觉。其实呢，我们不过是下了一趟小车，又上了一趟大车。地球是一趟大车，在更为广阔的空间中走；生命是一趟大车，在更为漫长的时间中走。我们落生人间，恰如上了一趟有七八十年乃至更长行程的列车。在这趟车上，有吃的、喝的、空气、阳光以及活命所需的一切条件。但若在这趟车上光有一副牌一副棋之类的玩意就大大地不够，这一回我们不是要熬三天三夜，而是要度过一生！“无聊”这个词汇的出现，证明我们有点恐慌；前述那种最残酷的刑罚，点明了我们最大的恐惧并不是死亡，而是漫长而空洞的时间。幸好上帝为我们想得周全，在这趟车上他还为我们预备了取之不尽用之不竭的各式各样的矛盾和困阻。这些矛盾和困阻显示了上帝无比的慈悲。有了它们，漫长的时间就有了变化万千的内容，我们的心神就有了着落，行动就有了反响，就像下棋就像打牌就像对话等等等等，我们在各种引人入胜的价值系统中寻找着各自喜欢的位置，不管是“有情人终成眷属”还是“纵使齐眉举案，到底意难平”，我们就都能够娱乐自己了。谢谢上帝为我们安排得巧妙：想跑，便有距离；想跳，便有引力；想恋爱，便有男人也有女人；想灭欲，便有红尘也有寺庙；想明镜高悬，既能招来权门威逼也能赢得百姓称颂；想坚持真理，既可留一个美名也可落一个横死；想思考，便有充足的疑问；想创造，便有辽阔的荒寂；想真，便有假的对照；想善，便有恶的推举；想美，便有丑的烘托；想超凡入圣，便有卑贱庸碌之辈可供嘲笑；想普度众生，便有众生无穷无尽的苦难……感谢上帝吧，他给我们各种职业如同给我们各种玩具，他给我们各种意义如同给我们各种游戏，借此我们即可摆脱那种最残酷的刑罚了。

这样来看，一切职业、事业都是平等的。一切职业、事业，都是人们摆脱时间空洞的方法，都是娱乐自己的玩具，都是互为依存的游戏伙伴，所以都是平等的，本不该有高低贵贱之分。如果不是为了我们这种动物所独具的精神娱乐的需要，其实一切职业、事业都不必，度命本来十分简单——像一匹狼或一条虫那样简单，单靠了本能就已足够，反正在终于要结束这一点上我们跟它们没什么两样。所以我想，一切所谓精英、豪杰、大师、伟人都不该再昧了良心一边为自己贴金一边期待着别人的报答，不管是你们为别人做了什么贡献，都同时是别人为你们提供了快乐，（助人为乐，不是么？）最好别忘了这个逻辑，不然便有大则欺世小则卖乖之嫌疑。——当然当然，这也不全是坏，正如丑烘托了美，居功自傲者又为虚怀若谷的人提供了快乐的机缘。

2. 平等，上帝有意卖一个破绽给我们猜？

“一切职业、事业都是平等的”，这恐怕只是一个愿望，永远都只是一个愿望。事实上，无论是从酬劳还是从声誉的角度看，世间的职业、事业是不平等的，从来也没有平等过，谁也没有办法命令它们平等。

要是我们真正理解了上帝的慈悲，我们就应该欣然接受这一事实。上帝无比的慈悲，正在于他给了我们无穷无尽的矛盾和困阻，这就意味了差别的不可抹杀。如果没有平凡的事业、非凡的事业和更为伟大的事业之区分，就如同一出情节没有发展的戏剧，就等于是抽去两极使人类的路线收缩成一个无限小的点，我们娱乐的机缘很快就会趋于零了。这便如何是好呢？因为倘若平等的理想消失，就如同一种没有方向的游戏，就等于是抽去一极而使另一极也不能存在，结果还是一样，我们娱乐的机缘仍会很快消失。我们得想个法子，必须得有个办法既能够保住差别又可以挽救平等。于是一个现实主义的戏剧就不得不有一点理想主义的色彩了，写实的技巧就不得不结合浪漫的手法了，善不仅是真，善还得是美，于是我们说“人的能力有大小，只要如何如何我们的精神就一样都是伟大的”。这法子好，真的好，一曲理想的歌唱便在一个务实的舞台上回响了，就像繁殖的节奏中忽然升华出爱情的旋律。此一举巧夺天工，简直是弥补了上帝的疏漏。不过，也许是上帝有意卖一个破绽期待我们去猜透：在现实的舞台上不能消灭角色的差别，但在理想的神坛上必须树立起人的平等。

跟着，麻烦的问题来了：人的平等，是说任何人都应该是平等的吗？那，我们能够容忍——譬如说，“四人帮”和焦裕禄是平等的——这样的观点吗？绝对不能！好吧，把问题提得小一点：难道小偷可以与警察画等号吗？当然不能。为什么不能？因为人间这一现实的戏剧要演下去，总得有一个美好的方向，自由的方向，爱的方向，使人能够期待幸福而不是苦难，乃是这出戏剧的魅力所在（且不去管它真否能够抵达极乐世界），此魅力倘若消散，不仅观众要退席连演员也要逃跑了。所以，必须使剧情朝着那个魅力所系的方向发展，把一个个细节朝那个方向铺垫，于是在沿途就留下价值的刻度，警察和小偷便有善恶之分，焦裕禄与“四人帮”便有美丑之别。但是，没有凶残、卑下、愚昧，难道可以有勇敢、高尚和英明么？没有假恶丑，难道可以有真善美么？总而言之，没有万千歧途怎么会有人间正道呢？“世上本没有路，走的人多了就成了路”，这是一种常常给我们启迪的思想。但是，世上本没有路，是不是抬腿一走便是一条正道呢？当真如此，人生真是一件又简单又乏味的事了。很可能世上本来有很多路，有人掉进泥潭便使我们发现一条不能再走的路，有人坠落深渊便又使我们发现一条不能再走的路，步人歧途者一多我们的危险就少，所谓“沉舟侧畔千帆过”，于泥潭和深渊之侧就容易寻找正道了。这样看来，证明歧途和寻找正道即便不可等同，至少是一样地重要了。这样一想，我仿佛看见：警察押解着小偷，马克思怒斥着希特勒（尽管他们不是同时代的人），凡人、伟人、罪人共同为我们走出了一条崎岖但是通向光明的路，共同为我们提供了一个对称因而分明的价值坐标，共同为这出人间戏剧贡献了魅力。

我想，希特勒当然也曾是一个天真无邪的孩子，任何小偷，都没有理由说他生来就配作一个被押解的角色吧？相信存在决定意识的唯物主义者，想必更能同意这种理解。这出人间戏剧啊，要说上帝的脚本策划得很周密，这我信。但要说上帝很公正，我却怀疑。不管是在舞台的小世界，还是在世界的大舞台，没有矛盾没有冲突便没有戏剧，没有坏蛋们的难受之时便没有好人们的开心之日，这很好。但是谁应该做坏蛋？谁应该做丑角？凭什么？根据什么究竟根据什么？偶然。我们只能说这纯粹是偶然的挑选，跟中彩差不多。但是生活的戏剧中必然地有着善与恶、对与错，也必然地需要着这样的差别和冲突，于是这个偶然的中选者就必然地要在我们之中产生，碰上谁谁就自认倒霉吧。那么这些倒霉的中选者自己受着惩罚和唾骂而使别人找到了快乐和光荣，不也有点舍己为人的意思吗？当然他们并无此初衷。当然也不能仅凭效果就给他们奖励。对极了，为了人类美好方向的需要，为了现世戏剧的魅力之需要，我们不仅不能给他们奖励而且必须要给他们恰当的惩罚。杀一儆百有时也是必要的，否则如何标明那是一条罪恶的歧途呢？但是，在俗界的法场上把他们处决的同时，也应当设一个神坛为他们举行祭祀。当正义的胜利给我们带来光荣和喜悦，我们有必要以全人类的名义，对这些最不幸的罪人表示真心的同情（有理由认为，他们比那些为了真理而捐躯的人更不幸），给这些以死为我们标明了歧途的人以痛心的纪念（尽管他们是无意的）。我们会想起他们天真的童年，想起他们本来无邪的灵魂，想起如果不是他们被选中就得是我们之中的谁被选中，如果他们没被选中他们也会站在我们中间。我们虔诚地为他们祈祷为他们超度吧，希望他们来世交好运（如果有来世的话），恰恰被选去做那可敬可爱的角色。我听说过有这样的人，他们向二次大战中牺牲的英雄默哀，他们也向那场战争中战死的罪人默哀。这件事永远令我感动。这才真正是懂得了历史，真正怀有博大的爱心和深重的悲悯。这样人类就再一次弥补了上帝的疏漏（如果不是上帝有意卖一个破绽留给我们去参悟的话），使人人平等的理想更加光芒四射。

在人间的舞台上，英雄、凡人、罪人是不能平等的。那，现在我们以人人平等为由所祭祀的，是不是抽象的人呢？因而是不是一种哗众取宠的虚伪呢？是抽象的人，但并不是哗众取宠的虚伪；抽象的人不一定要真，正如理想，美就行，抽象的人是人类为自己描绘的方向。那么，这种不现实的人人平等又有什么用呢，不是吃饱了撑的瞎扯淡吗？一点都不瞎扯淡，理想从来就不与现实等同，但理想一向都是有用的。（顺便说一句，吃饱了，于猪是理想的完成，于人则仅仅是理想的开端。）唯当在理想的神坛上树立起人的平等，才可望有“法律面前人人平等”的现实。（没理由把“法律面前人人平等”单送给某一个阶级，因为这是属于全人类的智慧和财富。倘若有人卖假药，显然不能因而就把良药也消灭。）没有一个人人平等的神坛，难免就会有一个“君君臣臣”的俗界。不是么？几千年的“君权神授”，弄来弄去跑不了是“刑不上大夫”的根由。

3. 墓地——历史的祭祀，万灵万物和解的象征。

要是您白天忙了一天，晚上去看戏，戏散了您先别走，我告诉您一个最迷人的去处：后台。我们，我和您，我们设想自己还原成了两个孩子，两个给根棒槌就认真（纫针）的孩子，溜进后台。两个孩子想向孙悟空表达一片敬意，想劝唐僧今后遇事别那么刚愎自用，想安慰一下牛郎和织女，再瞅机会朝王母娘娘脸上啐口唾沫。可是，两个孩子忽然发现卸了装的他们原来是同事，一个个“好人”卸了装还是好人，一个个“坏蛋”卸了装也是好人，一个个“神仙”和“凡人”到了后台原来都是一样，他们打打闹闹互相开着玩笑，他们平平等等一同切磋技艺，“孙悟空”问“猪八戒”和“白骨精”打算到哪儿去度蜜月？于是“唐僧”和“王母娘娘”都抱怨市场上买不到像样的礼品。这时候两个孩子除了惊讶，势必会有一些说不清的感动一直留到未来的一生中去。

孩子长大了，有一天他走到一片墓地，在先人的坟墓前培一捧土、置一束花，默立良久。他有可能是我，也有可能是您。那是某一年的清明。每年的清明都是一样。墓地上无声地传颂着先人的消息，传颂着无比悠远、辽阔和纷繁的历史。往日的喧嚣都已沉寂；往日的悲欢都已平息；往日的功过荣辱，都是历史走到今天的脚步；往日千差万别的地位，被人类艰苦卓绝的旅程衬比得微不足道；曾经恩恩怨怨的那些灵魂，如今都退离了前台，退出了尘世的角色，“万法归一”，如同谢幕一般在幽冥中合唱一曲祭歌，祭祀着人类一致的渴盼与悲壮，因而平等。这时候我，或者您，又闯到世界大舞台的后台去了，这才弄明白，我们曾在舞台小世界的后台所得的那份感动都是什么。

这时我才懂得，人类为什么要有墓地。此前我总是蔑视墓地，以为无用，以为是愚昧的浪费。现在我懂了，那正是历史的祭坛，是象征人类平等的形式。

但是前台常常不免让人灰心，我发现那墓地的辉煌与简陋竟也与死者生前的地位成正比。譬如说：为什么伟人死后要塑一尊像要建一座殿堂，而凡人死了只留一把灰和一捧土呢？难道现世的等级还要延展到虚冥中去分化人类的信念么？难道人不是平等的，连在祈望中都不能得到一个平等的象征么？无论再怎么解释都难有说服力，从不见有一座（哪怕是一座！）凡人纪念堂这一事实，到底是令人悲哀的。我的朋友力雄曾写过一篇文章，他设想建一座凡人纪念堂（不仅仅是骨灰堂），每一个凡人都有资格在那儿占一块小小的空间，小到够放置几页纸或一个小本子就行了。每个人都可以在那儿记录下他们平凡的一生及其感受，以使后人知道历史原来都是什么，以偿人类平等的夙愿。

这设想让我感动不已。我对力雄说，我也有一个不错的想法，很久了。我想，我死的时候穿的什么就是什么，不要特意弄一身装裹，然后找一块最为贫瘠的土地，挖一个以我的肩宽为直径的深坑，把我垂直着埋进去，在那上面种一棵合欢树。我喜欢合欢树。我想这是个好办法。人死了,烧了，未免太无作为，不如让他去滋养一棵树，给正在灰暗下去的地球增添绿色。我想为什么不能人人如此呢？沙漠的扩展、河流的暴虐无常、恶劣气候的频繁，正给人类的生存带来威胁，而这，都是因为地球上的森林正在与日俱减。要是每个人死了都意味着在荒贫的裸土上长成一棵树，中国有十一亿人世界有五十亿人，一百年后中国便多出十几亿棵树，世界便多出五十几亿棵树，那会是一片片多么大的森林！那时候土地会变得肥沃，河流会变得驯顺而且慷慨，气候会更懂秩序，一年四季风调雨顺。当然不是都种合欢树，谁喜欢什么树就种什么树，树都是平等的。后人像爱护先人的坟墓那样爱护着这些树，每逢祭日，培土还是培土，酹酒改为浇灌，献花改为剪枝，死亡不单意味着悲痛，更不意味着浪费，而是意味着建设，意味着对一片乐土的祈祷和展望。森林逐日地大起来，所有可爱的动物和美丽的植物都繁荣昌盛。那样，墓地不仅是人类历史的祭坛，不仅是人类平等的象征，还是万灵万物的圣殿，还是人与自然和解的象征与实证。力雄说我这个想法也很好，就让他那个凡人纪念堂坐落在这样的森林中间，或者就让凡人纪念堂的周围长起这样的大森林来。

我想，为了记住这一棵树下埋的是谁，也可以做一面小小的铜牌挂在树上，写下死者的名字。比如说我，那铜牌上不要写史铁生之墓，写：史铁生之树。或者把树的名字也写上：史铁生之合欢树。

1991 年 7 月 31 日

无答之问或无果之行

现今，信徒们的火气似乎越来越大，狂傲风骨仿佛神圣的旗帜，谁若对其所思所行稍有疑虑或怠慢，轻则招致诅咒，重则引来追杀。这不免让人想起“红卫兵”时代的荒唐，大家颂扬和憧憬的是同一种幸福未来，却在实行的路途上相互憎恨乃至厮杀得英雄辈出，理想倒乘机飘离得更加遥远。很像两个孩子为一块蛋糕打架，从桌上打到桌下，打到屋外再打到街上，一只狗悄悄来过之后，理想的味道全变。

很多严厉的教派，如同各类专横的主义，让我不敢靠近。

闻佛门“大肚能容”可“容天下难容之事”，倍觉亲近，喜爱并敬仰，困顿之时也曾得其教益。但时下，弄不清是怎么一来，佛门竟被信佛的潮流冲卷得与特异功能等同。说：佛就是最高档次的特异功能者，所以洞察了生命的奥秘。说：终极关怀即是对这奥秘的探索，唯此才是生命的根本意义，生命也才值得赞美。说：若不能平息心识的波澜，人就不可得此功能也就无从接近佛性。言下之意生命也就失去价值，不值得赞美。更说：便是动着行善的念头，也还是掀动了心浪，唯善恶不思才能风息浪止，那才可谓佛行。如是之闻，令我迷惑不已。

从听说特异功能的那一天起，我便相信其中必蕴藏了非凡的智识，是潜在的科学新大陆。当然不是因为我已明了其中奥秘，而是我相信，已有的科学知识与浩瀚的宇宙奥秘相比，必仅沧海一粟，所以人类认识的每一步新路必定难符常规；倘不符常规即判定其假，真就是“可笑之人”也要失笑的可笑之事了。及至我终于目睹了特异功能的神奇，便更信其真，再听说它有多么不可思议的能力，也不会背转身去露一脸自以为是的嘲笑。

嘲笑曾经太多，胜利的嘲笑一向就少。

但是——我要在“但是”后面小做文章了。（其实大小文章都是做于“但是”之后，即有所怀疑之时。）但是！我从始至今也不相信特异功能可以是宗教。宗教二字的色彩不论多么纷繁，终极关怀都是其最根本的意蕴。就是说，我不相信生命的意义就是凭借特异功能去探索生命的奥秘。那样的话它与科学又有什么不同？对于生命的奥秘，你是以特异功能去探索，还是以主流科学去探索，那都一样，都还不是宗教不是终极关怀，不同的只是这探索的先进与落后、精深与浅薄以及功效的高低而已。而且这探索的前途，依“可笑之人”揣想，不外两种：或永无止境，或终于穷尽。“永无止境”比较好理解，那即是说：人类的种种探索，每时每刻都在限止上，每时每刻又都在无穷中；正因如此，才想到对终极的询问，才生出对终极的关怀，才要问生命的意义到底何在。而“终于穷尽”呢，总让人想不通穷尽之后又是什么？即便生命的奥秘终于了如指掌，难道生命的意义就不再成为问题么？

我总以为，终极关怀主要不是对来路的探察，而是对去路的询问，虽然来路必要关心，来路的探察于去路的询问是有助的。在前几年的文学寻根热时，我写过几句话：“小麦是怎么从野草变来的是一回事，人类何以要种粮食又是一回事。不知前者尚可再从野草做起，不知后者则所为一概荒诞。”这想法，至今也还不觉得需要反悔。人，也许是猴子历经劳动后的演变，也许是上帝快乐或寂寞时的创造，也许是神仙智商泛滥时的发明，也许是外星人纵欲而留下的野种，也许是宇宙能量一次偶然或必然的融合，这都无关宏旨，但精神业已产生，这一事实无论其由来如何总是要询问一条去路，或者总是以询问去路证明它的存在，这才是关键。回家祭祖的路线并不一定含有终极关怀，盲流的家园可以是任意一方乐土，但精神放逐者的家园不可以不在生命的意义。生命的意义若是退回到猴子或还原为物理能量，那仿佛我们千辛万苦只是要追究“造物主”的错误。“道法自然”已差不多是信徒们的座右铭，但人，不在自然之中吗？人的生成以及心识的生成，莫非不是那浑然大道之所为？莫非不是“无为无不为”的自然之造化？去除心识，风息浪止，是法自然还是反自然，真是值得考虑。（所谓“不二法门”，料必是不能去除什么的，譬如心识。去除，倒反而证明是“二”。“万法归一”显然也不是寂灭，而是承认差别和矛盾的永在，唯愿其和谐地运动，朝着真善美的方向。）佛的伟大，恰在于他面对这差别与矛盾，以及由之而生的人间苦难，苦心孤诣沉思默想；在于他了悟之后并不放弃这个人间，依然心系众生，执着而艰难地行愿；在于有一人未度他便不能安枕的博爱胸怀。若善念一动也违佛法，佛的传经布道又算什么？若是他期待弟子们一念不动，佛法又如何传至今天？佛的光辉，当不在大雄宝殿之上，而在他苦苦地修与行的过程之中。佛的轻看佛法，绝非价值虚无，而是暗示了理论的局限。佛法的去除“我执”，也并非是取销理想，而是强调存在的多维与拯救的无限。

（顺便说一句：六祖慧能得了衣钵，躲过众师兄弟的抢夺，星夜逃跑……这传说总让我怀疑。因为，这行动似与他的著名偈语大相径庭。既然“菩提本无树，明镜亦非台，本来无一物，何处染尘埃”，倒又怎么如此地看重了衣钵呢？）

坦白说，我对六祖慧能的那句偈语百思而不敢恭维。“本来无一物”的前提可谓彻底，因而“何处染尘埃”的逻辑无懈可击，但那彻底的前提却难成立，因为此处之“物”显然不是指身外之物以及对它的轻视，而是就神秀的“身为菩提树，心如明镜台”而言，是对人之存在的视而不见，甚至是对人之心灵的价值取销。“本来无一物”的境界或许不坏，但其实那也就没有好歹之分，因为一切都无。一切都无是个省心省力的办法，甚至连那偈语也不必去写，宇宙就像人出现之前和灭绝之后那般寂静，浑然一体了无差异，又何必还有罗汉、菩萨、佛以及种种境界之分？但佛祖的宏愿本是根据一个运动着的世界而生，根据众生的苦乐福患而发，一切都无，佛与佛法倒要去救助什么？所救之物首先应该是有的吧，身与心与尘埃与佛法当是相反相成的吧，这才是大乘佛法的入世精神吧。所以神秀的偈语，我以为更能体现这种精神，“身为菩提树，心如明镜台，时时勤拂拭，莫使染尘埃”，这是对身与心的正视，对罪与苦的不惧，对善与爱的提倡，对修与行的坚定态度。

也许，神秀所说的仅仅是现世修行的方法，而慧能描画的是终极方向和成佛后的图景。但是，“世上可笑之人”的根本迷惑正在这里：一切都无，就算不是毁灭而是天堂，那天堂中可还有差别？可还有矛盾？可还有运动么？依时下信佛的潮流所期盼的，人从猴子变来，也许人还可变到神仙去，那么神仙即使长生是否也要得其意义呢？若意义也无，是否就可以想象那不过是一棵树、一块石、一座坚固而冷漠的大山、一团随生随灭的星云？就算这样也好，但这样又何劳什么终极关怀？随波逐流即是圣境，又何必念念不忘什么“因果”？想来这“因果”的牵念，仍然是苦乐福患，是生命的意义吧。

当然还有一说：一切都无，仅指一切罪与苦都无，而福乐常在，那便是仙境便是天堂，便是成佛。真能这样当然好极了。谁能得此好运，理当祝贺他，欢送他，或许还可以羡慕他。可是剩下的这个人间又将如何？如果成佛意味着独步天堂，成佛者可还为这人间的苦难而忧心么？若宏愿不止，自会忧心依旧，那么天堂也就不只有福乐了。若思断情绝，弃这人间于不闻不问，独享福乐便是孜孜以求的正果，佛性又在哪儿？还是地藏菩萨说得好：“地狱未空，誓不成佛。”我想这才是佛性之所在。但这样，便躲不过一个悖论了：有佛性的誓不成佛，自以为成佛的呢，又没了佛性。这便如何是好？佛将何在？佛位，岂不是没有了？

或许这样才好。佛位已空，才能存住佛性。佛位本无，有的才是佛行。这样才“空”得彻底，“无”得真诚，才不会执于什么衣钵，为着一个领衔的位置追来逃去。罗汉呀，菩萨呀，那无非标明着修习的进程，若视其为等级诱人的宝座，便难免又演出评职称和晋官位式的闹剧。佛的本意是悟，是修，是行，是灵魂的拯救，因而“佛”应该是一个动词，是过程而不是终点。

修行或拯救，在时空中和在心魂里都没有终点，想必这才是“灭执”的根本。大千世界生生不息，矛盾不休，运动不止，困苦永在，前路无限，何处可以留住？哪里能是终点？没有。求其风息浪止无扰无忧，倒像是妄念。指望着终点（成佛、正果、无苦而极乐），却口称“断灭我执”，不仅滑稽，或许就要走歪了路，走到为了独享逍遥连善念也要断灭的地步。

还是不要取销“心识”和“执着”吧——可笑如我者作如此想。因为除非与世隔绝顾自逍遥，魔性佛性总归都是一种价值信奉；因为只要不是毁灭，灵魂与肉身的运动必定就有一个方向；因为除了可视贺者已独享福乐了之外，再没见有谁不执着的，唯执着点不同而已。有执着于爱的，有执着于恨的，有执着于长寿的，有执着于功名的，有执着于投奔天堂的，有执着于拯救地狱的，还有执着于什么也不执着以期换取一身仙风道骨的……想来，总不能因为有魔的执着存在，便连佛的执着也取销吧，总不能因为心识的可能有误，便连善与恶也不予识别，便连魔与佛也混为一谈吧。

佛之轻看心识，意思大概与“生命之树常青，理论永远是灰色的”相似。我们的智力、语言、逻辑、科学或哲学的理论，与生命或宇宙的全部存在相比，是有限与无穷的差距。今天人们已经渐渐看到，因为人类自许为自然的主宰，自以为科学技术的不断发展便可引领我们去到天堂，已经把这个地球榨取得多么枯瘪丑陋了，科学的天堂未见，而人们心魂中的困苦有增无减。因此，佛以其先知先觉倡导着另一种认识方法和生活态度。这方法和态度并不简单，若要简单地概括，佛家说是：明心见性。那意思是说：大脑并不全面地可靠，万勿以一（一己之见）盖全（宇宙的全部奥秘），不可妄自尊大，要想接近生命或宇宙的真相，必得不断超越智力、逻辑、理论的局限，才能去见那更为辽阔奥渺的存在；要想创造人间的幸福，先要尊法自然的和谐，取与万物和平相处的态度。这当然是更为博大的智慧，但可笑如我者想，这并非意味着要断灭心识。那博大的智慧，是必然要经由心识的，继而指引心识，以及与心识通力合作。就像大学生都曾是从小学校里走出来的，而爱因斯坦的成就虽然超越了牛顿但并不取销牛顿。超凡入圣也不能弃绝了科学技术，最简单的理由就是芸芸众生并不个个都能餐风饮露。这是一个悖论，科学可以造福，科学也可以生祸，福祸相倚，由是佛的指点才为必要。语言和逻辑呢，也不能作废，否则便是佛经也不能读诵。佛经的流传到底还是借助了语言文字，经典的字里行间也还是以其严密的逻辑令人信服、教人醒悟。便是玄妙的禅宗公案，也仍然要靠人去沉思默解，便是“非常道”也只好强给它一个“非常名”，真若不留文字，就怕那智慧终会湮灭，或沦为少数慧根丰厚者的独享。这又是一个悖论，语言给我们自由，同时给我们障碍，这自由与障碍之间才是佛的工作，才是道的全貌。最要紧的是：倘在此心识纷纭、执着各异的世界上，一刀切地取销心识和执着，料必要得一个价值虚无的麻木硕果，以致佛魔难分，小术也称大道，贪官也叫公仆，恶也作佛善也作佛，佛位林立单单不见了佛性与佛行。

心识加执着，可能产生的最大祸患，怕就是专制也可以顺理成章。恶的心识自不必说，便是善的执着也可能如此。比如爱，“爱你没商量”就很可能把别人爱得痛苦不堪，从而侵扰了他人的自由和权利。但这显然不意味着应该取销爱，或者可爱可不爱。失却热情（执着）的爱早也就不是爱了。没有理性（心识）的爱呢，则很可能只是情绪的泛滥。美丽的爱是要执着的，但要使其在更加博大的维度中始终不渝，这应该是佛愿的指向，是终极的关怀。

心识也好，智慧也好，都只是对存在的（或生命奥秘的）“知”，不等于终极关怀。而且！智慧的所“见”也依然是没有止境，佛法的最令人诚服之处，就在于它并不讳言自身的局限，和其超越、升华的无穷前景。若仅停留于“知”，并不牵系于“愿”付诸于“行”，便常让人疑惑那是不是借助众生的苦难在构筑自己的光荣。南怀瑾先生的一部书中的一个章节，我记得标题是“唯在行愿”，我想这才言中了终极关怀。终极关怀都是什么？论起学问来令人胆寒，但我想“条条大路通罗马”，千头万绪都在一个“爱”字上。“断有情”，也只是断那种以占有为目的、或以奉献求酬报的“有情”，而绝不是要把人断得麻木不仁，以致见地狱而绕行，见苦难而逃走。（话说回来，这绕行和逃走又明显是“有情”未断的表征，与地藏菩萨的关怀相比，优劣可鉴。）爱，不是占有，也不是奉献。爱只是自己的心愿，是自己灵魂的拯救之路。因而爱不要求（名、利、情的）酬报；不要求酬报的爱，才可能不通向统制他人和捆绑自己的“地狱”。地藏菩萨的大愿，大约就可以归结为这样的爱，至少是始于这样的爱吧。

但是，我很怀疑地藏菩萨的大愿能否完成。还是老问题：地狱能空吗？矛盾能无吗？困苦能全数消灭吗？没有差别没有矛盾没有困苦的世界，很难想象是极乐，只能想象是死寂。——我非常渴望有谁能来驳倒我，在此之前，我只好沿着我不能驳倒的这个逻辑想下去。

有人说：佛法是一条船，目的是要渡你去彼岸，只要能渡过苦海到达彼岸，什么样的船都是可以的。对此我颇存疑问：一是，说彼岸就是一块无忧的乐土，迄今的证明都很无力；二是“到达”之后将如何？这个问题似在原地踏步，一筹莫展；三是，这样的“渡”，很像不图小利而要中一个大彩的心理，怕是聪明的人一多，又要天翻地覆地争夺不休。

所谓“断灭我执”，我想根本是要断灭这种“终点执”。所谓“解脱”，若是意味着逃跑，大约跑到哪儿也还是难于解脱，唯平心静气地接受一个永动的过程，才可望“得大自在”。彼岸，我想并不与此岸分离，并不是在这个世界的那边存在着一个彼岸。当地藏菩萨说“地狱不空誓不成佛”时，我想，他的心魂已经进入彼岸。彼岸可以进入，但彼岸又不可能到达，是否就是说：彼岸又不是一个名词，而是动词？我想是的。彼岸、普度、宏愿、拯救，都是动词，都是永无止境的过程。而过程，意味着差别、矛盾、运动和困苦的永远相伴，意味了普度的不可完成。既然如此，佛的“普度众生”以及地藏菩萨的大愿岂不是一句空话了？不见得。理想，恰在行的过程中才可能是一句真话，行而没有止境才更见其是一句真话，永远行便永远能进入彼岸且不弃此岸。若因行的不可完成，便叹一声“活得真累”，而后抛弃爱愿，并美其名为“解脱”和“得大自在”——人有这样的自由，当然也就不必太反对，当然也就不必太重视，就像目送一只“UFO”离去，回过头来人间如故。

还有一种意见，认为：说到底人只可拯救自己，不能拯救他人，因而爱的问题可以取销。我很相信“说到底人只可拯救自己”，但怎样拯救自己呢？人不可能孤立地拯救自己，和，把自己拯救到一个与世隔绝的地方去。世上如果只有一个人，或者只有一个生命，拯救也就大可不必。拯救，恰是在万物众生的缘缘相系之中才能成立。或者说，福乐逍遥可以独享，拯救则从来是对众生（或曰人类）苦乐福患的关注。孤立一人的随生随灭，细细想去，原不可能有生命意义的提出。因而爱的问题取销，也就是拯救的取销。

当然“爱”也是一个动词，处于永动之中，永远都在理想的位置，不可能有彻底圆满的一天。爱，永远是一种召唤，是一个问题。爱，是立于此岸的精神彼岸，从来不是以完成的状态消解此岸，而是以问题的方式驾临此岸。爱的问题存在与否，对于一个人、一个族、一个类，都是生死攸关，尤其是精神之生死的攸关。

1994 年 5 月 24 日

墙下短记

一些当时看去不太要紧的事却能长久扎根在记忆里。它们一向都在那儿安睡，偶尔醒一下，睁眼看看，见你忙着（升迁或者遁世）就又睡去，很多年里它们轻得仿佛不在。千百次机缘错过，终于一天又看见它们，看见时光把很多所谓人生大事消磨殆尽，而它们坚定不移固守在那儿，沉沉地有了无比的重量。比如一张旧日的照片，拍时并不经意，随手放在哪儿，多年中甚至不记得有它，可忽然一天整理旧物时碰见了它，拂去尘埃，竟会感到那是你的由来也是你的投奔；而很多郑重其事的留影，却已忘记是在哪儿和为了什么。

近些年我常常想起一道墙，碎砖头垒的，风可以吹落砖缝间的细土。那道墙很长，至少在一个少年看来是很长，很长之后拐了弯儿，拐进一条更窄的小巷里去。小巷的拐角处有一盏街灯，紧挨着往前是一个院门，那里住过我少年时的一个同窗好友。叫他L吧。L和我能不能永远是好友，以及我们打完架后是否又言归于好，都不重要，重要的是我们一度形影不离，流动不居的生命有一段就由这友谊铺筑成。细密的小巷中，上学和放学的路上我们一起走，冬天和夏天，风声或蝉鸣，太阳到星空，十岁也许九岁的L曾对我说，他将来要娶班上一个（暂且叫她作M的）女生做老婆。L转身问我："你呢，想和谁？"我准备不及，想想，觉得M确是漂亮。L说他还要挣很多钱。"干吗？""废话，那时你还花你爸的钱呀？"少年之间的情谊，想来莫过于我们那时的无猜无防了。

我曾把一件珍爱的东西送给L。一本连环画呢，还是一个什么玩具？

已经记不清。可是有一天我们打了架，为什么打架也记不清了，但丝毫不忘的是：打完架，我又去找L要回了那件东西。

老实说，单我一个人是不敢去要的，或者也想不起去要。是几个当时也对L不大满意的伙伴指点我、怂恿我，拍着胸脯说他们甘愿随我一同前去讨还，再若犹豫就成了笨蛋兼而傻瓜。就去了。走过那道很长很熟悉的墙，夕阳正在上面灿烂地照耀，但在我的记忆里，走到L家的院门时，巷角的街灯已经昏黄地亮了。这只可理解为记忆的作怪。

站在那门前，我有点害怕，身旁的伙伴便极尽动员和鼓励，提醒我：倘调头撤退，其可卑甚至超过投降。我不能推卸罪责给别人：跟L打架后，我为什么要把送给L东西的事告诉别人呢？指点和怂恿都因此发生。我走进院中去喊L，L出来，听我说明来意，愣着看一会儿我，让我到大门外等着。L背着他的母亲，从屋里拿出那件东西交在我手里，不说什么，就又走回屋去。结束总是非常简单，咔嚓一下就都过去。

我和几个同来的伙伴在巷角的街灯下分手，各自回家。他们看看我手上那件东西，好歹说一句“给他干吗”，声调和表情都失去来时的热度，失望甚或沮丧料想都不由于那件东西。

我贴近墙根儿独自往回走，那墙很长，很长而且荒凉，记忆在这儿又出了差误，好像还是街灯未亮、迎面的行人眉目不清的时候。晚风轻柔得让人无可抱怨，但魂魄仿佛被它吹离，飘起在黄昏中再消失进那道墙里去。捡根树枝，边走边在那墙上轻划，砖缝间的细土一股股地垂流……咔嚓一下所送走的，都扎根进记忆去酿制未来的问题。

那很可能是我对于墙的第一种印象。

随之，另一些墙也从睡中醒来。

几年前，有一天傍晚“散步”，我摇着轮椅走进童年时常于其间玩耍的一片胡同。其实一向都离它们不远，屡屡在其周围走过，匆忙得来不及进去看望。

记得那儿曾有一面红砖短墙，墙头插满锋利的碎玻璃碴儿，我们一群八九岁的孩子总去搅扰墙里那户人家的安宁，攀上一棵小树，扒着墙沿央告人家把我们的足球扔出来。那面墙应该说藏得很是隐蔽，在一条死巷里，但可惜那巷口的宽度很适合做我们的球门，巷口外的一片空地是我们的球场。球难免是要踢向球门的，倘临门一脚踢飞，十之八九便降落到那面墙里去。墙里是一户善良人家，飞来物在我们的央告下最多被扣压十分钟。但有一次，那足球学着篮球的样子准确投入墙内的面锅，待一群孩子又爬上小树去看时，雪白的面条热气腾腾全滚在煤灰里。正是所谓“三年困难时期”，足球事小，我们趁暮色抱头鼠窜。好几天后，我们由家长带领，以封闭“球场”为代价换回了那只足球。

那条小巷依旧，或者是更旧了。可能正是“国庆”期间，家家门上都插了国旗。变化不多，惟独那“球场”早被压在一家饭馆和一座公厕下面。“球门”对着饭馆的后墙，那户善良人家料必是安全得多了。

我摇着轮椅走街串巷，闲度国庆之夜。忽然又一面青灰色的墙叫我怦然心动，我知道，再往前去就是我的幼儿园了。青灰色的墙很高，里面有更高的树，树顶上曾有鸟窝，现在没了。到幼儿园去必要经过这墙下，一俟见了这面高墙，退步回家的希望即告断灭。那青灰色几近一种严酷的信号，令童年分泌恐怖。

这样的“条件反射”确立于一个盛夏的午后，所以记得清楚，是因为那时的蝉鸣最为浩大。那个下午母亲要出长差，到很远的地方去。我最高的希望是她不去出差，最低的希望是我可以不去幼儿园，在家，不离开奶奶。但两份提案均遭否决，据哭力争亦不奏效。如今想来，母亲是要在远行之前给我立下严明的纪律。哭声不停，母亲无奈说带我出去走走。“不去幼儿园！”出门时我再次申明立场。母亲领我在街上走，沿途买些好吃的东西给我，形势虽然可疑，但看看走了这么久又不像是去幼儿园的路，牵着母亲的长裙心里略略地松坦。可是！好吃的东西刚在嘴里有了味道，迎头又来了那面青灰色高墙，才知道条条小路相通。虽立刻大哭，料已无济于事。但一迈进幼儿园的门槛，哭喊即自行停止，心里明白没了依靠，惟规规矩矩做个好孩子是得救的方略。幼儿园墙内，是必度的一种“灾难”，抑或只因为这一个孩子天生地怯懦和多愁。

三年前我搬了家，隔窗相望就是一所幼儿园，常在清晨的赖睡中就听见孩子进园前的嘶嚎。我特意去那园门前看过，抗拒进园的孩子其壮烈都像宁死不屈，但一落入园墙便立刻吞下哭声，恐惧变成冤屈，泪眼望天，抱紧着对晚霞的期待。不见得有谁比我更能理解他们，但早早地对墙有一点感受，不是坏事。

我最记得母亲消失在那面青灰色高墙里的情景。她当然是绕过那面墙走上了远途的，但在我的印象里，她是走进那面墙里去了。没有门，但是母亲走进去了，在那些高高的树上蝉鸣浩大，在那些高高的树下母亲的身影很小，在我的恐惧里那儿即是远方。

坐在窗前，看远近峭壁林立一般的高墙和矮墙。我现在有很多时间看它们。有人的地方一定有墙。我们都在墙里。没有多少事可以放心到光天化日下去做。规规整整的高楼叫人想起图书馆的目录柜，只有上帝可以去拉开每一个小抽屉，查阅亿万种心灵秘史，看见破墙而出的梦想都在墙的封护中徘徊。还有死神按期来到，伸手进去，抓阄儿似的摸走几个。

我们有时千里迢迢——汽车呀，火车呀，飞机可别一头栽下来呀——只像是为了去找一处不见墙的地方：荒原、大海、林莽甚至沙漠。但未必就能逃脱。墙永久地在你心里，构筑恐惧，也牵动思念。一只“飞去来器”，从墙出发，又回到墙。你千里迢迢地去时，鲁宾逊正千里迢迢地回来。

哲学家先说是劳动创造了人，现在又说是语言创造了人。墙是否创造了人呢？语言和墙有着根本的相似：开不尽的门前是撞不尽的墙壁。结构呀，解构呀，后什么什么主义呀……啦啦啦，啦啦啦……游戏的热情永不可少，但我们仍在四壁的围阻中。把所有的墙都拆掉就不行么？我坐在窗前用很多时间去幻想一种魔法。比如“啦啦啦，啦啦啦……”很灵验地念上一段咒语，唰啦一下墙都不见。怎样呢？料必大家一齐慌作一团（就像热油淋在蚁穴），上哪儿的不知道要上哪儿了，干吗的忘记要干吗了，漫山遍野地捕食去和睡觉去么？毕竟又嫌趣味不够，然后大家埋头细想，还是要砌墙。砌墙盖房，不单为避风雨，因为大家都有些秘密，其次当然还有一些钱财。秘密，不信你去慢慢推想，它是趣味的爹娘。

其实秘密就已经是墙了。肚皮和眼皮都是墙，假笑和伪哭都是墙，只因这样的墙嫌软嫌累，要弄些坚实耐久的来加密。就算这心灵之墙可以轻易拆除，但山和水都是墙，天和地都是墙，时间和空间都是墙，命运是无穷的限制，上帝的秘密是不尽的墙。真要把这秘密之墙也都拆除，虽然很像似由来已久的理想接近了实现，但是等着瞧吧，满地球都怕要因为失去趣味而响起昏昏欲睡的鼾声，梦话亦不知从何说起。

趣味是要紧而又要紧的。秘密要好好保存。

探秘的欲望终于要探到意义的墙下。

活得要有意义，这老生常谈倒是任什么主义也不能推翻。加上个“后”字也是白搭。比如爱情，她能被物欲拐走一时，但不信她能因此绝灭。“什么都没啥了不起”的日子是要到头的，“什么都不必介意”的舞步可能“潇洒”地跳去撞墙。撞墙不死，第二步就是抬头，那时见墙上有字，写着：哥们儿你要上哪儿呢，这到底是要干吗？于是躲也躲不开，意义找上了门，债主的风度。

意义的原因很可能是意义本身。干吗要有意义？干吗要有生命？干吗要有存在？干吗要有有？重量的原因是引力，引力的原因呢？又是重量。学物理的人告诉我：千万别把运动和能量、以及和时空分割开来理解。我随即得了启发：也千万别把人和意义分割开来理解。不是人有欲望，而是人即欲望。这欲望就是能量，是能量就是运动，是运动就走去前面或者未来。前面和未来都是什么和都是为什么？这必来的疑问使意义诞生，上帝便在第七天把人造成。上帝比靡菲斯特更有力量，任何魔法和咒语都不能把第七天的成就删除。在第七天以后所有的光阴里，你逃得开某种意义，但逃不开意义，如同你逃得开一次旅行但逃不开生命之旅。

你不是这种意义，就是那种意义。什么意义都不是，就掉进昆德拉所说的“生命不能承受之轻”。你是一个什么呢？生命算是个什么玩意儿呢？轻得称不出一点重量你可就要消失。我向L讨回那件东西，归途中的惶茫因年幼而无以名状，如今想来，分明就是为了一个“轻”字：珍宝转眼被处理成垃圾，一段生命轻得飘散了，没有了，以为是什么原来什么也不是，轻易、简单，灰飞烟灭。一段生命之轻，威胁了生命全面之重，惶茫往灵魂里渗透：是不是生命的所有段落都会落此下场呵？人的根本恐惧就在这个“轻”字上，比如歧视和漠视，比如嘲笑，比如穷人手里作废的股票，比如失恋和死亡。轻，最是可怕。

要求意义就是要求生命的重量。各种重量。各种重量在撞墙之时被真正测量。但很多重量，在死神的秤盘上还是轻，秤砣平衡在荒诞的准星上。因而得有一种重量，你愿意为之生也愿意为之死，愿意为之累，愿意在它的引力下耗尽性命。不是强言不悔，是清醒地从命。神圣是上帝对心魂的测量，是心魂被确认的重量。死亡光临时有一个仪式，灰和土都好，看往日轻轻地蒸发，但能听见，有什么东西沉沉地还在。不期还在现实中，只望还在美丽的位置上。我与L的情谊，可否还在美丽的位置上沉沉地有着重量？

不要熄灭破墙而出的欲望，否则鼾声又起。

但要接受墙。

为了逃开墙，我曾走到过一面墙下。我家附近有一座荒废的古园，围墙残败但仍坚固，失魂落魄的那些岁月里我摇着轮椅走到它跟前。四处无人，寂静悠久，寂静的我和寂静的墙之间，膨胀和盛开着野花，膨胀和盛开着冤屈。我用拳头打墙，用石头砍它，对着它落泪、喃喃咒骂，但是它轻轻掉落一点儿灰尘再无所动。天不变道亦不变。老柏树千年一日伸展着枝叶，云在天上走，鸟在云里飞，风踏草丛，野草一代一代落子生根。我转而祈求墙，双手合十（什），创造一种祷词或谶语，出声地诵念，求它给我死，要么还给我能走的腿……睁开眼，伟大的墙还是伟大地矗立，墙下呆坐一个不被神明过问的人。空旷的夕阳走来园中，若是昏昏地睡去，梦里常掉进一眼枯井，井壁又高又滑，喊声在井里嗡嗡碰撞而已，没人能听见，井口上的风中也仍是寂静的冤屈。喊醒了，看看还是活着，喊声并没惊动谁，并不能惊动什么，墙上有青润的和干枯的苔藓，有蜘蛛细巧的网，死在半路的蜗牛身后拖一行鳞片似的脚印，有无名少年在那儿一遍遍记下的3.1415926……

在这墙下，某个冬夜，我见过一个老人。记忆和印象之间总要闹出一些麻烦：记忆说未必是在这墙下，但印象总是把记忆中的那个老人搬来，真切地在这墙下。雪后，月光朦胧，车轮吱吱唧唧轧着雪路，是园中惟一的声响。这么走着，听见一缕悠沉的箫声远远传来，在老柏树摇落的雪雾中似有似无，尚不能识别那曲调时已觉其悠沉之音恰好碰住我的心绪。侧耳屏息，听出是《苏武牧羊》。曲终，心里正有些凄怆，忽觉墙影里一动，才发现一个老人背壁盘腿端坐在石凳上，黑衣白发，有些玄虚。雪地和月光，安静得也似非凡。竹箫又响，还是那首流放绝地、哀而不死的咏颂。原来箫声并不传自远处，就在那老人唇边。也许是气力不济，也许是这古曲一路至今光阴坎坷，箫声若断若续并不高亢，老人颤颤的吐纳之声亦可悉闻。一曲又尽，老人把箫管轻横腿上，双手摊放膝头，看不清他是否闭目。我惊诧而至感激，一遍遍听那箫声和箫声断处的空寂，以为是天谕或是神来引领。

那夜的箫声和老人，多年在我心上，但猜不透其引领指向何处。仅仅让我活下去似乎用不着这样神秘。直到有一天我又跟那墙说话，才听出那夜箫声是唱着“接受”，接受天命的限制。（达摩的面壁是不是这样呢？）接受残缺。接受苦难。接受墙的存在。哭和喊都是要逃离它，怒和骂都是要逃离它，恭维和跪拜还是想逃离它。我常常去跟那墙谈话，对，说出声，默想不能逃离它时就出声地责问，也出声地请求、商量，所谓软硬兼施。但毫无作用，谈判必至破裂，我的一切条件它都不答应。墙，要你接受它，就这么一个意思反复申明，不卑不亢，直到你听见。直到你不是更多地问它，而是听它更多地问你，那谈话才称得上谈话。

我一直在写作，但一直觉得并不能写成什么，不管是作品还是作家还是主义。用笔和用电脑，都是对墙的谈话，是如衣食住行一样必做的事。搬家搬得终于离那座古园远了，不能随便就去，此前就料到会怎样想念它，不想最为思恋的竟是那四面矗立的围墙；年久无人过问，记得那墙头的残瓦间长大过几棵小树。但不管何时何地，一闭眼，即刻就到那墙下。寂静的墙和寂静的我之间，野花膨胀着花蕾，不尽的路途在不尽的墙间延展，有很多事要慢慢对它谈，随手记下谓之写作。

1994 年 9 月 5 日

宿命的写作

“四十而不惑，五十而知天命”，这话似乎有毛病：四十已经不惑，怎么五十又知天命？既然五十方知天命，四十又谈何不惑呢？尚有不知（何况是天命），就可以自命不惑吗？

斗胆替古人做一点解释：很可能，四十之不惑并不涉及天命（或命运），只不过处世的技巧已经烂熟，识人辨物的目光已经老练，或谦恭或潇洒或气宇轩昂或颐指气使，各类作派都已能放对了位置，天命么，则是另外一码事，再需十年方可明了。再过十年终于明了：天命是不可明了的。不惑截止在日常事务之域，一旦问天命，惑又从中来，而且五十、六十、七老八十亦不可免惑，由是而知天命原来是只可知其不可知的。古人所以把不惑判给四十，而不留到最终，想必是有此暗示。

惑即距离，空间的拓开，时间的迁延，肉身的奔走，心魂的寻觅，写作因此绵绵无绝期。人是一种很傻的动物：知其不可知而知欲不泯。人是很聪明的一种动物：在不绝的知途中享用生年。人是一种认真又倔犟的动物：朝闻道，夕死可也。人是豁达且狡猾的一种动物：游戏人生。人还是一种非常危险的动物：不仅相互折磨，还折磨他们的地球母亲。因而人合该又是一种服重刑或服长役的动物：苦难永远在四周看管着他们。等等等等于是最后：人是天地间难得的一种会梦想的动物。

这就是写作的原因吧。浪漫（不主义）永不过时，因为有现实以“惑”的方式不间断地给它输入激素和多种维他命。

我自己呢，为什么写作？先是为谋生，其次为价值实现（倒不一定求表扬，但求不被忽略和删除，当然受表扬的味道总是诱人的），然后才有了更多的为什么。现在我想，一是为了不要僵死在现实里，因此二要维护和壮大人的梦想，尤其是梦想的能力。

至于写作是什么，我先以为那是一种职业，又以为它是一种光荣，再以为是一种信仰，现在则更相信写作是一种命运。并不是说命运不要我砌砖，要我码字，而是说无论人干什么人终于逃不开那个“惑”字，于是写作行为便发生。还有，我在给一个朋友的信中这样说过：“写什么和怎么写都更像是宿命，与主义和流派无关。一旦早已存在于心中的那些没边没沿、混沌不清的声音要你写下它们，你就几乎没法去想‘应该怎么写和不应该怎么写’这样的问题了……一切都已是定局，你没写它时它已不可改变地都在那儿了，你所能做的只是聆听和跟随。你要是本事大，你就能听到得多一些，跟随得近一些，但不管你有多大本事，你与它们之间都是一个无限的距离。因此，所谓灵感、技巧、聪明和才智，毋宁都归于祈祷，像祈祷上帝给你一次机会（一条道路）那样。”

借助电脑，我刚刚写完一个长篇（谢谢电脑，没它帮忙真是要把人累死的），其中有这样一段：“你的诗是从哪儿来的呢？你的大脑是根据什么写出了一行行诗文的呢？你必于写作之先就看见了一团混沌，你必于写作之中追寻那一团混沌，你必于写作之后发现你离那一团混沌还是非常遥远。那一团激动着你去写作的混沌，就是你的灵魂所在，有可能那就是世界全部消息错综无序的编织。你试图看清它、表达它——这时是大脑在工作，而在此前，那一片混沌早已存在，灵魂在你的智力之先早已存在，诗魂在你的诗句之前早已成定局。你怎样设法去接近它，那是大脑的任务；你能够在多大程度上接近它，那就是你诗作的品位；你永远不可能等同于它，那就注定了写作无尽无休的路途，那就证明了大脑永远也追不上灵魂，因而大脑和灵魂肯定是两码事。”卖文为生已经十几年了，唯一的经验是，不要让大脑控制灵魂，而要让灵魂操作大脑，以及按动电脑的键盘。

1995 年 12 月 22 日

复杂的必要

母亲去世十年后的那个清明节，我和父亲和妹妹去寻过她的坟。

母亲去得突然，且在中年。那时我坐在轮椅上正惶然不知要向哪儿去，妹妹还在读小学。父亲独自送母亲下了葬。巨大的灾难让我们在十年中都不敢提起她，甚至把墙上她的照片也收起来，总看着她和总让她看着我们，都受不了。才知道越大的悲痛越是无言：没有一句关于她的话是恰当的，没有一个关于她的字不是恐怖的。

十年过去，悲痛才似轻了些，我们同时说起了要去看看母亲的坟。三个人也便同时明白，十年里我们不提起她，但各自都在一天一天地想着她。

坟却没有了，或者从来就没有过。母亲辞世的那个年代，城市的普通百姓不可能有一座坟，只是火化了然后深葬，不留痕迹。父亲满山跑着找，终于找到了他当年牢记下的一个标志，说：离那标志向东三十步左右就是母亲的骨灰深埋的地方。但是向东不足二十步已见几间新房，房前堆了石料，是一家制作墓碑的小工厂了，几个工匠埋头叮当地雕凿着碑石。父亲憋红了脸，喘气声一下比一下粗重。妹妹推着我走近前去，把那儿看了很久。又是无言。离开时我对他们俩说：也好，只当那儿是母亲的纪念堂吧。

虽是这么说，心里却空落得以至于疼。

我当然反对大造阴宅。但是，简单到深埋且不留一丝痕迹，真也太残酷。一个你所深爱的人，一个饱经艰难的人，一个无比丰富的心魂……就这么轻易地删简为零了？这感觉让人沮丧至极，仿佛是说，生命的每一步原都是可以这样删除的。

纪念的习俗或方式可以多样，但总是要有。而且不能简单，务要复杂些才好。复杂不是繁冗和耗费，心魂所要的隆重，并非物质的铺张可以奏效。可以火葬，可以水葬，可以天葬，可以树碑，也可为死者种一棵树，甚或只为他珍藏一片树叶或供奉一根枯草……任何方式都好，唯不可意味了简单。任何方式都表明了复杂的必要。因为，那是心魂对心魂的珍重所要求的仪式，心魂不能容忍对心魂的简化。

从而想到文学。文学，正是遵奉了这种复杂原则。理论要走向简单，文学却要去接近复杂。若要简单，任何人生都是可以删简到只剩下吃喝屙撒睡的，任何小说也都可以删简到只剩下几行梗概，任何历史都可以删简到只留几个符号式的伟人，任何壮举和怯逃都可以删简成一份光荣加一份耻辱……但是这不行，你不可能满足于像孩子那样只盼结局，你要看过程，从复杂的过程看生命艰巨的处境，以享隆重与壮美。其实人间的事，更多的都是可以删简但不容删简的。不信去想吧。比如足球，若单为决个胜负，原是可以一上来就踢点球的，满场奔跑倒为了什么呢？

1995 年 2 月 10 日

想念地坛

想念地坛，主要是想念它的安静。

坐在那园子里，坐在不管它的哪一个角落，任何地方，喧嚣都在远处。近旁只有荒藤老树，只有栖居了鸟儿的废殿颓檐、长满了野草的残墙断壁，暮鸦吵闹着归来，雨燕盘桓吟唱，风过檐铃，雨落空林，蜂飞蝶舞草动虫鸣……四季的歌咏此起彼伏从不间断。地坛的安静并非无声。

有一天大雾迷漫，世界缩小到只剩了园中的一棵老树。有一天春光浩荡，草地上的野花铺铺展展开得让人心惊。有一天漫天飞雪，园中堆银砌玉，有如一座晶莹的迷宫。有一天大雨滂沱，忽而云开，太阳轰轰烈烈，满天满地都是它的威光。数不尽的那些日子里，那些年月，地坛应该记得，有一个人，摇了轮椅，一次次走来，逃也似的投靠这一处静地。

一进园门，心便安稳。有一条界线似的，迈过它，只要一迈过它便有清纯之气扑来，悠远、浑厚。于是时间也似放慢了速度，就好比电影中的慢镜头，人便不那么慌张了，可以放下心来把你的每一个动作都看看清楚，每一丝风飞叶动，每一缕愤懑和妄想，盼念与惶茫，总之把你所有的心绪都看看明白。

因而地坛的安静，也不是与世隔离。

那安静，如今想来，是由于四周和心中的荒旷。一个无措的灵魂，不期而至竟仿佛走回到生命的起点。

记得我在那园中成年累月地走，在那儿呆坐，张望，暗自地祈求或怨叹，在那儿睡了又醒，醒了看几页书……然后在那儿想："好吧好吧，我看你还能怎样！"这念头不觉出声，如空谷回音。

谁？谁还能怎样？我，我自己。

我常看那个轮椅上的人，和轮椅下他的影子，心说我怎么会是他呢？怎么会和他一块坐在了这儿？我仔细看他，看他究竟有什么倒霉的特点，或还将有什么不幸的征兆，想看看他终于怎样去死，赴死之途莫非还有绝路？那日何日？我记得忽然我有了一种放弃的心情，仿佛我已经消失，已经不在，惟一缕轻魂在园中游荡，刹那间清风朗月，如沐慈悲。于是乎我听见了那恒久而辽阔的安静。恒久，辽阔，但非死寂，那中间确有如林语堂所说的，一种"温柔的声音，同时也是强迫的声音"。

我记得于是我铺开一张纸，觉得确乎有些什么东西最好是写下来。那日何日？但我一直记得那份忽临的轻松和快慰，也不考虑词句，也不过问技巧，也不以为能拿它去派什么用场，只是写，只是看有些路单靠腿（轮椅）去走明显是不够。写，真是个办法，是条条绝路之后的一条路。

只是多年以后我才在书上读到了一种说法：写作的零度。

《写作的零度》，其汉译本实在是有些磕磕绊绊，一些段落只好猜读，或难免还有误解。我不是学者，读不了罗兰·巴特的法文原著应当不算是玩忽职守。是这题目先就吸引了我，这五个字，已经契合了我的心意。在我想，写作的零度即生命的起点，写作由之出发的地方即生命之固有的疑难，写作之终于的寻求，即灵魂最初的眺望。譬如那一条蛇的诱惑，以及生命自古而今对意义不息的询问。譬如那两片无花果叶的遮蔽，以及人类以爱情的名义自古而今的相互寻找。譬如上帝对亚当和夏娃的惩罚，以及万千心魂自古而今所祈盼着的团圆。

"写作的零度"，当然不是说清高到不必理睬纷繁的实际生活，洁癖到把变迁的历史虚无得干净，只在形而上寻求生命的解答。不是的。但生活的谜面变化多端，谜底却似亘古不变，缤纷错乱的现实之网终难免编织进四顾迷茫，从而编织到形而上的询问。人太容易在实际中走失，驻足于路上的奇观美景而忘了原本是要去哪儿，倘此时灵机一闪，笑遇荒诞，恍然间记起了比如说罗伯-格里耶的《去年在马里昂巴德》，比如说贝克特的《等待戈多》，那便是回归了“零度”，重新过问生命的意义。零度，这个词真用得好，我愿意它不期然地还有着如下两种意思：一是说生命本无意义，零嘛，本来什么都没有；二是说，可平白无故地生命他来了，是何用意？虚位以待，来向你要求意义。一个生命的诞生，便是一次对意义的要求。荒诞感，正就是这样地要求。所以要看重荒诞，要善待它。不信等着瞧，无论何时何地，必都是荒诞领你回到最初的眺望，逼迫你去看那生命固有的疑难。

否则，写作，你寻的是什么根？倘只是炫耀祖宗的光荣，弃心魂一向的困惑于不问，岂不还是阿 Q 的传统？倘写作变成潇洒，变成了身份或地位的投资，它就不要嘲笑喧嚣，它已经加入喧嚣。尤其，写作要是爱上了比赛、擂台和排名榜，它就更何必谴责什么“霸权”？它自己已经是了。我大致看懂了排名的用意：时不时地抛出一份名单，把大家排比得就像是梁山泊的一百零八，被排者争风吃醋，排者乘机拿走的是权力。可以玩味的是，这排名之妙，商界倒比文坛还要醒悟得晚些。

这又让我想起我曾经写过的那个可怕的孩子。那个矮小瘦弱的孩子，他凭什么让人害怕？他有一种天赋的诡诈——只要把周围的孩子经常地排一排座次，他凭空地就有了权力。“我第一跟谁好，第二跟谁好……第十跟谁好”和“我不跟谁好”，于是，欢欣者欢欣地追随他，苦闷者苦闷着还是去追随他。我记得，那是我很长一段童年时光中恐惧的来源，是我的一次写作的零度。生命的恐惧或疑难，在原本干干净净的眺望中忽而向我要求着计谋；我记得我的第一个计谋，是阿谀。但恐惧并未因此消散，疑难却因此更加疑难。我还记得我抱着那只用于阿谀的破足球，抱着我破碎的计谋，在夕阳和晚风中回家的情景……那又是一次写作的零度。零度，并不只有一次。每当你立于生命固有的疑难，立于灵魂一向的祈盼，你就回到了零度。

一次次回到那儿正如一次次走进地坛，一次次投靠安静，走回到生命的起点，重新看看，你到底是要去哪儿？是否已经偏离亚当和夏娃相互寻找的方向？

想念地坛，就是不断地回望零度。放弃强力，当然还有阿谀。现在可真是反了！——面要面霸，居要豪居，海鲜称帝，狗肉称王，人呢？名人，强人，人物。可你看地坛，它早已放弃昔日荣华，一天天在风雨中放弃，五百年，安静了；安静得草木葳蕤，生气盎然。土地，要你气熏烟蒸地去恭维它吗？万物，是你雕栏玉砌就可以挟持的？疯话。再看那些老柏树，历无数春秋寒暑依旧镇定自若，不为流光掠影所迷。我曾注意过它们的坚强，但在想念里，我看见万物的美德更在于柔弱。“坚强”，你想吧，希特勒也会赞成。世间的语汇，可有什么会是强梁所拒？只有“柔弱”。柔弱是爱者的独信。柔弱不是软弱，软弱通常都装扮得强大，走到台前骂人，退回幕后出汗。柔弱，是信者仰慕神恩的心情、静聆神命的姿态。想想看，倘那老柏树无风自摇岂不可怕？要是野草长得比树还高，八成是发生了核泄漏——听说契尔诺贝利附近有这现象。

我曾写过“设若有一位园神”这样的话，现在想，就是那些老柏树吧；千百年中，它们看风看雨，看日行月走人世更迭，浓荫中惟供奉了所有的记忆，随时提醒着你悠远的梦想。

但要是“爱”也喧嚣，“美”也招摇，“真诚”沦为一句时髦的广告，那怎么办？惟柔弱是爱愿的识别，正如放弃是喧嚣的解剂。人一活脱便要嚣张，天生的这么一种动物。这动物适合在地坛放养些时日——我是说当年的地坛。

回望地坛，回望它的安静，想念中坐在不管它的哪一个角落，重新铺开一张纸吧。写，真是个办法，油然地通向着安静。写，这形式，注定是个人的，容易撞见诚实，容易被诚实揪住不放，容易在市场之外遭遇心中的阴暗，在自以为是时回归零度。把一切污浊、畸形、歧路，重新放回到那儿去检查，勿使伪劣的心魂流布。

有人跟我说，曾去地坛找我，或看了那一篇《我与地坛》去那儿寻找安静。可一来呢，我搬家搬得离地坛远了，不常去了。二来我偶尔请朋友开车送我去看它，发现它早已面目全非。我想，那就不必再去地坛寻找安静，莫如在安静中寻找地坛。恰如庄生梦蝶，当年我在地坛里挥霍光阴，曾屡屡地有过怀疑：我在地坛吗？还是地坛在我？现在我看虚空中也有一条界线，靠想念去迈过它，只要一迈过它便有清纯之气扑面而来。我已不在地坛，地坛在我。

病隙碎笔1

一

所谓命运，就是说，这一出“人间戏剧”需要各种各样的角色，你只能是其中之一，不可以随意调换。

写过剧本的人知道，要让一出戏剧吸引人，必要有矛盾，有人物间的冲突。矛盾和冲突的前提，是人物的性格、境遇各异，乃至天壤之异。上帝深谙此理，所以“人间戏剧”精彩纷呈。

写剧本的时候明白，之后常常糊涂，常会说：“我怎么这么倒霉！”其实谁也有“我怎么这么走运”的时候，只是这样的时候不嫌多，所以也忘得快。但是，若非“我怎么这么”和“我怎么那么”，我就是我了吗？我就是我。我是一种限制。比如我现在要去法国看“世界杯”，一般来说是坐飞机去，但那架飞机上天之后要是忽然不听话，发动机或起落架谋反，我也没办法再跳上另一架飞机了，一切只好看命运的安排，看那一幕戏剧中有没有飞机坠毁的情节，有的话，多么美妙的足球也只好由别人去看。

二

把身体比作一架飞机，要是两条腿（起落架）和两个肾（发动机）一起失灵，这故障不能算小，料必机长就会走出来，请大家留些遗言。

躺在“透析室”的病床上，看鲜红的血在“透析器”里汩汩地走——从我的身体里出来，再回到我的身体里去，那时，我常仿佛听见飞机在天上挣扎的声音，猜想上帝的剧本里这一幕是如何编排。

有时候我设想我的墓志铭，并不是说我多么喜欢那路东西，只是想，如果要的话最好要什么？要的话，最好由我自己来选择。我看好《再别康桥》中的一句：我轻轻地走，正如我轻轻地来。在徐志摩先生，那未必是指生死，但在我看来，那真是最好的对生死的态度，最恰当不过，用作墓志铭再好也没有。我轻轻地走，正如我轻轻地来，扫尽尘嚣。

但既然这样，又何必弄一块石头来作证？还是什么都不要吧，墓地、墓碑、花圈、挽联以及各种方式的追悼，什么都不要才好，让寂静，甚至让遗忘，去读那诗句。我希望“机长”走到我面前时，我能镇静地把这样的遗言交给他。但也可能并不如愿，也可能“筛糠”。就算“筛糠”吧，讲好的遗言也不要再变。

三

有一回记者问到我的职业，我说是生病，业余写一点东西。这不是调侃，我这48年大约有一半时间用于生病，此病未去彼病又来，成群结队好像都相中我这身体是一处乐园。或许“铁生”二字暗合了某种意思，至今竟也不死。但按照某种说法，这样的不死其实是惩罚，原因是前世必没有太好的记录。我有时想过，可否据此也去做一回演讲，把今生的惩罚与前生的恶迹一样样对照着摆给——比如说，正在腐败着的官吏们去作警告？但想想也就作罢，料必他们也是无动于衷。

四

生病也是生活体验之一种，甚或算得一项别开生面的游历。这游历当然是有风险，但去大河上漂流就安全吗？不同的是，漂流可以事先做些准备，生病通常猝不及防；漂流是自觉的勇猛，生病是被迫的抵抗；漂流，成败都有一份光荣，生病却始终不便夸耀。不过，但凡游历总有酬报：异地他乡增长见识，名山大川陶冶性情，激流险阻锤炼意志，生病的经验是一步步懂得满足。发烧了，才知道不发烧的日子多么清爽。咳嗽了，才体会不咳嗽的嗓子多么安详。刚坐上轮椅时，我老想，不能直立行走岂非把人的特点搞丢了？便觉天昏地暗。等到又生出褥疮，一连数日只能歪七扭八地躺着，才看见端坐的日子其实多么晴朗。后来又患"尿毒症"，经常昏昏然不能思想，就更加怀恋起往日时光。终于醒悟：其实每时每刻我们都是幸运的，因为任何灾难的前面都可能再加一个"更"字。

五

坐上轮椅那年，大夫们总担心我的视神经会不会也随之作乱，隔三差五推我去眼科检查，并不声张，事后才告诉我已经逃过了怎样的凶险。人有一种坏习惯，记得住倒霉，记不住走运，这实在有失厚道，是对神明的不公。那次摆脱了眼科的纠缠，常让我想想后怕，不由得瞑揖默谢。

不过，当有人劝我去佛堂烧炷高香，求佛不断送来好运，或许能还给我各项健康时，我总犹豫。不是不愿去朝拜（更不是不愿意忽然站起来），佛法博大精深，但我确实不认为满腹功利是对佛法的尊敬。便去烧香，也不该有那样的要求，不该以为命运欠了你什么。莫非是佛一时疏忽错有安排，倒要你这凡夫俗子去提醒一二？惟当去求一份智慧，以醒贪迷。为求实惠去烧香磕头念颂词，总让人摆脱不掉阿谀、行贿的感觉。就算是求人办事吧，也最好不是这样的逻辑。实在碰上贪官非送财礼不可，也是鬼鬼祟祟的才对，怎么竟敢大张旗鼓去佛门徇私舞弊？佛门清静，凭一肚子委屈和一叠账单还算什么朝拜？

六

约伯的信心是真正的信心。约伯的信心前面没有福乐作引诱，有的倒是接连不断的苦难。不断的苦难曾使约伯的信心动摇，他质问上帝：作为一个虔诚的信者，他为什么要遭受如此深重的苦难？但上帝仍然没有给他福乐的许诺，而是谴责约伯和他的朋友不懂得苦难的意义。上帝把他伟大的创造指给约伯看，意思是说：这就是你要接受的全部，威力无比的现实，这就是你不能从中单单拿掉苦难的整个世界！约伯于是醒悟。

不断的苦难才是不断地需要信心的原因，这是信心的原则，不可稍有更动。倘其预设下丝毫福乐，信心便容易蜕变为谋略，终难免与行贿同流。甚至光荣，也可能腐蚀信心。在没有光荣的路上，信心可要放弃么？以苦难去作福乐的投资，或以圣洁赢取尘世的荣耀，都不是上帝对约伯的期待。

七

曾让科学大伤脑筋的问题之一是：宇宙何以能够满足如此苛刻的条件——阳光、土壤、水、大气层，以及各种元素恰到好处的比例，以及地球与其他星球妙不可言的距离——使生命孕育，使人类诞生？

若一味地把人和宇宙分而观之，人是人，宇宙是宇宙，这脑筋就怕要永远伤下去。天人合一，科学也渐渐醒悟到人是宇宙的一部分，这样，问题似乎并不难解：任何部分之于整体，或整体之于部分，都必定密切吻合。譬如一只花瓶，不小心摔下几块碎片，碎片的边缘尽管参差诡异，拿来补在花瓶上也肯定严丝合缝。而要想复制同样的碎片或同样的缺口，比登天还难。

八

世界是一个整体，人是它的一部分，整体岂能为了部分而改变其整体意图？这大约就是上帝不能有求必应的原因。这也就是人类以及个人永远的困境。每个角色都是戏剧的一部分，单捉出一个来宠爱，就怕整出戏剧都不好看。

上帝能否插手人间？一种意见说能，整个世界都是他创造的呀。另一种意见说不能，他并没有体察人间的疾苦而把世界重新裁剪得更好。从后一种理由看，他确是不能。但是，从他坚持整体意图的不可改变这一点想，他岂不又是能吗？对于向他讨要好运的人来说，他未必能。但是，就约伯的醒悟而言，他岂不又是能吗？

九

撒旦不愧是魔鬼，惯于歪曲信仰的意义。撒旦对上帝说：约伯所以敬畏你，是因为你赐福于他，否则看他不咒骂你！上帝想看看是不是这样，便允许撒旦夺走了约伯的儿女和财产，但约伯的信心没有动摇。撒旦又对上帝说：单单舍弃身外之物还不能说明什么，你若伤害他的身体，看看会怎样吧！上帝便又允许撒旦让约伯身染恶病，但信者约伯仍然没有怨言。

撒旦的逻辑正是行贿受贿的逻辑。

约伯没有让撒旦的逻辑得逞。可是，他却几乎迷失在另一种对信仰的歪曲中："约伯，你之所以遭受苦难，料必是你得罪过上帝。"这话比魔鬼还可怕，约伯开始觉到委屈，开始埋怨上帝的不公正了。

这样的埋怨我们也熟悉。好几次有人对我说过，也许是我什么时候不留神，说了对佛不够恭敬的话，所以才病而又病，我听了也像约伯一样顿生怨愤——莫非佛也是如此偏爱恭维、心胸狭窄？还有，我说约伯的埋怨我们也熟悉，是说，背运的时候谁都可能埋怨命运的不公平，但是生活，正如上帝指给约伯看到的那样，从来就布设了凶险，不因为谁的虔敬就给谁特别的优惠。

十

可是上帝终于还是把约伯失去的一切还给了约伯，终于还是赐福给了那个屡遭厄运的老人，这又怎么说？

关键在于，那不是信心之前的许诺，不是信心的回扣，那是苦难极处不可以消失的希望呵！上帝不许诺光荣与福乐，但上帝保佑你的希望。人不可以逃避苦难，亦不可以放弃希望——恰是在这样的意义上，上帝存在。命运并不受贿，但希望与你同在，这才是信仰的真意，是信者的路。

十一

重病之时，我总想起已故好友周郿英，想起他躺在病房里，瘦得只剩一副骨架，高烧不断，溃烂的腹部不但不愈合反而在扩展……窗外阳光灿烂，天上流云飞走，他闭上眼睛，从不呻吟，从不言死，有几次就那么昏过去。就这样，三年，他从未放弃希望。现在我才看见那是多么了不起的信心。三年，那是一分钟一分钟连接起来的，漫漫长夜到漫漫白昼，每一分钟的前面都没有确定的许诺，无论科学还是神明，都没给他写过保证书。我曾像所有他的朋友一样赞叹他的坚强，却深藏着迷惑：他在想什么，怎样想？

可能很简单：他要活下去，他不相信他不能够好起来。从约伯故事的启示中我知道：真正的信心前面，其实是一片空旷，除了希望什么也没有，想要也没有。

但是他没能活下去，三年之后的一个早晨，他走了。这是对信心的嘲弄吗？当然不是。信心，既然不需要事先的许诺，自然也就不必有事后的恭维，它的恩惠惟在渡涉苦难的时候可以领受。

十二

求神明保佑，可能是人人都会有的心情。“人定胜天”是一句言过其实的鼓励，“人是被抛到这个世界上来的”才是实情。生而为人，终难免苦弱无助，你便是多么英勇无敌，多么厚学博闻，多么风流倜傥，世界还是要以其巨大的神秘置你于无知无能的地位。

有一部电影，《恺撒大帝》。恺撒大帝威名远扬，可谓“几百年才出一个”。其中一个情节：他惟一倾心的女人身患重病，百般医药，千般祈告，终归不治。恺撒，这个意志从未遭遇过抗逆的君主，涕泪横流仰面苍天，一声暴喊：“老天哪！把她还给我，恺撒求你了！”那一声喊让人魂惊魄动。他虽然仍不忘记他是恺撒，是帝王，说话一向不打折扣，但他分明是感到了一种比他更强大的力量，他以一生的威严与狂傲去垂首哀求，但是……结果当然简单——剧场灯亮，恺撒时代与电影时代相距千载，英雄美人早都在黑暗的宇宙中灰飞烟灭。

我也曾这样祈求过神明，在地坛的老墙下，双手合十，满心敬畏（其实是满心功利）。但神明不为所动。是呀，恺撒尚且哀告无功，我是谁？古园寂静，你甚至能感到神明在傲慢地看着你，以风的穿流，以云的变幻，以野草和老树的轻响，以天高地远和时间的均匀与漫长……你只有接受这傲慢的逼迫，曾经和现在都要接受，从那悠久的空寂中听出回答。

十三

有三类神。第一类自吹自擂好说瞎话，声称万能，其实扯淡，大水冲了龙王庙的事并不鲜见。第二类喜欢恶作剧，玩弄偶然性，让人找不着北。比如足球吧，世界杯赛，就是用上最好的大脑和电脑，也从未算准过最后的结局。所以那玩艺儿可以大卖彩票。小小一方足球场，满打满算二十几口人，便有无限多的可能性让人料想不及，让人哭，让人笑，让翩翩绅士当众发疯，何况偌大一个人间呢。第三类神，才是博大的仁慈与绝对的完美。仁慈在于，只要你往前走，他总是给路。在神的字典里，行与路共用一种解释。完美呢，则要靠人的残缺来证明，靠人的向美向善的心愿证明。在人的字典里，神与完美共用一种解释。但是，向美向善的路是一条永远也走不完的路，你再怎样走吧，“月亮走我也走”，它也还是可望不可即。

刘小枫先生在他的书里说过这样的意思：人与上帝之间有着永恒的距离。这很要紧。否则，信仰之神一旦变成尘世的权杖，希望的解释权一旦落到哪位强徒手中，就怕要惹祸了。

十四

惟一的问题是：向着哪一位神，祈祷？

说瞎话的一位当然不用再理他。

爱好偶然性的一位，有时候倒真是要请他出面保佑。事实上，任何无神论者也都免不了暗地里求他多多关照。但是，既然他喜欢的是偶然性而并不固定是谁，你最好就放明白些，不能一味地指靠他。

第三位才是可以信赖的。他把行与路作同一种解释，就是他保证了与你同在。路的没有尽头，便是他遥遥地总在前面，保佑着希望永不枯竭。他所以不能亲临俗世，在于他要在神界恪尽职守，以展开无限时空与无限的可能，在于他要把完美解释得不落俗套、无与伦比，不至于还俗成某位强人的名号。他总不能为解救某处具体的疾苦，而置那永恒的距离失去看管。所以，北京人王启明执意去纽约寻找天堂，真是难为他了。

十五

我寻找他已多年，因而有了一点儿体会：凡许诺实惠的，是第一位。有时取笑你，有时也可能帮你一把的是第二位。第三位则不在空间中，甚至也不在寻常的时间里，他只存在于你眺望他的一刻，在你体会了残缺去投奔完美、带着疑问但并不一定能够找到答案的那条路上。

因而想到，那也应该是文学的地址，诗神之所在，一切写作行为都该仰望的方向。奥斯维辛之后人们对诗产生了怀疑，但正是那样的怀疑吧，使人重新听见诗的消息。那样的怀疑之外，诗，以及一切托名文学的东西，都越来越不足信任。文学的心情一旦顺畅起来，就不大明白为什么一定要有它。说生活是最真实的，这话怎么好像什么也没说呢？大家都生活在生活里，这样的真实如果已经够了，文学干吗？说艺术源于生活，或者说文学也是生活，甚至说它们不要凌驾于生活之上，这些话都不易挑剔到近于浪费。布莱希特的“间离”说才是切中要害。艺术或文学，不要做成生活（哪怕是苦难生活）的侍从或帮腔，要像侦探，从任何流畅的秩序里听见磕磕绊绊的声音，在任何熟悉的地方看出陌生。

十六

写《务虚笔记》的时候，我忽然明白：凡我笔下人物的行为或心理，都是我自己也有的，某些已经露面，某些正蛰伏于可能性中伺机而动。所以，那长篇中的人物越来越互相混淆——因我的心路而混淆，又混淆成我的心路：善恶俱在。这不是从技巧出发。我在哪儿？一个人确切地存在于何处？除去你的所作所为，还存在于你的所思所欲之中。于是可以相信：凡你描写他人描写得（或指责他人指责得）准确——所谓一针见血，入木三分，惟妙惟肖——之处，你都可以沿着自己的理解或想像，在自己的心底找到类似的埋藏。真正的理解都难免是设身处地，善如此，恶亦如此，否则就不明白你何以能把别人看得那么透彻。作家绝不要相信自己是天命的教导员，作家应该贡献自己的迷途。读者也一样，在迷途面前都不要把自己洗得太干净，你以什么与之共鸣呢？可有谁一点儿都不体会丑恶所走过的路径吗？

这便是人人都需要忏悔的理由。发现他人之丑恶，等于发现了自己之丑恶的可能，因而是已经需要忏悔的时刻。这似乎有点过分，但其实又适合国情。

十七

眼下很有些宗教热的味道，至少宗教一词终于在中国摆脱了贬意，信佛、信道、信基督都可以堂堂正正，本来嘛。但有一个现象倒要深想：与此同时，经常听到的还是“挑战”，向着这个和向着那个，却很少听到“忏悔”。忏悔是要向着自己的。前些天听一位学者说，他在考证文革时期的暴力事件时发现，出头作证的只有当年的被打者，却没有打人的人站出来说点儿什么。只有蒙冤的往事，却无抚痛的忏悔，大约就只能是怨恨不断地克隆。缺乏忏悔意识，只好就把惨痛的经验归罪给历史，以为潇洒，以为豁达。好像历史是一只垃圾箱，把些谁也不愿意再沾惹的罪孽封装隐蔽，大家就都可以清洁。

忏悔意识，其实并非只是针对那些“文革”中打过人的人。辉煌的历史倘不是几个英雄所为，惨痛的历史也就不由几个歹徒承办。或许，那些打过人的人中，已知忏悔者倒要多些，至少他们的不敢站出来这一点已经说明了良心的沉重。倒是自以为与那段历史的黑暗无关者，良心总是轻松着——“笑话，我可有什么要忏悔？”但是，你可曾去制止过那些发生在你身边的暴行么？尤其值得这样设想：要是那时以革命的名义把皮带塞进你手里，你敢于拒绝或敢于抗议的可能性有多大？这样一问，理直气壮的人肯定就会少下去，但轻松着的良心却很多，仍然很多，还在多起来。

十八

记得“文革”刚开始时，我曾和一群同学到清华园里去破过“四旧”，一路上春风浩荡落日辉煌，少年们满怀豪情。记不清是到了谁家了，总之是一位“反动学术权威”吧，到了人家的客厅里砸碎几只花瓶，又去人家的卧室里割破了两双尖皮鞋，然后便想不出再要怎样表现一腔忠勇。幸亏那时知识太少，否则就可能亲手毁灭一批文物，可见知识也并不担保善良。正当我们发现了那家主人的发型有阶级异己之嫌，高叫剪刀何在时，楼门内外传来了更为革命的呐喊：“非红五类不许参加我们的行动！”这样，几个同学留下来继续革命，另几个快快离去。我在离去者中。一路上月影清疏晚风忧怨，少年们默然无语，开始注意到命运的全面脸色。

待暴力升级到拳脚与棍棒时，这几个不红不黑的少年已经明确自己的地位，只作旁观了。我不敢反对，也想不好该不该反对，但知不能去反对，反对的效果必如牛反对拖犁和马反对拉车一般。我心里兼着恐惧、迷茫、沮丧，或者还有一些同情。恐惧与同情在于：有个被打的同学不过是因为隐瞒了出身，而我一直担心着自己的出身是否应该再往前推一辈，那样的话，我就正犯着同样的罪行。迷茫呢，说起来要复杂些：原来大家不都是相处得好好的么，怎么就至于非这样不可？此其一。其二，你说打人不对，可敌人打我们就行，我们就该文质彬彬？伟大的教导可不是这样说的。其三，其实可笑——想想吧，什么是“我们”？我可是“我们”？我可在“我们”之列？我确实感觉到了那儿埋藏着一个怪圈。

十九

几年以后我去陕北插队。在山里放牛，青天黄土，崖陡沟深，思想倒可以不受拘束，忽然间就看清了那个把戏：我不是“我们”，我又不想是“他们”，算来我只能是“你们”。“你们”是不可以去打的，但也还不至于就去挨。“你们”是一种候补状态，有希望成为“我们”，但稍不留神也很容易就变成“他们”。这很关键，把越多的人放在这样的候补位置上，“我们”就越具权势，“他们”就越遭孤立，“你们”就越要乖乖的。

这逻辑再行推演就更令人胆寒：“你们”若不靠拢“我们”，就是在接近“他们”；“你们”要是不能成为“我们”，“你们”还能总是“你们”？这逻辑贯彻到那副著名的对联里去时，黑色幽默便有了现实的中国版本。记得我站在高喊着那副对联的人群中间，手欲举而又怯，声欲放却忽收，于是手就举到一半，声音发得含含糊糊。“你们”要想是“我们”，“你们”就得承认“你们”是混蛋，但是但是，“你们”既然是混蛋又怎能再是“我们”？那个越要乖乖的位置其实是终身制。

二十

我曾亲眼见一个人跳上台去，喊：“我就是混蛋！”于是赢来一阵犹豫的掌声。是呀，该不该给一个混蛋喝彩呢？也许可以给一点吧，既然他已经在承认是蛋的一刻孵化成混。不过当时我的心里只有沮丧，感到前途无比暗淡。我想成为“我们”，死也不想是“他们”。所以我现在常想，那时要有人把皮带塞给我，说“现在到了你决定做‘我们’还是做‘他们’的时候了”，我会怎样？老实说，凭我的胆识，最好的情况也就是把那皮带攥出汗来，举而又怯，但终于不敢不抡下去的——在那一刻孵化成混。

二十一

大约就是从那时起，我非常地害怕了“我们”，有“我们”在轰鸣的地方我想都不如绕开走。倒不一定就是怕“我们”所指的那很多人，而是怕“我们”这个词，怕它所发散的符咒般的魔力，这魔力能使人昏头昏脑地渴望被它吞噬，像“肯德基家乡鸡”那样整整齐齐都排成一股味儿。我说过我不喜欢“立场”这个词，也是这个意思。“我们”和“立场”很容易演成魔法，强制个人的情感和思想。“文革”中的行暴者，无不是被这魔法所害——“我们”要坚定地是“我们”，“你们”要尽力变成“我们”，“我们”干吗？当然是对付“他们”。于是沟堑越挖越深，忠心越表越烈，勇猛而至暴行，理性崩塌，信仰沦为一场热病。

二十二

“上山下乡”已经三十年，这件事也可以更镇静地想一想了：对于那场运动，历史将记住什么？“老三届”们的记忆当然丰富，千般风流，万种惆怅，喜怒悲忧都是刻骨铭心。但是你去问吧，问一千个“老三届”，你就会听见一千种心情，你就会对“上山下乡”有一千种印象：豪情与沮丧，责任与失落，苦难与磨炼，忠勇与迷茫，深切怀念与不堪回首，悔与不悔……但历史大概不会记得那么详细，历史只会记住那是一次在“我们”的旗帜下对个人选择的强制。再过三十年，再过一百年，历史越往前走越会删除很多细节，使本质凸现：那是一次信仰的灾难。

并没有谁捆绑着我们去，但“我们”是一条更牢靠的绳子。一声令下，便树立起忠与不忠的标识。我那时倒没有很多革命的准备，也还来不及忧虑前途，既然大家都去，便以为是一次壮大的旅游或者探险，有些兴奋。也有人确是满怀了革命豪情，并且果然大有作为。但这就像包办婚姻，包办婚姻有时也能成全好事，但这种方法之下不顺心的人就多。我记得临行时车站上有很多哭声，绝非“满怀豪情”可以概括。

二十三

不过我现在也还是相信，贫困的乡村是需要知识青年的，需要科学，需要文化，需要人才。但不是捆绑的方法，不能把人才强行送过去，强行一旦得逞，信仰难保不是悲剧。很可能，人才被强行送过去的同时，强行本身也送过去了。贫困的乡村若因而成长起几个强徒，那祸害甚至不是科学能够抵挡的。

方法常常比目的还要紧。比如动物园里的狼，关在笼子里，写一块牌子挂上，说这是狼，可谁看了都说像狗。狼不是被饲养的，狼是满山遍野里跑的，把狼关在笼子里一养，世界上就有了狗。

二十四

直到有一年，奥运会上传来一阵歌声，遥远却又贴近：我们是世界，我们是孩子……这下才让我恍然而悟“我们”的位置，这个词原来是要这样用的呀，真是简单又漂亮！我迷上奥运会，要紧的原因其实在这儿。飘荡在宇宙中的万千心魂，苍茫之中终见一处光明，“我们是世界，我们是孩子”，于是牵连浮涌，聚去那里，聚去那声音的光照中。那便是皈依吧，不管你叫他什么，佛法还是上帝。

所以，“我们”的位置并不在与“他们”的对立之中，而在与神的对照之时。当然是指第三位神，即尽善尽美所发出的要求，所发出的审问，因而划出了现实的残缺，引导着对原罪的领悟，征求忏悔之心。这是神对人的关切，并没有行贿受贿的逻辑在里面，当然不是获取实惠的方便之门。

二十五

灵魂不死，是一个既没有被证实，也没有被证伪的猜想。而且，这猜想只可能被证实，不大可能被证伪。怎样证伪呢？除非灵魂从另一个世界里跳出来告密。

可是，却有一种强大的意志信誓旦旦地宣布：死即是绝对的寂灭，并无灵魂的继续，死了就什么都没了，惟此才是科学，相反的期待全属愚昧，是迷信。相信科学的人竟很少对此存疑,真是咄咄怪事。未被证伪而信其伪，与未被证实而信其实，到底怎么不一样？倘前者是科学，后者怎么就一定愚昧？莫非不能证明其有，便已经是证明其无了？这就更加奇怪，岂不等于是说一切猜想都是愚昧吗？可是，哪一样科学不是由猜想作为引导？

局面似乎不好收拾。首先，人出生了，便迟早要死，迟早会对死后的境况持一种态度。其次，死后无非那两种可能，并无第三类机会。最后，那两种可能无论你相信哪一种，都一样不好意思请科学来撑腰。

二十六

但猜想是必要的。猜想的意义并不一定要由证实来支持。相反，猜想支持着希望，支持着信心。一定要把猜想列为迷信，只好说，一律地铲除迷信倒不美妙。活着，不是仅仅有了科学就够。当然，装神弄鬼骗人钱财的，自封神明愚弄百姓的，理应铲除。但其所以要铲除，倒不是看它不科学，是看它不人道。原子弹很科学，也要铲除。一个人，身患绝症，科学已无能给他任何期待，他满心的坚强与泰然可是牵系于什么呢？地球早晚要毁灭，太阳也终于要冷下去，科学尚不知那时人类何去何从，可大家依然满怀豪情地准备活下去，又是靠着什么？靠着信心，靠着对未来并无凭据的猜想和希望。但这就是迷信吗？但这不能铲除。相反，谁要铲除这样的信心，甚或这样的迷信，倒不允许。先哲有言:科学需要证明，信仰并不需要。事实上，我们的前途一向都隐藏在神秘中，但我们从不放弃，不因为科学注定的局限而沮丧。那也就是说，科学并非我们惟一的依赖，甚至不是根本的依赖。

二十七

既然人死后，灵魂的有与无同样都拿不到证据（真是一件公平的事呵），又为什么会有泾渭分明的两种信奉，一种宁可信其有，另一种偏要宣布其无呢？依我想，关键在于接下来互不相同的推演。

信其有者的推演是：于是会有地狱，会有天堂，会有末日审判，总之善恶终归要有个结论。这大约就是有神论。不过，有神论对神的态度并不都一致，这是另外的话。

宣布其无者的推演是：当然就没有什么因果报应，没有地狱，没有天堂，也没有末日审判。此属无神论。但无神论也有着对神的描画，否则怎么断定其无呢？且其描画基本一致，即那是一种谁也没见过、也不可能见过，然而却束缚人，甚至威胁着人类自由的东西。“不，那根本是没有的！”

二十八

这其实就有点儿问题了：根本没有的东西如何威胁人？根本没有，何至于这么着急上火地说它没有？显然是有点儿什么，不一定有形，但确乎在影响我们。并非看得见摸得着的东西才存在，你能撞见谁的梦吗？或者摸一摸谁的幻想？神，在被猜想之时诞生，在被描画的时候存在，在两种相反的信奉中同样施展其影响。

信其有者，为人的行为找到了终极评判乃至奖惩的可能，因而为人性找到了法律之外的监督。比如说警察照看不到的地方，恶念也有管束。当然，弄不好也会为专制者提供方便，强徒也会祭起神明。

信其无者则为人的为所欲为铺开坦途，看上去像是渴盼已久的自由终于降临，但种种恶念也随之解放，有恃无恐。但这也并不就能预防专制，乱世英雄大权独握，神俗都踩在脚下。

二十九

说白了，作恶者更倾向于灵魂的无。死即是一切的结束，恶行便告轻松。于此他们倒似乎勇敢，宁可承担起死后的虚无，但其实这里面掩藏着潜逃的颤栗，即对其所作所为不敢负责。这很像是蒙骗了裁判的犯规者，事后会宽慰有加地告诉你：比赛已经结束，录像并不算数。

人死后灵魂依然存在，是人类高贵的猜想，就像艺术，在科学无言以对的时候，在神秘难以洞穿的方向，以及在法律照顾不周的地方，为自己填写下美的志愿，为自己提出善的要求，为自己许下诚的诺言。

但是恶行出现了。恶行警觉地发现，若让那高贵的猜想包围，形势明显不妙。幸亏灵魂不死难于证实，这不是个好消息么？恶行于是看中“证实”二字，慌不择路地拉扯上科学——什么好意思不好意思的——向那高贵的猜想发难。但是匆忙中它听差了，灵魂不死的难于证实并不见得对它是个好消息，那只是说，科学在这个问题上持弃权态度。科学明白：灵魂的问题从来就在信仰的领域，“证实”与“证伪”都是外行话。

三十

可什么是恶呢？有时候善意会做成坏事，歹念碰巧了竟符合义举。这样的时候善恶可怎么评断，灵魂又据何奖惩？以效果论吗，有法律在，其他标准最好都别插嘴。以动机论吗，可是除了自己，谁又吃得准谁一定是怎么想的？所以，良心的审判，注定的，审判者和被审判者都只能是自己。这就难了，自我的审判以什么作标准呢？除非是信仰！或者你心里早有着一种善恶标准，或者你就得费些思索去寻找它。这标准的高低姑且不论，但必超乎于法律之外，必非他人可以代劳，那是你自己的事，是灵魂独对神的倾诉、忏悔和讨教。这标准碰巧了也可能符合科学，但若不巧，你的烦忧恰恰是科学的盲区呢？便只好在思之所极的空茫处，为自己选择一种正义，树立一份信心。这选择与树立的发生，便可视为神的显现。这便是信仰了，无需实证却可以坚守。

善恶的标准，可以永久地增补、修正，可以像对待幸福那样，做永久的追寻。怕只怕人的心里不设这样的标准，拆除这样的信守，没有这样的法庭也不打算去寻找它，同时快乐地宣扬这才是人性的复归。

三十一

不过麻烦并没有完：倘那选择与树立完全由着自己说了算，事情岂不荒唐？岂不等于还是没有标准？岂不等于可以为所欲为、自作神明？一家一面旗，都说自己替天行道，冷战热战于是不亦乐乎，神明与神明的战争并不见得比群殴来得文明。

所以必有一个问题：神到底在哪儿？神到底负责什么事？

所以必有一种回答：神永远不是人，谁也别想冒充他。神拒绝“我们”，并不站在哪一家的战壕里。神，甚至是与所有的人都作对的——他从来都站在监督人性的位置上，逼人的目光永远看着你。在对人性恶的觉察中，在人的忏悔意识里，神显现。在人性去接近完美却发现永无终途的路上，才有神圣的朝拜。

三十二

“因果报应”还是靠近着谋略。善行义举，不为今生利禄，但求来世福报，这逻辑总还是疙里疙瘩的与撒旦的思想类似。倘来世未必就有福报呢，善行义举是不是随之就有疑问？那样的话，岂不仍是谋略？说得不好听，有点放长线钓大鱼的意思。这样的谋略潜移默化，很容易成为贿赂的参考——既然可以为来世的福报去阿谀神明，何以不能为今生的利禄去谄媚高官？

三十三

我听到过一种劝人为善的教导，说是做人不要怕吃亏，吃亏未尝不是好事。可接下来的逻辑让人迷惑：你今生吃多少亏，来世便得多少福，那个占了你便宜的人呢，来世便有多少苦。再往下听：你不妨多让别人占些便宜去，不要以为这不划算，其实是别人用他的福换走了你的苦。好家伙！原是劝人不要怕吃亏，怎么最后倒赚走了别人的福去？

三十四

气功，从一听说它我就相信。截断物欲的追逼，放弃人类的妄尊自大，回到与万物平等的地位，物我两忘，谛听自然神秘的脚步……我相信气功确有其科学不可比及的力量。比如在现代医学束手无策的地方创造奇迹，比如在沉思默想中看见生命更深处的奥秘。还有一些听上去更近科学的功法，比如沟通宇宙信息，比如超越三维空间汲取更高级的能量，比如从更微观的世界中脱胎换骨，这些我都倾向于相信。甚至风水、符咒之类，大概也不是全无道理。世界之神秘，是人的智力永难穷尽的，没理由不相信奇迹的存在。

但若以奇迹论神明，就怕那神明还是说瞎话的一位。奇迹能把这人间照顾得周全吗？能改变这“人间戏剧”只留下幸运的角色吗？能使人间只有福乐，不存悲忧吗？要是不能，就算它上天入地擒风缚雨也并没有真正改变人的处境。神明一落到实惠，总难免捉襟见肘力不从心。人间呢，仍要有各类角色，大家还是得分工合作把所有的角色都承担起来。所谓奇迹，大概就像“宝葫芦的秘密”，把别人的好运偷来给你，差别守恒，无非角色调换一下位置拉倒。

三十五

看足球就像看人生。或看它是一场圣战，全部热情都在打败异己。或视之为一次信心的锤炼和精神狂欢，场地上演出的是坎坷人生的缩影，看台上唱诵的是对不屈的颂扬，是爱的祈盼。再是说，这火爆的游戏真是荒唐，执迷不悟，如痴如癫压根儿是一场错误，何如及早抽身脱离红尘，去投奔无苦无忧的极乐之地？

第三种态度常令我暗自踌躇。越是接近人生的终点，越是要想：这人间真的可爱吗？说可爱，太过简单，简单得像一句没有内容的套话，其实人人心底都有一幅更美好的图景。就连科学也已经看见，人的自命不凡已经把这个星球搞得多么乌烟瘴气，贪婪鼓舞着贪婪，纷争繁衍着纷争，说不定哪天冒出个狂人，一场细菌大战，人间戏剧忽然收场。也许人间真的是一场错误？也许，在某一种时空中真的存在着极乐？人是这样的渺小无知，人的智识之外，宇宙的神秘浩瀚无边，为什么肯定没有那样的地方？人不知其所在罢了，人却可能在来生去投靠它。这真是多么迷人的图景！于是正有很多这样的理想流行，天上人间，美妙超过以往的种种主义，种种法门汇成一句话：到那儿去吧，这儿已经无可留恋，这儿已是残山剩水，那儿才是你的梦中天堂。信与不信，常让我暗自踌躇。

三十六

单说遏制人类的贪婪吧，乐观的理由就少，悲观的根据越来越多。森林消失，草原沙化，河流干涸，海洋污染，天上破着个大窟窿而且越来越大，但人类还在热火朝天地敲榨和掠夺。这差不多已经成了习惯，真能遏制吗？令人怀疑。比如我，下了好大决心，也只抗拒了羊绒衫的诱惑——据说那东西破坏植被，但更多的诱惑只在理论上抗拒。人类也真是发明了很多好玩艺儿，空调、汽车、飞机、化肥、农药、电脑……丰富得超过有用的商品、新奇得等于屠杀的美味、舒适得近似残废的生活……人能齐心协力放弃这样的舒适吗？还是让人怀疑。就算有99个人愿意放弃，但剩下一个人坚持，舒适的魔力就要扩散，就会有2、3、4、5、6……个人出来继承和发扬。

常能读到一些“现代主义”或者“后现代主义”的精彩理论，赞叹之余一走神儿，看见生活自有其不要命的步伐。魔法一旦把人套住，大概就只有“一直往前走，不要朝两边看”了。

三十七

设想有一处不同于人间的极乐之地，不该受到非难。但问题是，谁能洞开通向那儿的神秘之门？

这就又惹动了争夺。大师林立，功法纷纭，其实都说着同一句话：跟随我吧。到底应该跟随谁呢？这神秘的权力究竟是谁掌握着？无从分辨。似乎就看谁许下的福乐更彻底了。

既已许下福乐，便不愁没人着迷，于是又一场蜂拥，以当年眺望“主义”的热情去眺望另一维时空了——原来天堂并不在咱这地界儿，以往真是瞎忙。于是调离苦难的心情愈加急迫，然而天堂的门票像似有限，怎么办？那就只好谁先觉悟谁先去吧，至于那些拿不到门票的人嘛，实在是他们自己慧根不够、福缘浅薄，又怨得哪一个？

闹来闹去这逻辑其实又熟悉：为富不仁者对穷人不是也这么说吗——你自己无能，又怨得谁个？这逻辑也许并不都错，但这漠然无爱的境界不正是人间凶险的首要？记得佛门有一句伟大教诲：一人未得度，众生都未得度。佛祖有一句感人的誓言：我不下地狱谁下地狱？怎么到了一些自命的佛徒那里，竟变得与福利分房相似？——房源（或者福运）有限，机不可失，大家各显神通吧。

三十八

因此我大大地迷惑：就算那极乐之地确凿，就算我们来生确实有望被天堂接纳，但那可是凭着“先天下之乐而乐”的心情就能够去的么？倘天堂之门也是偏袒着争抢之下的强者，天堂与人间可还有什么两样？好吧，退一步想，就算争抢着去的也就去了，但这漠然无爱的心情被带去天堂，天堂还会永远无忧么？争抢的欲望，不会把那儿也搅得“群雄并起，天上大乱”？

所以我宁可还是相信，所谓天堂即是人的仰望，仰望使我们洗去污浊。

所谓另一维时空，其实是指精神的一维，这一维并不与人间隔绝，而是与我们所在的这个世界重叠融会。

神秘的力量，毫无疑问是存在的。神秘，存在于冥冥之中。这其实很好，恰为人间的梦想与完善铺筑起无限的前途。但是，这无限既由神秘所辖，便不容得凡人染指。原因简单：有限的凡人怎么可能通晓无限的神秘？神秘的商标一旦由凡人注册，就最值得大众担心——他掌握着神秘的权力呵，有什么疑问还敢跟他讨论？有什么不同意见还敢跟他较真儿？岂不又是“理解的执行，不理解的也要执行”了吗？

三十九

如果奇迹并不能改变这“人间戏剧”，苦难守恒，幸运之神无非做些调换角色的工作，众生还能求助于什么呢？只有相互携手，只有求助于爱吧。

这样说，明显已经迂腐，再要问爱是什么，更要惹得潇洒笑话。比如说爱情，潇洒曾屡次告诫过我们了：其实没有。有婚姻，有性欲，有搭伙过日子，哪有什么爱情？这又让迂腐糊涂：你到底是说什么没有，什么？迂腐真是给潇洒添乱——你要是说不出没有的是什么，你怎么断定它没有？你要是说出没有了什么，什么就已经有了。爱情本来是一种心愿，不能到街上看看就说没有。而没有这份心愿的人也不会说它没有，他们觉得婚姻和性欲已经就是了。

所以，“爱的奉献”这句话也不算很通顺。能够捐资，捐物，捐躯，可心愿是能够捐的吗？爱如果是你的心愿，爱已经使你受益，无论如何用不上大义凛然。

四十

在街市上我见过两只狗，隔着熙攘的人群，远远地它们已经互相发现，互相呼唤，眉目传情。待主人手上的绳索一松，它们就一个从东一个从西，钻过千百条人腿飞奔到一起，那样子就像电影中久别的情人一朝重逢，或历尽劫波的夫妻终于团聚。它们亲亲密密地偎依，耳鬓厮磨，窃窃地说些狗话。然后时候到了，主人喊了，主人“重利轻别离”，它们呢，仍旧情意缠绵，觉得时间怎么忽然走得这样快？主人过来抓住绳索，拍拍它们的脑门儿，告诉它们：你们是狗呵，要本分，要把你们的爱献给某一处三居室。它们于是各奔东西，“孔雀东南飞，五里一回头”，消失在人海苍茫之中，而且互相不知道地址。

我常想，这两只狗一定知道它们怀念的是什么，虽然它们说不出，抑或只因为我们听不懂。不过可以猜想：只身活在异类当中，周围全是语言难通的两足动物，孤独还能教它们怀念什么呢？只是我未及注意它们的性别，不知那是否仅仅出于性欲。

四十一

不管怎么说，给爱下定义是要惹上帝发笑的。不如先绕开它，换个角度，这样问：什么时候，你第一次感到了爱？或者是在什么样的时候，你感到了需要爱？

我常回想那是在什么时候？什么样的时候？

那大约要追溯到上小学的时候。有个女孩儿，与我同年，她长得漂亮吗？但是我的目光总被她吸引，只要她在，我的注意力就总是去围绕她。最初发现她是在一次“六一”儿童节的庆祝会上，她朗诵一首诗，关于一个穷苦的黑人孩子的诗……会场中先还有些喧闹，但忽然喧闹声沉落下去，只剩下她的声音在会场中飘荡，清纯、稚气，但却微微地哽咽，灯光全部聚向她时，我看见她的眼边有泪光……从那以后我总想去接近她，但又总是远远地看她并不敢走去近前，甚至跟她说话也有自惭形秽之感，甚至连她的住处也让我想像叠出觉得神圣不可及。这是爱的吗，爱的萌动？但这与性有多少关系呢？那女孩儿，现在想来真的不能算漂亮，身上一点女人的迹象也还没有。是什么触动了我呢？

四十二

如果那一次触动中其实有着懵懂的性因素，可同样的触动也曾来自一个男孩儿，他住在一座不同寻常的房子里，我在《务虚笔记》中写过那座房子，在《务虚笔记》中我借助对一个女孩儿的眺望，写过，我怎样走进了那座漂亮的房子，看见了里面的生活。那是一座在我当时看去不可思议的房子，和一种我想像不到的生活，在《务虚笔记》中我写到了我当时的感受。在走不尽的灰暗小街的缠缠绕绕之中，在寂寞的冬天的早晨，朦胧的阳光之下，那座房子明朗、清洁、幽静，仿佛置身世外。那里面的布设和主人们的举止，都高雅得让我惊诧，让我羡慕，让一个欲念初萌的孩子从头到脚弥漫开沉沉的自卑。我很快就感觉到了一种冷淡，和冷淡的威胁。不错，是自卑，我永远都看见那一刻，那一刻永不磨灭。那儿的人是否傲慢地说了什么并不重要，重要的是那自卑与生俱来，重要的是那冷淡的威胁其实是由自卑构筑，即使那儿的人没有任何傲慢的表示我也早就想逃跑了。《务虚笔记》中写的是：我想回家。我跑出了那座美丽的房子，我走在回家的路上，但是家——那一向等待着我的温暖之中，忽然掺进了一缕黯然。家，由于另一种生活的衬照，由于冷淡的威胁，竟也变得孤独堪怜。在《务虚笔记》中，我借助于画家Z的形象去看过我自己那时的心情……

四十三

自卑，历来送给人间两样东西：爱的期盼，与怨愤的积累。

我想，画家Z曾经得到的是后一种。我呢？我之所以能够想像他，想像他就是在那次回家的路上走进了怨愤，料必因为Z是我的一部分，至少曾经是这样。要征服那冷淡，要以某种姿态抵挡乃至压倒那冷淡的威胁，自卑于是积累起怨愤，怨愤再加倍地繁衍自卑——这就是画家Z。相反，若是梦想着世间不再有那样的冷淡，梦想着，被那冷淡雕铸的怨愤终于消散，所有失望过和傲慢过的心灵都能够相互贴近，那就是爱的期盼。甚至纯真的心从不多看那冷淡一眼，惟热盼着与另外的心灵沟通，不屈不挠地等待，走遍一生去寻找，那就是爱的路程。在《务虚笔记》中，我借助诗人L、女教师O和F医生的身影，走进这样的梦想，借助于对他们的理解看见了我的另一种心情。

这两种心情似乎都是与生俱来，盘根错节同时都在我心里，此起彼伏，铺设成我的心路。别人也都是这样吗？我只知道，兼具这两种心情的我才是真实的我。我站在Z的脚印上，翘望L、O和F的方向。我体会着Z的自卑，而神往于L、O和F痴心不改的步伐。而且，越是Z的消息沉重，越是L、O和F的消息明媚动人。我知道了，爱，原就是自卑弃暗投明的时刻。自卑，或者在自卑的洞穴里步步深陷，或者转身，在爱的路途上迎候解放。

四十四

不过自卑，也许开始得还要早些。开始于你第一次走出家门的时候。开始于你第一次步入人群，分辨出了自己和别人的时候。开始于你离开母亲的偏袒和保护，独自面对他者的时候。开始于这样的时候：你的意识醒来了，看见自己被局限在一个小小的躯体中，而在自己之外世界是如此巨大，人群是如此庞杂，自己仿佛囚徒。开始于这样的时候：在这纷纭的人间，自己简直无足轻重，而这一切纷纭又都在你的欲望里，自己二字是如此地不可逃脱，不能轻弃。开始于这样的时候：你想走出这小小躯体的囚禁，走向别人，盼望着生命在那儿得到回应，心魂从那儿联接进无比巨大的存在，无限的时间因而不再是无限的冷漠……但是，别人也有这样的愿望么？在墙壁的那边，在表情后面，在语言深处，别人，到底都是什么？对此你毫无把握。但囚徒们并不见得都想越狱出监，囚徒中也会有告密者，轻蔑、猜疑和误解加固着牢笼的坚壁，你热烈的心愿前途未卜，而一旦这心愿陷落，生命将是多么孤苦无望，多么索然无味，荒诞不经。我能记起很多次这样的经历。从幼年一直到现在，我有过很多次失望——可能我也让别人有过这类失望——很多次深刻的失望其实都可以叫做失恋，无论性别，因为在那之前的热盼正都是爱的情感：等待着他人的到来，等待着另外的心魂，等待着自由的团聚。虽因年幼，这热盼曾经懵然不知何名，但当有一天，爱的消息传来，我立刻认出那就是它，毫无疑问一直都是它。

四十五

爱这个字，颇多歧义。母爱、父爱等等，说的多半是爱护。“爱牙日”也是说爱护。爱长辈，说的是尊敬，或者还有一点威吓之下的屈从。爱百姓，还是爱护。这算好的，不好时里面的意思就多了。爱哭，爱睡，爱流鼻涕，是说容易、控制不住。爱玩，爱笑，爱桑拿，爱汽车，说的是喜欢。“爱怎么着就怎么着”，是想的意思，随便你。“你爱死不死”，也是说请便，不过已经是恨了。

爱，与喜欢混淆得最严重。“我爱你”，可能是表达着一次真正的爱情，也可能只是好色之徒的口头禅，还可能是各有所图的一回交易。喜欢，好东西谁不喜欢？快乐的事谁不喜欢？没有理由谴责喜欢，但喜欢与爱的情感不同。爱的情感包括喜欢，包括爱护、尊敬和控制不住，除此之外还有最紧要的一项：敞开。互相敞开心魂，为爱所独具。这样的敞开，并不以性别为牵制，所谓推心置腹，所谓知己，所谓同心携手，是同性之间和异性之间都有的期待，是孤独的个人天定的倾向，是纷纭的人间贯穿始终的诱惑。

四十六

所以爱是一种心愿，不在街上和衣兜里，也不在储蓄所。睁着俩眼向外找，可以找到救济（包括性方面的救济），仅此而已。

爱却艰难，心魂的敞开甚至危险。他人也许正是你的地狱，那儿有心灵的伤疤结成的铠甲，有防御的目光铸成的刀剑，有语言排布的迷宫，有笑靥掩蔽的陷阱。在那后面，当然，仍有孤独的心在战栗，仍有未熄的对沟通的渴盼。你还是要去吗？不甘就范？那你可要谨慎，以孤胆去赌——他人即天堂，甚至以痛苦去偿你平生的夙愿。爱不比性的地方正在这里，性惟快乐，爱可没那么轻松。潇洒者早有警告：哥们儿你累不累？

四十七

爱情所以选中性作为表达，作为仪式，正是因为，性，以其极端的遮蔽状态和极端的敞开形式，符合了爱的要求。极端的遮蔽和极端的敞开，只要能表达这一点，不是性也可以，但恰恰是它，性于是走进爱的领地。没有什么比性更能体现这两种极端了，爱情所以看中它，正是要以心魂的敞开去敲碎心魂的遮蔽，爱情找到了它就像艺术家终于找到了一种形式，以期梦想可以清晰，可以确凿，可以不忘，尽管人生转眼即是百年。

但也正因为这样，性可以很方便地冒充爱情，正像满街假冒艺术的雕塑还少么？如果仪式之后没有内容，如果敞开的只是肉体，肌肤相依而心魂依然森严壁垒，那最多不过还是“喜欢”和“控制不住”。（假冒的仪式越来越多，比如种种的宣誓，种种隆重的典礼和剪彩，比如荒诞可以成为时尚，真诚可以用作包装……）其实好色倒也是人情之常。红灯区如同公厕，利于卫生。只是这样无可厚非下去似乎文不对题——在美妙的肉体唾手可得的年代，心灵的孤独怎样了？爱怎样了？以及，性又随之怎样了呢？

性冷漠据说在蔓延，越是性解放的地方，性越是失去着激情。是性不应该解放吗？不，总把性压迫在罪恶的阴影下是要出事的。但也不宜被解放到无根无据的地步，倘其像吐痰一样毫无弦外之音，爱凭什么偏要对它情有独钟，偏要向它注入奔涌不息的能量呢？

四十八

爱之永恒的能量，在于人之间永恒的隔膜。爱之永远的激越，由于每一个“我”都是孤独。人不仅是被抛到这个世界上来的，而且是一个个分开着被抛来的。

在上帝那儿，在灵魂被囚进肉体之前，“一生二，二生三，三生万物”之初，并无我、你、他之分别，巨大的存在之消息浑然一体，无分彼此内外，浮摇漫展无所不在。然后人间诞生了，人间诞生了其实就是有限诞生了。巨大的存在之消息被分割进亿万个小小的肉体，小小的囚笼，亿万种欲望拥挤磨擦，相互冲突又相互吸引，纵横交错成为人间，总有一些在默默运转，总有一些在高声喊叫，总有一些黯然失色随波逐浪，总有一些光芒万丈彪炳风流，总有弱中弱，总有王中王——不管是以什么方式，不管是以什么标牌，不管是以刀枪、金钱还是话语……总归一样。尼采说对了：权力意志。所有的种子都想发芽，所有的萌芽都想长大，所有的思绪都要漫展，没有办法的事。把弱者都聚拢到一块去平安吧，弱者中会浮涌出强人。把强人都归堆到一块儿去平等呢，强人中会沉淀出弱者。把人一个个地都隔离开怎么样？又群起而不干。小时候，我们几个堂兄弟之间经常打架，奶奶就嚷："放在一块儿就打，分开一会儿又想！"奶奶看得明白，就这么回事。

四十九

说真的，我不大相信"话语霸权"之类的东西可能消灭，就像我也不大相信可以消灭人的贪婪。但消灭霸权和贪婪正在成为人的愿望，这就好，就像爱情，要紧的是心愿。我怀疑上帝是不是闷了，寂寞得不行，所以摆布一场反反复复的游戏？别管上帝的事吧。人呢，就像我和我的堂兄弟们一样，要紧的是相互想念，虽然打架。那巨大的存在之消息，因分割而冲突，因冲突而防备，因防备而疏离，疏离而至孤独，孤独于是渴望着相互敞开——这便是爱之不断的根源。

敞开，不是性的专利，性是受了爱的恩宠，所以生气勃勃。如果性已经冷漠，已经疲倦，已经泛滥到失去了倾诉的能力，那就让它仅仅去负责繁殖和潇洒。敞开，可以找到另外的仪式和路径，比如艺术，比如诗歌，比如戏剧和文学。不过文学这个词并不美妙，并不恰切，不如是写作，不如是倾诉和倾听，不如是梦幻、是神游。因为那从来就不是什么学问，本不该有什么规范，本不该去符合什么学理，本不必求取公认，那是天地间最自由的一片思绪呀，是有限的时空中响彻的无限呼唤。为此上帝也看重它，给它风采，给它浪漫，给它鬼魅与神奇，给它虚构的权力去敲碎现实的呆板，给它荒诞的逻辑以冲出这个既定的人间，总之给它一种机会，重归那巨大的存在之消息，浩浩荡荡万千心魂重新浑然一体，赢得上帝的游戏，破译上帝以斯芬克斯的名义设下的谜语。

五十

但这是可能的吗？迫使上帝放弃他的游戏，可能吗？放弃分割，放弃角色们的差异，让上帝结束他非凡的戏剧，这可能吗？那么喜欢热闹的上帝，又是那么精力旺盛、神通广大，让他重新回到无边的寂寞中去，他能干？要是他干，他曾经也就不必创造这个人间。喜好清静如佛者，也难免情系人间。我还是不能想像人人都成了佛的图景，人人都是一样，岂不万籁俱寂？人人都已圆满，生命再要投奔何方？那便连佛也不能有。佛乃觉悟，是一种思绪。一团圆满一片死寂，思之安附，悟从何来？所以有“烦恼即菩提”的箴言。

人间总是喧嚣，因而佛陀领导清静。人间总有污浊，所以上帝主张清洁。那是一条路呵！皈依无处。皈依并不在一个处所，皈依是在路上。分割的消息要重新联通，隔离的心魂要重新聚合，这样的路上才有天堂。这样的天堂有一个好处：不能争抢。你要去吗？好，上路就是。要上路吗？好，争抢无效，惟以爱的步伐。任何天堂的许诺，若非在路上，都难免刺激起争抢的欲望。不管是在九天之外，或是在异元时空，任何所谓天堂只要是许诺可以一劳永逸地到达，通向那儿的路上都会拥挤着贪婪。天堂是一条路，这就好了，永远是爱的步伐，又不担心会到达无穷的寂寞。上帝想必是早就看穿了这一点，所以把他的游戏摆弄个没完。佛陀谙熟此道，所以思之无极。谢天谢地，皈依是一种心情，一种行走的姿态。

五十一

爱是软弱的时刻，是求助于他者的心情，不是求助于他者的施予，是求助于他者的参加。爱，即分割之下的残缺向他者呼吁完整，或者竟是，向地狱要求天堂。爱所以艰难，常常落入窘境。

所以“爱的奉献”这句话奇怪。左腿怎么能送给右腿一个完整呢？只能是两条腿一起完整。此地狱怎么能向彼地狱奉献一个天堂呢？地狱的相互敞开，才可能朝向天堂。性可以奉献，爱却不能。爱就像语言，闻者不闻，言者还是哑巴。甘心于隔离地活着，惟爱和语言不需要。爱和语言意图一致——让智识走向心魂深处，让深处的孤独与惶然相互沟通，让冷漠的宇宙充满热情，让无限的神秘暴露无限的意义。巴别塔虽不成功，语言仍朝着通天的方向建造。这不是能够嘲笑的，连上帝也不能。人的处境是隔离，人的愿望是沟通，这两样都写在了上帝的剧本里。

五十二

可这有什么用么？通常的嘲笑和迷惑就在这里：人不可能永生，这一切又有什么用呢？爱有什么用？心魂的敞开有什么用？热情又有什么用呢？但，什么是有用？若仅仅做一种活物，衣食住行之外其实什么都可以取消。然而，乖张如人者偏不安守这样的地位，好事如上帝者偏不允许这样的寂寞，无限膨胀的宇宙偏偏孕育出一种不衰的热情。先哲有言：“人是一堆无用的热情。”人即热情，这热情并不派什么别的用场。人就是飘荡在宇宙中的热情消息，就是这宇宙之热情的体现，或者，惟宇宙之热情称为人。若问“热情何用”，等于是问“人何用”，等于问“宇宙何用”，“无用何用”。从必死的角度看，衣食住行又有何用？不如早早结束这一场荒诞。说人就是为了活着，也对，衣食住行是为了活着，梦想也是，倘发狠去死，一切真都是何必？但是，说人只是为了活着，意思就大不一样，丰衣足食地关在监狱里如何？

五十三

但是死，那么容易吗？我是说，谁能让“无用的热情”死去？谁能让宇宙的热情的消息飘散？谁能用一瓶安眠药让世界永远睡去？

宇宙这只花瓶是一只打不烂的魔瓶，它总能够自我修复，保持完整，热情此消彼长永不衰减。人间这出戏剧是只杀不死的九头鸟，一代代角色隐退，又一代代角色登台，仍然七情六欲，仍然悲欢离合，仍然是探索而至神秘、欲知而终于知不知，各种消息都在流传，万古不废。

五十四

这也许荒诞。荒诞如果难逃，哀叹荒诞岂不更是荒诞！荒诞如果难逃，自然而然会有一种猜想：或许这人间真的不过是一座炼狱？我们是来服刑的，我们是来反省和锻炼的，是来接受再教育的（改造客观世界的同时改造主观世界）。下放与下凡异曲同工。迷信和神话中常有这类说法：天神有罪，被谴人间，譬如猪八戒。天神何罪？多半都是“天蓬元帅”一般受了红尘的引诱。好吧，你就去红尘走一遭，在肉体的牢笼中再加深一回对苦难的理解。贾宝玉和孙悟空这一对女娲的弃物，也都是走了这条路，不过比八戒多着自愿的成分。

这样的猜想让人长舒一口气，仿佛西绪福斯的路终于可以有头，终有一天可以放假回家万事大吉，但细想这未必美妙，彻底的圆满只不过是彻底的无路可走。

五十五

经过电子游戏厅，看见痴迷又疲惫的玩客，仿佛是见了人间的模型。变幻莫测的游戏是红尘的引诱，一台台电脑即姓名各异的肉身。你去品尝红尘，要先具肉身——哪一样快乐不是经由它传递？带上足够的本金去吧，让欲望把定一台电脑，灵魂就算附体了，你就算是投了胎，五光十色的屏幕一亮你已经落生人间。孩子们哭闹着想进游戏厅，多像一块块假宝玉要去作“红楼梦”。欲望一头扎进电脑，多像灵魂钻进了肉身？按动键盘吧，学会入世的规矩。熟练指法吧，摸清谋生的门道。谢谢电脑，这奇妙的肉身为实现欲望接通了种种机会——你想做英雄吗？这儿有战争。想当领袖吗？这儿有社会。想成为智者？好，这儿有迷宫。要发财这儿有银行可抢。

要拈花惹草这儿有些黄色的东西您看够不够？要赌博？咳呀那还用说，这儿的一切都是赌博。

你玩得如醉如痴，噼里啪啦到噼里啪啦，到本金告罄，到游戏厅打烊，到老眼昏花，直到游戏日新月异踏过你残老的身体，这时似乎才想起点别的什么。什么呢？好像与快乐的必然结束有关。

荒诞感袭来是件好事，省得说“瞎问那么多有什么用”。其实应该祝愿潇洒从头至尾都不遭遇荒诞的盘查，可这事谁也做不了主，荒诞并非没有疏漏，但并不单单放过潇洒。而且你不能拒绝它：拒绝盘查，实际已经被盘查。

五十六

怕死的心理各式各样。作恶者怕地狱当真。行善者怕天堂有诈。潇洒担心万一来世运气不好，潇洒何以为继？英雄豪杰，照理说早都置生死于度外，可一想到宏图伟业忽而回零，心情也不好。总而言之，死之可怕，是因为毕竟谁也摸不清死要把我们带去哪儿？

然而人什么都可能躲过，惟死不可逃脱。

可话说回来，天地间的热情岂能寂灭？上帝的游戏哪有终止？宇宙膨胀不歇，轰轰烈烈的消息总要传达。人便是这生生不息的传达，便是这热情的载体，便是残缺朝向圆满的迁徙，便是圆满不可抵达的困惑和与之同来的思与悟，便是这永无终途的欲望。所以一切尘世之名都可以磨灭，而“我”不死。

五十七

“我”在哪儿？在一个个躯体里，在与他人的交流里，在对世界的思考与梦想里，在对一棵小草的察看和对神秘的猜想里，在对过去的回忆、对未来的眺望、在终于不能不与神的交谈之中。

正如浪与水。我写过：浪是水，浪消失了，水还在。浪是水的形式，水的消息，是水的欲望和表达。浪活着，是水，浪死了，还是水。水是浪的根据，浪的归宿，水是浪的无穷与永恒。

所有的消息都在流传，各种各样的角色一个不少，惟时代的装束不同，尘世的姓名有变。每一个人都是一种消息的传达与继续，所有的消息连接起来，便是历史，便是宇宙不灭的热情。一个人就像一个脑细胞，沟通起来就有了思想，储存起来就有了传统。在这人间的图书馆或信息库存里，所有的消息都死过，所有的消息都活着，往日在等待另一些“我”来继续，那样便有了未来。死不过是某一个信号的中断，它“轻轻地走”，正如它还会“轻轻地来”。更换一台机器吧——有时候不得不这样，但把消息拷贝下来，重新安装进新的生命，继续，和继续的继续。

轻轻地走与轻轻地来

现在我常有这样的感觉：死神就坐在门外的过道里，坐在幽暗处，凡人看不到的地方，一夜一夜耐心地等我。不知什么时候它就会站起来，对我说：嘿，走吧。我想那必是不由分说。但不管是什么时候，我想我大概仍会觉得有些仓促，但不会犹豫，不会拖延。

"轻轻地我走了，正如我轻轻地来"——我说过，徐志摩这句诗未必牵涉生死，但在我看，却是对生死最恰当的态度，作为墓志铭真是再好也没有。

死，从来不是一次性完成的。陈村有一回对我说：人是一点一点死去的，先是这儿，再是那儿，一步一步终于完成。他说得很平静，我漫不经心地附和，我们都已经活得不那么在意死了。

这就是说，我正在轻轻地走，灵魂正在离开这个残损不堪的躯壳，一步步告别着这个世界。这样的时候，不知别人会怎样想，我则尤其想起轻轻地来的神秘。比如想起清晨、晌午和傍晚变幻的阳光，想起一方蓝天，一个安静的小院，一团扑面而来的柔和的风，风中仿佛从来就有母亲和奶奶轻声的呼唤……不知道别人是否也会像我一样，由衷地惊讶：往日呢？往日的一切都到哪儿去了？

生命的开端最是玄妙，完全的无中生有。好没影儿的忽然你就进入了一种情况，一种情况引出另一种情况，顺理成章天衣无缝，一来二去便连接出一个现实世界。真的很像电影，虚无的银幕上，比如说忽然就有了一个蹲在草丛里玩耍的孩子，太阳照耀他，照耀着远山、近树和草丛中的一条小路。然后孩子玩腻了，沿小路蹒跚地往回走，于是又引出小路尽头的一座房子，门前正在张望他的母亲，埋头于烟斗或报纸的父亲，引出一个家，随后引出一个世界。孩子只是跟随这一系列情况走，有些一闪即逝，有些便成为不可更改的历史，以及不可更改的历史的原因。这样，终于有一天孩子会想起开端的玄妙：无缘无故，正如先哲所言——人是被抛到这个世界上来的。

其实，说“好没影儿的忽然你就进入了一种情况”和“人是被抛到这个世界上来的”，这两句话都有毛病，在“进入情况”之前并没有你，在“被抛到这世界上来”之前也无所谓人。——不过这应该是哲学家的题目。

对我而言，开端，是北京的一个普通四合院。我站在炕上，扶着窗台，透过玻璃看它。屋里有些昏暗，窗外阳光明媚。近处是一排绿油油的榆树矮墙，越过榆树矮墙远处有两棵大枣树，枣树枯黑的枝条镶嵌进蓝天，枣树下是四周静静的窗廊。——与世界最初的相见就是这样，简单，但印象深刻。复杂的世界尚在远方，或者，它就蹲在那安恬的时间四周窃笑，看一个幼稚的生命慢慢睁开眼睛，萌生着欲望。

奶奶和母亲都说过：你就出生在那儿。

其实是出生在离那儿不远的一家医院。生我的时候天降大雪。一天一宿罕见的大雪，路都埋了，奶奶抱着为我准备的铺盖趟着雪走到医院，走到产房的窗檐下，在那儿站了半宿，天快亮时才听见我轻轻地来了。母亲稍后才看见我来了。奶奶说，母亲为生了那么个丑东西伤心了好久，那时候母亲年轻又漂亮。这件事母亲后来闭口不谈，只说我来的时候“一层黑皮包着骨头”，她这样说的时候已经流露着欣慰，看我渐渐长得像回事了。但这一切都是真的吗？

我蹒跚地走出屋门，走进院子，一个真实的世界才开始提供凭证。太阳晒热的花草的气味，太阳晒热的砖石的气味，阳光在风中舞蹈、流动。青砖铺成的十字甬道连接起四面的房屋，把院子隔成四块均等的土地，两块上面各有一棵枣树，另两块种满了西番莲。西番莲顾自开着硕大的花朵，蜜蜂在层叠的花瓣中间钻进钻出，嗡嗡地开采。蝴蝶悠闲飘逸，飞来飞去，悄无声息仿佛幻影。枣树下落满移动的树影，落满细碎的枣花。青黄的枣花像一层粉，覆盖着地上的青苔，很滑，踩上去要小心。天上，或者是云彩里，有些声音，有些缥缈不知所在的声音——风声？铃声？还是歌声？说不清，很久我都不知道那到底是什么声音，但我一走到那块蓝天下面就听见了他，甚至在襁褓中就已经听见他了。那声音清朗，欢欣，悠悠扬扬，不紧不慢，仿佛是生命固有的召唤，执意要你去注意他，去寻找他、看望他，甚或去投奔他。

我迈过高高的门槛，艰难地走出院门，眼前是一条安静的小街，细长、规整，两三个陌生的身影走过，走向东边的朝阳，走进西边的落日。东边和西边都不知通向哪里，都不知连接着什么，惟那美妙的声音不惊不懈，如风如流……

我永远都看见那条小街，看见一个孩子站在门前的台阶上眺望。朝阳或是落日弄花了他的眼睛，浮起一群黑色的斑点，他闭上眼睛，有点儿怕，不知所措，很久，再睁开眼睛，啊好了，世界又是一片光明……有两个黑衣的僧人在沿街的房檐下悄然走过……几只蜻蜓平稳地盘桓，翅膀上闪动着光芒……鸽哨声时隐时现，平缓，悠长，渐渐地近了，噗噜噜飞过头顶，又渐渐远了，在天边像一团飞舞的纸屑……这是件奇怪的事，我既看见我的眺望，又看见我在眺望。

那些情景如今都到哪儿去了？那时刻，那孩子，那样的心情，惊奇和痴迷的目光，一切往日情景，都到哪儿去了？它们飘进了宇宙，是呀，飘去五十年了。但这是不是说，它们只不过飘离了此时此地，其实它们依然存在？

梦是什么？回忆，是怎么一回事？

倘若在五十光年之外有一架倍数足够大的望远镜，有一个观察点，料必那些情景便依然如故，那条小街，小街上空的鸽群，两个无名的僧人，蜻蜓翅膀上的闪光和那个痴迷的孩子，还有天空中美妙的声音，便一如既往。如果那望远镜以光的速度继续跟随,那个孩子便永远都站在那条小街上,痴迷地眺望。要是那望远镜停下来,停在五十光年之外的某个地方,我的一生就会依次重现,五十年的历史便将从头上演。

真是神奇。很可能,生和死都不过取决于观察,取决于观察的远与近。比如,当一颗距离我们数十万光年的星星实际早已熄灭,它却正在我们的视野里度着它的青年时光。

时间限制了我们,习惯限制了我们,谣言般的舆论让我们陷于实际,让我们在白昼的魔法中闭目塞听不敢妄为。白昼是一种魔法,一种符咒,让僵死的规则畅行无阻,让实际消磨掉神奇。所有的人都在白昼的魔法之下扮演着紧张、呆板的角色,一切言谈举止一切思绪与梦想,都仿佛被预设的程序所圈定。

因而我盼望夜晚,盼望黑夜,盼望寂静中自由的到来。

甚至盼望站到死中,去看生。

我的躯体早已被固定在床上,固定在轮椅中,但我的心魂常在黑夜出行,脱离开残废的躯壳,脱离白昼的魔法,脱离实际,在尘嚣稍息的夜的世界里游逛,听所有的梦者诉说,看所有放弃了尘世角色的游魂在夜的天空和旷野中揭开另一种戏剧。风,四处游走,串联起夜的消息,从沉睡的窗口到沉睡的窗口,去探望被白昼忽略了的心情。另一种世界,蓬蓬勃勃,夜的声音无比辽阔。是呀,那才是写作啊。至于文学,我说过我跟它好像不大沾边儿,我一心向往的只是这自由的夜行,去到一切心魂的由衷的所在。

放下与执着

几位老友，不常见面，见了面总劝我“放下”。放下什么呢？没说，断续劝我：“把一切都放下，人就不会生病。”我发现我有点儿狡猾了，明知那是句佛家经常的教诲（比如“放下屠刀，立地成佛”；“屠刀”也不专指索命的器具，是说一切迷执），却佯装不知。佯装不知，是因为我心里着实有些不快；可见嗔心确凿，是要放下的。何致不快呢？从那劝导中我听出了一个逆推理：你所以多病，就因为你没放下。逆推理中又含了一条暗示：我为什么身体好呢？全都放下了。

既知嗔心确在，就别较劲儿。坐下，喝茶，说点儿别的。可谁料，一晚上，主张放下的几位却始终没放下几十年前的“文革”旧怨，那时谁把谁怎样了吧，谁和谁是一派的吧，谁表面如何其实不然呀，等等。就不说这“谁”字具体是指谁了吧，总归不是“他”或“他们”，就是“我”和“我们”。

所以，放下什么才是真问题。比如说：放下烦恼，也放下责任吗？放下怨恨，也放下爱愿吗？放下差别心，难道连美丑、善恶都不要分？放下一切，既不可能，也不应该。总不会指着什么都潇洒地说一声“放下”，就算有了佛性吧？当然，万事都不往心里去可以是你的选择、你的自由，但人间的事绝不可以是这样，也从来没这样过。举几个例子吧：是执着于教育的人教会了你读书，包括读经。是执着于种田的人保障着众人的温饱，你才有余力说“放下”。惟因有了执着于交通事业的人，老友们才得聚来一处喝茶。若无各门各类的执着者，咱这会儿还在钻木取火呢，还是连钻木取火也已经放下？

错的不是执着，是执迷，有些谈佛论道的书中将这两个词混用，窃以为十分不妥。“执迷”的意思，差不多是指异化、僵化、故步自封、知错不改。何致如此呢？无非“名利”二字。但谋生，从而谋利，只要合法，就不是迷途。名却厉害。温饱甚至富足之后，价值感，常把人弄得颠三倒四。谋利谋到不知所归，其实也是在谋名了——优越感，或价值感。价值感错了吗？人要活得有价值，不对吗？问题是，在这个一切都可以卖的时代，价值的解释权通常是属于价格的，价值感自也是亦步亦趋。

价值和价格的差距本属正当。但这差距却无从固定，可以很大，也可以很小，当然这并非坏事，这正是经济学所赞美的那只市场的无形之手。可这只手，一旦显形为铺天盖地的广告，一旦与认钱不认货的媒体相得益彰，事情就不一样了。怎么不一样？只要广告深入人心，东西好坏倒不要紧了，好也未必就卖得好，不好也未必就卖不好。媒体和广告沆瀣一气，大约是经济学未及引入的一个——几乎没有底线的——参数。是呀，倘那无形或有形的手也成了商品，又靠谁来调节它呢？价格既已不认价值这门亲，价值感孤苦无靠去拜倒在价格门下，也就不是什么难解的题。而这逻辑，一旦以“更高、更快、更强”的气势，超越经济，走进社会各个领域，耳边常闻的关键词就只有利润、码洋、票房和收视率了。另有四个词在悄声附和：房子、车子、股市、化疗。此即执迷。

而“执着”与“执迷”不分，本身就是迷途。这世界上有爱财的，有恋权的，有图名的，有什么都不为单是争强好胜的。人们常管这叫欲壑难填，叫执迷不悟，都是贬意。但爱财的也有比尔·盖茨，他既能聚财也能理财，更懂得财为何用，不好吗？恋权的嘛，也有毛遂自荐的敢于担当，也有种种“举贤不避亲”的言与行，不对吗？图名的呢？雷锋，雷锋及一切好人！他们不图名？愿意谁说他们没干好事，不是好人？不过是不图虚名、假名。争强好胜也未必就不对，阿姆斯特朗怎么样，那个身患癌症还六次夺得环法自行车赛冠军的人？对这些人，大家怎么说？会说他执迷？会请他放下？当然不，相反人们会赞美他们的执着——坚持不懈、百折不挠、矢志不渝，都是褒奖。

主张“一切都放下”，或“执着”与“执迷”分不清，是否正应了佛家的另一个关键词——“无明”呢？

“无明”就是糊涂。但糊涂分两种。一种叫顽固不化，朽木难雕，不可教也，“无明”应该是指这一种。另一种，比如少小无知，或“山重水复疑无路”，这不能算“无明”，这是“柳暗花明又一村”的前奏，是成长壮大的起点。而郑板桥的“难得糊涂”已然是大智慧了。

后一种糊涂，是错误吗？执着地想弄明白某些尚且糊涂着的事物，不应该吗？比如一件尚未理清的案件，一处尚未探明的矿藏，一项尚未完善的技术、对策或理论。这正是坚持不懈者施才展志的时候呀，怎倒要知难而退者来劝导他呢？严格说，我们的每一步其实都在不完善中，都在不甚明了中，甚至是巨大的迷茫之中，因而每时每刻都可能走对了，也都可能走错了。问题是人没有预知一切的能力，那么，是应该就此放下呢，还是要坚持下去？设想，对此，佛祖会取何态度？干脆“把一切都放下”吗？那就要问了：他压根儿干吗要站出来讲经传道？他看得那么深、那么透，干吗不统统放下？他曾经糊涂，曾经烦恼，但他放得下王子之位却放不下生命的意义，所以才有那锲而不舍的苦行，才有那菩提树下的冥思苦想。难道他就是为了让后人把一切都放下，没病没灾然后啥都无所谓？该想的佛都想了各位就甭想了，该受的佛都受了各位就甭再受了，该干的佛也都干了各位啥心也甭操了——有这事儿？恐怕，盼望这事儿的，倒是执迷不悟。

可是，哪能谁都有佛祖一样的智慧呢？我等凡人，弄不好一错再错，苦累终生，倒不如尘缘尽弃，早得自在吧。可是，怕错，就不是执着？怕苦，就不是执着？一身享用着别人执着的成果，却一心只图自在，不是执着？不是执着，是执迷！佛祖要是这般明哲保身，犯得上去那菩提树下饱经折磨吗？偷懒的人说一句“放下”多么轻松，又似多么明达，甚至还有一份额外的“光荣”——价值感，却不去想那菩提树下的所思所想，却不去辨别什么要放下、什么是不可以放下的，结果是弄一个价值虚无来骗自己，蒙大家。

老实说，我——此一姓史名铁生的有限之在，确是个贪心充沛的家伙，天底下的美名、美物、美事没有他没想（要）过的，虽然我并不认为这是他多病的原因。不过，此一史铁生确曾因病得福。二十一岁那年，命运让这家伙不得不把那些充沛的东西——绝不敢说都放下了，只敢说——暂时都放一放。特别要强调的是，这“暂时都放一放”，绝非觉悟使然，实在是不得已而为之。先哲有言：“愿意的，命运领着你走；不愿意的，命运拖着你走。”我就是那“不愿意”而被“拖着走”的。被拖着走了二十几年，一日忽有所悟：那二十一岁的遭遇以及其后的二十几年的被拖，未必不是神恩——此一铁生并未经受多少选择之苦，便被放在了“不得不放一放”的地位，真是何等幸运的事情！虽则此一铁生生性愚顽，放一放又拿起来，拿起来又不得不再放一放，至今也不能了断尘根，也还是得了一些恩宠的。我把这感想说给某位朋友，那朋友忒善良，只说我是谦虚。我谦虚？更有位智慧的朋友说我：他谦虚？他骨子里了不得！这“了不得”，估计也是“贪心充沛”的意思。前一位是爱我者，后一位是知我者。不过，从那时起，我有点儿被“领着走”的意思了。

如今已是年近花甲。也读了些书，也想了些事，由衷感到，尼采那一句“爱命运”真是对人生态度之最英明的指引。当然不是说仅仅爱好的命运，而是说对一切命运都要持爱的态度。爱，再一次表明与“喜欢”不同，谁能喜欢坏运气呢？但是你要爱它。就好比抓了一手坏牌，你骂它？恨它？耍着赖要重新发牌？当然你不喜欢它，但你要镇静，对它说是，而后看你如何能把这一手坏牌打得精彩。

大凡能人，都嫌弃宿命，反对宿命。可有谁是能力无限的人吗？那你就得承认局限。承认局限，大家都不反对，但那就是承认宿命呵。承认它并不等于放弃你的自由意志。浪漫点儿说就是：对舞蹈说是，然后自由地跳。这逻辑可以引申到一切领域。

所以，既得有所“放下”，又得有所“执着”——放下占有的欲望，执着于行走的努力。放不下前者的，必至贪、嗔、痴。连后者也放下的，难免还是贪、嗔、痴。看一切都是无意义的人，怎么可能会爱命运。不爱命运，必是心里多有怨。怨，涉及到人即是嗔——他人不合我意，涉及到物即是痴——世界不可我心，仔细想来，都是一条贪根使然。

2007 年 11 月 27 日

诚实与善思

我来此史（铁生）眼看就是一个花甲了。这些年我们携手同舟，也曾在种种先锋身后紧跟，也曾在种种伟大脚下膜拜，更是在种种天才与博学的漩涡中惊悚不已。生性本就愚钝，再经此激流暗涌，早期症状是找不着北，到了晚期这才相信，诚实与善思乃人之首要。

良家子弟，从小都被教以谦逊、恭敬——“三人行必有我师”，“满招损，谦受益”以及“骄军必败”等等，却不知怎么，越是长大成人倒越是少了教养——单说一个我、你、他或还古韵稍存，若加上个“们”字，便都气吞山河得要命。远而儒雅些的比如“问苍茫大地谁主沉浮？我们，我们，我们！”近且直白的则是“你们有什么资格指责我们！”

你们，他们，为啥就不能指责我们？我们没错，还是我们注定是没错的？倘人家说得对又当如何？即便不全对，咱不是还有一句尤显传统美德的“无则加勉”吗？就算全不对，你有你的申辩权、反驳权，怎么就说人家没资格？人均一脑一嘴，欲剥夺者倒错得更加危险。

古有“五十步笑百步”之嘲，今却有百步笑五十步且面无愧色者在，譬如阿 Q 的讥笑小 D 或王胡。不过，百步就没有笑五十步的权利吗？当然不是，但有愧色就好，就更具说服力。其实五十步也足够愧之有色了，甚至一步、半步就该有，或叫见微知著，或叫防患于未然。据说，“耻辱”二字虽多并用，实则大相径庭。“知耻而后进”——“耻”是愧于自身之不足；“辱”却相反，是恨的酵母——“仇恨入心要发芽”。

电影《教父》中的老教父，给他儿子有句话：“不要恨，恨会使你失去判断。”此一黑道家训，实为放之诸道而皆宜。无论什么事，怨恨一占上风，目光立刻短浅，行为必趋逞强。为什么呢？被愤怒拿捏着，让所恨的事物牵着走，哪还会有“知己知彼”的冷静！

比如今天，欲取“西方中心”而代之者，正风起云涌。其实呢，中不中心的也不由谁说了算。常听到这样的话：“我们中国其实是最棒的！”“他们西方有啥了不起！”“你们美国算什么！”类似的话——我才是最棒的，他有啥了不起，你算个什么——若是让孩子说了，必遭有教养的家长痛斥，或令负责任的老师去反省；怎么从个人换到国族，心情就会大变呢？看来，理性常不是本性的对手。一团本性的怒火尚可被理性控制，怒火一多，牵连成片，便能把整座森林都烧成怨恨，把诚实与善思都烧死在里面。老实说，我倒宁愿有一天，不管世人论及什么，是褒是贬，或对或错，都拿中国说事；那样，“中心”的方位自然而然就会有变化了。此前莫如细听那老教父的潜台词：若要不失判断，先不能让情绪乱了自己，所谓知己知彼，诚实是第一位的。

何谓诚实？见谁都一倾私密而后快吗？当然不能，也不必。诚实就像忏悔，根本是对准自己的。某些不光明、不漂亮、不好意思的事，或可对外隐瞒到底，却不能跟自己变戏法儿，一忽悠就看它没了。所以人要有独处的时间，以利反思、默问和自省。据说有人发明了一种药，人吃了精神百倍，夜以继日地“大干快上”也不觉困倦和疲劳，而且无损健康。但发明者一定是忘记了黑夜的妙用，那正是人自我面对或独问苍天的时候。那史写过一首小诗，拿来倒也凑趣——

黑夜有一肚子话要说／清晨却忘个干净／白昼疯狂扫荡／喷洒农药似的／喷洒光明。于是／犹豫变得剽悍／心肠变得坚硬／祈祷指向宝座／语言显露凶光……／今晚我想坐到天明／坐到月影消失／坐到星光熄灭／从万籁俱寂一直坐到／人声泛起。看看／白昼到底是怎样／开始发疯……

够不够得上诗另当别论。但黑夜的坦诚，确乎常被白昼的喧嚣所颠覆，正如天真的孩子，长大了却沾染一身“立场”。“立场”与“观点”和“看法”

相近，原只意味着表达或陈述，后不知怎样一弄，竟成权柄，竟至要挟。“你什么观点？”“你对此事怎么看？”——多么平和的问句，让人想起洒满阳光的课堂。若换成“你是什么立场？”“你到底站在哪一边？”——便怎么听都像威胁，令人不由得望望四周与身后。我听见那史沉默中的回应——对前者是力求详述，认真倾听，反复思考；对后者呢，客气的是“咱只求把问题搞搞清楚”，混账些的就容易惹事了：“孙子，你丫管着吗！”不过呢，话粗理不粗，就事论事，有理说理，调查我立场干吗？要不要填写出身呢？“立场”一词，因“文革”而留下“战斗队”式的后遗症。不过，很可能其原初的创意就不够慎重——人除了站在地球上还能站在哪儿呢？故其明显是指一些人为勾划过的区域——国族、村镇，乃至帮帮派派。当然了，人家问的是思想——你的思想，立于何场？人类之场，博爱之场——但真要这么说，众多目光就会看你是没正经。那该怎么说呢？思想，难道不是大于国族或帮派？否则难道不是狭隘？思想的辽阔当属无边，此人类之一大荣耀；而思想的限制，盖出于自我。不是吗？思想只能是自己的思与想，即便有什么信奉，也是自思自想之后的选择。又因为自我的局限，思想所以是生于交流，死于捆绑——不管是自觉，还是被迫。一旦族同、党同、派同纷纷伐异，弃他山之石，灭异端之思，结果只能是阉割了思想，谋杀了交流。故“立场”一经唱响，我撒腿（当然是轮椅）就跑，深知那儿马上就没有诚实了。

诚实，或已包含了善思。善美之思不可能不始于诚实，起点若就闹鬼，那蝴蝶的翅膀就不知会扇动出什么了。而不思不想者又很难弄懂诚实的重要，君不见欺人者常自欺？君不见傻瓜总好挑起拇指拍胸脯？诚实与善思构成良性循环，反之则在恨与傻的怪圈里振振有词。

索洛维耶夫在《爱的意义》中说：做什么事都有天赋，信仰的天赋是什么呢？是谦卑。那么，善思的源头便是诚实。

比如问：你是怎样选择了你的信仰的？若回答说“没怎么想，随大流儿呗”，这信仰就值得担忧，没准儿恰就是常说的迷信。碰巧了这迷信不干坏事，那算你运气好，但既是盲从，就难保总能碰得那么巧。或者是，看这信仰能带来好处，所以投其门下？好处，没问题，但世上的好处总分两种：一是净化心灵，开启智慧；一种则更像投资，或做成个乱世的班头。所以，真正的信仰，不可不经由妥善的思考。

又比如问：人为什么要有信仰呢？不思者不予理会，未思者未免一惊，而善思者嘴上不说，心里也有回答：与这无边的存在相比，人真是太过渺小，凭此人智，绝难为生命规划出一条善美之路。而这，既是出于谦卑而收获的诚实，又是由于诚实而达到的谦卑。

所以我更倾向于认为，诚实与善思是互为因果的。小通科技者常信人定胜天，而大科学家中却多见有神论者，何故？就因为，前者是“身在此山中”，而后者已然走出群山，问及天际了。电视上曾见一幕闹剧：一位自称深谙科学的人物，请来一位据说精通“意念移物”的大师，一个说一个练。会练的指定桌上一支笔，佯作发功状，吸引住众人的视线，同时不动声色地吁一口气，笔便随之滚动。会说的立刻予以揭穿：“大家注意，他的嘴可没闲着！”会练的就配合着再来一回。会说的于是宣布胜利：“明白了吧？这不是骗术是什么！”对呀，是骗术，可你是骗术就证明人家也是骗术？你是气儿吹的，人家就也得是？照此逻辑，小偷之所得为啥不能叫工资呢？幸好，科学已然证明了意念也具能量，是可以做功的！教训之一：不善思，也可以导致不诚实。教训之二：一个不诚实的，大可以忽悠一群不善思的。

那么诚实之后，善思，还需要什么独具的能力吗？当然。音乐家有精准的辨音力，美术家有非凡的辨色力，美食家有其更丰富的味觉受体，善思者则善于把问题分开更多层面。乱着层面的探讨难免会南辕北辙，最终弄成一锅糨糊。比如，你可以在种种不同的社会制度中辨其优劣，却不可以佛祖的慈悲来要求任何政府。你可以让“范跑跑”跟雷锋比境界，却不能让其任何一位去跟耶稣基督论高低。再比如跳高：张三在第一个高度（一米二零）上三次失败，李四也是在第一个高度（一米九零）上三次失败，你可以说他们一样都没成绩，却不能笼统地说二位并无差别。又比如高考：A 校有一百个被清华或北大录取，只一个名落孙山；B 校有一个考上了清华或北大，却有一百个没考上大学。如果有人说这两所学校其实一样，都有上了清华、北大的，也都有被拒大学门外的，你会觉得此人心智正常吗？倘此时又有人义正辞严地问：难道，教育的优劣只靠升学率来判断吗？——好了，我们就有一个头脑混乱的鲜活范例了。

乱了层面，甚至会使人情绪化到不识好歹。比如，人称黄河是我们的母亲河，而后载歌载舞地赞美她，这心情谁都理解，但曾经黄水泛滥、而今几度断流的黄河真还是那么美吗？你一准能听到这样的回答：在我们眼里她永远是最美的！理由呢是“儿不嫌母丑，狗不嫌家贫”。这就明显是昏话了，人有思想，凭啥跟狗比？再说了，“嫌”并不必然与“弃”相跟，嫌而不弃倒是爱的证明。喜欢，更可能激起对现成美物的占有欲，爱则意味着付出——让不美好的事物美好起来。母亲的美丑，没有谁比儿女更清楚，惟一派“皇帝新衣”般的氛围让人不敢实话实说。麻烦的是外人来了，一瞧：“哟，这家儿的老太太是怎么了？”儿女们再嘴硬，怕也要暗自神伤吧。但这才是爱了！不过，一味吃老子、喝老子的家伙们，也都是口口声声地“爱”；听说有个词叫“爱国贼”，料其不是空穴来风。

据说，女人三十岁以前要是丑，那怨遗传，三十岁以后还丑就得怨自己了——美，更在于风度。何为风度？诚实、坦荡、谦恭、智慧等等融为一体，而后流露的深远消息。不过你发现没有，这诸多品质中，诚实仍属首要。风度不像态度，态度可以弄假，风度只能流露。风度就像幽默，是装不来的，一装就不是流露而是暴露了——心里藏半点儿鬼，也会把眼神儿弄得离奇。可你看，罗丹的“思想者”，屈身弓背，却神情高贵；米洛的“维纳斯”，赤身断臂，却优雅端庄。那岂是临时的装点，那是锤炼千年的精神融铸！倘有一天，黄河上激流澎湃，碧波千里，男人看她风情万种，女人看他风度翩翩！两岸儿女还要处心积虑地为她辩护吗？可能倒要挑剔了——美，哪有个止境？那时候，人们或许就能听懂一位哲人的话了：我们要维护我们的文化，但这文化的核心是，总能看到自身的问题。

有件事常让我诧异：为什么有人会担心写作的枯竭？有谁把人间的疑难全部看清，并一一处置停当了吗？真若这样，写作就真是多余；若非如此，写作又怎么会枯竭呢？正是一条无始无终的人生路引得人要写作，正因为这路上疑难遍布，写作才有了根由，不是吗？所以，枯竭的忧虑，当与其初始的蝴蝶相关。有位年纪不轻的朋友到处诉苦："写作是我生命的需要，可我已经来不及了。"这就奇怪,可有什么离开它就不能活的事（比如呼吸），会来不及吗？我便回想自己那只初始的蝴蝶。我说过:我的写作先是为谋生，再是为价值实现，而后却看见了生命的荒诞，荒诞就够了吗？所以一直混迹在写作这条路上。现在我常暗自庆幸：我的写作若停止在荒诞之前，料必早就枯竭了；不知是哪位仙人指路，教我谋生懂够，尤其不使价值与价格挂钩，而后我那只平庸的蝴蝶才扇动起荒诞的翅膀。荒诞，即见生命的疑难识之不尽、思之不竭；若要从中寻出条路来，只怕是有始而无终，怎么倒会"来不及"呢？

可我自己也有过"来不及"的担忧。在那只蝴蝶起飞之后不久，焦灼便告袭来，走在街上也神不守舍地搜索题材，睡进梦里也颠三倒四地构思小说；瞧人家满山遍野地奔跑尚且担心着枯竭，便想：我这连直立行走的特征也已丢失的人又凭什么？看人家智慧兼而长寿，壮健并且博识，就急：凭我这体格儿，这愚钝，这孤陋寡闻，会有什么结果等着我？可写作这东西偏又是急不出来的。心中惶恐，驱车地坛，扑面而来的是一片郁郁苍苍的寂静，是一派无人问津的空荒……"而雨，知道何时到来／草木恪守神约／于意志之外／从南到北绿遍荒原。"心便清醒了些：不是说重过程而轻结果吗？不是说，暂且拖欠下死神的追债，好歹先把这生命的来因去果看看清楚吗？你确认你要这样干吗？那就干吧，没人能告诉你结果。是呀，结果！最是它能让人四顾昏眩，忘记零度。

人写的历史往往并不可靠，上帝给人的位置却是"天不变，道亦不变"，所以要不断地回望零度。零度，最能让人诚实——你看那走出伊甸的亚当和夏娃，目光中悲喜交加。零度，最是逼人的善思——你看那眺望人间的男人和女人，心中兼着惊恐与渴盼。每一个人的出生，或人的每一次出生，都在重演这样的零度——也许人的生死相继就是为了成全这样的回归吧？只是这回归，越来越快地就被时尚吞没。但就算虚伪的舞台已比比皆是，好的演员，也要看护好伊甸门前的初衷。否则，虚构只图悬念，夸张只为噱头，戏剧的特权都拿去恭维现实，散场之后你瞧吧，一群群全是笑罢去睡的观众。所以诚实不等于写实，诚实天空地阔，虽然剧场中常会死寂无声。而彻底的写实主义，你可主的是什么义？倒更像屈从现状换一种说词。

戏剧多在夜晚出演，这事值得玩味。只为凑观众的闲暇吗？莫如说是“陌生化”，开宗明义的“间离”：请先寄存起白昼的娇宠或昏迷，进入这夜晚的清醒与诚实，进入一向被冷落的另种思绪——

> 但你要听，以孩子的惊奇／或老人一样的从命／以放弃的心情／从夕光听到夜静／在另外的地方／以不合要求的姿势／听星光全是灯火，遍野行魂／白昼的昏迷在黑夜哭醒

尤其千百年前，人坐在露天剧场，四周寂暗围拢，头顶星光照耀，心复童真，便易看清那现实边缘亮起的神光，抑或鬼气。燠热悄然散去，软风抚摸肌肤，至燥气全无时，人已随那荒歌梦语忘情于天地……可以相信，其时上演的绝不止台上的一出戏，千万种台下的思绪其实都已出场，条条心流扶摇漫展，交叠穿缠，连接起相距万里的故土乡情，连接起时差千年的前世今生，或早已是魂赴乌有之域（譬如《去年在马里昂巴德》）……那才叫魂牵梦绕，那才是“一切皆有可能”。可能之路断于白昼的谎言与假面，趋真之心便在黑夜里哭醒。“我们是相互交叉的／一个个宇宙／我们是分裂的／同一个神”“生命之花在黑夜里开放／在星光的隙间，千遍万遍／讲述着爱的寓言”“梦的花粉飞扬，在黎明／结出希望”……

写作，所以是始于诚实的思问，是面对空冥的祈祷，或就是以笔墨代替香火的修行。修行有什么秘诀神功吗？秘诀仍在诚实——不打诳语，神功还是善思——思之极处的别有洞天，人称“悟性”。

读书也是一样，不要多，要诚实；不在乎多，在乎善思。孩提之时，多被教导说，要养成爱读书的好习惯；近老之时才知，若非善思，这习惯实在也算不得太好。读而不思，自然省得出去惹事，但易养成夸夸其谈的毛病，说了一大片话而后不知所云。国人似乎更看重满腹经书，但有奇思

异想，却多摇头——对未知之物宁可认其没有，对不懂之事总好斥为胡说。现在思想开放，常听人笑某些“知识分子”是“知道分子”；虽褒贬明确，却似乎位置颠倒。“道可道，非常道”，“君子之财，取之有道”，“大道废，有仁义；智慧出，有大伪”，读书所求莫过知此“道”也。而知也知之，识也识之，偏不入道者，真是“白瞎了你这个人儿”。

我写过一种人的坏毛病，大家讨论问题，他总要挑出个厚道的对手来斥问：“读过几本书呀，你就说话！”可问题是，读过几本书才能说话呢？有个标准没有？其实厚道的人心里都明白，这叫虚张声势。孔子和老子读过几本书呢？苏格拉底和亚里士多德读过几本书呢？那年月，书的数量本就有限吧。人类的发言，尤其发问，当在有书之前。先哲们先于书看见了生命的疑难，思之不解或知有不足，这才写书、读书、教书和解书，为的是交流——现在的话就是双赢——而非战胜。

读了一点刘小枫先生的书，才知道一件事：古圣贤们早有一门“隐微写作”的功夫，即刻意把某些思想写得艰涩难懂。这可是玩的什么花活？一点不花，就为把那些读而不思的人挡在门外，以免其自误误人。对肯于思考的人呢，则更利于他们自己去思去想，纳不过闷儿来的自动出局，读懂了的就不会乱解经文。可见，思考不仅是先于读书，而且是重于读书。“带着问题学”总还是对的，惟不必“立竿见影”。

于是我又弄懂了一件事：知识分子所以常令人厌倦，就因其自命博知，隔行隔山的也总好插个嘴。事事关心本不是坏品质，但最好是多思多问，万不可粗知浅尝就去插上一番结论，而后推广成立场让人去捍卫。不说别人，单那史就常让我尴尬，一个找不到工作只好去写小说的家伙，还啥都不服气；可就我所知，几十年来的社会重大事件，没有一回他能判断对的。这很添乱。其实所有的事，先哲们几乎都想过了，孰料又被些自以为是的人给缠瞎。可换个角度想，让这些好读书却又不善思想的人咋办呢，请勿插嘴？这恐怕很难，也很违背人权。几千年的路，说真的也是难免走瞎，幸好“江山代有才人出”，他们的工作就是把一团团乱麻择开，令我等迷途知返。返向哪里？柏拉图说要“爱智慧”，苏格拉底说“我惟一的知识就是我的无知”，而上帝说“我是道路”。有一天那史忽有所悟，揪住我说：嗨，像你我这样的庸常之辈，莫如以诚实之心先去看懂常识。

常识？比如说什么事？

就说眼下这一场拍卖风波吧。那对“鼠首”、“兔首”往那儿一摆，你先说说这是谁的耻辱？

倒要请教。

是掠夺者的耻辱呀！那东西摆在哪儿也是掠夺者的罪证，不是吗？

毫无疑问。

可怎么大家异口同声，都说是被掠夺者的耻辱呢？

这还是一百多年前的愚昧观念在作怪。那时候弱肉强食，公理不明，掠夺者耀武扬威，被掠夺者反倒自认耻辱。

可是今天，文明时代，谁还会这样认为呢？

是呀，是呀。文明，看掠夺才是耻辱。

那么欺骗呢？文明，看欺骗是什么？

……

哈，你心虚了，你既想站在那位赢得拍品又不肯付钱者的立场上，却又明知那是欺骗！以欺骗反抗掠夺，不料却跟掠夺一起步入愚昧。

可那东西本来就是我们的，我们有权要求他们还回来！

但不是骗回来。不还，说明有人宁愿保留耻辱。可您这一骗，尚不知国宝回不回得来，耻辱，肯定是让您又给弄回来了。

嗯……行吧，至少可以算逻辑严密。还有什么事呢？

还有就是当前这场经济危机。所谓“刺激消费”，我真是看不懂。人有消费之需，这才要工作，要就业，此一因果顺序总不能颠倒过来吧？总不会说，人是为了“汗滴禾下土”，才去食那“粒粒盘中餐”的吧？总不会是说，种种消费，原是为了“锄禾日当午”，为了“出没风波里”，为了“心忧炭贱愿天寒”吧？倘此逻辑不错，消费又何苦请谁来刺激呢？需要的总归是需要，用不着谁来拉动；不需要的就是不需要，刻意拉动只会造成浪费。莫非闲来无事，只好去“伐薪烧炭南山中”，不弄到“两鬓苍苍十指黑”就不踏实？可“赤日炎炎似火烧”，“公子王孙”咋就知道“把扇摇”呢？

好吧好吧，你这个写小说的又来插经济一嘴了！

这毛病，请问到底是出在哪里？

这个嘛……诚实地说，俺也不知道。

您不是口口声声地“诚实与善思”吗？请就此事教我。

那就接着往下问吧，任何关节上都别自己忽悠自己，不要坚定立场，而要坚定诚实，这样一直问下去，直至问无可问……

2008 年末

昼信基督夜信佛

大概是我以往文章中流露的混乱，使得常有人问我：你到底是信基督呢，还是信佛法？我说我白天信基督，夜晚信佛法。

这回答的首先一个好处是谁也不得罪。怕得罪人是我的痼疾，另一方面，信徒们多也容易被得罪。当着佛门弟子赞美基督，或当着基督徒颂扬佛法，你会在双方脸上看到同样的表情：努力容忍着的不以为然。

这表情应属明显的进步，若在几十年前，信念的不同是要引发武斗与迫害的。但我不免还是小心翼翼，只怕那不以为然终于会积累到不可容忍。

怕得罪人的另一个好处，是有机会兼听博采，算得上是因祸得福。麻烦的是，人们终会看出，你哪方面的立场都不坚定。

可信仰的立场是什么呢？信仰的边界，是国族的不同？是教派的各异？还是全人类共通的理性局限，以及由之而来的终极性迷茫？

人的迷茫，根本在两件事上：一曰生，或生的意义；二曰死，或死的后果。倘其不错，那么依我看，基督教诲的初衷是如何面对生，而佛家智慧的侧重是怎样看待死。

这样说可有什么证据吗？为什么不是相反——佛法更重生前，基督才是寄望于死后？证据是：大凡向生的信念，绝不会告诉你苦难是可以灭尽的。为什么？很简单，现实生活的真面目谁都看得清楚。清楚什么？比如说：乐观若是一种鼓励，困苦必属常态；坚强若是一种赞誉，好运必定稀缺；如果清官总是被表彰呢，则贪腐势力必一向强大。

在我看，基督与佛法的根本不同，集中在一个“苦”字上，即对于苦难所持态度的大相径庭。前者相信苦难是生命的永恒处境，其应对所以是“救世”与“爱愿”；后者则千方百计要远离它，故而祈求着“往生”或“脱离六道轮回”。而这恰恰对应了白天与黑夜所向人们要求的不同心情。

外面的世界之可怕，连小孩子都知道。见过早晨幼儿园门前的情景吗？孩子们望园怯步，继而大放悲声；父母们则是软硬兼施，在笑容里为之哭泣。聪明些的孩子头天晚上就提前哀求了：妈妈，明天我不去幼儿园！

成年人呢，早晨一睁眼，看着那必将升起的太阳发一会儿愣，而后深明大义：如果必须加入到外面的世界中去，你就得对生命的苦难本质说是。否则呢？否则世上就有了“抑郁症”。

待到夕阳西下，幼儿园门前又是怎样的情景呢？亲人团聚，其乐陶陶，完全是一幅共享天伦的动人图画！及至黑夜降临，孩子在父母含糊其词的许诺中睡熟；父母们呢，则是在心里一遍遍祈祷，一遍遍驱散着白天的烦恼，但求快快进入梦的黑甜之乡。倘若白天挥之不去，《格尔尼卡》式的怪兽便要来祸害你一夜的和平。

所以，基督信仰更适合于苦难充斥的白天。他从不作无苦无忧的许诺，而是要人们携手抵抗苦难，以建立起爱的天国。

譬如耶稣的上十字架，一种说法是上帝舍了亲子，替人赎罪，从而彰显了他无比的爱愿。但另一种解释更具深意：创世主的意志是谁也更改不了的，便连神子也休想走走他的后门以求取命运的优惠，于是便逼迫着我们去想，生的救路是什么和只能是什么。

爱，必是要及他的，独自不能施行。

白天的事，也都是要及他的，独自不能施行。

而一切及他之事，根本上有两种态度可供选择：爱与恨。

恨，必致人与人的相互疏远、相互隔离，白天的事还是难于施行。

惟有爱是相互的期盼，相互的寻找与沟通，白天的事不仅施行，你还会发现，那才是白天里最值得施行的事。

白天的信仰，意在积极应对这世上的苦难。

佛门弟子必已是忍无可忍了：听你的意思，我们都是消极的喽？

非也，非也！倘其如此，又何必去苦苦修行？

夜晚，是独自理伤的时候，正如歌中所唱："这故乡的风，这故乡的云，帮我抚平伤痕。我曾经豪情万丈，归来却空空的行囊……"

你曾经到哪儿去了？伤在何处？

我曾赴白天，伤在集市。在那儿，价值埋没于价格，连人也是一样。

所以就，"归来吧！归来哟！别再四处漂泊……"

夜晚是心的故乡，存放着童年的梦。夜晚是人独对苍天的时候：我为什么要来？我能不能不来，以及能不能再来？"死去元知万事空"，莫非人们累死累活就是为了最终的一场空？空为何物？死是怎么回事？死后我们会到哪儿去？"我"是什么？灵魂到底有没有？……黑夜无边无际，处处玄机，要你去听、去想，但没人替你证明。

白天（以及生）充满了及他之事，故而强调爱。黑夜（以及死）则完全属于个人，所以更要强调智慧。白天把万事万物区分得清晰，黑夜却使一颗孤弱的心连接起浩瀚的寂静与神秘，连接起存在的无限与永恒。所谓"得大自在"，总不会是说得一份大号的利己之乐吧？而是说要在一个大于白天、乃无穷大的背景下，来评价自我，于是也便有了一份更为大气的自知与自信。

"自在"一词尤其值得回味。那分明是说：只有你——这趋于无限小的"自"，与那无边无际趋于无限大的"在"，相互面对、相互呼告与询问之时，你才能确切地知道你是谁。而大凡这样的时刻，很少会是在人山人海的白天，更多地发生于只身独处的黑夜。

倘若一叶障目不见泰山，拘泥于这一个趋于无限小的"我"，烦恼就来了。所谓"驱散白天的烦恼"，正是要驱散这种对自我的执着吧。

执着，实在是一种美德，人间的哪一项丰功伟绩不是因为有人执着于斯？唯执迷才是错误。但如何区分“执着”与“执迷”呢？常言道“但行好事，莫问前程”，“只问耕耘，不问收获”，执于前者即是美德，执于后者便生烦恼。所以，其实，一切“迷执”皆属“我执”！用一位伟大的印第安巫士的话说，就是“我的重要性”——一切“迷执”都是由于把自我看得太过重要。那巫士认为，只因在“我的重要性”上耗费能量太多，以致人类蝇营狗苟、演变成了一种狭隘的动物。所以狭隘，更在于这动物还要以其鼠目寸光之所及，来标定世界的真相。

那巫士最可称道的品质是：他虽具备很多在我们看来是不可思议的神奇功能，但并不以此去沽名钓誉；他虽能够看到我们所看不到的另类存在，但并不以此自封神明，只信那是获取自由的一种方式；他虽批评理性主义的狭隘，却并不否定理性，他认为真正的巫士意在追求完美的行动、追求那无边的寂静中所蕴含的完美知识，而理性恰也是其中之一。我理解他的意思是：这世界有着无限的可能性，无论局限于哪一种都会损害生命的自由。这样，他就同时回答了生的意义和死的后果：无论生死，都是一条无始无终地追求完美的路。

是嘛，历史并不随某一肉身之死而结束。但历史的意义又是什么呢？进步、繁荣、公正？那只能是阶段性的安慰，其后，同样的问题并不稍有减轻。只有追求完美，才可能有一条永无止境又永富激情的路。或者说，一条无始无终的路，惟以审美标准来评价，才不致陷于荒诞。

基督信仰的弱项，在于黑夜的匮乏。爱，成功应对了生之苦难。但是死呢？虚无的威胁呢？无论多么成功的生，最终都要撞见死，何以应对呢？莫非人类一切美好情怀、伟大创造、和谐社会以及一切辉煌的文明，都要在死亡面前沦为一场荒诞不成？这是最大的、也是最终的问题。

据说政治哲学是第一哲学，城邦利益是根本利益，而分清敌我又是政治的首要。但令我迷惑的仍然是：如果“死去元知万事空”，凭什么认为“及时行乐”不是最聪明的举措？既是最聪明的举措，难道不应该个个争先？可那样的话，谁还会顾及什么“可持续性发展”？进而，为了“及时行乐”而巧取豪夺他人——乃至他族与他国——之美，岂不也是顺理成章？

“但悲不见九州同”确是一种政治的高尚，但信心分明还是靠着“家祭无忘告乃翁”，就连“王师北定中原日”也难弥补“死去元知万事空”的悲凉与荒诞。所以我还是相信，生的意义和死的后果，才是哲学的根本性关注。

当然，哲学难免要向政治做出妥协。那是因为，次一等的政制也比无政府要好些，但绝不等于说哲学本身也要退让。倘若哲学也要随之退一等，便连城邦的好坏也没了标准，还谈的什么妥协！妥协与同流合污毕竟两码事。

佛法虚无吗？恰恰相反，他把“真”与“有”推向了无始无终。而死，绝不等于消极，而是要根本地看看生命是怎么一回事，全面地看看生前与死后都是怎么一回事，以及换一个白天所不及的角度、看看我们曾经信以为真和误以为假的很多事都是怎么一回事……

故而，佛法跟科学有缘。说信仰不事思辨显然是误解，只能说信仰不同于思辨，不止于思辨。佛门智慧，单凭沉思默想，便猜透了很多物理学几千年后才弄懂的事；比如“惟识”一派，早已道出了“量子”的关键。还有“薛定锷的猫”——那只可怜的猫呵！

便又想到医学。我曾相信中医重实践、轻理论的说法，但那不过是因为中医理论过于艰深，不如西医的解剖学来得具体和简明。中医理论与佛家信念一脉相承，也是连接起天深地远，连接起万事万物，把人——而非仅仅人体——看作自然整体之局部与全息。倒是白天的某些束缚（比如礼仪习俗），使之在人体解剖方面有失仔细。而西医一直都在白天的清晰中，招招落在实处，对于人体的机械属性方面尤其理解得透彻，手段高超。比如器官移植，比如史铁生正在享用着的“血液透析”。

要我说，所谓“中西医结合”，万不可弄成相互的顶替与消耗，而当各司其职，各显其能；正如昼夜交替，阴阳互补，热情与清静的美妙结合。

不过，说老实话，随着科学逐步深入到纳米与基因层面，西医正在弥补起自身的不足，或使中医理念渐渐得其证实也说不定。不过，这一定是福音吗？据说纳米尘埃一旦随风飞扬，还不知人体会演出怎样的“魔术”；而基因改造一经泛滥，人人都是明星，太阳可咋办！中医就不会有类似风险——清心寡欲为医，五谷百草为药，人伦不改，生死随缘，早就符合了“低碳”要求。不过这就好了吗？至少我就担心，设若时至1998年春“透析”技术仍未发明，史铁生便只好享年47岁了，哪还容得我60岁上昼信基督夜信佛！

世上的事总就是一利一弊。怕的是抱残守缺。

佛家反对“二元对立”，我以为，反对的是二元的势不两立。二元的势不两立，实际是强烈的一元心态。然而，这世界所以是有而不是无，根本在于二元的对立。所以，佛家实际是在强调二元和谐。一切健康的事物，都是基于二元的和谐，身体、社会、理想、修行……莫不如此。

“万法归一”是说这世界的本源，“三生万物”是指这个现实的世界。二者的位置一旦颠倒，莫说他史铁生了，众生的享年都要回零。

佛法之“空”，料与“空空的行囊”之“空”绝不一致。亚里士多德说，无中生有是绝不可能的。老子却说，有生于无。不过佛家还有一说：万法皆空。空即是有，有即是空，所以我猜佛家必是相信：有生于空。空，并不等于无。根本的二元对立，并非有与无的两极，而是有与空的轮回，或如尼采所说的“永恒复返”。

而“有”，也不见得就是有物质。有什么呢？不知道。物理学说：抽去封闭器皿中的一切物质，里面似乎还是有点儿什么的。有点儿什么呢？还是不知道。那就可以猜想一回了：有的是“空”！万法皆空，而非万法皆无，所以“空”绝非是说一切皆无。空不是无，空只好是有了。那么它又是一种怎样的有呢？空极生有，料必是一种无比强大的势能！即强烈地要创生出无限时空、无限之可能性的趋势。创世的大爆炸，据说就始于一个无限小的奇点，这个“点”可否让我们对那个“空”有所联想？

说佛法跟科学有缘，佛门弟子多会引为骄傲。但，若说二者的问题也有同根，未必信众们就都能不嗔不痴。

所谓同根，是说二者的信念有一个相同的前提，即先弄清楚这个世界的究竟，而后，科学的理想叫“人定胜天”，佛法的心愿是“人人皆可成佛”。问题是谁都没说，如果世界尚未究竟或终难究竟，人当如何？就算可以究竟，究竟者也总在极少，尚未究竟和终难究竟的大多数又拿什么去作信的根基？我相信佛门确有其非凡的智慧，确有其慧眼独具的奇妙功法，能够知晓甚至看到理性所无从理解的事物。但是第一，这仍是极少数人的所能。第二，再强大的能力也是有限，因为无限意味着永不可及。第三，老调重弹——成佛是一条动态的恒途，绝非一处万事大吉的终点；然而，一个“成”字，一个“究竟”，很容易被理解为认知的极点与困苦的穷尽。

所以，一条同根，很可能埋藏了近似的危险：大凡理想或心愿，一旦自负到“人定胜天”，或许诺下一处终极乐园，总是要出事的。科学正在出事，譬如自然生态的破坏。信仰如果出事，料想会是在心态方面。

理想，若总就在理想的位置上起作用，“老夫聊发少年狂”倒也不是什么坏事。然而“言必行，行必果”一向是人间美德（柏拉图认为，政治可以有高贵的谎言，神却不可说谎），那么一旦行之未果——世界依旧神秘，命运依旧乖张，信仰岂不要受连累？

首先质疑它的就是科学。科学以其小有成果而轻蔑信仰，终至促生了现代性迷障。问题是，在实证面前，信仰总显得理亏——“看不见而信”最是容易被忘记。怎么办呢？便把“果”无限地推向来世。这固然也是一种方略，可以换得忍耐与善行，但根基无非是这么一句话：好处终归是少不了你的！可这样的根基难免另有滋生，比如贪心，比如进而的谋略，直至贿赂之风也吹进信仰。君不见庙堂香火之盛，有几个不是在求乞实际的福利！众生等不及“终归”——既可终归，何不眼前？这逻辑本来不错，更与科学的“多快好省”不谋而合！只是，这夜晚的信仰怎么就变得比白天还白了？

“不不，”于是有佛门高徒说，“这是误解，说明你还不懂佛！”随即举出诸多佛法经章、高僧本事，证明真正的佛说与那庙里的歪风毫不相干。

那，为什么您讲的就是真正的佛说？

那么你认为，我讲的对还是不对？

问题是，大众所信的佛法，未必跟个例高人所理解的一样。不管谁到那烟雾腾腾的庙堂里去看看，都会相信，这世上广泛流行的是另一种“佛法”。

如何另一种？

求财的，求官的，求不使东窗事发的……许愿的，还愿的，事与愿违而说风凉话的……有病而求健康的，健康而求长寿的，长寿而求福乐的，福乐不足而求点石成金或隔墙取物的……

那就是他们的事了。

怎么就成了他们的事呢？莫非也是佛说？

何为神说，何为人传，基督信仰千百年来都有探讨。哪是佛说，哪是人言呢？佛门也曾有过几次集结，高僧们相约一处，论辩佛法真谛，可惜这一路香火已断多时。失去大师们的不断言说与探讨，习佛已流于照本宣科，徒具其表。失去高僧的指点与引领，人性就像流水，总是要往低处去的。如今是人们由着性儿地说佛与“佛说”，人性的贪婪便占上风；众生要“多快好省”地上天堂，庙堂前便“鼓足干劲”地卖起票来。这类“信”徒，最看佛门是一处大大的“后门儿”，近乎朝中有人好办事。办什么事呢？办一切利己利身之事。如何能办到呢？耐心听“芸芸众生”们说吧，其津津乐道者，终不免还是指向某些神功奇迹——免灾祛病呀，延年益寿呀，准确或近乎准确地推算前世和预测未来呀……这些我都信，只不信这叫信仰。佛家（道家）的某些神奇功法我也见过，甚至亲身体验过，但我仍认为“看不见而信”才是信仰的根本。如果信仰竟在于某些神奇功法，高科技为什么不算？科学所创造的奇迹还少吗？可就算你上天入地、隔墙取物、福如东海、寿比南山，莫非这世上就不会有苦难了？没有了当然好，可那就连信仰也没有了。信仰，恰是人面对无从更改的生命困境而持有的一种不屈不挠、互爱互助的精神！

听说有人坐飞机赶往某地，只为与同仁们聚会一处，青灯古刹、焚香诵经地过一周粗茶淡饭、草履布衣的低碳生活。想来讽刺，那飞机一路的高排放岂是这一周的低消费所能补偿！真是算不过这笔账来？想必是另有期图。

又据说，有位国人对西人道："还是我佛的能耐大。瞧瞧你们那个上帝吧，连自己儿子的死活都管不了！"

先不论基督与佛均乃全人类所共有，岂分国族！却只问这类求佛办事的心态，原因何在？说到基督与佛，何以前者让人想到的多是忏悔，后者却总让人想起许愿？忏悔，是请神来清理我的心灵；许愿，却是要佛来增补我的福利。忏悔之后，是顺理成章地继续检讨自己；许愿之后呢，则要看看佛的态度，满足我愿的我为你再造金身，否则备选的神明还很多。

哈！这不过是你的印象罢了。事实上，此类信徒各门各派里都有。

那么，您是否也有与我相同的印象呢？

印象能说明什么！可有什么"统计学"证据吗？

"现象学"的行吗？现象之下自有其本质在，正如佛说"因果"。

……那么你的"夜晚信佛法"，到底信的什么？

首先我相信佛法是最好的心理疗法。佛看这人间不过是生命恒途中极其短暂的一瞬，就好比大宴上的一碟小菜，大赛前的一次热身，甚或只是大道上的一处泥淖。佛的目光在无始与无终之间，对于这颗球体上千百年来的蝇营狗苟，对于这一片灯红酒绿的是非地、形同苦役的名利场，说到底，佛是一概地看不上！而如今的心理疾病多如牛毛，又都是为了什么？比如说方兴未艾的"抑郁症"，你去调查吧，统计吧，很少不是因为价值感的失落。说白了，就是"我的重要性"一旦在市场上滞销、掉价、积压而后处理，一向自视重要的"我"便承受不住，"抑郁症"即告得手。佛所以是最好的心理医生，因为他从根本上否定了人的市场价格，坚定了生命的恒久价值。

而这样的疗法，还是那句话：很难在叫卖声声的白天里进行，而要等到夜深人静。

说到这儿想起件事，前不久与朋友谈起“城市文学”。“乡土文学”谁都知道，可什么是“城市文学”呢？两个人说来说去，忽有所悟：“城市文学”的特点，根本在一个“市”字上。城市，乃市场的引发，而市场的突出作为是价格的诞生。正所谓异化吧，价格功高镇主，渐渐就脱离开价值而自行其是了。于是乎讨价还价，袖子里掐手指，而后发展到满街贴广告和电视台上吹牛皮……原本是为了货通有无的集与市，慢慢竟变成了骗术比拼的大赛场。败下阵来的自然是郁郁寡欢，待其两眼发直、浑身发抖，便取名为“抑郁症”。有趣的是，先是亏本者抑郁，慢慢演化，亏心者倒荣耀起来，称为“成功人士”，其居住地宏伟壮观谓之“高尚社区”。久之，价格成长为重中之重，价值一败涂地。成者王侯败者寇。怕为寇者，或打肿自己充肥，或就做成宅男宅女不见天日，想起市场就显露出“抑郁症”所规定的种种征候。

其次我相信，佛家对死后的猜想并非虚妄。看看那些大和尚，圆寂之时是何等的从容淡定，你自会相信那既非莽汉式的无畏，亦非志士般的凛然，而是深思熟虑，一切都已了然于心，或就像那位印第安巫士所说：一切都已“看见”。当然了，此等境界绝非吾辈常人所能为之——譬如爱因斯坦看见了时间的弯曲，譬如霍金看见黑洞，咱咋就啥也不见呢？故凡俗之如我类，切莫指望什么神功奇迹，不如原原本本都留给极少数人吧。

不过呢，死亡毕竟在向你要求着态度。当然回避也是一种，勇敢也是一种，鲁莽还是一种——两眼一闭跳下去，跟蹦极一般。我选择钻牛角尖，死乞白赖地想一想，谁料结果却发现：死是不可能的。

死是什么？死就是什么都没有了，什么、什么都没有了。可什么、什么都没有了，怎么会还有个死呢？什么、什么都没有了，应该是连“没有”也没有了才对。所以，如果死意味着什么、什么都没有了，死也就是没有的。死如果是有的，死就不会是什么、什么都没有了。故而“有”是绝对的。

“有”又是什么呢？有，是观察的确认——现代物理学也明确支持这一观点。“无”呢？“无”也一样是观察——准确说是观察所不及——的确认，因而仍不过是“有”的一种形态。推而演之，死也就是生的一种形态。

那么，观察意味着什么呢？观察意味着观察者的确在。而这个观察者，既然能够认知他者，也就一定能够自认。这自认，便创生了“我”。

“我死了”，此言若非畅想，就一定是气话，现实中绝没有这回事。“你死了”呢，或用于诅咒，或用于告慰。前者是说，你没死但你该死。后者是说你并没有死，不过是到了另一世界，或处于另一种存在状态罢了。

只有“他死了”这句话没毛病，必有相应的现实为之作证。比如说“史铁生死了”，这消息日夜兼程，迟早会被证实。（由此也可见，我是我，史铁生是史铁生。）

总结一下吧：死，绝不意味着什么、什么都没有了。而一切“有”都是被观察的，一切“无”都是观察所不及的。所以“有”也好，“无”也好，都离不开观察者。那么，谁是最终的观察者呢？“我”！而“你”和“他”，“我们”、“你们”和“他们”，都不免是被观察者。

最后一个问题：设若真有来世，我怎么能认出此一世的我即是彼一世的我呢？首先，无论哪一世的你，不自称“我”又自称什么？其次，柏拉图说“学习即回忆”，被回忆者是谁？第三，一生止于吃喝屙撒睡的人太多太多，想必来世也就难于分辨，而一个独特的心魂自然就便于被回忆。（以上四小节均引自《论死的不可能性》）

在我想，求“往生”是不是有点儿多余？今生、来世其实是一样的，吃喝屙撒睡的固然一样，特立独行的也是一样，不知不觉的固然一样，大彻大悟的就更应该能看出些一样来。什么呢？生即是苦，苦即是生。如此又求的什么来世！今天就是昨天的明天，明天就是前天的后天……生还是苦，苦还是生，又何必在意此一生还是彼一生呢？我只相信，明天的意义，惟在进一步完美行动的可能。不过这已经有了保证：佛的目光在无始无终之间——史铁生要死就让他死吧，"我"才是那目光的无限仰望者与承受者。

那么"脱离六道轮回"呢？说真的，我半信半疑。所信者，你下辈子可以不是人、畜牲、饿鬼等等；所疑的是，莫非你可以是"无"吗？你只要是"有"那就麻烦。"有"就是"有限"，正如"无限"其实就是"无"。你看吧，哪一种"有"不是有限的？你想吧，惟观察所不及者谓之"无"，而那正是因为它的无限。这样我们就有救了，就算我们有一天不再是人，也不是畜牲、饿鬼和什么什么，我们总还得是"有"（因为"无"是无的呀），进而就还得是"我"。"我"位于有限而行一条无限的路，那才是佛或上帝的恩宠！

而一条无限的路，正所谓日夜兼程，必是昼夜轮换的路！如果黑夜过于深沉，独善其身或自在之乐享用得太久，就好比心病患者会依赖上心理医生，人是会依赖于黑夜而不由地逃避白天的。然而白天就在黑夜近旁。不能使病者走进白天的医生是失败的医生，他培养了另一种"我执"。

况且此"执"是因乐而生。譬如乐不思蜀，乐具腐蚀，岂止是不思蜀，其实是不思苦，进而养成享乐的贪图。乐无止境，难免日趋狭隘，偶像繁多，倒给"菩萨"们都分配了工作，管升官的、管发财的、管文凭和职称的……最后连掩盖罪行都有专管。尤其，这享乐与灭苦的期求，一旦进入白天，与疯狂的市场合谋，爱愿常不是它们的对手。

所以我想，佛门弟子要特别地看重地藏菩萨。"我不下地狱谁下地狱"，"地狱不空誓不成佛"，地藏的这两句伟大誓言，表明他是一位全天候的觉者！虽然一个"成"字似乎还是意味着终点，但他把终点推到了永远，从而暗示了成佛之路的无限性。道路的无限即是距离的无限，即是差别的无限，即是困苦的无限，也便意味着拯救之路的无限，幸而人之不屈不挠的美丽精神也可以无限——惟此，无始无终的存在才不至于陷入荒诞。

“我不下地狱谁下地狱”简直就是十字架上真理的翻版，“地狱不空誓不成佛”明显与基督精神殊途同归。是呀，一切黑夜的面死之思，终要反身投入到白天的爱愿（当然，一切爱愿总也要面对死的诘难）。

你会发现，白天的事难免都要指向人群，指向他者，因而白天的信仰必然会指向政治。但政治并不等于政府，否则有政府的地方就不该再有不同政见。因而，政治的好坏也就不取决于国的强大与否，而在乎于民之福患。国之强大，仅仅是为了保卫民的福利，否则何用？所以，以强大为目的的政治是舍本求末，以爱为灵魂的政治才是奉天承运，才会是好政治。

然而，爱也是有危险的。比如以死相威胁的“爱情”，比如期求报答的“友爱”，比如只为谋权的“爱国爱民”，比如盛气凌人甚或结党营私式的种种“信徒”……问题是鱼目混珠，真假何辨？其实呢，以平常心观之，真假自明——正所谓“人人皆有佛性”，也正是神在的最好证明。

我有个朋友，初到某地，两眼一抹黑，有个老太太帮他渡过了道道难关，他说我可怎么报答您呢？老太太说：你去帮助别人就是。我听说有个过马路的老头儿，四望无车无人，却还是静静地等候红灯。人说您这不是犯傻吗？他说：我不知道在哪个楼窗里，会不会有个孩子正看着我。我还知道有位女士，不知听哪个昏僧说，促成一桩婚姻便为来世积下一份善缘，于是不遗余力地乱点鸳鸯谱——管他们有情与无情！

爱的危险还有一条：仅仅地爱人。您信吗？仅仅地爱人，会养成铺张浪费甚至穷奢极欲的坏毛病——情形就像被溺爱的孩子。所谓“爱上帝”说的是什么？是说要爱世间一切造物。所谓“爱命运”说的是什么？是说对一切顺心与不顺心的事，都要持爱的态度。

“我执”多种多样，并不以内容辨；无论什么事，一旦“我的重要性”领衔，即是“我执”。譬如常说的“立功、立德、立言”，尤其前面再加一句“为天下人”，都是再好没有，但请留神，“我”字一重，多么慷慨大义的言词也要变味。不过，这事最为诡异的地方是：一味地表现“自我”是“我执”，刻意地躲避“自我”还是“我执”；趋炎附势的是“我执”，自命清高的还是“我执”；刚愎自用的是“我执”，自怨自艾的也是“我执”。那么“我”就得变傻子吗？对不起，您又“我执”了。我什么都不说成吗？成是成，但这仍然是“我执”。简直就没好人走的道儿了！不，这才是好人走的道儿呀：好人，才看见“我执”，才放弃“我执”，才看见放弃“我执”有多难，才相信多难也得放弃“我执”——这下明白了，成佛的路何以是一条永行的恒途。

《伊索寓言》中有一篇说到舌头，说那是人间最好和最坏的东西，因为它可以说出最美和最丑的语言。信仰的事着实跟舌头有一拼，它既可让人行无比的善，也可让人作滔天的恶。譬如曾经和现在，也譬如此地和别处，人们为信仰而昏昏，也为信仰而昭昭；为信仰而大乱，也为信仰而大治；为信仰而盛气凌人，也为信仰而谦恭下士；为信仰而你死我活，也为信仰而乐善好施……再问何根何源？以我的愚钝来想，大凡前一类都还是那个“我执”。

如何灭尽“我执”呢？不知道。我真的不知道，因为我感到我永远都灭不尽那玩意儿。我感到我只能是见一个杀一个，没什么彻底的办法。我感到诚实是第一位的，比如说白天就是白天，黑夜就是黑夜。黑白颠倒你试试看，或者只需想一想，会不会把白天弄成了自闭症，一到夜里又妄想狂？

2010年11月4日

扶轮问路[①]

坐轮椅竟已坐到了第三十三个年头，用过的轮椅也近两位数了，这实在是件没想到的事。1980年秋天，“肾衰”初发，我问过柏大夫：“敝人刑期尚余几何？”她说：“阁下争取再活十年。”都是玩笑的口吻，但都明白这不是玩笑——问答就此打住，急忙转移了话题，便是证明。十年，如今已然大大超额了。

那时还不能预见到“透析”的未来。那时的北京城仅限三环路以内。

那时大导演田壮壮正忙于毕业作品，一干年轻人马加一个秃顶的林洪桐老师，选中了拙作《我们的角落》，要把它拍成电视剧。某日躺在病房，只见他们推来一辆崭新的手摇车，要换我那辆旧的，说是把这辆旧的开进电视剧那才真实。手摇车，轮椅之一种，结构近似三轮摩托，惟动力是靠手摇。一样的东西，换成新的，明显值得再活十年。只可惜，出院时新的又换回成旧的，那时的拍摄经费比不得现在。

不过呢，还是旧的好，那是我的二十位同学和朋友的合资馈赠。其实是二十位母亲的心血——儿女们都还在插队，哪儿来的钱？那轮椅我用了很多年，摇着它去街道工厂干活，去地坛里读书，去“知青办”申请正式工作，在大街小巷里风驰或鼠窜，到城郊的旷野上看日落星出……摇进过深夜，也摇进过黎明，以及摇进过爱情但很快又摇出来。

1979年春节，摇着它，柳青骑车助我一臂之力，乘一路北风，我们去《春雨》编辑部参加了一回作家们的聚会。在那儿，我的写作头一回得到认可。

① 又名《我的轮椅》。

那是座古旧的小楼，又窄又陡的木楼梯踩上去“嗵嗵”作响，一代青年作家们喊着号子把我连人带车抬上了二楼。“斯是陋室”——脱了漆的木地板，受过潮的木墙围，几盏老式吊灯尚存几分贵族味道……大家或坐或站，一起吃饺子，读作品，高谈阔论或大放厥词，真正是一个激情燃烧的年代。

所以，这轮椅殊不可以“断有情”，最终我把它送给了一位更不容易的残哥们儿。其时我已收获几笔稿酬，买了一辆更利远行的电动三轮车。

这电动三轮利于远行不假，也利于把人撂在半道儿。有两回，都是去赴苏炜家的聚会，走到半道儿，一回是链子断了，一回是轮胎扎了。那年代又没有手机，愣愣地坐着想了半晌，只好侧弯下身子去转动车轮，左轮转累了换只手再转右轮。回程时有了救兵，一次是陈建功，一次是郑万隆，骑车推着我走，到家已然半夜。

链子和轮胎的毛病自然好办，机电部分有了问题麻烦就大。幸有三位行家做我的专职维护，先是瑞虎，后是老鄂和徐杰。瑞虎出国走了，后二位接替上。直到现在，我坐下这辆电动轮椅——此物之妙随后我会说到——出了毛病，也还是他们三位的事；瑞虎在国外找零件，老鄂和徐杰在国内施工，通过卫星或经由一条海底电缆，配合得无懈可击。

两腿初废时，我曾暗下决心：这辈子就在屋里看书，哪儿也不去了。可等到有一天，家人劝说着把我抬进院子，一见那青天朗照、杨柳和风，决心即刻动摇。又有同学和朋友们常来看我，带来那一个大世界里的种种消息，心就越发地活了，设想着，在那久别的世界里摇着轮椅走一走大约也算不得什么丑事。于是有了平生的第一辆轮椅。那是邻居朱二哥的设计。父亲捧了图纸，满城里跑着找人制作，跑了好些天，才有一家“黑白铁加工部”肯于接受。用材是两个自行车轮、两个万向轮并数根废弃的铁窗框。母亲为它缝制了坐垫和靠背。后又求人在其两侧装上支架，撑起一面木板，书桌、饭桌乃至吧台就都齐备。倒不单是图省钱。现在怕是没人会相信了，那年代连个像样的轮椅都没处买；偶见“医疗用品商店”里有一款，其昂贵与笨重都可谓无比。

我在一篇题为“看电影”的散文中，也说到过这辆轮椅：“一夜大雪未停，事先已探知手摇车不准入场（电影院），母亲便推着那辆自制的轮椅送我去……雪花纷纷地还在飞舞，在昏黄的路灯下仿佛一群飞蛾。路上的雪冻成了一道道冰棱子，母亲推得沉重，但母亲心里快乐……母亲知道我正打算写点什么，又知道我跟长影的一位导演有着通信，所以她觉得推我去看这电影是非常必要的，是件大事。怎样的大事呢？我们一起在那条快乐的雪路上跋涉时，谁也没有把握，惟朦胧地都怀着希望。”

那一辆自制的轮椅，寄托了二老多少心愿！但是下一辆真正的轮椅来了，母亲却没能看到。

下一辆是《丑小鸭》杂志社送的，一辆正规并且做工精美的轮椅，全身的不锈钢，可折叠，可拆卸，两侧扶手下各有一金色的“福”字。

除了这辆轮椅，还有一件也是我多么希望母亲看见的事，她却没能看见：1983年，我的小说得了全国奖。

得了奖，像是有了点儿资本，这年夏天我被邀请参加了《丑小鸭》的“青岛笔会”。双腿瘫痪后，我才记起了立哲曾教我的“不要脸精神”，大意是：想干事你就别太要面子，就算不懂装懂，哥们儿你也得往行家堆儿里凑。立哲说这话时，我们都还在陕北，十八九岁。“文革”闹得我们都只上到初中，正是靠了此一“不要脸精神”，赤脚医生孙立哲的医道才得突飞猛进，在陕北的窑洞里做了不知多少手术，被全国顶尖的外科专家叹为奇迹。于是乎我便也给自己立个法：不管多么厚脸皮，也要多往作家堆儿里凑。幸而除了两腿不仁不义，其余的器官都还按部就班，便一闭眼，拖累着大伙儿去了趟青岛。

参照以往的经验，我执意要连人带那辆手摇车一起上行李厢，理由是下了火车不也得靠它？其时全中国的出租车也未必能超过百辆。树生兄便一路陪伴。谁料此一回完全不似以往（上一次是去北戴河，下了火车由甘铁生骑车推我到宾馆），行李厢内货品拥塞，密不透风，树生心脏本已脆弱，只好于一路挥汗、谈笑之间频频吞服“速效救心”。

回程时我也怕了，托运了轮椅，随众人去坐硬座。进站口在车头，我们的车厢在车尾；身高马大的树纲兄背了我走，先还听他不紧不慢地安慰我，后便只闻其风箱也似的粗喘。待找到座位，偌大一个刘树纲竟似只剩下了一张煞白的脸。

《丑小鸭》不知现在还有没有？那辆“福”字牌轮椅，理应归功其首任社长胡石英。见我那手摇车抬上抬下着实不便，他自言自语道：“有没有更轻便一点儿的？也许我们能送他一辆。”瞌睡中的刘树生急忙弄醒自己，接过话头儿：“行啊，这事儿交给我啦，你只管报销就是。”胡石英欲言又止——那得多少钱呀，他心里也没底。那时铁良还在“医疗设备厂”工作，说正有一批中外合资的轮椅在试生产，好是好，就是贵。树生又是那句话：“行啊，这事儿交给我啦，你去买来就是。”买来了，495 块，83 年呀！据说胡社长盯着发票不断地啧舌。

这辆“福”字牌轮椅，开启了我走南闯北的历史。其实是众人推着、背着、抬着我，去看中国。先是北京作协的一群哥们儿送我回了趟陕北，见了久别的“清平湾”。后又有洪峰接我去长春领了个奖；父亲年轻时在东北林区呆了好些年，所以沿途的大地名听着都耳熟。马原总想把我弄到西藏去看看，我说：下了飞机就有火葬场吗？吓得他只好请我去了趟沈阳。王安忆和姚育明推着我逛淮海路，是在 1988 年，那时她们还不知道，所谓“给我妹妹挑件羊毛衫”其实是借口，那时我又一次摇进了爱情，并且至今没再摇出来。少功、建功还有何立伟等等一大群人，更是把我抬上了南海舰队的鱼雷快艇。仅于近海小试风浪，已然触到了大海的威猛——那波涛看似柔软，一旦颠簸其间，竟是石头般的坚硬。又跟着郑义兄走了一回五台山，在“佛母洞”前汽车失控，就要撞下山崖时被一块巨石挡住。大家都说“这车上必有福将”，我心说是我呀，没见轮椅上那个“福”字？ 1996 年迈平请我去斯德哥尔摩开会，算是头一回见了外国。飞机缓缓降落时，我心里油然地冒出句挺有学问的话：这世界上果真是有外国呀！转年立哲又带我走了差不多半个美国，那时双肾已然怠工，我一路挣扎着看：大沙漠、大峡谷、大瀑布、大赌城……立哲是学医的，笑嘻嘻地闻一闻我的尿说：“不要紧，味儿挺大，还能排毒。”其实他心里全明白。他所以急着请我去，就是怕我一旦“透析”

就去不成了。他的哲学一向是：命，干吗用的？单是为了活着？

说起那辆“福”字轮椅就要想起的那些人呢？如今都老了，有的已经过世。大伙儿推着、抬着、背着我走南闯北的日子，都是回忆了。这辆轮椅，仍然是不可“断有情”的印证。我说过，我的生命密码根本是两条：残疾与爱情。

如今我也是年近花甲了，手摇车是早就摇不动了，“透析”之后连一般的轮椅也用着吃力。上帝见我需要，就又把一种电动轮椅泊来眼前，临时寄存在王府井的“医疗用品商店”。妻子逛街时看见了，标价三万五。她找到代理商，砍价，不知跑了多少趟。两万九？两万七？两万六，不能再低啦小姐。好吧好吧，希米小姐偷着笑：你就是一分不降我也是要买的！这东西有趣，狗见了转着圈地冲它喊，孩子见了总要问身边的大人：它怎么自己会走呢？据说狗的智力相当于四五岁的孩子，他们都还不能把这椅子看成是一辆车。这东西才真正是给了我自由：居家可以乱窜，出门可以独自疯跑，跳舞也行，打球也行，给条坡道就能上山。舞我是从来不会跳。球呢，现在也打不好了，再说也没对手——会的嫌我烦，不会的我烦他。不过呢，时隔三十几年我居然上了山——昆明湖畔的万寿山。

谁能想到我又上了山呢！

谁能相信，是我自己爬上了山的呢！

坐在山上，看山下的路，看那浩瀚并喧嚣着的城市，想起凡高给提奥的信中有这样的话：“我是地球上的陌生人，(这儿)隐藏了对我的很多要求”，“实际上我们穿越大地，我们只是经历生活”，“我们从遥远的地方来，到遥远的地方去……我们是地球上的朝拜者和陌生人”。

坐在山上，看远处天边的风起云涌，心里有了一句诗：嗨，希米，希米/我怕我是走错了地方呢/谁想却碰见了你！——若把凡高的那些话加在后面，差不多就是一首完整的诗了。

坐在山上，眺望地坛的方向，想那园子里“有过我的车辙的地方也都有过母亲的脚印”；想那些个“又是雾罩的清晨，又是骄阳高悬的白昼……”

想那些个“在老柏树旁停下，在草地上在颓墙边停下，又是处处虫鸣的午后，又是鸟儿归巢的傍晚……”想我曾经的那些个想：“我用纸笔在报刊上碰撞开的一条路，并不就是母亲盼望我找到的那条路……母亲盼望我找到的那条路到底是什么？”

有个回答突然跳来眼前：扶轮问路。是呀，这五十七年我都干了些什么？——扶轮问路，扶轮问路啊！但这不仅仅是说，有个叫史铁生的家伙，扶着轮椅，在这颗星球上询问过究竟。也不只是说，史铁生——这一处陌生的地方，如今我已经弄懂了他多少。更是说，譬如“法轮常转”，那“轮”与“转”明明是指示着一条无限的路途——无限的悲怆与“有情”，无限的蛮荒与惊醒……以及靠着无限的思问与祈告，去应和那存在之轮的无限之转！尼采说“要爱命运”。爱命运才是至爱的境界。“爱命运”既是爱上帝——上帝创造了无限种命运，要是你碰上的这一种不可心，你就恨他吗？“爱命运”也是爱众生——设若那一种不可心的命运轮在了别人，你就会松一口气怎的？而凡高所说的“经历生活”，分明是在暗示：此一处陌生的地方，不过是心魂之旅中的一处景观、一次际遇，未来的路途一样还是无限之问。

2007 年 11 月 20 日

人间智慧必在某处汇合

——斯坦哈特的《尼采》读后

凡说生命是没有意义的人，都要准备好一份回答：你是怎么弄清楚生命是没有意义的？你是对照了怎么一个意义样本，而后确定生命中是没有它的？或者，您干脆告诉我们，在那个样本中，意义是被怎样描述的？

这确实是老生常谈了。难道有谁能把制作好的意义，夹在出生证里一并送给你？出生一事，原就是向出生者要求意义的，要你去寻找或建立意义，就好比一份预支了稿酬的出版合同，期限是一辈子。当然，你不是债权人你是负债者，是生命向你讨要意义，轮不上你来抱怨谁。到期还不上账，你可以找些别的理由，就是不能以“生命根本就是没有意义的”来搪塞。否则，迷茫、郁闷、荒诞一齐找上门来，弄不好是要——像靡菲斯特对待浮士德那样——拿你的灵魂做抵押的。

幸好，这合同还附带了一条保证：意义，一经你寻找它，它就已经有了，一旦你对之存疑，它就以样本的形式显现。

生命有没有意义，实在已无需多问。要问的是：生命如果有意义，如果我们勤劳、勇敢并且智慧，为它建立了意义，这意义随着生命的结束是否将变得毫无意义？可不是吗，要是我们千辛万苦地建立了意义，甚至果真建成了天堂，忽然间死神挺胸叠肚地就来了，把不管什么都一掠而光，一切还有什么意义呢？当然，你可以说天堂并不位于某一时空，天堂是在行走中、在道路上，可道路要是也没了、也断了呢？

所以还得费些思索，想想死后的事——死亡将会带给我们什么？果真是一掠而光的话，至少我们就很难反驳享乐主义，逍遥的主张也就有了一副明智的面孔。尤其当死亡不仅指向个体，并且指向我们大家的时候——比如说北大西洋暖流一旦消失，南北两极忽然颠倒，艾滋病一直猖狂下去，或莽撞的小行星即兴来访，灿烂的太阳终于走到了安息日……总之如果人类毁灭，谁来偿还“生命的意义”这一本烂账？

于是乎，关怀意义和怀疑意义的人们，势必都要凝神于一个问题了：生命之路终于会不会断绝？对此你无论是猜测，是祈祷，还是寻求安慰，心底必都存着一份盼愿：供我们行走的道路是永远都不会断绝的。是呀，也只有这样，意义才能得到拯救。

感谢“造物主”或“大爆炸”吧，他为我们安排的似乎正是这样一条永不断绝的路。

虽然尼采说“上帝死了”，但他却发现，这样一条路已被安排妥当：“权力意志说的是，为什么有一个世界而不是什么都没有；永恒回归说的是，为什么在这世界中有秩序。因为权力意志重复它自己，所以现实有秩序。……权力意志和永恒再现一起形成绝对肯定。”①

就是说，所以有这么个世界，是因为：这个世界原就包含着对这个世界的观察。或者说：这个世界，是被这个世界所包含的“权力意志”和“永恒再现”所肯定的。“权力意志”，也有译为“强力意志”、“绝对意志”的，意思是：意志是创生的而非派生的，是它使“有”或“存在”成为可能。这与物理学中的“人择原理”不谋而合。而“权力意志”又是“永恒回归”的。“永恒回归”又译为“永恒再现”或“永恒复返”，意思是：“一切事物一遍又一遍地发生”②，“像你现在正生活着的或已经生活过的生活，你将不得不再生活一次，再生活无数次。而且其中没有任何事物是新的”③。正如《旧约·传道书》中所言：“已有的事后必再有；已行的事后必再行。太阳底下并无新事。有哪件事人能说‘看吧，这是新的’？ ”④就这样，“权力意志”孕生了存在，“永恒回归”又使存在绵绵不绝，因而它们一起保证了“有”

①② 斯坦哈特的《尼采》第 115 页、第 114 页。

③ 尼采的《快乐的科学》第 341 页。

④《旧约·传道书》第一章第九节。

或“在”的绝对地位。

尼采对于“永恒回归”的证明，或可简略地表述如下：生命的前赴后继是无穷无尽的。但生命的内容，或生命中的事件，无论怎样繁杂多变也是有限的。有限对峙于无限，致使回归（复返、再现）必定发生。休谟说：“任何一个对于无限和有限比较起来所具有的力量有所认识的人，将绝不怀疑这种必然性。”[①]

这很像我写过的那群徘徊于楼峰厦谷间的鸽子：不注意，你会觉得从来就是那么一群在那儿飞着，细一想，噢，它们生生相继已不知转换了多少回肉身！一群和一群，传达的仍然是同样的消息，继续的仍然是同样的路途，克服的仍然是同样的坎坷，期盼的仍然是同样的团聚，凭什么说那不是鸽魂的一次次转世呢？

不过，尼采接下来说：“在你人生中的任何痛苦和高兴和叹息，和不可言表的细小或重大的一切事情将不得不重新光临你，而且都是以同样的先后顺序和序列。”[②]——对此我看不必太较真儿，因为任何不断细分的序列也都是无限的。彻底一模一样的再现不大可能，也不重要。“永恒回归”指的是生命的主旋律、精神的大曲线。“天不变，道亦不变。”比如文学、戏剧，何以会有不朽之作？就因为，那是出于人的根本处境，或生命中不可消灭的疑难。就像那群鸽子，根本的路途、困境与期盼是不变的，根本的喜悦、哀伤和思索也不变。怎么会是这样呢？就因为它们的由来与去向，根本都是一样的。人也如此。人的由来与去向，以及人的残缺与阻障，就其本质而言都是一样的。人都不可能成神。人皆为有限之在，都是以其有限的地位，来面对着无限的。所以，只要勤劳勇敢地向那迷茫之域进发，人间智慧难免也要在某一处汇合。惟懒惰者看破红尘。懒惰者与懒惰者，于懒惰中爆发一致的宣称：生命是没有意义的。

---

① 大卫·休谟的《自然宗教对话录》第八部分。

② 斯坦哈特的《尼采》第 114 页。

可就算是这样吧，断路的危险也并没有解除呀？如果生命——不论是鸽子，是人，还是恐龙——毁灭了，还谈什么“生生相继”和“永恒回归”？

但请注意“权力意志和永恒再现一起形成绝对肯定”这句话。“绝对肯定”是指什么？是指“有”或“在”的绝对性。就连“无”，也是“有”的一种状态，或一种观察。因为“权力意志”是创生的。这个在创生之际就已然包含了对自身观察的世界，是不会突然丢失其一部分的。减掉其一部分——比如说观察，是不可能还剩下一个全世界的。就好比拆除了摄像头，还会剩下一个摄像机吗？所以不必杞人忧天，不必担心“有”忽然可以“无”，或者“绝对的无”居然又是“有”的。

凭什么说“权力意志”是创生的？当然，这绝不是说整个宇宙乃是观察的产物，而是说，只有一个限于观察——用尼采的话说就是限于“内部透视”或“人性投射”——的世界，是我们能够谈论的。即我们从始至终所知、所言与所思的那个“有”或“在”，都是它，都只能是它；就连对观察不及之域的猜想，也是源于人的“内部透视”，也一样逃不出“人性投射”的知与觉。正如大物理学家玻尔所说：“物理学并不能告诉我们这个世界到底是怎样的，而只能告诉我们，关于这个世界我们可以怎样说。”也就是老子所说的“知不知”吧。

知亦知所为，不知亦知所为，故你只能拥有一个“内部透视”或“人性投射”的世界。此外一切免谈。此外万古空荒，甭谈存在，也甭谈创生；一谈，知就在了，观察就在了，所以“权力意志”是创生的。

不过，“知不知”并不顺理成章地导致虚无与悲观。尽管“内部透视”注定了“测不准原理”的正确，人也还是要以肯定的态度来对待生命。虚无和悲观所以是站不住脚的，因为，生命之生生不息即是有力的证明。比如，问虚无与悲观：既如此，您为啥还要活下去？料其难有所答，进而就会发现，原来心底一直都是有着某种憧憬和希望的。

你只能拥有一个“内部透视”或“人性投射”的世界——可是，这样的话，上帝将被置于何位？这岂非等于还是说，世界是人——“权力意志”——

所创造的吗？很可能，“超人”的问题就出在这儿。人，一种有限之在，一种有限的观察或意志，你确实应该不断地超越自己，但别忘了，你所面对的是“无限”他老人家！“权力意志”给出了“有”，同时，“权力意志”之所不及——即所谓“知不知”——给出了“无”。然而，这个“无”却并不因为你的不及就放过你，它将无视你的“权力意志”而肆无忌惮地影响你——而这恰是“无也是有的一种状态”之证明。孙悟空跳不出如来佛的手心，“超人”无论怎样超越也不可能成为神。所以，人又要随时警醒：无论怎样超越自我，你终不过是个神通有限的孙猴子。

好像出了问题。既然“无”乃“权力意志”之不及，怎么“无”又会影响到“权力意志”呢？不过问题不大，比如说：我知道我摸不到你，但我也知道，我摸不到的你未必不能摸到我——这逻辑不成立吗？换句话说：无，即是我感受得到却把握不了的那种存在。这便又道出了“权力意志”的有限性，同时把全知全能还给了上帝，还给了神秘和无限。

这样看，“权力意志”的不及，或“内部透视”与“人性投射”之外，也是可以谈论、可以猜想的（惟休想掌控）。那万古空荒，尤其是需要谈论和猜想的——信仰正是由此起步。故先哲有言：神不是被证实的，而是被相信的。

可是，“权力意志”是有限的，并且是“永恒回归”的，这岂不等于是说：人只能在一条狭窄的道路上转圈吗？转圈比断绝，又强了多少呢？莫急，莫慌，人家说的是“权力意志和永恒再现一起形成绝对肯定”，又没说“权力意志”和“永恒回归”仅限于人这样一种生命样式。“权力意志”是创生而非派生的，而人呢，明明是历经种种磨难和进化，而后才有的。这一种直立行走的哺乳动物，除了比其所知的一切动物都能耐大，未必还比谁能耐大。其缺陷多多即是证明，比如自大和武断：凭什么说，生命的用料仅限于蛋白质，生命的形式仅限于拟人的种种规格？而另一项坏毛病是掩耳盗铃：对不知之物说“没有”，对不懂之事说“没用”。可是，人类又挖空心思在寻找外星智能，而且是按照自己的大模样找，或用另外的物质制造另外的智能，造得自己都心惊肉跳。

很可能，跟人一模一样的生命仅此一家。而其实呢，比人高明的也有，比人低劣的也有，模样不同，形式不一，人却又赌咒发誓地说那不能也算生命。“生命”一词固可专用于蛋白质的铸造物，但“权力意志”却未必仅属一家。据说，“大爆炸”于一瞬间创造了无限可能，那就是说，种种智能形式也有着无限的可能，种种包含着对自身观察的世界也会是无限多，惟其载体多种多样罢了。我们不知是否还有知者，我们不知另外的知者是否知我们，我们凭什么认定智能生命或“权力意志”仅此一家？

不过我猜，无论是怎样的生命形式，其根本的处境，恐怕都跑不出去跟人的大同小异。为什么？大凡“有”者皆必有限，同为有限之在，其处境料不会有什么本质不同。

有限并埋头于有限的，譬如草木鱼虫，依目前的所知来判断，是不具“权力意志”的。惟有限眺望着无限的，譬如人，或一切具“我”之概念的族类，方可歌而舞之、言而论之，绵绵不绝地延续着“权力意志”。这样来看，“权力意志”以及种种类似人的处境，不单会有纵向的无限延续，还会有横向的无限扩展。

“无”这玩意儿奇妙无比，它永远不能自立门户，总得靠着“有”来显现自己。“有”就能自立门户吗？一样不行，得由“无”来出面界定。而这两家又都得靠着观察来得其确认。“权力意志”就这么得逞了——有也安营，无也扎寨，吃定你们这两家的饭了。

哈，这岂不是好吗？不管你说无说有，说死说活，“权力意志”都是要在的。路还能断吗？干吗死着心眼儿非做那地球上某种直立行走的动物不可？甚至心眼儿死到，竟舍不得一具短暂的肉身和一个偶然的姓名。永恒回归的回路或短或长，或此或彼，但有限对峙于无限这一点是没有疑问的。甚至可以这样说：有＝有限，无＝无限，二者的存在赖于二者的互证，而这一个“证”字＝观察＝一条无穷的道路。

如果一条无穷的道路已被证明，你不得给它点儿意义吗？暂时不给也行，但它无穷无尽，总有一天“权力意志”会发现不给它点儿意义是自取无聊。无聊就无聊，咋啦？那你就接近草木鱼虫了呗，接近奇石怪兽了呗，爱护环境的人当然还是要爱护你，但没法儿跟你说话。

不过问题好像还是没有解决。尽管生命形式多多，与我何干？凡具“我”之概念者，还不是都得在一条狭窄的道路上作无限的行走？可是总这么走，总这么走，总这么“永恒回归”是不是更无聊呢？

嚯，靡菲斯特来了。浮士德先生，你是走、是不走吧？不走啦，就这么灯红酒绿地乐不思蜀吧！可这等于被有限圈定，灵魂即刻被魔鬼拿去。那就走，继续走！可是，走成个圈儿还不等于是被有限圈定，魔鬼还不是要偷着乐？那可咋办，终于走到哪儿才算个头呢？别说“终于”，也别说“走到”，更别说“到头”，“永恒回归”是无穷路，没头。“永恒回归完全发生在这个世界中：没有另一个世界，没有一个更好的世界（天堂），也没有一个更坏的世界（地狱）。这个世界就是全部。”①就是说：你跑到哪儿去，也是这样一个有限与无限相对峙的世界。所以，就断掉“无苦无忧”和“极乐之地”这类执迷吧，压根儿就没那号事！可这样不好吗？无穷路，只能是无穷地与困苦相伴的路，走着走着忽然圆满了，岂不等于说路又断了？半截子断了，和走到了头，有啥两样吗？

终于痛而思“蜀”了。好事！这才不至成为草木鱼虫、奇石怪兽。但“蜀”在何方？“蜀道之难，难于上青天！”它不在人们惯行的前后左右，它的所在要人仰望——上帝在那儿期待着你！某种看不见却要你信的东西，在那儿期待着你！期待着人不要在魔障般的红尘中输掉灵魂，而要在永恒的路上把灵魂锤炼得美丽，听懂那慈爱的天音，并以你稚拙的演奏加入其中。静下心来，仔细听吧，人间智慧都在那儿汇合——尼采、玻尔、老子、爱因斯坦、歌德……他们既知虚无之苦，又懂得怎样应对一条永无终止的路。勤劳勇敢的人正在那儿挥汗如雨，热情并庄严地演奏，召唤着每一个人去加入。幸好，任何有限的两个数字间都有着无穷序列，那便是换一个（非物质的）方向——去追求善与美的无限之途。

2007 年 12 月 1 日

---

① 斯坦哈特的《尼采》第 115 页。

【小说卷】

我们坐在庭院里，草茉莉都开了，各种颜色的小喇叭，掐一朵放在嘴上吹，有时候能吹响。奶奶用大芭蕉扇给我轰蚊子。凉凉的风，蓝蓝的天，闪闪的星星，永远留在我的记忆里。

法学教授及其夫人

“之死”在这里是一个专用词，那是法律系解教授和他夫人陈谜的外号，前者为“之死先生”，后者是“之死夫人”。就连他们的独生子也这样叫。两位老人也不免为之尴尬，但所幸的是只有熟人才这样叫，而且叫起来也并无恶意。

解教授身材高而且不瘦，脸上的表情总是很认真。他觉得自己一辈子不曾欺骗过任何人。他常说，他是研究“法”的，“法”就其维护真理、伸张正义的本质来讲，是最光明正大的事业，从事这一事业的人，本身就不能有任何一点点欺骗行为。

陈谜个子小而且不胖，一张孩子般小而圆的脸上，布满了皱纹，看上去很善良。她认为自己一辈子不曾被任何人欺骗过。她常想，不欺骗人固然很好，但如果总觉着自己被人欺骗了，岂不把别人想得太坏？岂不也等于欺骗人？

曾有过一位朋友，向这两位老人借了三十元钱，不知是因为遗忘还是有意，竟一直没还。解教授皱皱眉毛，说：“这不好，三十元钱我们可以白送，如果他需要。但欺骗……不好。”陈谜立刻像受了什么冤屈似的反驳：“倘若人家有钱，人家就会还；人家不来还，就说明人家实在是有困难。你怎么能这样想？”解教授欣然同意了妻子的正直，并且由衷地感到惭愧。这以后，两位老人甚至不敢登那位朋友的家门了，因为怕人家以为是来讨账，那样岂不既有被骗之嫌，又有骗人之嫌么——这是他们的独生子当笑话向别人讲的。

这样两位老人，何以竟有“之死”这样一个不好听的外号呢？据说那是在公元一千九百六十九年得来的。

在一个有风的下午，两位老人去参加一个斗争“走资派”的大会。原来的学校党委书记弯着腰在台上站了六个多小时，头上还流着血，血还把白头发染红了。陈谜看着看着，忍不住哭出了眼泪。散会后，在回家的路上，好心的同志对她说：“要是心里难受，就回家哭，在会场上哭，你真是老糊涂了。”陈谜顿时惊得站住，眼睛愣愣地瞪着，嘴里说道：“哎呀哎呀，啧啧啧……”仿佛彻悟了世间的一切。

待她总算走回家，把这事告诉了解教授。解教授平生第一次像做了贼似的看着妻子，半晌才说：“这，这可是明目张胆的同情……”两位老人晚饭没吃，觉也不睡，背着独生子，商量该如何澄清一下“事实”。

“你不能说你是想起了别的什么辛酸事么？”

“那不是欺骗吗？再说，那样人家会说你是不认真参加政治活动……你看我是不是说沙子迷了眼？”

“那也没人信，沙子怎么会一下子迷了两只眼，你不是两只眼睛都流了泪吗？……我看你可以说你有‘见风流泪’的毛病。”

“对对对！我年轻时还真有过‘见风流泪’的毛病，不过现在好了，不过这也就不算欺骗了。”

“你还得强调一下，你根本不是哭，确实是……”

“对对对……”

半夜，陈谜去敲了临时革委会主任的家门，对主任说，她年轻时就留下了“见风流泪”的毛病。本来她还想说，在斗争会上她根本不是哭，但灵机一动想到，那岂不是“此地无银三百两”？就没说。主任莫名其妙了，以为陈谜年轻时留下的大约是“梦游”的毛病，便一直把她送回了家。

“她为什么一直送我回家？还总是这么紧拉着我？”陈谜对尚未睡下的解教授说。两位老人都心惊肉跳了。

天还没亮，陈谜又到了“造反司令部”门前。一个多小时以后，她对第一个来开门的造反派说，她年轻时留下的“见风流泪”病到今天确实还不见轻。那个造反派戴个黑边眼镜，仔细看了看陈谜因彻夜未眠而发红的眼，认为她定是走错了地方。因为校医院是在“造反司令部”的旁边，他把她指引到校医院的眼科门诊室去了。

“莫非真要让我检查眼睛？”她想着，在眼科门诊室前战战兢兢地徘徊，渐渐她感到半身麻木，头晕目眩，直到摔倒在地为止。

就这样，陈谜得了脑血栓，偏瘫了。看过契诃夫的小说《一个官员之死》的好心人，便给解教授夫妇取下了“之死”这样一个不好听的外号，并且不怀恶意地叫他们。陈谜听了感到尴尬，但却也感到幸运：没有追究她眼科检查的结果。从此以后，她处处谨慎小心，强令自己的感情紧跟形势，再没犯错误。解教授也为此事感到难堪。从那时起，他觉得在他与别人之间，别人与别人之间，甚至自己与自己之间，欺骗出现了。

一个不曾欺骗过任何人，一个不曾被任何人欺骗过，两位老人和谐地度过了几十年，活到了六十岁，活到了二十世纪七十年代中期。这真正是个风雷激、云水怒的时代，一切都要变。

解教授在家里常常看着看着报纸便骂出声来：“狗屁不通！”可到了教研组的读报会上，却一言不发。他岂不是变了？变得欺骗了？有时，解教授的老朋友来家聊天，或是独生子的同学来家谈事，陈谜——她的半身不遂大有好转了——总是不厌其烦地说：“小点声，小点声，无论说什么都要小点声。”然后，她就战战兢兢地走上凉台，战战兢兢地四下张望。虽然四周什么事也没发生，但她战战兢兢的毛病算是留下了，那或许是半身不遂的后遗症。陈谜岂不是变了？变得多心了？独生子也变了，他有什么事都瞒着二老，他害怕二老的诚实。就是两位老人之间和谐的关系也变了，变得常拌嘴了。解教授说：“民族将亡，我还有什么可活！”陈谜央告：“你就小点声吧，老糊涂了？”解教授生气地拍桌子：“你才老糊涂呢！”陈谜便在床边愣愣地坐下，叹一口气，觉得世间的一切总不能彻悟。

一切都要变。到了一千九百七十六年春，一个巨变降临在解教授家：独生子——他们一向认为还是个孩子的独生子，在天安门事件中被抓进了监狱。解教授捶胸顿足地发怒，陈谜抽抽搭搭地啼哭。

解教授拍着桌子喊：“悼念周总理何罪之有？”

陈谜哆哆嗦嗦地关上窗户说：“哎呀哎呀，啧啧啧……你就小点声吧！”

解教授气愤地来回踱步：“宪法规定，人民有言论自由！有集会、游行的自由！这样抓人是违法的！"

陈谜坐在角落里："哎呀哎呀，啧啧啧……可言论自由、集会和游行的自由只给人民，不给敌人呀，你不是也这么说嘛。"

解教授一愣，马上说："我们的儿子不是人民吗？"

"可自从他在天安门自由言论了之后、自由集会了之后，人家就不承认他是人民了，还给不给他言论的自由、集会和游行的……也就难说了。"

"什么？"解教授完全愣住了。

"唉，这孩子真不听话！用自由的言论把言论的自由给弄丢了，要不自由言论，本来他可以永远言论自由，也就还是人民。可这自由言论了之后，之后，之后人家就有理了，你说人家这还违法吗？"陈谜巴望丈夫给她一个满意的回答。

但解教授一下子跌倒在椅子上，呆呆地望着妻子，默默地听着角落里的啜泣声。许久，许久，他一动不动。

陈谜害怕了，叫一声："解……"

"谜，"解教授慢慢地说，"我教了一辈子法律，却一直没发现这个毛病。这毛病，就出在——什么样的人是人民，什么样的人是敌人，没有一个严谨的法律标准，而是由那些凌驾于法律之上，逍遥于法律之外的人说了算，法律在这儿成了装饰……给瞎子戴一副眼镜，给哑巴的嘴上吊一个扩音器，却要把能看的眼睛挖掉，把能说的嘴巴缝上……"

"你，住口！"陈谜腾地站起来，惊叫道，"你疯啦？儿子还没出来，你也想进去吗？你老糊涂了！"

解教授严肃地说："不，我老明白了。你也并不糊涂，你是被法西斯式的镇压吓出毛病来了。"解教授平生第一次用负疚的目光看着妻子，"你被欺骗了，真的，欺骗你的，也有我。"

陈谜不说话了，她想："再说下去，不知老头子会说出什么来，反正说什么也没用了，儿子毕竟是坐了牢，老头子要是再……"她战战兢兢地走上凉台，战战兢兢地四下张望。她那小而圆的脸上布满了恐惧的皱纹，因为她看见不远的地方有一个穿红衣服的人，那人要是听见老头子刚才说的话可怎么办？……

这之后，解教授整天埋头于马列著作、毛主席著作以及其他参考书之中了，他开始重新研究他的“法”。陈谜埋怨他不关心儿子，他说：“这不是儿子一个人的事。”

这之后的若干天内，陈谜都是在战战兢兢和抽抽搭搭中度过的。她白天想儿子，夜里就梦见儿子，眼边的皱纹没有了，代之以一片发亮的红色。

有一天她梦见儿子被打断了腿，哭着喊妈妈。第二天，她决心写一封信说明儿子的情况。写什么呢？写儿子只是悼念周总理，并没干别的？不行，这岂不又是“此地无银三百两”？写儿子并没烧汽车，只是在一边看着？也不行，看着为什么不制止？要不，光写儿子不懂事？还是不行，不懂事怎么懂得反王张江姚？……再不，只写儿子身体不好，请别打得那么厉害？更不行，这岂不又成了明目张胆的同情？唉，可怎么写呢？再说，写给谁呢？写给毛主席？不行，怕落在江青手里。写给党中央？也不行，王张江姚正得势哪。写给市委？唉，天安门抓人打人，市委又不是不知道……她忽然眼睛一亮，写给法院！告那群坏蛋！但她的目光马上又黯淡了，目前的法院似乎只管离婚，政治案件只有刚才想过的那几个地方能管，可那又都不行。唉，怎么办呢？陈谜战战兢兢地走上凉台，望着蓝色的天空，她仿佛听见棍棒打在骨头上的声音，不由说道：“老天爷保佑吧！”待她说出这句话时，不由浑身一抖，心想：“这样的话我怎么竟在屋子外面说出了口？要是让别人听了去，会说我是宣传迷信的，会说我是妄图复辟封建……”她急忙翘首四望，不远处又是那个穿红衣服的人。陈谜小而圆的脸上出现了死人般的皱纹。她急忙跑回屋里，跑到解教授跟前，说：“哎呀哎呀，我刚才又说了一句错话，办了一件错事，而且，而且肯定被人听去，报，报告了。”一阵半身麻木头晕目眩，她的脑血管里又有了栓塞。

陈谜病倒了，住在医院里，在她神智最不清醒的时候，她也没呼唤过儿子，因为在她的大脑里铭刻着一个逻辑：真心话绝不可在家门以外的地方说。在她心里最明白的时候，她也总觉得自己是住在眼科病房里，人家要来检查她的“见风流泪”，新账老账要一起算了。无论解教授怎样安慰她，怎样向她解释，她都是将信将疑。

一切都在变，到了一千九百七十六年秋，似乎一切都已经变了。十月九日晚上，当解教授激动、兴奋地来到医院里，把那个好消息——“四人帮”被逮捕了——小声告诉陈谜的时候，她惊吓得赶紧捂住了丈夫的嘴。只是在值班护士向她证实了这一消息的时候，她才把手从解教授的嘴上拿开，急切地要听下文。

陈谜已经有十几年没扑在丈夫怀里哭了，如今这老夫妻又重温了一次年轻的梦。她尽情地哭着，时而又像孩子那样擦着眼泪微笑。

陈谜抽抽搭搭地说：“哎呀，这回可有办法了，有办法了，儿子出来时我也出院。穿红衣服的……也不怕了。”

解教授紧捏着妻子的手，说：“这些日子我在偷偷地写一篇论文，题目是《社会主义的民主与法制》。”

陈谜又有些惊慌：“你可先别，先别瞎写什么哪，再看看……等儿子出来，就挺好的了，可别再……”

解教授听了，沉吟了许久，之后，不明不白地说了一句：“谜，我这辈子对不起你，不过我也是刚刚……我们有个好儿子。”

过了几天，陈谜的身体好多了。在一个有风的下午，她出来走走。风不知从哪里吹来了一句话，吹进了她的耳朵。她顿时惊得站住，眼睛愣愣地瞪着，嘴里说着：“哎呀哎呀，啧啧啧……”仿佛又一次彻悟了世间的一切。

陈谜战战兢兢地溜出医院，战战兢兢地溜回家来。

“你怎么啦？”解教授赶紧扶住歪歪斜斜扑进家门的陈谜。

她哆哆嗦嗦地关上窗户，抽抽搭搭地说：“儿子恐怕还不是人民，我听人说了，在‘四人帮’没打倒之前，儿子就自由言论……唉！‘四人帮’没打倒之前，自由言论之后……恐怕儿子还是‘反革命’。这之前……那之后……之前……之后……”

“之死！”解教授第一次说出了这两个字，而且是异常气愤地，而且是对着他的“之死夫人”。

陈谜却充耳不闻，急着说她的：“你可别写什么了，把写的烧了吧……”她冲到桌前，抓起写满字迹的稿纸，一看，上面竟也有“老天爷”三个字。

解教授让她回忆一下《国际歌》，于是轻轻地唱道：“从来就没有什么救世主，也不靠神仙皇帝……”然后又说：“也不靠老天爷。”

陈谜“啊！”地惊叫一声，向后倒去。

解教授抱住她的时候，她的目光正在黯淡下去，黯淡下去……“老天爷！”她喃喃地说，目光最后一闪，又像是希望着什么。

“之死夫人”带着她那胆小而混沌的灵魂死去了。“之死先生”再生了。解教授要用勇敢去捍卫诚实，要用民主和法制去捍卫真理。

死去的妻和狱中的儿，消灭的妖和还魂的鬼……怎样才能保证这一切不重演呢？——诸位看官，解教授为陈谜送葬的时候，想的就是这些。

1978 年 10 月

我的遥远的清平湾

北方的黄牛一般分为蒙古牛和华北牛。华北牛中要数秦川牛和南阳牛最好，个儿大，肩峰很高，劲儿足。华北牛和蒙古牛杂交的牛更漂亮，犄角向前弯去，顶架也厉害，而且皮实、好养。对北方的黄牛，我多少懂一点。这么说吧：现在要是有谁想买牛，我担保能给他挑头好的。看体形，看牙口，看精神儿，这谁都知道，光凭这些也许能挑到一头不坏的，可未必能挑到一头真正的好牛。关键是得看脾气。拿根鞭子，一甩，“嗖”的一声，好牛就会瞪圆了眼睛，左蹦右跳。这样的牛干起活来下死劲，走得欢。疲牛呢？听见鞭子响准是把腰往下一塌，闭一下眼睛，忍了。这样的牛，别要。

我插队的时候喂过两年牛，那是在陕北的一个小山村儿——清平湾。

我们那个地方虽然也还算是黄土高原，却只有黄土，见不到真正的平坦的塬地了。由于洪水年年吞噬，塬地总在塌方，顺着沟、渠、小河，流进了黄河。从洛川再往北，全是一座座黄的山峁或一道道黄的山梁，绵延不断。树很少，少到哪座山上有几棵什么树，老乡们都记得清清楚楚；只有打新窑或是做棺木的时候，才放倒一两棵。碗口粗的柏树就稀罕得不得了。要是谁能做上一口薄柏木板的棺材，大伙儿就都佩服，方圆几十里内都会传开。

在山上拦牛的时候，我常想，要是那一座座黄土山都是谷堆、麦垛，山坡上的胡蒿和沟壑里的狼牙刺都是柏树林，就好了。和我一起拦牛的老汉总是“吸溜吸溜”地抽着旱烟，笑笑，说：“那可就一股劲儿吃白馍馍了。老汉儿家、老婆儿家都睡一口好材。”

和我一起拦牛的老汉姓白。陕北话里，“白”发“破”的音，我们都管他叫“破老汉”。也许还因为他穷吧，英语中的“poor”就是“穷”的意思。或者还因为别的：那几颗零零碎碎的牙，那几根稀稀拉拉的胡子，尤其是他的嗓子——他爱唱，可嗓子像破锣。傍晚赶着牛回村的时候，最后一缕阳光照在崖畔上，红的。破老汉用镢把挑起一捆柴，扛着，一路走一路唱：“崖畔上开花崖畔上红；受苦人[①]过得好光景……”声音拉得很长，虽不洪亮，但颤巍巍的，悠扬。碰巧了，崖顶上探出两个小脑瓜，竖着耳朵听一阵，跑了；可能是狐狸，也可能是野羊。不过，要想靠打猎为生可不行，野兽很少。我们那地方突出的特点是穷，穷山穷水，“好光景”永远是“受苦人”一种盼望。天快黑的时候，进山寻野菜的孩子们也都回村了，大的拉着小的，小的扯着更小的，每人的臂弯里都挎着个小篮儿，装的苦菜、苋菜或者小蒜、蘑菇……孩子们跟在牛群后面，“叽叽嘎嘎”地吵，争抢着把牛粪撮回窑里[②]去。

越是穷地方，农活也越重。春天播种，夏天收麦，秋天玉米、高粱、谷子都熟了，更忙；冬天打坝、修梯田，总不得闲。单说春种吧，往山上送粪全靠人挑。一担粪六七十斤，一早上就得送四五趟；挣两个工分，合六分钱。在北京，才够买两根冰棍儿的。那地方当然没有冰棍儿，在山上干活渴急了，什么水都喝。天不亮，耕地的人们就扛着木犁、赶着牛上山了。太阳出来，已经耕完了几垧地。火红的太阳把牛和人的影子长长地印在山坡上，扶犁的后面跟着撒粪的，撒粪的后头跟着点籽的，点籽的后头是打土坷垃的，一行人慢慢地、有节奏地向前移动，随着那悠长的吆牛声。吆牛声有时疲惫、凄婉，有时又欢快、诙谐，引动一片笑声。那情景几乎使我忘记自己是生活在哪个世纪，默默地想着人类遥远而漫长的历史。人类好像就是这么走过来的。

清明节的时候我病倒了，腰腿疼得厉害。那时只以为是坐骨神经疼，或是腰肌劳损，没想到会发展到现在这么严重。陕北的清明前后爱刮风，天都是黄的。太阳白蒙蒙的。窑洞的窗纸被风沙打得“刷啦啦”响。我一个人躺在土炕上……

---

① 受苦人：即庄稼人的意思。陕北方言。

② 窑里：即家里之意。陕北方言。

那天，队长端来了一碗白馍……

陕北的风俗，清明节家家都蒸白馍，再穷也要蒸几个。白馍被染得红红绿绿的，老乡管那叫“zichui”。开始我们不知道是哪两个字，也不知道什么意思，跟着叫“紫锤”。后来才知道，是叫“子推”，是为了纪念春秋时期一个叫介子推的人的。破老汉说，那是个刚强的人，宁可被人烧死在山里，也不出去做官。我没有考证过，也不知史学家们对此作何评价。反正吃一顿白馍，清平湾的老老少少都很高兴。尤其是孩子们，头好几天就喊着要吃子推馍馍了。春秋距今两千多年了，陕北的文化很古老，就像黄河。譬如，陕北话中有好些很文的字眼：“喊”不说“喊”，要说“呐喊”，香菜，叫芫荽，“骗人”也不说“骗人”，叫作“玄谎”……连最没文化的老婆儿也会用“酝酿”这词儿。开社员会时，黑压压坐了一窑人，小油灯冒着黑烟，四下里闪着烟袋锅的红光。支书念完了文件，喊一声：“不敢睡！大家讨论个一下！”人群中于是息了鼾声，不紧不慢地应着：“酝酿酝酿了再……”这“酝酿”二字使人想到那儿确是革命圣地，老乡们还记得当年的好作风。可在我们插队的那些年里，“酝酿”不过是一种习惯了的口头语罢了。乡亲们说“酝酿”的时候，心里也明白：球事不顶！可支书让发言，大伙总得有个说的，支书也是难，其实那些政策条文早已经定了。最后，支书再喊一声：“同意啊不？”大伙回答，“同意——”然后回窑睡觉。

那天，队长把一碗“子推”放在炕沿上，让我吃。他也坐在炕沿上，“吧嗒吧嗒”地抽烟。“子推”浮头用的是头两茬面，很白；里头都是黑面，麸子全磨了进去。队长看着我吃，不言语。临走时，他吹吹烟锅儿，说：“唉！‘心儿’家不容易，离家远。”“心儿”就是孩子的意思。

队里再开会时，队长提议让我喂牛。社员们都赞成。“年轻后生家，不敢让腰腿作下病，好好价把咱的牛喂上！”老老小小见了我都这么说。在那个地方，担粪、砍柴、挑水、清明磨豆腐、端午做凉粉、出麻油、打窑洞……全靠自己动手。腰腿可是劳动的本钱，唯一能够代替人力的牛简直是宝贝。老乡们把喂牛这样的机要工作交给我，我心里很感动，嘴上却说不出什么。农民们不看嘴，看手。

我喂十头，破老汉喂十头，在同一个饲养场上。饲养场建在村子的最高处，一片平地，两排牛棚，三眼堆放草料的破石窑。清平河水整日价“哗哗啦啦”的，水很浅，在村前拐了一个弯，形成了一个水潭。河湾的一边是石崖，另一边是一片开阔的河滩。夏天，村里的孩子们光着屁股在河滩上折腾，往水潭里“扑通扑通”地跳，有时候捉到一只鳖，又笑又嚷，闹翻了天。破老汉坐在饲养场前面的窑顶上看着，一袋接一袋地抽烟。“‘心儿’家不晓得愁。”他说，然后就哑着个嗓子唱起来：“提起那家来，家有名，家住在绥德三十里铺村……”破老汉是绥德人，年轻时打短工来到清平湾，就住下了。绥德出打短工的，出石匠，出说书的，那地方更穷。

绥德还出吹手。农历年夕前后，坐在饲养场上，常能听到那欢乐的唢呐声。那些吹手也有从米脂、佳县来的，但多数是从绥德来。他们到处串，随便站在谁家窑前就吹上一阵。如果碰巧哪家要娶媳妇，他们就被请去，“呜里哇啦”地吹一天，吃一天好饭。要是运气不好，吹完了，就只能向人家要一点吃的或钱。或多或少，家家都给，破老汉尤其给得多。他说：“谁也有难下的时候。”原先，他也干过那营生，吃是能吃饱，可是常要受冻，要是没人请，夜里就得住寒窑。“揽工人儿难；哎哟，揽工人儿难，正月里上工十月里满，受的牛马苦，吃的猪狗饭……”他唱着，给牛添草。破老汉一肚子歌。

小时候就知道陕北民歌。到清平湾不久，干活歇下的时候我们就请老乡唱，大伙都说破老汉爱唱，也唱得好。“老汉的日子熬煎咧，人愁了才唱得好山歌。”确实，陕北的民歌多半都有一种忧伤的调子。但是，一唱起来，人就快活了。有时候赶着牛出村，破老汉憋细了嗓子唱《走西口》：“哥哥你走西口，小妹妹也难留，手拉着哥哥的手，送哥到大门口。走路你走大路，再不要走小路，大路上人马多，来回解忧愁……”场院上的婆姨、女子们嘻嘻哈哈地冲我嚷：“让老汉儿唱个《光棍哭妻》嘛，老汉儿唱得可美！”破老汉只做没听见，调子一转，唱起了《女儿嫁》：“一更里丁当响，小哥哥进了我的绣房，娘问女孩儿什么响，西北风刮得门闩响嘛哎哟……”往下的歌词就不宜言传了。我和老汉赶着牛走出很远了，还听见婆姨、女子们在场院上骂。老汉冲我眨眨眼，撅一根柳条，赶着牛，唱一路。

破老汉只带着个七八岁的小孙女过。那孩子小名儿叫“留小儿”。两口人的饭常是她做。

把牛赶到山里，正是晌午。太阳把黄土烤得发红，要冒火似的。草丛里不知名的小虫子“嗞——嗞——”地叫。群山也显得疲乏，无精打采地互相挨靠着。方圆十几里内只有我和破老汉，只有我们的吆牛声。哪儿有泉水，破老汉都知道；几镢头挖成一个小土坑，一会儿坑里就积起了水。细珠子似的小气泡一串串地往上冒，水很小，又凉又甜。“你看下我来，我也看下你……”老汉喝口水，抹抹嘴，扯着嗓子又唱一句。不知他又想起了什么。

夏天拦牛可不轻闲，好草都长在田边，离庄稼很近。我们东奔西跑地吆喝着，骂着。破老汉骂牛就像骂人，爹、娘、八辈祖宗，骂得那么亲热。稍不留神，哪个狡猾的家伙就会偷吃了田苗。最讨厌的是破老汉喂的那头老黑牛，称得上是“老谋深算”。它能把野草和田苗分得一清二楚。它假装吃着田边的草，慢慢接近田苗，低着头，眼睛却溜着我。我看着它的时候，田苗离它再近它也不吃，一副廉洁奉公的样儿；等我刚一回头，它就趁机啃倒一棵玉米或高粱，调头便走。我识破了它的诡计，它再接近田苗时，假装不看它，等它确信无虞把舌头伸向禁区之际，我才大吼一声。老家伙趔趔趄趄地后退，既惊慌又愧悔，那样子倒有点可怜。

陕北的牛也是苦，有时候看着它们累得草也不想吃，“呼哧呼哧”喘粗气，身子都跟着晃，我真害怕它们趴架。尤其是当那些牛争抢着去舔地上渗出的盐碱的时候，真觉得造物主太不公平。我几次想给它们买些盐，但自己嘴又馋，家里寄来的钱都买鸡蛋吃了。

每天晚上，我和破老汉都要在饲养场上待到十一二点，一遍遍给牛添草。草添得要勤，每次不能太多。留小儿跟在老汉身边，寸步不离。她的小手绢里总包两块红薯或一把玉米粒。破老汉用牛吃剩下的草疙结打起一堆火，干的“噼噼啪啪”响，湿的“嗞嗞”冒烟。火光照亮了饲养场，照着吃草的牛，四周的山显得更高，黑魆魆的。留小儿把红薯或者玉米埋在烧尽的草灰里：如果是玉米，就得用树枝拨来拨去，“啪”地一响，爆出了一个玉米花。那是山里娃最好的零嘴儿了。

留小儿没完没了地问我北京的事。“真个是在窑里看电影？”“不是窑，是电影院。”“前回你说是窑里。”“噢,那是电视。一个方匣匣,和电影一样。”她歪着头想,大约想像不出,又问起别的。“啥时想吃肉,就吃?”“嗯。”“玄谎!”“真的。”“成天价想吃呢?”“那就成天价吃。”这些话她问过好多次了,也知道我怎么回答,但还是问。“你说北京人都不爱吃白肉?”她觉得北京人不爱吃肥肉,很奇怪。她仰着小脸儿,望着天上的星星;北京的神秘,对她来说,不亚于那道银河。

“山里的娃娃什么也解[①]不开。”破老汉说。破老汉是见过世面的,他三七年就入了党,跟队伍一直打到广州。他常常讲起广州:霓虹灯成宿地点着、广州人连蛇也吃、到处是高楼,楼里有电梯……留小儿听得觉也不睡。我说:“城里人也不懂得农村的事呢。”“城里人解开个狗吗?”留小儿问,“格格”地笑。她指的是我们刚到清平湾的时候,被狗追得满村跑。“学生价连犍牛和生牛也解不开,”留小儿说着去摸摸正在吃草的牛,一边数叨,“红犍牛、猴[②]犍牛、花生牛……爷!老黑牛怕是难活[③]下了,不肯吃!”“它老了,熬[④]了。”老汉说。山里的夜晚静极了,只听得见牛吃草的“沙沙”声,蛐蛐叫,有时远处还传来狼嗥。破老汉有把破胡琴,“嗞嗞嘎嘎”地拉起来,唱:“一九头上才立冬,闯王领兵下河东,幽州困住杨文广,年太平,金花小姐领大兵……”把历史唱了个颠三倒四。

留小儿最常问的还是天安门。“你常去天安门?”“常去。”“常能照着[⑤]毛主席?”“哪的来,我从来没见过。”“咦?!他就盛[⑥]在天安门上,你去了会照不着?”她大概以为毛主席总站在天安门上,像画上画的那样。有一回她趴在我耳边说:“你冬里回北京把我引上行不?”我说:“就怕你爷爷不让。”“你跟他说说嘛,他可相信你说的了。盘缠我有。”“你哪儿来的钱?”“卖鸡蛋的钱,我爷爷不要,都给了我,让我买褂褂儿的。”“多少?”“五块!”“不够。”“嘻——,我哄你,看,八块半!”她掏出个小布包,打开,

① 解:陕北方言中读hài。
② 猴:小。
③ 难活:病。
④ 熬:累。
⑤ 照着:望见。
⑥ 盛:住。

有两张一块的，其余全是一毛、两毛的。那些钱大半是我买了鸡蛋给破老汉的。平时实在是饿得够呛，想解解馋，也就是买几个鸡蛋。我怎么跟留小儿说呢？我真想冬天回家时把她带上。可就在那年冬天，我病厉害了。

其实，喂牛没什么难的，用破老汉的话说，只要勤谨，肯操心就行。喂牛，苦不重[1]，就是熬人，夜里得起来好几趟，一年到头睡不成个囫囵觉。冬天，半夜从热被窝里爬出来的滋味可不是好受的。尤其五更天给牛拌料，牛埋下头吃得香，我坐在牛槽边的青石板上能睡好几觉。破老汉在我耳边叨唠：黑市的粮价又涨了、合作社来了花条绒、留小儿的袄烂得露了花……我"哼哼哈哈"地应着，刚梦见全聚德的烤鸭，又忽然掉进了什刹海的冰窟窿，打个冷颤醒了，破老汉还没唠叨完。"要不回窑睡去吧，二次料我给你拌上。"老汉说。天上划过一道亮光，是流星。月亮也躲进了山谷。星星和山峦，不知是谁望着谁，或者谁忘了谁。"这营生不是后生家做的，后生家正是好睡觉的时候，"破老汉说，然后"唉，唉——"地发着感慨。我又迷迷糊糊地入了梦乡。

碰上下雨下雪，我们俩就躲进牛棚。牛棚里净是粪尿，连打个盹的地方也没有。那时候我的腿和腰就总酸疼。"倒运的天！"破老汉骂，然后对我说，"北京够咋美，偏来这山沟沟里做什么嘛！""您那时候怎么没留在广州？"我随便问。他抓抓那几根黄胡子，用烟锅儿在烟荷包里不停地剜，瞪着眼睛愣半天，说："咋！让你把我问着了，我也不晓球咋价日鬼的。"然后又愣半天，似乎回忆着到底是什么原因。"唉，球毛杆不成个毡，山里人当不成个官。"他说，"我那辰儿要是不回来，这辰儿也住上洋楼了，也把警卫员带上了。山里人憨着咧，只想打罢了仗就回家，哪搭儿也不胜窑里好。球！要不，我的留小儿这辰儿还愁穿不上个条绒袄儿？"

每回家里给我寄钱来，破老汉总嚷着让我请他抽纸烟。"行！"我说，"'牡丹'的怎么样？""唏——，'黄金叶'的就拔尖了！""可有个条件，"我凑到他耳边，"得给'后沟里的'送几根去。""憨娃娃！"他骂。"后沟里的"指的是住在后沟里的一个寡妇，比破老汉小十几岁，村里人都知道那寡妇对破老汉不错。老汉抽着纸烟，望着远处。我也唱一句："你看下我来，我

① 苦不重：活儿不重。

也看下你……”递给他几根纸烟，向后沟的方向示意。他不言传，笑眯眯地不知想着什么。末了，他把几根纸烟装进烟荷包，说：“留小儿大了嫁到北京去呀！”说罢笑笑，知道那是不沾边儿的事。

在后山上拦牛的时候，远远地望着后沟里的那眼土窑洞，我问破老汉：“那婆姨怎么样？”“亮亮妈，人可好。”他说。我问，“那你干吗不跟她过？”“唏——，老了老了还……”他打岔，“算了吧！”我说：“那你夜里常往她窑里跑？”我其实是开玩笑。“咦！不敢瞎说！”他装得一本正经。我诈他：“我都看见了，你还不承认！”他不言传了，尴尬地笑着。其实我什么也没看见。

破老汉望着山脚下的那眼窑洞。窑前，亮亮妈正费力地劈着一疙瘩树根；一个男孩子帮着她劈，是亮亮。“我看你就把她娶了吧，她一个人也够难的。再说，也就有人给你缝衣裳了。”“唉，丢下留小儿谁管？”“一搭里过嘛！”“她的亮亮也娇惯得危险[1]，留小儿要受气呢。后妈总不顶亲的。”“什么后妈，留小儿得管她叫奶奶了。”“还不一样？”山里没人，我们敞开了说。亮亮家的窑顶上冒起了炊烟。老汉呆呆地望着，一缕蓝色的轻烟在山沟里飘绕。小学校放学的钟声“当当”地敲响了。太阳下山了，收工的人们扛着锄头在暮霭中走。拦羊的也吆喝着羊群回村了，大羊喊，小羊叫，“咩咩”地响成一片。老汉还是呆呆地坐着，闷闷地抽烟。他分明是心动了，可又怕对不起留小儿。留小儿的大[2]死得惨，平时谁也不敢向破老汉问起这事，据说，老汉一想起就哭，自己打自己的嘴巴。听说，都是因为破老汉舍不得给大夫多送些礼，把儿子的病给耽误了；其实，送十来斤米或者面就行。那些年月啊！

秋天，在山里拦牛简直是一种享受。庄稼都收完了，地里光秃秃的，山洼、沟掌里的荒草却长得茂盛。把牛往沟里一轰，可以躺在沟门上睡觉；或是把牛赶上山，在下山的路口上坐下，看书。秋天的色彩也不再那么单调：半崖上小灌木的叶子红了，杜梨树的叶子黄了，酸枣棵子缀满了珊瑚珠似

① 危险：严重、厉害之意。

② 大：爹。

的小酸枣……尤其是山坡上绽开了一丛丛野花，淡蓝色的，一丛挨着一丛，雾蒙蒙的。灰色的小田鼠从黄土坷垃后面探头探脑；野鸽子从悬崖上的洞里钻出来，“扑棱棱”飞上天；野鸡“咕咕嘎嘎”地叫，时而出现在崖顶上，时而又钻进了草丛……我很奇怪，生活那么苦，竟然没人捕食这些小动物。也许是因为没有枪，也许是因为这些鸟太小也太少，不过多半还是因为别的。譬如：春天燕子飞来时，家家都把窗户打开，希望燕子到窑里来做窝；很多家窑里都住着一窝燕儿，没人伤害它们。谁要是说燕子的肉也能吃，老乡们就会露出惊讶的神色，瞪你一眼：“咦！燕儿嘛！”仿佛那无异于亵渎了神灵。

种完了麦子，牛就都闲下了，我和破老汉整天在山里拦牛。老汉不闲着，把牛赶到地方，跟我交代几句就不见了。有时忽然见他出现在半崖上，奋力地劈砍着一棵小灌木。吃的难，烧的也难，为了一小把柴，常要爬上很高很陡的悬崖。老汉说，过去不是这样，过去人少，山里的好柴砍也砍不完，密密匝匝的，人也钻不进去。老人们最怀恋的是红军刚到陕北的时候，打倒了地主，分了地，单干。“才红了[①]那辰儿，吃也有的吃，烧也有的烧，这咋会儿，做过啦[②]！”老乡们都这么说。真是，“这咋会儿”迷信活动倒死灰复燃。有一回，传说从黄河东来了神神，有些老乡到十几里外的一个破庙去祷告，许愿。破老汉不去。我问他为什么，他皱着眉头不说，又哼哼起《山丹丹开花红艳艳》。那是才红了那辰儿的歌。过了半天，使劲磕磕烟袋锅，叹了口气：“都是那号婆姨闹的！”“哪号儿？”我有点明知故问。他用烟袋指指天，摇摇头，撇撇嘴：“那号婆姨，我一照就晓得……”如此算来，破老汉反“四人帮”要比“四五”运动早好几年呢！

在山里，有那些牛做伴，即便剩我一个人也并不寂寞。我半天半天地看着那些牛，它们的一举一动都意味着什么，我全懂。平时，牛不爱叫，只有奶着犊子的生牛才爱叫。太阳一偏西，奶着犊儿的生牛就急着要回村了，你要是不让它回，它就“哞——哞——”地叫个不停，急得团团转，无心再吃草。有一回，我在山洼洼里，睡着了，醒来太阳已经挨近了山顶。

① 才红了：指红军刚到陕北。

② 做过啦：弄糟了。

我和破老汉吆起牛回村，忽然发现少了一头。山里常有被雨水冲成的暗洞，牛踩上就会掉下去摔坏。破老汉先也一惊，但马上看明白了，说："没麻搭，它想儿，回去了。"我才发现，少了的是一头奶犊儿的生牛。离村老远，就听见饲养场上一声声牛叫了，儿一声，娘一声，似乎一天不见，母子间有说不完的贴心话。牛不老[1]在母亲肚子底下一下一下地撞，吃奶，母牛的目光充满了温柔、慈爱，神态那么满足，平静。我喜欢那头母牛，喜欢那只牛不老。我最喜欢的是一头红犍牛，高高的肩峰，腰长腿壮，单套也能拉得动大步犁。红犍牛的犄角长得好，又粗又长，向前弯去；几次碰上邻村的牛群，它都把对方的首领顶得败阵而逃。我总是多给它拌些料，犒劳它。但它不是首领。最讨厌的还是那头老黑牛，不仅老奸巨猾，而且专横跋扈，双套它也会气喘吁吁，却占着首领的位置。遇到外"部落"的首领，它倒也勇敢，但不下两个回合，便跑得比平时都快了。那头老生牛就好，虽然比老黑牛还老，却和蔼得很，再小的牛冲它伸伸脖子，它也会耐心地为之舔毛。和牛在一起，也可谓其乐无穷了，不然怎么办呢？方圆十几里内看不见一个人，全是山。偶尔有拦羊的从山梁上走过，冲我呐喊两声。黑色的山羊在陡峭的岩壁上走，如走平地，远远看去像是悬挂着的棋盘；白色的绵羊走在下边，是白棋子。山沟里有泉水，渴了就喝，热了就脱个精光，洗一通。那生活倒是自由自在，就是常常饿肚子。

破老汉有个弟弟，我就是顶替了他喂牛的。据说那人奸猾，偷牛料；头几年还因为投机倒把坐过县大狱。我倒不觉得那人有多坏，他不过是蒸了白馍跑到几十里外的车站上去卖高价，从中赚出几升玉米、高粱米，白面自家舍不得吃。还说他捉了乌鸦，做熟了当鸡卖，而且白馍里也掺了假。破老汉看不上他弟弟，破老汉佩服的是老老实实的受苦人。

一阵山歌，破老汉担着两捆柴回来了。"饿了吧？"他问我。"我把你的干粮吃了。"我说。"吃得下那号干粮？"他似乎感到快慰。他"哼哼唉唉"地唱着，带我到山背洼里的一棵大杜梨树下。"咋吃！"他说着爬上树去。他那年已经五十六岁了，看上去还要老，可爬起树来却比我强。他站在树上，把一杈杈结满了杜梨的树枝撅下来，扔给我。那果实是古铜

① 牛不老：牛犊。

色的，小指盖儿大小，上面有黄色的碎斑点，酸极了，倒牙。老汉坐在树杈上吃，又唱起来："对面价沟里流河水，横山里下来些游击队……"那是《信天游》。老汉大约又想起了当年。他说他给刘志丹抬过棺材，守过灵。别人说他是吹牛。破老汉有时是好吹吹牛。"牵牛牛开花羊跑青，二月里见罢到如今……"还是《信天游》。我冲他喊："不是夜来黑喽[①]才见罢吗？""憨娃娃，你还不赶紧寻个婆姨？操心把'心儿'耽误下！"他反唇相讥。"'后沟里的'可会迷男人？""咦！亮亮妈，人可好！""这两捆柴，敢是给亮亮妈砍的吧？""谁情愿要，谁扛去。"这话是真的，老汉穷，可不小气。

有一回我半夜起来去喂牛，借着一缕淡淡的月光，摸进草窑。刚要揽草，忽然从草堆里站起两个人来，吓得我头皮发麻，不禁喊了一声，把那两个人也吓得够呛。一个岁数大些的连忙说："别怕，我们是好人。"破老汉提着个马灯跑了来，以为是有了狼。那两个人是瞎子说书的，从绥德来。天黑了，就摸进草窑，睡了。破老汉把他们引回自家窑里，端出剩干粮让他们吃。陕北有句民谣："老乡见老乡，两眼泪汪汪。"老汉和两个瞎子长吁短叹，唠了一宿。

第二天晚上，破老汉操持着，全村人出钱请两个瞎子说了一回书。书说得乱七八糟，李玉和也有，姜太公也有，一会是伍子胥一夜白了头，一会又是主席语录。窑顶上，院墙上，磨盘上，坐得全是人，都听得入神。可说的是什么，谁也含糊。人们听的是那么个调调儿。陕北的说书实际是唱，弹着三弦儿，哀哀怨怨地唱，如泣如诉，像是村前汩汩而流的清平河水。河水上跳动着月光。满山的高粱、谷子被晚风吹得"沙沙"响。时不时传来一阵响亮的驴叫。破老汉搂着留小儿坐在人堆里，小声跟着唱。亮亮妈带着亮亮坐在窑顶上，穿得齐齐整整。留小儿在老汉怀里睡着了，她本想是听完了书再去饲养场上爆玉米花的，手里攥着那个小手绢包儿。山村里难得热闹那么一回。

我倒宁愿去看牛顶架，那实在也是一项有益的娱乐，给人一种力量的感受，一种拼搏的激励。我对牛打架颇有研究。二十头牛（主要是那十几头犍牛、公牛）都排了座次，当然不是以姓氏笔画为序，但究竟根据什么，

① 夜来黑喽：昨天晚上。

我一开始也糊涂。我喂的那头最壮的红犍牛却敬畏破老汉喂的那头老黑牛。红犍牛正是年轻力壮的时候，肩峰上的肌肉像一座小山，走起路来步履生风；而老黑牛却已显出龙钟老态，也瘦，只剩了一副高大的骨架。然而，老黑牛却是首领。遇上有哪头母牛发了情，老黑牛便几乎不吃不喝地看定在那母牛身旁，绝不允许其他同性接近。我几次怂恿红犍牛向它挑战，然而只要老黑牛晃晃犄角，红犍牛便慌忙躲开。我实在憎恨老黑牛的狂妄、专横，又为红犍牛的怯懦而生气。后来我才知道，牛的排座次是根据每年一度的角斗，谁夺了魁，便在这一年中被尊崇为首领，享有"三宫六院"的特权，即便它在这一年中变得病弱或衰老，其他的牛也仍为它当年的威风所震慑，不敢贸然不恭。习惯势力到处在起作用。可是，一开春就不同了，闲了一冬，十几头犍牛、公牛都积攒了气力，是重新较量、争魁的时候了。"男子汉"们各自权衡了对手和自己的实力，自然地推举出一头(有时是两头)体魄最大，实力最强的新秀，与前冠军进行决赛。那年春天，我的红犍牛正处在新秀的位置上，开始对老黑牛有所怠慢了。我悄悄促成它们的决斗，把它们引到开阔的河滩上去(否则会有危险)。这事不能让破老汉发觉，否则他会骂。一开始，红犍牛仍有些胆怯，老黑牛尚有余威。但也许是春天的母牛们都显得越发俊俏吧，红犍牛终于受不住异性的吸引或是轻蔑，"哞——哞——"地叫着向老黑牛挑战了。它们拉开了架势，对峙着，用蹄子刨土，瞪红了眼睛，慢慢地接近，接近……猛地扭打到一起。这时候需要的是力量，是勇气。犄角的形状起很大作用，倘是两只粗长而向前弯去的角，便极有利，左右一晃就会顶到对方的虚弱处。然而，红犍牛和老黑牛都长了这样两只角。这就要比机智了。前冠军毕竟老朽了，过于相信自己的势力和威风，新秀却认真、敏捷。红犍牛占据了有利地形(站在高一些的地方比较有利)，逼得老黑牛步步退却，只剩招架之功。红犍牛毫不松懈，瞧准机会把头一低，一晃一冲，顶到了对方的脖子。老黑牛转身败走，红犍牛追上去再给老首领的屁股上加一道失败的标记。第一回合就此结束。这样的较量通常是五局三胜制或九局五胜制。新秀连胜几局，元老便自愿到一旁回忆自己当年的娇勇去了。

为了这事，破老汉阴沉着脸给我看。我笑嘻嘻地递过一根纸烟去。他抽着烟，望着老黑牛屁股上的伤痕，说："它老了呀！它救过人的命……"

据说，有一年除夕夜里，家家都在窑里喝米酒，吃油馍，破老汉忽然听见牛叫、狼嗥。他想起了一只出生不久的牛不老，赶紧跑到牛棚。好家伙，就见这黑牛把一只狼顶在墙旮旯里。黑牛的脸被狼抓得流着血，但它一动不动，把犄角牢牢地插进了狼的肚子。老汉打死了那只狼，卖了狼皮，全村人抽了一回纸烟。

"不，不是这。"破老汉说，"那一年村里的牛死的死，杀的杀（他没说是哪年），快光了。全凭好歹留下来的这头黑牛和那头老生牛，村里的牛才又多起来。全靠了它，要不全村人倒运吧！"破老汉摸摸老黑牛的犄角。他对它分外敬重。"这牛死了，可不敢吃它的肉，得埋了它。"破老汉说。

可是，老黑牛最终还是被人拖到河滩上杀了。那年冬天，老黑牛不小心踩上了山坡上的暗洞，摔断了腿。牛被杀的时候要流泪，是真的。只有破老汉和我没有吃它的肉。那天村里处处飘着肉香。老汉呆坐在老黑牛空荡荡的槽前，只是一个劲抽烟。

我至今还记得这么件事：有天夜里，我几次起来给牛添草，都发现老黑牛站着，不卧下。别的牛都累得早早地卧下睡了，只有它喘着粗气，站着。我以为它病了，走进牛棚，摸摸它的耳朵，这才发现，在它肚皮底下卧着一只牛不老。小牛犊正睡得香，响着均匀的鼾声。牛棚很窄，各有各的"床位"，如果老黑牛卧下，就会把小牛犊压坏。我把小牛犊赶开（它睡的是"自由床位"），老黑牛"扑通"一声卧倒了。它看着我，我看着它。它一定是感激我了，它不知道谁应该感激它。

那年冬天我的腿忽然用不上劲儿了，回到北京不久，两条腿都开始萎缩。

住在医院里的时候，一个从陕北回京探亲的同学来看我，带来了乡亲们捎给我的东西：小米、绿豆、红枣儿、芝麻……我认出了一个小手绢包儿，我知道那里头准是玉米花。

那个同学最后从兜里摸出一张十斤的粮票，说是破老汉让他捎给我的。粮票很破，渍透了油污，中间用一条白纸相连。

"我对他说这是陕西省通用的，在北京不能用，破老汉不信，说：'咦！你们北京就那么高级？我卖了十斤好小米换来的，咋啦不能用？！'我只好带给你。破老汉说你治病时会用得上。”

唔，我记得他儿子的病是怎么耽误了的，他以为北京也和那儿一样。

十年过去了。前年留小儿来了趟北京，她真的自个儿攒够了盘缠！她说这两年农村的生活好多了，能吃饱，一年还能吃好多回肉。她说，黑肉①真的还是比白肉好吃些。

“清平河水还流吗？”我胡鲁巴涂地这样问。

“流哩嘛！”留小儿“格格”地笑。

“我那头红犍牛还活着吗？”

“在哩！老下了。”

我想像不出我那头浑身是劲儿的红犍牛老了会是什么样，大概跟老黑牛差不多吧，既专横又慈爱……

留小儿给她爷爷买了把新二胡。自己想买台缝纫机，可是没买到。

“你爷爷还爱唱吗？”

“整天价瞎唱。”

“还唱《走西口》吗？”

“唱。”

“《揽工调》呢？”

“什么都唱。”

“不是愁了才唱吗？”

“咦？！谁说？”

关于民歌产生的原因，还是请音乐家和美学家们去研究吧。我只是常常记起牛群在土地上舔食那些渗出的盐的情景，于是就又想起破老汉那悠悠的山歌：“崖畔上开花崖畔上红，受苦人过得好光景……”如今，“好光景”已不仅仅是“受苦人”的一种盼望了。老汉唱的本也不是崖畔上那一缕残阳的红光，而是长在崖畔上的一种野花，叫山丹丹，红的，年年开。

哦，我的白老汉，我的牛群，我的遥远的清平湾……

① 黑肉：瘦肉或精肉。

奶奶的星星

世界给我的第一个记忆是：我躺在奶奶怀里，拼命地哭，打着挺儿，也不知道是为了什么，哭得好伤心。窗外的山墙上剥落了一块灰皮，形状像个难看的老头儿。奶奶搂着我，拍着我，“噢——噢——”地哼着。我倒更觉得委屈起来。“你听！”奶奶忽然说，“你快听，听见了吗……”我愣愣地听，不哭了，听见了一种美妙的声音，飘飘的、缓缓的……是鸽哨儿？是秋风？是落叶滑过屋檐？或者，只是奶奶在轻轻地哼唱？直到现在我还是说不清。“噢噢——睡觉吧，麻猴儿来了我打它……”那是奶奶的催眠曲。屋顶上有一片晃动的光影，是水盆里的水反射的阳光。光影也那么飘飘的、缓缓的，变幻成和平的梦境，我在奶奶怀里安稳地睡熟……

我是奶奶带大的。不知有多少人当着我的面对奶奶说过：“奶奶带起来的，长大了也忘不了奶奶。”那时候我懂些事了，趴在奶奶膝头，用小眼睛瞪那些说话的人，心想：瞧你那讨厌样儿吧！翻译成孩子还不能掌握的语言就是：这话用你说吗？

奶奶愈紧地把我搂在怀里，笑笑：“等不到那会儿哟！”仿佛已经满足了的样子。

“等不到哪会儿呀？”我问。

“等不到你孝敬奶奶一把铁蚕豆。”

我笑个没完。我知道她不是真那么想。不过我总想不好，等我挣了钱给她买什么。爸爸、大伯、叔叔给她买什么，她都是说：“用不着花那么多钱买这个。”奶奶最喜欢的是我给她踩腰、踩背。一到晚上，她常常腰疼、背疼，就叫我站到她身上去，来来回回地踩。她趴在床上“哎哟哎哟”的，还一个劲儿夸我："小脚丫踩上去，软软乎乎的，真好受。"我可是最不耐烦干这个，她的腰和背可真是够漫长的。"行了吧？"我问。"再踩两趟。"我大跨步地打了个来回："行了吧？""唉，行了。"我赶快下地，穿鞋，逃跑……

于是我说："长大了我还给您踩腰。"

"哟，那还不把我踩死？"

过了一会儿我又问："您干吗等不到那会儿呀？"

"老了，还不死？"

"死了就怎么了？"

"那你就再也找不着奶奶了。"

我不嚷了，也不问了，老老实实依偎在奶奶怀里。那又是世界给我的第一个可怕的印象。

一个冬天的下午，一觉醒来，不见了奶奶，我扒着窗台喊她，窗外是风和雪。"奶奶出门儿了，去看姨奶奶。"我不信，奶奶去姨奶奶家总是带着我的；我整整哭喊了一个下午，妈妈、爸爸、邻居们谁也哄不住，直到晚上奶奶出我意料地回来。这事大概没人记得住了，也没人知道我那时想到了什么。小时候，奶奶吓唬我的最好办法，就是说："再不听话，奶奶就死了！"

夏夜，满天星斗。奶奶讲的故事与众不同，她不是说地上死一个人，天上就熄灭了一颗星星，而是说，地上死一个人，天上就又多了一个星星。

"怎么呢？"

"人死了，就变成一个星星。"

"干吗变成星星呀？"

"给走夜道儿的人照个亮儿……"

我们坐在庭院里，草茉莉都开了，各种颜色的小喇叭，掐一朵放在嘴上吹，有时候能吹响。奶奶用大芭蕉扇给我轰蚊子。凉凉的风，蓝蓝的天，闪闪的星星，永远留在我的记忆里。

那时候我还不懂得问，是不是每个人死了都可以变成星星，都能给活着的人把路照亮。

奶奶已经死了好多年。她带大的孙子忘不了她。尽管我现在想起她讲的故事，知道那是神话，但到夏天的晚上，我却时常还像孩子那样，仰着脸，揣摸哪一颗星星是奶奶的……我慢慢去想奶奶讲的那个神话，我慢慢相信，每一个活过的人，都能给后人的路途上添些光亮，也许是一颗巨星，也许是一把火炬，也许只是一支含泪的烛光……

奶奶是小脚儿。奶奶洗脚的时候总避开人。她避不开我，我是“奶奶的影儿”。

“这有什么可看的！快着，先跟你妈玩去。”

我蹲在奶奶的脚盆前不走。那双脚真是难看，好像只有一个大脚趾和一个脚后跟。

“您疼吗？”

“疼的时候早过去啦。”

“这会儿还疼吗？”

“一碰着，就疼。”

我本来想摸摸她的脚，这下不敢了。我伸一个指头，拨弄拨弄盆里的水。

“你看受罪不！”

我心疼地点点头。

“赶明儿奶奶一喊你，你就回来，奶奶追不上你。嗯？”

我一个劲点头，看着她那两只脚，心里真害怕。我又看看奶奶的脸，她倒没有疼的样子。

“等我妈老了，脚也这样儿了吧？”

一句话把奶奶问得哭笑不得。妈妈在外屋也忍不住地笑，过来把我拉开了。奶奶还在里屋念叨：“唉，你妈赶上了好时候，你们都赶上了好时候……”

晚上睡在奶奶身旁，我还想着这件事，想像着一个老妖婆（就像《白雪公主》里的那个老妖婆，鼻子有钩，脸是蓝的），用一条又长又结实的布使劲勒奶奶的脚。

“您妈是个老妖婆！”我把头扎在奶奶的脖子下，说。

“这孩子，胡说什么哪？”奶奶一愣，摸摸我的头，怀疑我是在说梦话。

“那她干吗把您的脚弄成那样儿呀？”

奶奶笑了，叹口气：“我妈那还是为我好呢。”

“好屁！”我说。平时我要是这么说话，奶奶准得生气，这回没有。

“要不能到了你们老史家来？”奶奶又叹气。

“我不姓屎！我姓方！”我喊起来。“方”是奶奶的姓。

奶奶也笑，里屋的妈妈和爸爸也笑。但不知为什么，他们都不像往常那样笑得开心。

“到你们老史家来，跟着背黑锅。我妈还当是到了你们老史家，能享多大福呢……”奶奶总是把“福”读成“斧”的音。

老史家是怎么回事呢？奶奶干吗总是那么讨厌老史家呢？反正我不姓屎，我想。

月光照在窗纸上，一个个长方格，还有海棠树的影子。街上传来吆喝声，听不清是卖什么的，总拖着长长的尾音。我看见奶奶一眨不眨地睁着眼睛想事。

“奶奶。”

“嗯？睡吧。”奶奶把手伸给我。

奶奶想什么呢？她说过，她小时候也有一双能蹦能跳的脚。拉着奶奶的手睡觉，总能睡得香甜。我梦见奶奶也梳着两个小“抓髻”，踢踢踏踏地跳皮筋儿，就像我们院里的惠芬三姐，两个“抓髻”，两只大脚片子……

惠芬三姐长得特别好看。我还只是个小孩子的时候，就觉得她好看了。她跳皮筋的时候我总蹲在一边看，奶奶叫我也叫不动。但惠芬三姐不怎么爱理我。她不太爱理人。只有她们缺一个人抻皮筋的时候，她才想起我。我总盼着她们缺一个人。她也不爱笑，刚跳得有点高兴了，她妈就又喊她去洗菜，去和面，去把她那群弟弟妹妹的衣裳洗洗。她一声不吭地收起皮筋，一声不吭地去干那些活。奶奶总是夸她，夸她的时候，她也还是一声不吭。

惠芬三姐最小的弟弟叫八子，和我同岁。他们家有八个孩子，差不多一个比一个小一岁。他们家住南屋，我们家住西屋。

院子中间，十字砖路隔开四块土地，种了一棵梨树和三棵海棠树。春天，满院子都是白花；花落了，满地都是花瓣。树下也都种的花：西番莲、草茉莉、珍珠梅、美人蕉、夜来香……全院的人都种，也不分你我。也许因为我那时还很小，总记得那些花都很高。我和八子常在花丛里钻来钻去。晚上，那更是捉迷藏的好地方，往茂密的花丛中一蹲，学猫叫。奶奶总愿意把我们拢到一块，听她说谜语："青石板，板石青，青石板上……""咳，是星星！"奶奶就会那么几个谜语。八子不耐烦了，又去找纸叠"子弹"；我们又钻进花丛。"别崩着眼睛！唉……"奶奶坐在门前喊。"没有，我们崩猫呢！"八子说。有一只外头来的大黑猫，是我们的假想敌。"猫也别崩，好好的猫，你们别害巴它！"奶奶还在喊。我们什么都听不见了，从前院追到后院，又嚷又叫，黑猫蹿上房，逃跑了。

八子特别会玩。弹球儿他总能赢，一赢就是大半兜，好的不多，净是大麻壳、水泡子。他还会织逮蜻蜓的网，一逮就是一大把，每个手指缝夹两只。他还敢一个人到城墙根去逮蛐蛐，或者爬到房顶上去摘海棠。奶奶就又喊："八子，八子！什么时候见你老实会儿！看别摔了腰！"八子爱到我们家来，悄悄的，不让他妈知道；奶奶总把好吃的分给我们俩——糖，一人两块，或者是饼干，一人两三块。八子家生活困难，平时吃不到这些东西。八子妈总是抱怨，"有多少东西，也不够我们家那几个'小饿狼儿'吃的。"我和八子趴在奶奶的床上，把糖嘬得咂咂地响，用红的、蓝的玻璃纸看太阳，看树，看在院里晾衣服的惠芬三姐，我们俩得意地嘻嘻哈哈笑。"八子！别又在那儿闹！"惠芬三姐说话总绷着脸，像个大人。八子嘴里含着糖，不敢搭茬。"没闹，"奶奶说，"八子难得不在房上。"其实奶奶最喜欢八子，说他忠厚。

上小学的时候，我和八子一班。记得我们入队的时候，八子家还给他做不上一件白衬衫，奶奶就把我的两件白衬衫分一件给八子穿。八子高兴得脸都发红，他长那么大一直是捡哥哥姐姐的旧衣服穿。临去参加入队仪式的早晨，奶奶又把八子叫来，给我们俩每人一块蛋糕和两个鸡蛋。八子妈又给了我们每人一块补花的新手绢，是她自己做的。八子妈没日没夜地做补花，挣点钱贴补家用。

奶奶后来也做补花，是八子妈给介绍的。一开始，八子妈不信奶奶真要做，总拖着。奶奶就总问她。

“八子妈，您给我说了吗？”

“您真要做是怎么的？”八子妈肩上挂着一绺绺各种颜色的丝线。

“真做。”

“行，等我给您去说。”

过了好些日子，八子妈还是没去说。奶奶就又催她。

“您抽空给我说说去呀？”

“您还真要做呀？”

“真做。”

“您可真是的，儿子儿媳妇都工作，一月一百好几十块，总共四口人，受这份累干吗？”

“我不是缺钱用……”奶奶说。

奶奶确实不是为挣那几个钱。奶奶有奶奶的考虑，那时我还不懂。

小时候，我一天到晚都是跟着奶奶。妈妈工作的地方很远，尤其是冬天，她要到天挺黑挺黑的时候才能回来。爸爸在里屋看书、看报，把报纸弄得悉悉憬憬的响。奶奶坐在火炉边给妈妈包馄饨。我在一旁跟着添乱，捏一个小面饼贴在炉壁上，什么时候掉下来就熟了。我把面粉弄得满身全是。

“让你别弄了，看把白面糟踏的！”奶奶掸掸我身上的面粉，给我把袂袖挽上。

“那您给我包一个‘小耗子’！”

“这是馄饨，包饺子时候才能包‘小耗子’。”

可奶奶还是擀了一个饺子皮，包了一个“小耗子”。和饺子差不多，只是两边捏出了好多褶儿，不怎么像耗子。

“再包一只‘猫’！”

又包一只“猫”。有两只耳朵，还有点像。

“看到时候煮不到一块儿去，就说是你捣乱。”

“行，就说是我包的！”

奶奶气笑了：“你要会包了，你妈还美。”

“唉，你们都赶上了好时候。”我拉长声音学着往常奶奶的语调：“看你妈这会儿有多美！”

奶奶常那么说。奶奶最羡慕妈妈的是，有一双大脚，有文化，能出去工作。有时候，来了好几个妈妈的同事，她们“叽叽嘎嘎”地笑，说个没完，说单位里的事。我听不懂，靠在奶奶身上直想睡觉。奶奶也未必听得懂，可奶奶特别爱听，坐在一个不碍事的地方，支棱着耳朵，一声不响。妈妈她们大声笑起来。奶奶脸上也现出迷茫的笑容，并不太清楚她们笑的是什么。“妈，咱们包饺子吧。”妈妈对奶奶说。奶奶吓了一跳，忙出去看火，火差点就要灭了；奶奶听得把什么都忘了。客人们走后，奶奶的情绪一下子低落了，说：“你们刷碗、添火吧，我累了。”妈妈让奶奶躺会儿。奶奶不躺，坐在那儿发呆。好半天，奶奶又是那句话：“唉，你们都赶上了好时候。”爸爸、妈妈都悄悄的。只有我敢在这时候接奶奶的茬：“看你妈多美，大脚片子，又有文化，单位里一大伙子人，说说笑笑多痛快。”“可不是么。我就是没上过学。我有个表妹……”“知道，知道。”我又把话茬接过去：“您有个表妹，上过学，后来跑出去干了大事。”“可不真的？”奶奶倒像个孩子那样争辩。“您表妹也吃食堂？”我这一问把爸爸、妈妈全逗乐了。奶奶有些尴尬：“六七岁讨人嫌。”奶奶骂我只会这一句。不知为什么，奶奶特别羡慕别人吃食堂，说起她羡慕或崇拜的人来，最后总要说明一句：“人家也吃食堂。”

后来，一九五八年，街道上也办了食堂。奶奶把家里的好多坛坛罐罐都贡献了出去。她愿意早早地到食堂门口去等着开饭。中午，爸爸、妈妈都不回来，她叫我放了学到食堂去找她。卖饭的窗口开了，她第一个递上饭票去：“要一个西红柿，一个……嗯……”她把“一个”咬得特别清楚，但却不自然；她有些不好意思，但又很骄傲似的。现在回想起来，她大概是觉得自己和那些能出去工作的人相仿了，可她毕竟又没出去工作过。

是在我上小学二年级的时候，那些日子，奶奶晚上总去开会，总不让我跟着。“又不是去看戏！”奶奶说，脾气变得很急躁。

我跟着奶奶看过不少老戏。奶奶做补花挣了钱，就请别人看戏，请八子妈，请姨奶奶，也请院里的另一个老太太，自然每次都得请我——她的“影儿”也得占一个座位。奶奶不会看戏，每次看戏之前都得请教那“另一个老太太”。那个老太太懂戏，也并非真懂，用现在的话说也就是个“名人爱好者”。什么梅兰芳、姜妙香、袁世海、张君秋……奶奶和我都是从她那儿得到启蒙的。我坐在剧场的椅子上睡觉，我是为中间的十五分钟休息来的；休息的时候小卖部卖酸梅汤，我使劲说渴，至少可以喝两瓶。奶奶是说：“我年轻时候什么戏也没看过。”她大约是为补上这一课来的；平时胡同里几个老头、老太太在一块聊天，谁都比奶奶懂戏。奶奶什么事都要强。不过只有一回，奶奶和那个老太太是都看懂了，不是戏，是电影《祝福》。看完了，奶奶直哭，那个老太太也直哭。“那时候可不就是那么样儿。”那个老太太说。“可不就那么样儿。”奶奶说。两个人的眼睛都红红的。我不声不响地跟在奶奶身后走。最惨的不是祥林嫂最后摔倒在雪地上，而是她捐了门槛，高高兴兴地回来的时候。奶奶后来总爱给别人讲《祝福》，还是把“福”念成“斧”的音。不过她再也不愿意看那个电影了。

一天晚上，奶奶又要去开会，早早地换上了出门的衣服，坐在桌边发愣。

妈妈把我叫过来，轻声对奶奶说：“今天让他跟您去吧，回来道儿挺黑的。小孩儿，没关系。”

我高兴地喊起来：“不就是去我们学校吗？我搀您去，那条路我特熟！”

“嘘，喊什么！”妈妈给了我一巴掌。妈妈的表情挺严肃。

我跑去找八子，我们俩早就想晚上去一回学校了。我们学校原来是一座大庙，八子说，晚上那儿的蛐蛐准少不了。

学校有好几层院子，有好几棵又粗又高的老柏树，院墙上长满了草，红色的灰皮脱落了很多。天还没黑，知了在老柏树上“伏天儿——伏天儿——”地叫着。奶奶到紧后院去开会，嘱咐我们就在前院玩。这正合我们的心意，好玩的东西全在前院，白天被高年级同学占领的双杠、爬杆、沙坑，这会全空着。

“八子，真是跟你妈说了？”奶奶又问。

“真说了。”

八子冲我笑。他才不用跟他妈说呢，他常常在外面玩到半夜，他妈顾不上管他。我常常为此羡慕八子。

我们先玩爬竿儿，我爬不过八子。又玩双杠，一人占一头，喊一声“开始！”各自从双杠上蹿过去抓对方，几个来回之后，我总是上气不接下气地被八子抓住。八子身体好，也跑得快。跟八子出去玩，我不用担心挨欺负，八子打架也特别厉害。

八子的功课一般，不像惠芬三姐，惠芬三姐很用功，还是少先队大队委。我也是班里的学习尖子，但我至今记得，一有算术比赛，八子的成绩总比我好。他就是不用功，不按时完成作业，语文总考六十几分。小学毕业时，我考上了一所名牌中学，八子只考上了三流学校。现在想想，八子的天资其实比我强，我纯粹是靠了奶奶的督促，靠爸爸妈妈总能在课后帮我补习。谁管八子呢？他晚上不是帮家里干活，就是跑出去疯玩。惠芬三姐是个例外，她不声不响地干活，又不声不响地读书。八子妈嫌她晚上读书费电，她就每天早早地起来在院子里用功。一九六五年，惠芬三姐考上了大学。那时候她戴上了眼镜，更漂亮了，文质彬彬的，有学问的样子。我真羡慕八子有这样一个姐姐。八子却不放在心上，总拿她的“四眼儿”开玩笑。惠芬三姐不屑于理他。八子也不太爱理惠芬三姐。

太阳落了。

“嘟——嘟嘟——”天完全黑下来时，蛐蛐果然不少。“嘟嘟——嘟嘟嘟——”东边也叫，西边也叫。我们顺着声音找，找到了一处墙根下。八子对准砖缝滋了一泡尿，一会儿，蛐蛐就蹦出来，在月光底下看得很清楚。八子很快就把蛐蛐逮住，看看，又扔了。

“老迷嘴，不开牙。”他说。

我们又找，找到一块大石头旁边，蛐蛐不叫了。八子示意我别出声，我们蹲在石头边静静地等，大气不出。蛐蛐又叫起来，“嘟嘟嘟——”八子笑了。

“哟，我没尿了。”

“我有！”我说。

“嘘，小点声。冲这儿撒，对准了。”

逮到了一只好的。八子从兜里掏出一张纸，卷成纸筒，把蛐蛐装进去。

月光真亮，透过老柏树浓黑的枝叶，洒在院子里，斑斑点点。那么大的院子里只有我们俩。教室都是原来大庙的殿堂，这会黑森森的，静悄悄的，有点瘆人。星星都出来了。我想起了奶奶。八子逮起蛐蛐来入迷，撅着屁股扎在草丛里，顺着墙根爬。

我对八子说："我去看看后院有没有蛐蛐。"

紧后院的南房里亮着灯。我悄悄地爬上石阶，扒着窗台往里看。一排排的课桌前坐的全是老头、老太太。我看见奶奶坐在最后排，两只手放在膝盖上，样子就像个小学生。我冲她招招手。没看见，她听得可真用心。我直想笑。奶奶常说，她要是从小就上学，能知道好多事，说不定她早就参加了革命呢！"我说不定就从你们老史家跑出去了呢。我有个表妹，就是从婆家跑出去的，后来进了共产党……"奶奶老是讲她那个表妹，说她就是因为上过学，知道了好些事，早早地放了脚，跑出去干了大事。我又想笑了：奶奶跑起来是什么样呢？还是用脚后跟跑吗……

讲台上有个人在讲话。讲台两边还坐着好几个人。有个女的老是给他们倒水喝。

我见过奶奶的那个表妹一回，只见过一回，在一个大楼里。奶奶紧拉着我的手，在又宽又长的楼道里走，东问西问。后来人家让我们在一间屋子里等着，屋子里有好多沙发，可奶奶不让我坐，她自己也站着。等了老半天，才来了一个女的，奶奶让我管她叫表奶奶……

讲台上的那个人讲个没完没了。

我还从来没有这么远远地望着过奶奶。她直了直腰，两只手也没敢离开膝头。这下您知道上学的滋味了吧？我又在心里笑。奶奶每天晚上都抱着那本扫盲课本念，有一课是《国歌》，她老是把"吼声"念成"孔声"。"又是孔声！"连我都能提醒她了。她挺难为情，声音变小，慢慢又大起来，念到"吼声"的时候声音又变小，停好一阵，大概是在心里重复……

就在这时候，我忽然听清了讲台上那个人讲的话："你们过去都是地主、富农，都是靠剥削农民生活，过的都是好逸恶劳，光吃不做的剥削阶级生活……"

什么？再听。

“……地、富、反、坏、右，你们是占的前两位。今后呢？你们还是要认真改造自己……”

我赶紧离开窗台，站在台阶下不知该干什么，脑袋里“嗡嗡”的。地主？奶奶也是地主？

八子来了。“嘿！看，六个！”

我应了一声，赶紧往前院走。

“后院有吗？你怎么啦？”

“后院没有，咱们还上前院吧。”

“前院都没啦！”

“那，咱们玩爬杆去吧。”我拉着八子紧往前院走，我怕他也听见……

奶奶拿回来一个白色的卡片。爸爸、妈妈围在奶奶身边看，样子倒像是很高兴。奶奶直擦眼泪。

“这回就行了，您就甭难受了。”爸爸说。

“就是说，您跟大伙都一样了，也有选举权了。”妈妈说。

我趴在床上不说话。这是怎么回事呀？我又不敢问。

“跟了你们老史家，唉……”奶奶又是那句话，说话的声音也有些颤抖：“解放前我也没过过一天舒心日子呀，比老妈子能强多少……”

“您可不能这么想。”妈妈说，“您过的日子再不舒心，也是衣来伸手，饭来张口呀！工人、农民呢？人家过的什么日子？”

奶奶的脸腾地红了，慌忙点头：“我知道，我知道。我就那么一说。人家过得牛马不如，这我都知道。”

过了一会儿，奶奶又对爸爸说：“你还记得给老史家扛活的刘四吗？后来得肺病死了，剩下刘四媳妇带着仨孩子……那时候我也是自个儿带着你们仨。我就跟你大哥说过，真要是分了家，咱们这份儿由我做主，我就把那一亩多地给了刘四媳妇……”

“您可也别总说这事儿。”妈妈又说：“那是因为您有，不在乎那一亩多。”

奶奶愣了一会儿，说：“可不也是，让我都给，我准不干。还不是剥削思想？”

“行了，”爸爸弹弹那张白卡片说，“这回您就过舒心日子吧。”

奶奶把白卡片用一条新毛巾包起来，说：“打解了放，没什么人告诉我，我也是爱这新社会。我可不想再受你们老史家的气……哟，这孩子八成着凉了吧？我说不带他去……”奶奶才发现我蔫蔫地趴在床上，忙打住话头，哄我去睡觉。

奶奶摸摸我的头：“不烧。准是玩累了。”

奶奶给我打来洗脚水，又摸摸我的头：“明儿奶奶给你包饺子，扁豆馅的，爱吃吗？”奶奶也好像高兴起来了。

直到半夜我还没睡着。我听见奶奶总翻身，大概也没睡着。我不敢动，我怕奶奶知道我在想什么。窗外，海棠树的叶子轻轻地摇晃，露出几颗星星。奶奶怎么会是地主呢？我想起过去奶奶给我讲《半夜鸡叫》的时候……“周扒皮就靠剥削人过日子。”奶奶说。“什么叫剥削呀？”我问。“就是光吃饭不干活儿。”“那我是吗？”“你不是，你还小。”“那您是吗？”……真的，奶奶那时就不说话了，是爸爸把话接了过去：“奶奶不是做补花吗？奶奶老了，我们工作养活奶奶。”……唉，我心里乱七八糟的，一宿都没有睡安稳。海棠树的叶子不动了，仍然看得见那几颗星星……

有好几年，我心里总像藏着个偷来的赃物。听忆苦报告的时候，我又紧张又羞愧。看小说看到地主欺压农民的时候，我心里一阵阵发慌、发闷。我也不再敢唱那支歌——“汗水流在地主火热的田野里，妈妈却吃着野菜和谷糠。”过队日时，大家一起合唱，我的声音也小了。我不是不想唱，可我总想起奶奶，一想起奶奶，声音就不由得变小了。奶奶要不是地主多好啊！

我是解放后出生的，但还赶上了一些旧北京的“尾巴”。大人们都说我记事早。那时候，从早到晚，走街串巷做小买卖的和要手艺的不断。

一清早，就有挎着笸箩卖烧饼果子的，挎着小一点的笸箩卖烂糊芸豆的，挑着挑儿卖老豆腐的。卖烂糊芸豆的还有一块布，你要是多花一分钱，他就把芸豆包在布里，给你捏成一个小芸豆饼。奶奶有时候给我买一小碗芸豆，但绝不让捏成饼，说他那块布“一点都不干净”。我就是想要一个芸豆饼，于是哭、闹。奶奶找来一块干净布，自己给我捏。我还是哭、还是闹，说那根本不是芸豆饼，跟卖的一点都不一样。奶奶就说："再不听话，你长大了也去卖芸豆！那个卖芸豆的老头儿就是从小不听话，长大了没出息，去卖芸豆。"

那时候，我们家住在东直门北小街附近。北小街再往北就出了城，很荒凉，破城墙、护城河边长满了荒草，地坛附近全是乱坟岗子，再走就是农村了。总有些赶大车的、拉排子车的从城外来，从北小街走过。马蹄子踩在地上"咕唧咕唧"的。在我的印象里，北小街永远是满地泥泞、满地马粪。马的鼻子里喷着白气，赶车的人穿得很破、很脏，"哦——哦——"地喊着。我心里挺怕。奶奶拉着我的手站在路边，就又对我说："看你听话不听话，那些赶大车的就是从小不听话，长大了就得去给人家赶大车。"

奶奶总这么说。中午，修理雨伞旱伞的在街上吆喝，我又闹着不睡午觉，我愿意看那个人用猪血把一条条的高丽纸粘到伞上去。一会儿，磨剪子磨刀的又在外面吹喇叭，"呜哇——"，我又想看那个喇叭。奶奶就又是那些话，要么是"不听话就得去磨刀"，要么是"那个修理雨伞的就是因为不听话，才那么没出息"……

自从知道了奶奶是地主（后来我又入了少先队），想起这些事，我心里就对自己说：奶奶可不是看不起劳动人民么？

可是还有另外一些事，让我没法解释。也是我很小很小时候的事。门口来了一个买破烂的女人，敲着一个像瓶子盖似的小鼓儿，背着一个柳条筐，筐里还站着一个比我还小的女孩儿。奶奶拿了几件破衣服交给那个女的。"您要多少？"那女的问，翻来覆去地查看那几件破衣服。"这衣裳可还不算破。"奶奶说。"还不破？您瞧这袖子，这肩膀儿！顶多值……"那女的笑笑，说了个价儿。"那可不卖。"奶奶要收回那几件衣服。那女的抓着衣服不撒手："那您说个价儿。"奶奶又说了个价儿。"唉，您指着它发财哪？行啦，算我亏本儿！"那女的把衣服扔到筐里，然后慢慢地掏钱。奶奶摸摸筐里那个小女孩的脸蛋儿，奶奶就喜欢女孩子。"多大啦？"奶奶问那女的。"两生儿。""几个？""仨，仨丫头！""她爸做什么？""没了。"那女的把钱递到奶奶手里。奶奶忽然不言声儿了，愣怔地看着那娘儿俩。她们穿的衣服一点不比筐里的衣服好。那女的背起筐来要走，奶奶又把她叫住。奶奶回屋里拿了两件我穿小了的衣服来，给那个女的："这可不破，我们这孩子穿着小点儿了。""您要多少？""不是。"奶奶说："您要不嫌，就给您这小闺女儿穿吧。""哎哟，那敢情……"那女的把衣服在小女孩身上比比，笑着："大妈您瞧，还真挺合适的……"我心里真高兴，又"呱哒呱哒"跑回屋去，把我的好几件衣服都抱来。奶奶的眼圈直发红。那女的已经走了。为这事，奶奶总对爸爸妈妈夸我，说："这孩子大了心眼儿错不了。"

也许这又像妈妈说的，是因为我们有吧？可是我总觉得，奶奶的心肠绝不像个地主。周扒皮会那样吗？

不过，奶奶还是像个地主。住在北小街的时候，逢年过节，奶奶总把爷爷的旧照片摆在桌上，照片前摆两盘点心。我没有见过爷爷，妈妈说她也没见过。照片上的那个男人穿一身缎子衣服，还戴个瓜皮帽，真像黄世仁，也像穆仁智。我想吃块点心，奶奶不让，说那是给爷爷的。

"这个人长得真难看。"我说。

"咳，不许瞎说！"奶奶把我从照片前拉开。

我还是远远地望着那照片："他怎么长得那样儿呀？"

"他是你爷爷。"

"他是我爸爸的爸爸？"

"嗯。"

"他是您的什么呀？"

奶奶又被逗笑了："去问你妈，你爸爸是你妈的什么。"

我跑去问，回来告诉奶奶："是爱人。"

奶奶不言语，像是想着别的事……

奶奶那会儿不是在思念"失去的天堂"吧？上四年级的时候，我开始懂得了"阶级敌人总是思念他们那已经失去的天堂"，就这么想。不过自从我上了小学以后，奶奶已经不再供爷爷的照片了。

唉，奶奶是地主，这个念头总折磨着我。睡觉的时候，我不再把头扎在奶奶脖子底下了。奶奶以为我是长大了，不好意思再那样了。只有我自己知道是为什么。而且我心里也明白：我还是跟奶奶好——这想法更折磨人。星星还是那些星星，在树叶间闪亮。奶奶会死吗？想到这儿，我还是害怕……

经常有个老头儿到我们家里来。奶奶让我管他叫表爷爷。一身农村人的打扮，说是从河北老家来。我很少叫他“表爷爷”，心里只管他叫“馋老头儿”。他一来就盘腿往床上一坐，喝茶、抽烟，满地上吐黏痰。奶奶就得去给他买肉、打酒。有一次爸爸小声对妈妈说话，让我听见了：“要说地主，他才真是地地道道的地主呢。”怪不得他这么讨厌呢，我想。

“馋老头儿”夹一块肉、喝一口酒，谁也不让，好像他就应该到这儿来吃，来喝。

奶奶坐在他对面，陪他说话。

依我看，这“馋老头儿”说的全是反动话。

“老嫂子，您猜怎么着？”他说：“现在难得喝这么口好酒了。有钱你也不敢这么买着喝。”

“是你劳动挣来的钱，你就甭怕。”奶奶说。

“那倒也是。您猜怎么着？村儿里对我还真不错，瞧我这岁数，让我喂牲口。活动活动，身子骨儿倒结实了。”

“你可得好好儿的。”

“那是。再者话说了，你不好好给人家干也得行啊？”他喝得满脸发红，“滋儿咋”地响。

“给人家干？”奶奶不满意地斜了他一眼：“你这是给自个儿干。过去人家才是给你干哪！”

“说的是，说的是。”那“馋老头儿”连连点头，低头光是吃，不言语了。

“你的帽子摘了吗？”半天，奶奶又问。

“摘了，头年就摘了。”

什么帽子？摘什么帽子？那时我还不懂。

“老嫂子，您猜怎么着？我还真是心服口服。可不是吗？一样爹妈生的，肉长的，凭什么你就光吃不干呢……”他好像再找不出什么词儿来表白了，又说：“我可不像史五爷那么混横儿不说理。”

“史五爷怎么着？”

“还戴着呢。老话儿说了，得人心者得天下，共产党就是得了人心。你史五爷逞能，有你的好儿？”

我越听越糊涂，这家伙到底是不是地主？也许他是装的？可又不像。不过我还是讨厌他，老是满地吐黏痰。还有，一来就吃肉、喝酒，电影里的地主就那样。奶奶还老给他喝。唉，可不是吗？奶奶也是地主呀……

有好几年，对这件事我心里总是惶惶的。我希望那是假的，但愿是那个晚上我听错了。我去想奶奶做过的事，说过的话，一会儿觉得奶奶真是有点像地主，一会儿又觉得一点也不像。我几次想问妈妈，又怕妈妈真说是。我真想找个人说说。我跟八子说了。八子听了一愣，然后直笑："你别瞎说了，奶奶要是地主我死了去！"八子也管我奶奶叫奶奶。"真的，我亲耳听见的。"我说。"准保是你听错了。""也许是。"我说，心里轻松了许多。八子又说："解放前才有地主呢，现在哪儿有哇？"我的心又一阵子紧："说的就是解放前。""反正我敢说，奶奶不是！"八子又拍拍自己的胸脯："要是，我死去！"八子说得那么肯定，我觉得周围的空气都明澈了许多。那是个夏天的中午，院子里静悄悄的。海棠已经有红的了，梨还是青的，树荫下好凉快。八子揉着一团儿面筋。我们常用面筋去粘树上落的蜻蜓。把面筋放在竹竿的顶端，把竹竿慢慢升高，接近正在"做梦"的蜻蜓，"扑噜噜"，蜻蜓使劲扇动翅膀，但已经被粘住，跑不了啦……奶奶不会是地主，奶奶还总让我教她唱《社会主义好》呢。奶奶不会是地主，妈妈从单位里借来一张桌子，奶奶总是把热锅什么的放在我们家自己的桌子上，说"可别把公家的桌子烫坏了"，她怎么会是地主呢……

一九六六年，我快十六岁了，早已经过了入团的年龄。可我却总入不上。爸爸、妈妈才跟我讲了奶奶的事。

"你知道奶奶的成分是什么吗？"

我心里"轰"的一阵紧张，不吭声。

"你大概已经知道了吧？"

我说不出话来。

奶奶的娘家并不是地主，是个做小买卖的——开一个卖棉花兼弹棉花的小店，总共一间半门脸儿。奶奶从小长得漂亮，父母指望能靠她发财，立志要把她嫁到富贵人家去。那时代，在一个小县城，要想做成富贵人家的贤妻良母，需要长得漂亮，需要把脚裹得特别小，需要会做各种针线活，需要会看公婆和男人的眼色……惟独不需要念书识字，“女子无才便是德”。所以奶奶不能像她的弟弟、妹妹那样去上学，也注定了要有一双小脚儿，要学会恭谦、驯顺、忍气吞声。为什么呢？只是因为奶奶长得好，只是因为她的父母希望攀一门阔亲戚。

父母的愿望竟真实现了。十七岁，奶奶嫁到了老史家。史家是全县的首富，全县将近一半的土地都姓史。不过史家要的仅仅是一个漂亮而且贤惠的儿媳妇，奶奶的父母照样开着那一间半门脸儿的小棉花店。奶奶的父母惟有想到女儿是走了运，才觉得多年的希望没有全落空。

奶奶可真是“走了运”，上有公公、婆婆，下有一大群小叔子、小姑子；公婆之上还活着一对老公公、老婆婆。奶奶既是儿媳妇，又是孙子媳妇。伺候了这个伺候那个，给这个磕了头给那个鞠躬，听完了这个的申斥再去给那个赔不是，似乎老史家主要是缺一个老妈子，缺一个挨骂的，缺一个出气筒，才把奶奶娶过来的。只有奶奶的婆婆还算通些情理，因为她也是那么熬过来的，而且还没熬完。

“你看过《家》吗？”爸爸问我。

我点点头。

“就是那样。那种大家庭都是那样儿。奶奶的地位比使唤丫头也差不多。”

奶奶病了，但是在那个大家庭，专为孙子媳妇做些可口的饭菜，等于是造反。奶奶的父母给奶奶送来些点心，但是得交到老公公那儿去。老地主还稀罕几块点心？但这是规矩。

我听奶奶说起过这件事，奶奶根本没见到那几块点心，奶奶的婆婆说了一句：“人家娘家送来的，她又病着……”于是也遭了一顿训斥。

“你还记得《家》里瑞珏是怎么死的吗？”

我又点点头。

“奶奶生第一个孩子的时候就是那样。老公公、老婆婆不让找大夫，更甭说去医院，他们舍不得花那份钱……”

在伯父前头，我还应该有个姑姑的。我记起来了，奶奶常念叨她那个闺女，“模样儿可俊了，要不是你们老史家，那孩子何至于死呀！”奶奶喜欢女孩子，就是因为她没个闺女。一看见别人的闺女，她就眼热，就想起自己那个死了的女孩子。所以奶奶对妈妈特别好，把妈妈当亲闺女看。

“不是因为别的，因为那是规矩。”爸爸说，“就像你老太爷，出门儿几十里，一泡屎也要憋回来拉到自家的地里。因为那是规矩。那个社会，可笑和可恨的规矩太多了。”

奶奶生了三个儿子:伯父、父亲、叔叔。叔叔还不到一岁，爷爷就死了。爷爷一死，奶奶在那个大家庭里就更没有地位了，没有权也没有钱。想给自己做件衣服，还得打着三个儿子的旗号去跟公公要。算计来算计去，要是能从给三个儿子做衣服的钱里省出一点来，自己才能做件汗衫。大概惟因奶奶生了三个儿子，都是史家之后，奶奶才仍然能在老史家吃饭吧。

奶奶还不如让老史家给轰出去呢,我想,那样奶奶现在也就不是地主了。

其实奶奶给他们干的活也足够换来一天三顿饭了。无论什么时候，奶奶总得伺候得公公、婆婆、小叔子、小姑子以及儿子们都吃了饭，她自己才能吃。老妈子也不过如此了，老妈子也是永远吃剩饭。

奶奶真想离开那个家。奶奶的表妹就是不堪忍受那种日子，跑出去参加了共产党。可是奶奶的表妹上过学，碰巧知道了有共产党，奶奶知道什么呢？她想跑也不知道往哪儿跑。再说她也不敢跑，连改嫁她都不愿意，她要守节，她受的就是那种教育。奶奶从二十几岁守寡到今天。

她只盼着儿子们都长大。伯父稍大一点，奶奶壮着胆子提出了分家的要求，但立刻遭到公公的痛骂。小姑子、小叔子也旁敲侧击:“嫂子，您要是想改嫁也行，家不能分！”对奶奶来说，这话是最大的侮辱了。奶奶只有自己偷偷地掉眼泪。再说，离开老史家，三个儿子怎么上学呢？上不起。也许是受了她那个表妹的影响，奶奶执意要三个儿子都上学，而且都要上到大学。吝啬而且迂腐的老地主，连屎都要拉到自家地里，自然不忍心把钱送到学校去，奶奶豁出去了，吵、闹、骂他们欺负孤儿寡母。奶奶竟然变得那么勇敢！可不是，奶奶还怕什么呢？她全部的心愿就是她的三个儿子。她不愿意三个儿子将来跟自己似的，更不愿意三个儿子将来跟老史家的人似的。她只知道上学好，她的表妹好，她的表妹之所以好，就是因为上过学。她那时候不知道别的……

我的心一阵阵发疼。我想起奶奶夜里睁着眼睛想事的样子；想起她的叹气声；想起了她的脚；想起她捧着爸爸给她买的扫盲课本，在灯下一字一顿地念，总是把“吼声”念成“孔声”……

“她干吗算地主？”

“她吃了剥削饭。”

“她给老史家干的活儿就不算啦？”我那时真小。

“那是历史，历史造成的。”爸爸说。

唉，历史！“那现在呢？”

“早就不算地主了。奶奶改造得好，早就摘了地主帽子。再说，奶奶干吗不爱新社会呢？她这一辈子，真正有了自由，真正过了舒心的日子，倒是在解放后。现在奶奶和大伙都一样了……”

我松了一大口气，在心里骂了一句最难听的话，骂那个“老史家”。

奶奶知道爸爸、妈妈把她的事告诉了我，见了我还有些难为情，又说要给我包扁豆馅饺子，小心地注意着我的反应。

我心里又高兴又难过，不知道说什么好，只说：“包吧。”语气倒像是很勉强。

奶奶转悠过来转悠过去，不说话，偷偷地观察着我的表情。我一看她，她就又把目光躲开。我很想开句玩笑，打破这尴尬的气氛，又想不出逗乐的话。

直到晚上睡觉的时候，我又把头扎在奶奶的脖子底下。

“这么大了还……没臊！”奶奶说。

我觉出她也松了一口气。奶奶的观察力实在是末流的，她难道没有注意到，我有好几年没把头扎在她脖子下了吗？

奶奶活了七十三岁，真正舒心的日子只有那么几年，就是从摘了地主帽子到“文化大革命”开始之间的那七八年。那些年，她整天都很忙，整天都很高兴。她要给全家人做饭，要做补花，要负责全院的清洁卫生。奶奶是全院的卫生负责人。我还记得别人把写了她名字的小红纸条贴在院门上时，她是多么不好意思，又是多么掩饰不住地高兴。为这事她得罪了八子妈，八子家的卫生总是搞不好。

奶奶买了一把长把笤帚，扫起院子来不用弯腰。她的腰和背还是老酸疼。早晨，人们纷纷出门上班的时候，奶奶去扫院门前的街道，和所有过往的街坊们打招呼。她愿意被人们看见。说她爱虚荣也行，说她是显摆也对，她把门前扫得很干净。然后她就冲八子和我喊："可别再糟踏啦，啊？奶奶刚扫完！"确实是喊给别人听的，但那声音中也确实流露着舒心的骄傲。

奶奶坚持做补花。有时候活儿催得紧，她一直要做到半夜去，急得她就像小学生完不成作业那样。全家人谁也帮不上忙，跟着着急。有一次妈妈说："我看您就辞了这活儿吧。""敢情你们都有工作！"奶奶喊。奶奶从没有对妈妈喊过，吓得全家都不敢言语。奶奶盼望能进补花厂，但她知道没什么可能，她的岁数太大了，人家不会要。她总埋怨八子爸不让八子妈进补花厂。"趁她还年轻，你就让她去得了。要不赶明儿后悔一辈子！"奶奶对八子爸说。八子爸笑笑："是我不让她去吗？""去不了，"八子妈赶紧说："这几个'劳神精'谁管？"奶奶又说八子爸："让你要这么多！""是我生的吗？"八子爸抽着烟笑。"不要脸！"八子妈骂。

活儿不紧的时候，和八子妈、还有其他几个妇女一块做补花，是奶奶最高兴的时候。她们互相称"老刘""老魏""老林"。奶奶是"老方"。奶奶非常喜欢这种称呼，在家里也"老刘""老魏"地念叨，是因为新奇，更透着自豪和满足。"我们老姐儿几个有说有笑的，也不觉着累。"奶奶说。"老了老了，没曾想还赶上了好时候。"奶奶说。"唉，你们生的是时候呀！我还有几天儿？"奶奶也常流露出遗憾。

星星。星星。星星。星星……

哪一颗星星是奶奶的呢？

我知道，奶奶是真心爱这新社会的。

那些星星都是死去的人变的，是为了给活着的人把夜路照亮……

"文化大革命"一开始，奶奶又戴上了一顶"帽子"，不叫地主，叫"摘帽地主"。其实和地主一样，占黑五类之首。所不同的是，"摘帽地主"更狡猾些；一个地主，竟然能够“摘帽”，显见其伪装是何等的高明，其用心是何等的险恶，对社会主义的威胁是何等的不可低估。而且这也成了“刘邓路线”的罪行之一。

奶奶先是不能再做补花了。社会主义的工作怎么能给一个地主呢？后来，也不能再当院里的卫生负责人了。权力当然更重要。

奶奶倒没有哭，她吓傻了。爸爸、妈妈也吓傻了。好多人都吓傻了。好多吓傻了的人也都在做着傻事，做傻事时的样子也都足以把别人吓傻。

先是惠芬三姐从学校里回来，用了半天时间，把院子里的花全刨了。接着是北屋宋家几个闺女把自己家的硬木大立柜抬到院当中，用斧子给劈了。爸爸也偷偷地烧了几本书。奶奶整天躲在屋子里，掀开一角窗帘往外看；也不怎么做饭，顿顿下挂面。传说垃圾站发现了好几根金条。街道积极分子们怀疑是我们院里的人扔出去的，一是因为我们院离垃圾站近，二是因为我们院里除了八子家成分好，其余的都是黑九类。

惠芬三姐当了红卫兵，一身军装，扎一条武装带，长辫子剪了，剪成了短发。说实在的，我觉得她更漂亮了。

我在学校里也想参加红卫兵，可是我出身不是“红五类”，不行。我跟着几个红五类的同学去抄过一个老教授的家，只是把几个花瓶给摔碎，没别的可抄。后来有个同学提议给老教授把头发剪成“阴阳头”。剪没剪我就不知道了，来了几个高中同学，把非红五类出身的人全从抄家队伍中清除出去了。我和另几个被清除出来的同学在街上惶然地走着，走进食品店买了几颗话梅吃，然后各自回家。

院里很乱，惠芬三姐带了好几个大学的红卫兵，挨家挨户地搜查。像是全院大扫除，各家的东西都摆到了院子里。我们家里也都空了，爸爸、妈妈和奶奶坐在凳子上低声说着什么，很恐怖、很警觉的样子。

“真是没想到。”妈妈说。

“平时看着可是挺老实的人。”奶奶说。

“您可别再这么说了，老实人会藏这些东西？”

“谁呀？藏了什么？”我问。

原来是惠芬三姐带着人从那个最懂戏的老太太家抄出了两箱子绸缎、

一盒子金银首饰，还有一本书，书上有蒋介石的像。

“在哪儿呢？”

“已经送走了，连东西带人都送走了。”

我隔着窗户往外看。又来了几个红卫兵，惠芬三姐正和一个挺高挺魁梧的男的说话，嗓门儿很大。她过去可从来不大声说话的。她还说了一句“×他妈的”，从表情上看好像她并没有那么说。也许是我听错了？我们学校的那些女生也都那么说了。我觉得我们男生那么说说还可以……

妈妈让我回学校去住。我上中学的时候住校。妈妈说：“这一阵子先不要回家，有什么事我去找你。”妈妈给了我三十块钱，六十斤粮票，看来够两个月的伙食费了。

晚上，我蹬上我那辆破自行车回学校。我兜里第一次掖了那么多钱、那么多粮票。路上冷冷清清的。已经是秋天了。自行车轧在干黄的落叶上“嚓嚓”地响。路灯的光线很昏暗，影子从车轮下伸出来，变长，变长，又消失了。我好像一时忘记了奶奶，只想着回到学校里该怎么办。那条路很长，全是落叶……

一天，妈妈到学校来找我，对我说，要是想回家就到她的单位去，她在那儿找了一间房；奶奶已经回老家了。

“什么时候？”

“前天。”

“怎么啦？”

“没怎么。我们怕出事，和你爸爸商量，不如先让奶奶到老家去。”

我倒是松了一口气。那些天听说了好几起打死人的事了。不过坦白地说，我松了一口气的原因还有一个：奶奶不在了，别人也许就不会知道我是跟着奶奶长大的了。我生怕班里的红卫兵知道了这一点，算我是地主出身。

“过些时候，我就去看你奶奶，再给她送些东西去。”妈妈说，声音有些抖。

忘记是为了什么了，我又回了一趟家（可能是为了拿一件什么东西）。院里已经面目全非了。花没了；地上刨得乱七八糟的，没人管；每棵树上都钉上了一块语录牌；搬来了好几家新街坊。八子家也搬走了，听说搬到胡同东头的一个大院子里去了。那儿原来住着个资本家，被轰走了，空下来不少好房。

我走进屋里，才又想到，奶奶走了。屋里的东西归置得很整齐，只是落满了灰尘。奶奶不在了。奶奶在的时候从来没有灰尘。那个小线笸箩还在床上，里面是一绺绺彩色的丝线，是奶奶做补花用的。我一直默默地坐着。天黑了。是阴天，没有星星。奶奶这会儿在哪儿呢？干什么呢？屋里没有别人，我哭了。我想起小时候，别人对奶奶说："奶奶带起来的，长大了也忘不了奶奶。"奶奶笑笑说："等不到那会儿哟！"……海棠树的叶子落光了，没有星星。世界好像变了个样子。每个人的童年都有一个严肃的结尾，大约都是突然面对了一个严峻的事实，再不能睡一宿觉就把它忘掉，事后你发现，童年不复存在了。

接着是轰轰烈烈的两三年。我时常想起奶奶。但史无前例的事太多，听也听不过来，想也想不过来。不断地把人打倒，人倒不断地明白了许多事情。打人也是为革命，骂人也是为革命，光吃不干也是为革命，横行霸道、仗势欺人、乃至行凶放火也是为革命。只要说是为革命，干什么就都有理。理随即也就不值钱。

接着是上山下乡。抡镢头的为革命而抡镢头，养妾选美的为革命而养妾选美；饥寒交迫的为革命而饥寒交迫，挥霍无度的为革命而无度地挥霍。革命又是为了什么呢？

我在延安插队的时候，妈妈来信说奶奶回来了，奶奶岁数太大了，农村里没她干的活，公社给了证明，说奶奶改造得好，态度非常老实。奶奶又在北京落下了户口。

一九七二年我也转回了北京。那年奶奶七十岁，头发全白了。爸爸、妈妈又都到云南干校去了，又剩了我跟奶奶。或者说是，奶奶跟着我。我已经二十出头了。我懂得了什么是历史。很多事情并非是因为人怎么坏，而是因为人类还没有弄明白那些事情为什么是坏。譬如说奶奶，她还不明白地主为什么坏，就注定是地主了。也可以说这是命运，但革命不正是为了把全人类都从那种厄运中解放出来么？

但那还是一九七二年。

我回到北京的时候是半夜。在车站坐了半宿，到家的时候天还不亮。我推推院门,院门开了。我推推屋门,门上有锁。我一愣。院里的人还都没起，很静，谁家屋里传出响亮的鼾声。奶奶这么早上哪儿了呢？还是那四棵树，一棵梨树，三棵海棠，但树叶都被虫子咬得斑斑驳驳的。院里盖起了好几间小厨房，歪七扭八，灰压压的。

北屋门一响，宋家老头出来了："哟，你回来啦？你奶奶这几天净念叨你呢。"

"我奶奶这么早上哪儿了？"

"你没瞧见？就在外头扫街哪。"

我跑出院门。远远的晨雾中，有一个人影，用的是长把笤帚，是奶奶。后来我才知道，奶奶这么早来扫街，是为了躲过人多的时候，怕让人看见。她现在是以一个地主的身份在扫街,在改造,不是像当年那样是卫生负责人。

奶奶见了我可是立刻就哭了。

我把奶奶搀进屋,劝她,安慰她。我才不说"这是群众运动,您应当理解"呢！她怎么会理解呢？多少大人物不是都不理解吗？只是当我说到"群众的眼睛是亮的"的时候,奶奶才不哭了,连连点头,说街坊邻居对她都不错,街道积极分子对她也不错，居委会主任还偷偷劝她别往心里去，扫起街来也得悠着点。奶奶扫街总是超额，甚至加倍。

"还记得八子吗？"奶奶问我。

"当然。"我早就听说八子这几年在街上很出名，外号叫"八爷"，一般的流氓小偷都服他。八子没有去插队。

"可不是吗，唉！可是他见了我，还是管我叫奶奶。"奶奶说。这似乎使她非常感动。

奶奶又说："没人的时候我跟八子说，可得好好的，要不将来后悔一辈子。他倒是低头儿听着。别人说他，他连听都不听呢。"

"他进工厂了？"

"没有。先前他想进工厂，人家说他不去插队，不给他分配。这会儿人家给他分配了，他又嫌工作不好，不去，等着。他可倒也不缺钱花，又抽烟，又喝酒。他还老跟我说：像您这么老实管什么用！”

“惠芬三姐呢？”

“咳，还提惠芬呢！分配在外地，二十七八了，还没个对象。她那个对象武斗的时候死了，惠芬总还是想着那个人，时常说点子不着边儿的话，说不是那个人她就不结婚……可那个人都死了好几年啦。这都是八子跟我说的。头些日子，我扫街时候碰上了惠芬，她头也不抬。八子说，她不是光不理我，谁她都不理……”

我想起一九六六年查抄“四旧”的时候了，在院子里，惠芬三姐和一个男大学生说话，那男的又高又魁梧，他会不会就是惠芬三姐的对象呢？

唉！“奶奶，咱们包扁豆馅饺子吧！”我说。世上的事都想明白了好像也不符合辩证法。

“行啊！”奶奶高兴起来，“我给你钱，你去买肉馅吧。”

妈妈给我写信的时候就说，回了北京好好照顾奶奶，想办法给奶奶弄点好的吃。奶奶一个人老是熬粥、吃馒头、炒白菜什么的；她不愿意去买肉，怕让人看见说她没改造好。

“您管它那些呢！”我说，“肉铺里卖肉就是为让人吃的。革命就是为让所有的人都过好日子！”

“可还有好些人连馒头、炒白菜都吃不上呢。老家的人，好些贫下中农，吃也吃不饱。”奶奶一本正经的神气。

我真得承认：奶奶的觉悟比我高。我开了个玩笑：“您可不能这么说。您说贫下中农现在还吃不饱，那还行？”

奶奶吓坏了，说不出话来。可不？在那些年，这可不是玩笑。

最后这几年，奶奶依旧是很忙。天不亮就去扫街。吃了早饭就去参加街道上办的“专政学习班”。下午又去挖防空洞。

“您这么大岁数，挖什么呀？还不够添乱的呢！”我说。

奶奶听了不高兴：“我能帮着往外撮土。”

“要不我替您去吧。我挖一天够您挖十天的。我替您去干一天，您就歇十天。”

“那可不行。人家让我去是信任我。你可别外头瞎说去。好不容易人家这才让我去了。”

奶奶还是那么事事要强。

最让奶奶难受的是人家不让她去值班。那时候，无论春夏秋冬，不管刮风下雨，北京所有的小胡同里都有人值班。绝大多数是没有工作的老头、老太太，都是成分好的，站在胡同口，或拿个小板凳坐在墙角里，监视坏人，维护治安。每个人值两个小时，一班接一班。奶奶看人家值班，很眼热，但她的成分不好。

一天，街道积极分子来找奶奶，说是晚十点到十二点这一班没人了，李老头病了，何大妈家里离不开，一时没处找人去，让奶奶值一班。奶奶可忙开了，又找棉袄，又找棉鞋。秋风刮得挺大。

“真要是有坏人，您能管得了什么？他会等着让您给他一拐棍儿？”

“人家这是信任我。”

“就算您用拐棍儿把他的腿钩住了，他也得把您拉个大马趴。”

“我不会喊？”

“我替您去吧。”

“那可不行！”奶奶穿好了棉衣，拿着拐棍儿，提着板凳，掖着手电筒，全副武装地出了门。

我出门去看了看。奶奶正和上一班的一个老头在聊天。还不到十点。两个人聊得挺热火。风挺大，街上没什么人。那老头在抱怨他孙子结婚没有房……

十点刚过，奶奶回来了。

“怎么啦？”

奶奶说：“又有人接班了。”脸色挺难看。

“有人了更好。咱们睡觉。”

奶奶不言语，脱棉袄的时候，不小心把手电筒掉地上了，玻璃摔碎了。

“您累了吧？我给您按摩按摩？”

奶奶趴在床上。我给她按摩腰和背。她还是一到晚上就腰酸背疼。我想起小时候给奶奶踩腰，觉得她的腰背是那样漫长。如今她的腰和背却像是山谷和山峰，腰往下塌，背往上凸。

我看见奶奶在擦眼泪。

“算了，什么大不了的事儿！”我说。

“敢情你们都没事儿。我妈算是瞎了眼，让我到了你们老史家来……”

海棠树的叶子又落了，树枝在风中摇。星星真不少，在遥远的宇宙间痴痴地望着我们居住的这颗星球……

那是一九七五年，奶奶七十三岁。那夜奶奶没有再醒来。我发现的时候，她的身体已经变凉。估计是脑溢血。很可能是脑溢血。

给奶奶穿鞋的时候我哭了。那双小脚儿，似乎只有一个大拇指和一个脚后跟。这双脚走过了多少路啊。这双脚曾经也是能蹦能跳的。如今走到了头。也许她还在走，走进了天国，在宇宙中变成了一颗星星……

现在毕竟不是过去了。现在，在任何场合，我都敢于承认：我是奶奶带大的，我爱她，我忘不了她。而且她实在也是爱这新社会的。一个好的社会，是会被几乎所有的人爱的。奶奶比那些改造好了的国民党战犯更有理由爱这新社会。知道她这一生的人，都不怀疑这一点。

当然，最后这几年，她心里一定非常惶惑。我不能原谅自己的是这样一件事：那时每天晚上，奶奶都在灯下念报纸上的社论。在那个“专政学习班”里，奶奶是学得最好的一个。她一字一顿地念，像当年念扫盲课本时那样。我坐在桌子的另一边看书。显然是有些段落她看不大懂，不时看看我，想找机会让我给她讲一讲。我故意装得很忙，不给她这个机会，心想：您就是学得再好，再虔诚些，人家又能对您怎么样？那正是“反击右倾翻案风”的时候，净是些狗屁不通的社论。奶奶给我倒茶，终于找到了机会。

“你给我讲讲这一段行不？”

“咳，您不懂！”

“你不告诉我，我可不老是不懂。”

“您懂了又怎么样？啊？又怎么样？”

奶奶分明听出了我的话外之音。她默默地坐着，一声不响。第二天晚上，她还是一字一句地自己念报纸，不再问我。我一看她，她的声音就变小，挺难为情似的……

老海棠树还活着，枝叶间，星星在天上。我认定那是奶奶的星星。据说有一种蚂蚁，遇到火就大家抱成一个球，滚过去，总有一些被烧死，也总有一些活过来，继续往前爬。人类的路本来很艰难。前些时候碰上了惠芬三姐，听说因为她“文革”中做了些错事，弄得她很苦恼，很多事都受到影响。我就又想起了奶奶的星星。历史，要用许多不幸和错误去铺路，人类才变得比那些蚂蚁更聪明。人类浩荡前行，在这条路上，不是靠的恨，而是靠的爱……

1983 年 11 月 11 日

命若琴弦

莽莽苍苍的群山之中走着两个瞎子，一老一少，一前一后，两顶发了黑的草帽起伏躜动，匆匆忙忙，像是随着一条不安静的河水在漂流。无所谓从哪儿来，也无所谓到哪儿去，每人带一把三弦琴，说书为生。

方圆几百上千里的这片大山中，层峦叠嶂，沟壑纵横，人烟稀疏，走一天才能见一片开阔地，有几个村落。荒草丛中随时会飞起一对山鸡，跳出一只野兔、狐狸或者其他小野兽。山谷中常有鹞鹰盘旋。

寂静的群山没有一点阴影，太阳正热得凶。

“把三弦子抓在手里。”老瞎子喊，在山间震起回声。

“抓在手里呢。”小瞎子回答。

“操心身上的汗把三弦子弄湿了。弄湿了晚上弹你的肋条！”

“抓在手里呢。”

老少二人都赤着上身，各自拎了一条木棍探路，缠在腰间的粗布小褂已经被汗水洇湿了一大片。蹚起来的黄土干得呛人。这正是说书的旺季。天长，村子里的人吃罢晚饭都不呆在家里；有的人晚饭也不在家里吃，捧上碗到路边去，或者到场院里。老瞎子想赶着多说书，整个热季领着小瞎子一个村子一个村子紧走，一晚上一晚上紧说。老瞎子一天比一天紧张、激动，心里算定：弹断一千根琴弦的日子就在这个夏天了，说不定就在前面的野羊坳。

暴躁了一整天的太阳这会儿正平静下来，光线开始变得深沉。远远近近的蝉鸣也舒缓了许多。

“小子！你不能走快点吗？”老瞎子在前面喊，不回头也不放慢脚步。

小瞎子紧跑几步，吊在屁股上的一只大挎包丁零哐啷地响，离老瞎子仍有几丈远。

“野鸽子都往窝里飞啦。”

“什么？”小瞎子又紧走几步。

“我说野鸽子都回窝了，你还不快走！”

“噢。”

“你又鼓捣我那电匣子呢。”

“噫——鬼动来。”

“那耳机子快让你鼓捣坏了。”

“鬼动来！”

老瞎子暗笑：你小子才活了几天？“蚂蚁打架我也听得着。”老瞎子说。

小瞎子不争辩了，悄悄把耳机子塞到挎包里去，跟在师父身后闷闷地走路。无尽无休的无聊的路。

走了一阵子，小瞎子听见有只獾在地里啃庄稼，就使劲学狗叫，那只獾连滚带爬地逃走了，他觉得有点开心，轻声哼了几句小调儿，哥哥呀妹妹的。师父不让他养狗，怕受村子里的狗欺负，也怕欺负了别人家的狗，误了生意。又走了一会儿，小瞎子又听见不远处有条蛇在游动，弯腰摸了块石头砍过去，“哗啦啦”一阵高粱叶子响。老瞎子有点可怜他了，停下来等他。

“除了獾就是蛇。”小瞎子赶忙说，担心师父骂他。

“有了庄稼地了，不远了。”老瞎子把一个水壶递给徒弟。

“干咱们这营生的，一辈子就是走。”老瞎子又说。“累不？”

小瞎子不回答，知道师父最讨厌他说累。

“我师父才冤呢。就是你师爷，才冤呢，东奔西走一辈子，到了儿没弹够一千根琴弦。”

小瞎子听出师父这会儿心绪好，就问：“师父，什么是绿色的长乙（椅）？”

“什么？噢，八成是一把椅子吧。”

“曲折的油狼（游廊）呢？”

“油狼？什么油狼？”

“曲折的油狼。”

“不知道。”

“匣子里说的。”

“你就爱瞎听那些玩艺儿。听那些玩艺儿有什么用？天底下的好东西多啦，跟咱们有什么关系？”

“我就没听您说过，什么跟咱们有关系。”小瞎子把“有”字说得重。

“琴！三弦子！你爹让你跟了我来，是为让你弹好三弦子，学会说书。”

小瞎子故意把水喝得咕噜噜响。

再上路时小瞎子走在前头。

大山的阴影在沟谷里铺开来。地势也渐渐的平缓，开阔。

接近村子的时候，老瞎子喊住小瞎子，在背阴的山脚下找到一个小泉眼。细细的泉水从石缝里往外冒，淌下来，积成脸盆大的小洼，周围的野草长得茂盛，水流出去几十米便被干渴的土地吸干。

“过来洗洗吧，洗洗你那身臭汗味。”

小瞎子拨开野草在水洼边蹲下，心里还在猜想着“曲折的油狼”。

“把浑身都洗洗。你那样儿准像个小叫花子。”

“那您不就是个老叫花子了？”小瞎子把手按在水里，嘻嘻地笑。

老瞎子也笑，双手掬起水往脸上泼。“可咱们不是叫花子，咱们有手艺。”

“这地方咱们好像来过。”小瞎子侧耳听着四周的动静。

“可你的心思总不在学艺上。你这小子心太野。老人的话你从来不着耳朵听。”

“咱们准是来过这儿。”

“别打岔！你那三弦子弹得还差着远呢。咱这命就在这几根琴弦上，我师父当年就这么跟我说。”

泉水清凉凉的。小瞎子又哥哥呀妹妹的哼起来。

老瞎子挺来气：“我说什么你听见了吗？”

“咱这命就在这几根琴弦上，您师父我师爷说的。我都听过八百遍了。您师父还给您留下一张药方，您得弹断一千根琴弦才能去抓那服药，吃了药您就能看见东西了。我听您说过一千遍了。”

“你不信？”

小瞎子不正面回答，说：“干吗非得弹断一千根琴弦才能去抓那服药呢？”

“那是药引子。机灵鬼儿，吃药得有药引子！”

“一千根断了的琴弦还不好弄？”小瞎子忍不住哧哧地笑。

“笑什么笑！你以为你懂得多少事？得真正是一根一根弹断了的才成。”

小瞎子不敢吱声了，听出师父又要动气。每回都是这样，师父容不得对这件事有怀疑。

老瞎子也没再做声，显得有些激动，双手搭在膝盖上，两颗骨头一样的眼珠对着苍天，像是一根一根地回忆着那些弹断的琴弦。盼了多少年了呀，老瞎子想，盼了五十年了！五十年中翻了多少架山，走了多少里路哇，挨了多少回晒，挨了多少回冻，心里受了多少委屈呀。一晚上一晚上地弹，心里总记着，得真正是一根一根尽心尽力地弹断的才成。现在快盼到了，绝出不了这个夏天了。老瞎子知道自己又没什么能要命的病，活过这个夏天一点不成问题。“我比我师父可运气多了，”他说，“我师父到了儿没能睁开眼睛看一回。”

“咳！我知道这地方是哪儿了！”小瞎子忽然喊起来。

老瞎子这才动了动，抓起自己的琴来摇了摇，叠好的纸片碰在蛇皮上发出细微的响声，那张药方就在琴槽里。

“师父，这儿不是野羊岭吗？”小瞎子问。

老瞎子没搭理他，听出这小子又不安稳了。

“前头就是野羊坳，是不是，师父？”

“小子，过来给我擦擦背。”老瞎子说，把弓一样的脊背弯给他。

“是不是野羊坳，师父？”

“是！干什么？你别又闹猫似的。”

小瞎子的心扑通扑通跳，老老实实地给师父擦背。老瞎子觉出他擦得很有劲。

“野羊坳怎么了？你别又叫驴似的会闻味儿。”

小瞎子心虚，不吭声，不让自己显出兴奋。

“又想什么呢？别当我不知道你那点心思。”

“又怎么了，我？”

“怎么了你？上回你在这儿疯得不够？那妮子是什么好货！”老瞎子心想，也许不该再带他到野羊坳来。可是野羊坳是个大村子，年年在这儿生意都好，能说上半个多月。老瞎子恨不能立刻弹断最后几根琴弦。

小瞎子嘴上嘟嘟囔囔的，心却飘飘的，想着野羊坳里那个尖声细气的小妮子。

“听我一句话，不害你。”老瞎子说，“那号事靠不住。”

“什么事？”

“少跟我贫嘴。你明白我说的什么事。”

“我就没听您说过，什么事靠得住。”小瞎子又偷偷地笑。

老瞎子没理他，骨头一样的眼珠又对着苍天。那儿，太阳正变成一汪血。

两面脊背和山是一样的黄褐色。一座已经老了，嶙峋瘦骨像是山根下裸露的基石。另一座正年轻。老瞎子七十岁，小瞎子才十七。

小瞎子十四岁上父亲把他送到老瞎子这儿来，为的是让他学说书，这辈子好有个本事，将来可以独自在世上活下去。

老瞎子说书已经说了五十多年。这一片偏僻荒凉的大山里的人们都知道他：头发一天天变白，背一天天变驼，年年月月背一把三弦琴满世界走，逢上有愿意出钱的地方就拨动琴弦唱一晚上，给寂寞的山村带来欢乐。开头常是这么几句：“自从盘古分天地，三皇五帝到如今，有道君王安天下，无道君王害黎民。轻轻弹响三弦琴，慢慢稍停把歌论，歌有三千七百本，不知哪本动人心。”于是听书的众人喊起来，老的要听董永卖身葬父，小的要听武二郎夜走蜈蚣岭，女人们想听秦香莲。这是老瞎子最知足的一刻，身上的疲劳和心里的孤寂全忘却，不慌不忙地喝几口水，待众人的吵嚷声鼎沸，便把琴弦一阵紧拨，唱道：“今日不把别人唱，单表公子小罗成。”或者：“茶也喝来烟也吸，唱一回哭倒长城的孟姜女。”满场立刻鸦雀无声，老瞎子也全心沉到自己所说的书中去。

他会的老书数不尽。他还有一个电匣子，据说是花了大价钱从一个山外人手里买来，为的是学些新词儿，编些新曲儿。其实山里人倒不太在乎他说什么唱什么。人人都称赞他那三弦子弹得讲究，轻轻漫漫的，飘飘洒洒的，疯癫狂放的，那里头有天上的日月，有地上的生灵。老瞎子的嗓子能学出世上所有的声音，男人、女人、刮风下雨，兽啼禽鸣。不知道他脑子里能呈现出什么景象，他一落生就瞎了眼睛，从没见过这个世界。

小瞎子可以算见过世界，但只有三年，那时还不懂事。他对说书和弹琴并无多少兴趣，父亲把他送来的时候费尽了唇舌，好说歹说连哄带骗，最后不如说是那个电匣子把他留住。他抱着电匣子听得入神，甚至没发觉父亲什么时候离去。

这只神奇的匣子永远令他着迷，遥远的地方和稀奇古怪的事物使他幻想不绝，凭着三年朦胧的记忆，补充着万物的色彩和形象，譬如海，匣子里说蓝天就像大海，他记得蓝天，于是想像出海；匣子里说海是无边无际的水，他记得锅里的水，于是想像出满天排开的水锅。再譬如漂亮的姑娘，匣子里说就像盛开的花朵，他实在不相信会是那样，母亲的灵柩被抬到远山上去的时候，路上正开遍着野花，他永远记得却永远不愿意去想。但他愿意想姑娘，越来越愿意想；尤其是野羊坳的那个尖声细气的小妮子，总让他心里荡起波澜。直到有一回匣子里唱道，“姑娘的眼睛就像太阳”，这下他才找到了一个贴切的形象，想起母亲在红透的夕阳中向他走来的样子，其实人人都是根据自己的所知猜测着无穷的未知，以自己的感情勾画出世界。每个人的世界就都不同。

也总有一些东西小瞎子无从想像，譬如“曲折的油狼”。

这天晚上，小瞎子跟着师父在野羊坳说书，又听见那小妮子站在离他不远处尖声细气地说笑。书正说到紧要处——“罗成回马再交战，大胆苏烈又兴兵。苏烈大刀如流水，罗成长枪似腾云，好似海中龙吊宝，犹如深山虎争林。又战七日并七夜，罗成清茶无点唇……”老瞎子把琴弹得如雨骤风疾，字字句句唱得铿锵。小瞎子却心猿意马，手底下早乱了套数……

野羊岭上有一座小庙，离野羊坳村二里地，师徒二人就在这里住下。石头砌的院墙已经残断不全，几间小殿堂也歪斜欲倾百孔千疮，惟正中一间尚可遮蔽风雨，大约是因为这一间中毕竟还供奉着神灵。三尊泥像早脱尽了尘世的彩饰，还一身黄土本色返璞归真了，认不出是佛是道。院里院外、房顶墙头都长满荒藤野草，蓊蓊郁郁倒有生气。老瞎子每回到野羊坳说书都住这儿，不出房钱又不惹是非。小瞎子是第二次住在这儿。

散了书已经不早，老瞎子在正殿里安顿行李，小瞎子在侧殿的檐下生火烧水。去年砌下的灶稍加修整就可以用。小瞎子撅着屁股吹火，柴草不干，呛得他满院里转着圈咳嗽。

老瞎子在正殿里数叨他："我看你能干好什么。"

"柴湿嘛。"

"我没说这事。我说的是你的琴，今儿晚上的琴你弹成了什么。"

小瞎子不敢接这话茬，吸足了几口气又跪到灶火前去，鼓着腮帮子一通猛吹。"你要是不想干这行，就趁早给你爹捎信把你领回去。老这么闹猫闹狗的可不行，要闹回家闹去。"

小瞎子咳嗽着从灶火边跳开，几步蹿到院子另一头，呼哧呼哧大喘气，嘴里一边骂。

"说什么呢？"

"我骂这火。"

"有你那么吹火的？"

"那怎么吹？"

"怎么吹？哼，"老瞎子顿了顿，又说，"你就当这灶火是那妮子的脸！"

小瞎子又不敢搭腔了，跪到灶火前去再吹，心想：真的，不知道兰秀儿的脸什么样。那个尖声细气的小妮子叫兰秀儿。

"那要是妮子的脸，我看你不用教也会吹。"老瞎子说。

小瞎子笑起来，越笑越咳嗽。

"笑什么笑！"

"您吹过妮子脸？"

老瞎子一时语塞。小瞎子笑得坐在地上。"日他妈。"老瞎子骂道，笑笑，然后变了脸色，再不言语。

灶膛里腾的一声，火旺起来。小瞎子再去添柴，一心想着兰秀儿。才散了书的那会儿，兰秀儿挤到他跟前来小声说："哎，上回你答应我什么来？"

师父就在旁边，他没敢吭声。人群挤来挤去，一会儿又把兰秀儿挤到他身边。“噫，上回吃了人家的煮鸡蛋倒白吃了？”兰秀儿说，声音比上回大。这时候师父正忙着跟几个老汉拉话，他赶紧说：“嘘——我记着呢。”兰秀儿又把声音压低:“你答应给我听电匣子你还没给我听。”“嘘——我记着呢。”幸亏那会儿人声嘈杂。

正殿里好半天没有动静。之后，琴声响了，老瞎子又上好了一根新弦。他本来应该高兴的，来野羊坳头一晚上就又弹断了一根琴弦。可是那琴声却低沉、零乱。

小瞎子渐渐听出琴声不对，在院里喊：“水开了，师父。”

没有回答。琴声一阵紧似一阵了。

小瞎子端了一盆热水进来，放在师父跟前，故意嘻嘻笑着说：“您今儿晚还想弹断一根是怎么着？”

老瞎子没听见，这会儿他自己的往事都在心中，琴声烦躁不安，像是年年旷野里的风雨，像是日夜山谷中的流溪，像是奔奔忙忙不知所归的脚步声。小瞎子有点害怕了:师父很久不这样了，师父一这样就要犯病，头疼、心口疼、浑身疼，会几个月爬不起炕来。

“师父，您先洗脚吧。”

琴声不停。

“师父，您该洗脚了。”小瞎子的声音发抖。

琴声不停。

“师父！”

琴声戛然而止，老瞎子叹了口气。小瞎子松了口气。

老瞎子洗脚，小瞎子乖乖地坐在他身边。

“睡去吧，”老瞎子说，“今儿格够累的了。”

“您呢？”

“你先睡，我得好好泡泡脚。人上了岁数毛病多。”老瞎子故意说得轻松。

“我等您一块儿睡。”

山深夜静。有了一点风，墙头的草叶子响。夜猫子在远处哀哀地叫。听得见野羊坳里偶尔有几声狗吠，又引得孩子哭。月亮升起来，白光透过残损的窗棂进了殿堂，照见两个瞎子和三尊神像。

“等我干吗，时候不早了。”

“你甭担心我，我怎么也不怎么。”老瞎子又说。

“听见没有，小子？”

小瞎子到底年轻，已经睡着。老瞎子推推他让他躺好，他嘴里咕囔了几句倒头睡去。老瞎子给他盖被时，从那身日渐发育的筋肉上觉出，这孩子到了要想那些事的年龄，非得有一段苦日子过不可了。唉，这事谁也替不了谁。

老瞎子再把琴抱在怀里，摩挲着根根绷紧的琴弦，心里使劲念叨：又断了一根了，又断了一根了。再摇摇琴槽，有轻微的纸和蛇皮的摩擦声。惟独这事能为他排忧解烦。一辈子的愿望。

小瞎子做了一个好梦，醒来吓了一跳，鸡已经叫了。他一骨碌爬起来听听，师父正睡得香，心说还好。他摸到那个大挎包，悄悄地掏出电匣子，蹑手蹑脚出了门。

往野羊坳方向走了一会儿，他才觉出不对头，鸡叫声渐渐停歇，野羊坳里还是静静的没有人声。他愣了一会儿，鸡才叫头遍吗？灵机一动扭开电匣子。电匣子里也是静悄悄。现在是半夜。他半夜里听过匣子，什么都没有。这匣子对他来说还是个表，只要扭开一听，便知道是几点钟，什么时候有什么节目都是一定的。

小瞎子回到庙里，老瞎子正翻身。

“干吗哪？”

“撒尿去了。”小瞎子说。

一上午，师父逼着他练琴。直到晌午饭后，小瞎子才瞅机会溜出庙来，溜进野羊坳。鸡也在树荫下打盹，猪也在墙根下说着梦话，太阳又热得凶，村子里很安静。

小瞎子踩着磨盘，扒着兰秀儿家的墙头轻声喊：“兰秀儿——兰秀儿——”

屋里传出雷似的鼾声。

他犹豫了片刻，把声音稍稍抬高："兰秀儿！兰秀儿——"

狗叫起来。屋里的鼾声停了，一个闷声闷气的声音问："谁呀？"

小瞎子不敢回答，把脑袋从墙头上缩下来。

屋里吧唧了一阵嘴，又响起鼾声。

他叹口气，从磨盘上下来，怏怏地往回走。忽听见身后嘎吱一声院门响，随即一阵细碎的脚步声向他跑来。

"猜是谁？"尖声细气。小瞎子的眼睛被一双柔软的小手捂上了。——这才多余呢。兰秀儿不到十五岁，认真说还是个孩子。

"兰秀儿！"

"电匣子拿来没？"

小瞎子掀开衣襟，匣子挂在腰上。"嘘——别在这儿，找个没人的地方听去。"

"咋啦？"

"回头招好些人。"

"咋啦？"

"那么多人听，费电。"

两个人东拐西弯，来到山背后那眼小泉边。小瞎子忽然想起件事，问兰秀儿："你见过曲折的油狼吗？"

"啥？"

"曲折的油狼。"

"曲折的油狼？"

"知道吗？"

"你知道？"

"当然。还有绿色的长椅。就是一把椅子。"

"椅子谁不知道。"

"那曲折的油狼呢？"

兰秀儿摇摇头，有点崇拜小瞎子了。小瞎子这才郑重其事地扭开电匣子，一支欢快的乐曲在山沟里飘荡。

这地方又凉快又没有人来打扰。

“这是《步步高》。”小瞎子说，跟着哼。

一会儿又换了支曲子，叫《旱天雷》，小瞎子还能跟着哼。兰秀儿觉得很惭愧。

“这曲子也叫《和尚思妻》。”

兰秀儿笑起来：“瞎骗人！”

“你不信？”

“不信。”

“爱信不信。这匣子里说的古怪事多啦。”小瞎子玩着凉凉的泉水，想了一会儿。“你知道什么叫接吻吗？”

“你说什么叫？”

这回轮到小瞎子笑，光笑不答。兰秀儿明白准不是好话，红着脸不再问。

音乐播完了，一个女人说，“现在是讲卫生节目。”

“啥？”兰秀儿没听清。

“讲卫生。”

“是什么？”

“嗯——你头发上有虱子吗？”

“去——别动！”

小瞎子赶忙缩回手来，赶忙解释：“要有就是不讲卫生。”

“我才没有。”兰秀儿抓抓头，觉得有些刺痒。“噫——瞧你自个儿吧！”兰秀儿一把扳过小瞎子的头。“看我捉几个大的。”

这时候听见老瞎子在半山上喊：“小子，还不给我回来！该做饭了，吃罢饭还得去说书！”他已经站在那儿听了好一会儿了。

野羊坳里已经昏暗，羊叫、驴叫、狗叫、孩子们叫，处处起了炊烟。野羊岭上还有一线残阳，小庙正在那淡薄的光中，没有声响。

小瞎子又撅着屁股烧火。老瞎子坐在一旁淘米，凭着听觉他能把米中的沙子捡出来。

“今天的柴挺干。”小瞎子说。

“嗯。”

“还是焖饭？”

“嗯。”

小瞎子这会儿精神百倍，很想找些话说，但是知道师父的气还没消，心说还是少找骂。

两个人默默地干着自己的事，又默默地一块儿把饭做熟。岭上也没了阳光。

小瞎子盛了一碗小米饭，先给师父：“您吃吧。”声音怯怯的，无比驯顺。

老瞎子终于开了腔：“小子，你听我一句行不？”

“嗯。”小瞎子往嘴里扒拉饭，回答得含糊。

“你要是不愿意听，我就不说。”

“谁说不愿意听了？我说‘嗯’！”

“我是过来人，总比你知道得多。”

小瞎子闷头扒拉饭。

“我经过那号事。”

“什么事？”

“又跟我贫嘴！”老瞎子把筷子往灶台上一摔。

“兰秀儿光是想听听电匣子。我们光是一块儿听电匣子来。”

“还有呢？”

“没有了。”

“没有了？”

“我还问她见没见过曲折的油狼。”

“我没问你这个！”

“后来，后来，”小瞎子不那么气壮了。“不知怎么一下就说起了虱子……”

“还有呢？”

“没了。真没了！”

两个人又默默地吃饭。老瞎子带了这徒弟好几年，知道这孩子不会撒谎，这孩子最让人放心的地方就是诚实，厚道。

“听我一句话，保准对你没坏处。以后离那妮子远点儿。”

“兰秀儿人不坏。”

“我知道她不坏，可你离她远点儿好。早年你师爷这么跟我说，我也不信……”

“师爷？说兰秀儿？”

“什么兰秀儿，那会儿还没她呢。那会儿还没有你们呢……”老瞎子阴郁的脸又转向暮色浓重的天际，骨头一样白色的眼珠不住地转动，不知道在那儿他能“看”见什么。

许久，小瞎子说：“今儿晚上您多半又能弹断一根琴弦。”想让师父高兴些。

这天晚上师徒俩又在野羊坳说书。“上回唱到罗成死，三魂七魄赴幽冥，听歌君子莫嘈嚷，列位听我道下文。罗成阴魂出地府，一阵旋风就起身，旋风一阵来得快，长安不远面前存……”老瞎子的琴声也乱，小瞎子的琴声也乱。小瞎子回忆着那双柔软的小手捂在自己脸上的感觉，还有自己的头被兰秀儿扳过去时的滋味。老瞎子想起的事情更多……

夜里老瞎子翻来覆去睡不安稳，多少往事在他耳边喧嚣，在他心头动荡，身体里仿佛有什么东西要爆炸。坏了，要犯病，他想。头昏，胸口憋闷，浑身紧巴巴的难受。他坐起来，对自己叨咕：“可别犯病，一犯病今年就甭想弹够那些琴弦了。”他又摸到琴。要能叮叮当当随心所欲地疯弹一阵，心头的忧伤或许就能平息，耳边的往事或许就会消散。可是小瞎子正睡得香甜。

他只好再全力去想那张药方和琴弦：还剩下几根，还只剩最后几根了。那时就可以去抓药了，然后就能看见这个世界——他无数次爬过的山，无数次走过的路，无数次感到过她的温暖和炽热的太阳，无数次梦想着的蓝天、月亮和星星……还有呢？突然间心里一阵空，空得深重。就只为了这些？还有什么？他朦胧中所盼望的东西似乎比这要多得多……

夜风在山里游荡。

猫头鹰又在凄哀地叫。

不过现在他老了，无论如何没几年活头了，失去的已经永远失去了，他像是刚刚意识到这一点。七十年中所受的全部辛苦就为了最后能看一眼世界，这值得吗？他问自己。

小瞎子在梦里笑，在梦里说：“那是一把椅子，兰秀儿……”

老瞎子静静地坐着。静静地坐着的还有那三尊分不清是佛是道的泥像。

鸡叫头遍的时候老瞎子决定，天一亮就带这孩子离开野羊坳。否则这孩子受不了，他自己也受不了。兰秀儿人不坏，可这事会怎么结局，老瞎子比谁都“看”得清楚。鸡叫二遍，老瞎子开始收拾行李。

可是一早起来小瞎子病了，肚子疼，随即又发烧。老瞎子只好把行期推迟。

一连好几天，老瞎子无论是烧火、淘米、捡柴，还是给小瞎子挖药、煎药，心里总在说：“值得，当然值得。”要是不这么反反复复对自己说，身上的力气似乎就全要垮掉。“我非要最后看一眼不可。”“要不怎么着？就这么死了去？”“再说就只剩下最后几根了。”后面三句都是理由。老瞎子又冷静下来，天天晚上还到野羊坳去说书。

这一下小瞎子倒来了福气。每天晚上师父到岭下去了，兰秀儿就猫似的轻轻跳进庙里来听匣子。兰秀儿还带来煮熟的鸡蛋，条件是得让她亲手去扭那匣子的开关。“往哪边扭？”“往右。”“扭不动。”“往右，笨货，不知道哪边是右哇？”“咔嗒”一下，无论是什么便响起来，无论是什么俩人都爱听。

又过了几天，老瞎子又弹断了三根琴弦。

这一晚，老瞎子在野羊坳里自弹自唱：“不表罗成投胎事，又唱秦王李世民。秦王一听双泪流，可怜爱卿丧残身，你死一身不打紧，缺少扶朝上将军……”

野羊岭上的小庙里这时更热闹。电匣子的音量开得挺大，又是孩子哭，又是大人喊，轰隆隆地又响炮，嘀嘀嗒嗒地又吹号。月光照进正殿，小瞎子躺着啃鸡蛋，兰秀儿坐在他旁边。两个人都听得兴奋，时而大笑，时而稀里糊涂莫名其妙。

“这匣子你师父哪买来的？”

“从一个山外头的人手里。”

“你们到山外头去过？”兰秀儿问。

“没。我早晚要去一回就是，坐坐火车。”

“火车？”

"火车你也不知道？笨货。"

"噢，知道知道，冒烟哩是不是？"

过了一会儿兰秀儿又说："保不准我就得到山外头去。"语调有些恓惶。

"是吗？"小瞎子一挺坐起来，"那你到底瞧瞧曲折的油狼是什么。"

"你说是不是山外头的人都有电匣子？"

"谁知道。我说你听清楚没有？曲、折、的、油、狼，这东西就在山外头。"

"那我得跟他们要一个电匣子。"兰秀儿自言自语地想心事。

"要一个？"小瞎子笑了两声，然后屏住气，然后大笑，"你干吗不要俩？你可真本事大。你知道这匣子儿千块钱一个？把你卖了吧，怕也换不来。"

兰秀儿心里正委屈，一把揪住小瞎子的耳朵使劲拧，骂道："好你个死瞎子。"

两个人在殿堂里扭打起来。三尊泥像袖手旁观帮不上忙。两个年轻的正在发育的身体碰撞在一起，纠缠在一起，一个把一个压在身下，一会儿又颠倒过来，骂声变成笑声。匣子在一边唱。

打了好一阵子，两个人都累得住了手，心怦怦跳，面对面躺着喘气，不言声儿，谁却也不愿意再拉开距离。

兰秀儿呼出的气吹在小瞎子脸上，小瞎子感到了诱惑，并且想起那天吹火时师父说的话，就往兰秀儿脸上吹气。兰秀儿并不躲。

"嘿，"小瞎子小声说，"你知道接吻是什么了吗？"

"是什么？"兰秀儿的声音也小。

小瞎子对着兰秀儿的耳朵告诉她。兰秀儿不说话。老瞎子回来之前，他们试着亲了嘴儿，滋味真不坏……

就是这天晚上，老瞎子弹断了最后两根琴弦。两根弦一齐断了。他没料到。他几乎是连跑带爬地上了野羊岭，回到小庙里。

小瞎子吓了一跳："怎么了，师父？"

老瞎子喘吁吁地坐在那儿，说不出话。

小瞎子有些犯嘀咕：莫非是他和兰秀儿干的事让师父知道了？

老瞎子这才相信：一切都是值得的。一辈子的辛苦都是值得的。能看一回，好好看一回，怎么都是值得的。

“小子，明天我就去抓药。”

“明天？”

“明天。”

“又断了一根了？”

“两根。两根都断了。”

老瞎子把那两根弦卸下来，放在手里揉搓了一会儿，然后把它们并到另外的九百九十八根中去，绑成一捆。

“明天就走？”

“天一亮就动身。”

小瞎子心里一阵发凉。老瞎子开始剥琴槽上的蛇皮。

“可我的病还没好利索。”小瞎子小声叨咕。

“噢，我想过了，你就先留在这儿，我用不了十天就回来。”

小瞎子喜出望外。

“你一个人行不？”

“行！”小瞎子紧忙说。

老瞎子早忘了兰秀儿的事。“吃的、喝的、烧的全有。你要是病好利索了，也该学着自个儿去说回书。行吗？”

“行。”小瞎子觉得有点对不住师父。

蛇皮剥开了，老瞎子从琴槽中取出一张叠得方方正正的纸条。他想起这药方放进琴槽时，自己才二十岁，便觉得浑身上下都好像冷。

小瞎子也把那药方放在手里摸了一会儿，也有了几分肃穆。

“你师爷一辈子才冤呢。”

“他弹断了多少根？”

“他本来能弹够一千根，可他记成了八百。要不然他能弹断一千根。”

天不亮老瞎子就上路了。他说最多十天就回来，谁也没想到他竟去了那么久。

老瞎子回到野羊坳时已经是冬天。

漫天大雪，灰暗的天空连接着白色的群山。没有声息，处处也没有生气，空旷而沉寂。所以老瞎子那顶发了黑的草帽就尤其蹿动得显著。他蹒蹒跚跚地爬上野羊岭。庙院中衰草瑟瑟，蹿出一只狐狸，仓惶逃远。

村里人告诉他，小瞎子已经走了些日子。

"我告诉他我回来。"

"不知道他干吗就走了。"

"他没说去哪儿？留下什么话没？"

"他说让您甭找他。"

"什么时候走的？"

人们想了好久，都说是在兰秀儿嫁到山外去的那天。

老瞎子心里便一切全都明白。

众人劝老瞎子留下来，这么冰天雪地的上哪去？不如在野羊坳说一冬书。老瞎子指指他的琴，人们见琴柄上空荡荡已经没了琴弦。老瞎子面容也憔悴，呼吸也孱弱，嗓音也沙哑了，完全变了个人。他说得去找他的徒弟。

若不是还想着他的徒弟，老瞎子就回不到野羊坳。那张他保存了五十年的药方原来是一张无字的白纸。他不信，请了多少个识字而又诚实的人帮他看，人人都说那果真就是一张无字的白纸。老瞎子在药铺前的台阶上坐了一会儿，他以为是一会儿，其实已经几天几夜，骨头一样的眼珠在询问苍天，脸色也变成骨头一样的苍白。有人以为他是疯了，安慰他，劝他。老瞎子苦笑：七十岁了再疯还有什么意思？他只是再不想动弹，吸引着他活下去、走下去、唱下去的东西骤然间消失干净。就像一根不能拉紧的琴弦，再难弹出赏心悦耳的曲子。老瞎子的心弦断了。现在发现那目的原来是空的。老瞎子在一个小客店里住了很久，觉得身体里的一切都在熄灭。他整天躺在炕上，不弹也不唱，一天天迅速地衰老。直到花光了身上所有的钱，直到忽然想起了他的徒弟，他知道自己的死期将至，可那孩子在等他回去。

茫茫雪野，皑皑群山，天地之间蹿动着一个黑点。走近时，老瞎子的身影弯得如一座桥。他去找他的徒弟。他知道那孩子目前的心情、处境。

他想自己先得振作起来，但是不行，前面明明没有了目标。

他一路走，便怀恋起过去的日子，才知道以往那些奔奔忙忙兴致勃勃的翻山、赶路、弹琴，乃至心焦、忧虑都是多么欢乐！那时有个东西把心弦扯紧，虽然那东西原是虚设。老瞎子想起他师父临终时的情景。他师父把那张自己没用上的药方封进他的琴槽。“您别死，再活几年，您就能睁眼看一回了。”说这话时他还是个孩子。他师父久久不言语，最后说：“记住，人的命就像这琴弦，拉紧了才能弹好，弹好了就够了。”……不错，那意思就是说：目的本来没有。老瞎子知道怎么对自己的徒弟说了。可是他又想：能把一切都告诉小瞎子吗？老瞎子又试着振作起来，可还是不行，总摆脱不掉那张无字的白纸……

在深山里，老瞎子找到了小瞎子。

小瞎子正跌倒在雪地里，一动不动，想那么等死。老瞎子懂得那绝不是装出来的悲哀。老瞎子把他拖进一个山洞，他已无力反抗。

老瞎子捡了些柴，点起一堆火。

小瞎子渐渐有了哭声。老瞎子放了心，任他尽情尽意地哭。只要还能哭就还有救，只要还能哭就有哭够的时候。

小瞎子哭了几天几夜，老瞎子就那么一声不吭地守候着。火光和哭声惊动了野兔子、山鸡、野羊、狐狸和鹞鹰……

终于小瞎子说话了：“干吗咱们是瞎子！”

“就因为咱们是瞎子。”老瞎子回答。

终于小瞎子又说：“我想睁开眼看看，师父，我想睁开眼看看！哪怕就看一回。”

“你真那么想吗？”

“真想，真想——”

老瞎子把篝火拨得更旺些。

雪停了。铅灰色的天空中，太阳像一面闪光的小镜子。鹞鹰在平稳地滑翔。

“那就弹你的琴弦，”老瞎子说，“一根一根尽力地弹吧。”

“师父，您的药抓来了？”小瞎子如梦方醒。

“记住，得真正是弹断的才成。”

“您已经看见了吗？师父，您现在看得见了？”

小瞎子挣扎着起来，伸手去摸师父的眼窝。老瞎子把他的手抓住。

“记住，得弹断一千二百根。”

“一千二？”

“把你的琴给我，我把这药方给你封在琴槽里。”老瞎子现在才弄懂了他师父当年对他说的话——咱的命就在这琴弦上。

目的虽是虚设的，可非得有不行，不然琴弦怎么拉紧；拉不紧就弹不响。

“怎么是一千二，师父？”

“是一千二，我没弹够，我记成了一千。”老瞎子想：这孩子再怎么弹吧，还能弹断一千二百根？永远扯紧欢跳的琴弦，不必去看那张无字的白纸……

这地方偏僻荒凉，群山不断。荒草丛中随时会飞起一对山鸡，跳出一只野兔、狐狸、或者其他小野兽。山谷中鹞鹰在盘旋。

现在让我们回到开始：

莽莽苍苍的群山之中走着两个瞎子，一老一少，一前一后，两顶发了黑的草帽起伏蹿动，匆匆忙忙，像是随着一条不安静的河水在漂流。无所谓从哪儿来、到哪儿去，也无所谓谁是谁……

1985 年 4 月 20 日

原罪·宿命

原罪

我要给您讲的这个人以及我要讲的这些事，如果确实存在过的话，也是在好几十年前了。我这么说，是因为那时我还太小，如今他们在我的记忆里已经模糊到了这种程度：假如我的奶奶还活着，跟我说，“哪儿有这么个人呀，没有”，或者“哪儿来的这些事呀，压根儿就没有过”，那样我就会相信我不曾见过这个人，世上也不曾有过这些事。然而我的奶奶已经去世多年。

因此您对这个故事的真确性，不必过于追究。不妨权当做是曾经进入了他的意识而后又合着他的意识出来的那些东西，我只能认为这就是真确。假如当一个故事来说，这理由也就很充分了。

这个人姓什么叫什么，我看也不重要；重要也没办法，我反正是一点印象也没有了。我只记得奶奶让我管他叫十叔。那时我们住在同一条街上，差不多在街的正中间有一座小庙叫净土寺，我家住在街的南头，他们家挨近街的北口。他的父亲在那儿开着一爿豆腐房，弄不清什么岁数上死了老婆，请来个帮工叫老谢。老谢来的时候，据说我爸跟我妈还谁都不认识谁呢。

十叔整天整夜躺在豆腐房后面的小屋里。他脖子以下全不能动，从脖子到胸，到腰，一直到脚全都动不了。头也不能转动。就是说除了睁眼闭眼、张嘴闭嘴、呼气吸气之外，他再不能有其他动作。可他活着。他躺在床上，被子盖到脖子，你看不出他的身体有多长，你甚至会觉得被子下面并没有身体。你给他把被子盖成什么样就老是什么样，把一个硬币立在被子上，别人不去动就总不会倒。他就这么一年一年地活着。现在让我估算一下的话，他那时总也有十六七岁了，不会再小，否则奶奶不至于让我管他叫十叔，而且他能像大人那样讲很多有趣的故事。正是因为这后一点，我极乐意跟奶奶到豆腐房去，去打豆浆要么去买豆腐。奶奶说我是喝十叔他爸的豆浆长大的。几十年前天天都喝得起牛奶的人家还不多。那时我六岁，正是能记事而又记不清楚事的年龄。

甚至也记不清楚我是不是六岁，单记得比我大四岁的阿夏早就上了小学，她弟弟阿冬比我小一岁和我一样整天在家里玩。阿夏阿冬和我家在一个院子里住。他们家天天都喝得起牛奶可还爱喝豆浆，奶奶和我去打豆浆时，阿夏阿冬的妈妈就让他俩也跟我们一块去，让阿夏提一个小铁桶。阿夏管十叔叫十哥，她说是她爸爸让这么叫的，可见那时十叔的年龄再大也不会比我估计的大很多。阿冬有时随着她姐姐叫十哥，有时又随着我叫十叔。为什么是十叔我也不知道，我记得他连一个哥哥姐姐弟弟妹妹都没有。

街不宽，虽然长却很直，站在我家院门口一眼就能望到十叔家的豆腐房。午后的街上几乎没人，倘净土寺里没有法事，就能听见豆腐房嗡隆嗡隆的石磨声，听久了，竟觉得是满地困倦的阳光响，仿佛午后的太阳原是会这么响的。磨声一停，拉磨的驴便申冤似的喊一顿，然后磨声又起。直到天要黑时，磨才彻底停了，驴再叫喊一回，疲惫、舒缓，悠悠长长贯过整条苍茫了的小街，在沿途老墙上碰落灰土，是月亮将出的先声。

我和阿冬在院门口的台阶上跳上跳下，消磨我们的童年。净土寺的两个尼姑在南墙下的阴凉里走过，悄无声息仿佛脚并不沾地。我和阿冬就站到门两旁的石台上去，每人握一把“手枪”朝她们瞄准，两个尼姑冲我们笑笑仍不出丁点儿声音，像善良的两条鱼一样游进净土寺。可阿冬的枪是铁皮做的是从商店买来的，可以噼噼啪啪响，我的枪是木头削的而且样子不像真枪。我跟阿冬说：“咱俩换着玩一会儿吧？”他说：“老换老换老换！”我只好变一个法儿说。

我说：“可惜你昨天没听见十叔讲的故事。”

“什么故事？”阿冬说。

“可惜昨天是你家阿姨打的豆浆，你和阿夏都不知道十叔讲了什么故事。”

“什么故事？”阿冬说。

我“哼”一声，看着他的枪。阿冬一点都不笨，装出不在乎的样子说：“可惜十叔讲的故事我也听过呀，可惜呀。”

我说：“可惜昨天那个你没听过呀，可惜昨天那个故事才叫棒呢，是新的不是老的。”

阿冬闷了一阵，然后问：“是讲什么的？”

“是神话的。”

“什么神话？”

“嘿哟喂！”我说，“那个神话又好听又长。”

阿冬把他的枪掂来倒去，我知道我很快就能玩到它了，但我故意不看它。我说：“才不是你听过的那些呢，才不是讲耗子跳舞的那个呢。”阿冬就把他的枪递给我，说：“换就换。”这样，我就玩着那把铁皮枪开始给阿冬讲那个故事。

“你知道为什么会刮风吗？”阿冬摇摇头，“你不知道吧？刮风是老天爷出气儿呢。你知道为什么会刮特别大特别大的风吗？”阿冬又摇摇头。“那是老天爷跑累了喘呢，不信你试试。”我把嘴对着阿冬的脸，呼哧呼哧大喘气，吹得他直闭眼。“你看是不是？”阿冬信服地点点头，等着我往下讲。可我已经讲完了，十叔讲了老半天的故事让我这么两句话就讲完了。阿冬问：“完啦？”可我还没玩够那把枪呢，我就说：“没有，还长着呢。”但是十叔讲的那些我都不会讲，老天爷怎么跑哇，跑到了哪儿又跑到了哪儿呀，看见了什么呀，山怎么海怎么云彩怎么树怎么，我都不会讲。“没完你倒是讲啊，”阿冬催我。我就瞎胡编：“你知道为什么会下雨吗？”“为什么？”我随口说道：“那是老天爷撒尿呢。”不料阿冬却笑起来对此深觉有趣，于是我也很兴奋而且灵感倍增。我又说：“下雪你知道吗？是老天爷拉屎呢。”阿冬使劲笑使劲笑。“打雷呢？打雷你知道吗是老天爷放大屁呢！”“老天爷——放大屁——！”阿冬就喊，笑个没完。“轰隆轰隆，老天爷放屁可真响，是吧阿冬？”“轰隆——！轰隆——！”我们俩便坐在台阶上齐声喊，“老、天、爷！放、大、屁！轰隆——！轰隆——！老、天……”这时候阿夏跑出来了，站在门槛上听我们喊了一会儿，让我们别胡说八道了。我们反而喊得更响，更高兴了。她就回过头去喊她妈妈和我奶奶："快来看呀，你们管不管他们俩了呀？！"我和阿冬赶紧闭了嘴，跑回院里去。这时豆腐房那边的磨声停了，驴叹气般地拖长着声音叫，家家都预备吃晚饭了。

阿夏却不回来，一个人在幽暗的门道里轻轻跳舞，转着圈，嘴里低声哼唱，浅颜色的连衣裙忽而展开忽而垂下，一会儿在这儿，一会儿在那儿……

十叔的小屋只有六平米，或者还小，放一张床一张桌子，余下的地方我和阿冬阿夏一去就占满了。但那屋子特别高，比周围的屋子都高好多，所以我说站到我家院门口一眼就能望到。唯一的小玻璃窗高得连阿夏站到床栏上去都够不着，有一回她说她准保能够着，可她站在床栏上使劲够还是差一大截。十叔急得喊她快下来，可别摔坏了腰。

"十叔让你快下来呢，阿夏！"我说。

"十叔叫你快下来呢！"阿冬也说。

"你又叫十叔，"阿夏说阿冬，"爸让咱们叫十哥你怎么老记不住。"

正对的窗户的墙上挂了一面镜子，窗户下又挂一面镜子对着第一面镜子，第一面镜子下再挂了一面镜子对着第二面镜子，这样，两面墙上一共挂了七面镜子，一面比一面矮下来，互相斜对着，跟潜望镜的道理是一样的，屋顶上还有两面镜子，也都斜对着墙上的镜子。这样十叔虽然不能动却可以看见窗外的东西了，无论怎么躺都能看见。是老谢给他想出这法子来的，老谢不识字也根本不知道什么叫潜望镜。阿夏回家把这事讲给她爸爸听。阿夏阿冬的爸爸是大学教授，整天埋头在书案上不是写就是算，这时抬起头来笑笑说："哦，是吗？老谢没上过学真是可惜了。"

从那些镜子里可以看到：墙头上的一溜野草（墙的这边想必是一条窄巷，偶尔能听见有人从那儿走过），墙那边的一大片灰压压的屋顶和几棵老树，最远处是一座白色的楼房和一块蓝天。再没有别的了。十叔永远看到的就只是这些东西，但那儿有他永远也讲不完的故事。

"你们看见树梢都绿了吗？"十叔说。

我说："看见了，怎么啦？"

阿冬也说："看见了，怎么啦？"

“阿冬就会跟人学，”阿夏说，“笨死了快。”

“看没看见有一棵还没绿？”十叔说。

“我看见了，怎么啦？”阿冬抢先说，然后看看阿夏。阿夏这时偏不注意他。

十叔说：“那是棵枣树，枣树发芽晚。看那上头有什么？”

阿夏说：“一条儿布吧？是一条破布条儿。”

阿冬也说是一条破布条儿。“我没跟你学，我也看见了！我就是也看见了，干吗就许你一个人看见呀！”阿冬冲阿夏喊，差点要哭。

“娇气包儿，笨死了。”阿夏说。

阿冬把眼泪咽回去。

“你们都没说对，”十叔说，“是纸条儿。是一个风筝，一个风筝挂在树上挂坏了就剩下那么一绺纸条儿。是昨天下午的事。画得挺讲究的一个大沙燕儿，准把他心疼坏了。”

“谁呀十叔，把谁心疼坏了？”我问。

“他应该到南边空场上放去。”十叔说。

“谁呀？谁应该到南边空场上放去呀！”

“那儿多宽敞，是不是？”十叔说，“就是使劲跑那儿也跑得开，闭上眼跑都保证撞不上什么东西。等风筝升高了你就把它拴在树上，一点儿甭管它它也不会掉下来。拴在一块石头上也行，然后你就坐在石头上，你看着那风筝在天上一动也不动，你就可以随便干点儿别的事了。就是枕着那石头睡一觉也不怕，睡醒了你看见那风筝还在天上。唉，要是我，反正我宁可多走几步路到南边空场上放去。”

“十叔，南边哪儿有空场呀？”我问。

十叔便望着镜子老半天不说话。枣树上那纸条儿飘呀飘的，一会儿也不停。

阿冬说：“十叔你讲个故事吧。”

“你又叫十叔。”阿夏打阿冬屁股一下。

“十哥你讲个别的讲个故事吧。”阿冬说。

十叔出了一口长气，说：“你还要听什么故事呢？”阿冬说听神话的。“好吧神话的，”十叔说，又出一口长气，“知道人有下辈子吗？”

“没有，十哥没有，”阿夏说，“那是迷信。”

“什么是迷信呀？”阿冬问，然后嚷开了，“不不！就讲这个十哥你就讲这个，敢情阿夏她听过了。”

“我给你讲个别的，讲个更好的。”

“不！我就要听这个，阿夏都听过了。”

“你要是捣乱咱们就回家吧。”阿夏说。

阿冬这才不嚷了，说讲一个别的也得是神话的。十叔说行，沉一下，讲：“看见阳台上那个姑娘没有？三层，三层的那个阳台上？”十叔说的是远处那座白色的楼房。

“是穿红衣服的那个吗？”我说。

十叔闭一下眼，如同旁人点一下头。“每天这时候她都站在那儿往楼下看。从她还没有阳台栏杆高的那会儿，我就天天这时候见她站在那儿。那会儿她是两手抓住栏杆从栏杆的空隙里往下看。下雨了，她就伸出小手去试试雨的大小，雨大了她就直抹眼泪。她是在等母亲下班回来。”

我问：“你怎么知道是？”

“因为过了一会儿就见她高兴地跳，然后蹲在窗台底下藏起来，紧跟着阳台的门开了，母亲就走出来还没来得及放下手里的书包呢。母亲装着在阳台上找她，她就忍不住跳出来大喊一声，喊声又尖又脆连我都听见了。母亲就抱起她来使劲亲她。”

“她大概还没我高吧？”阿冬说。

“是，那时候还没有。后来她长得比阳台栏杆高了，她就扒着横栏欠起脚往下看，还是都在每天的这会儿。还是像先前那样，一会儿母亲回来了，已经顾得上先把手里的东西放下了，她还是藏在窗台下这时候跳出来，喊声又清又柔，母亲弯下腰来亲她。”

“这有啥意思呀，十哥你讲个神话的吧。”

“少捣乱你，听着！”阿夏说。

“再后来她就长到现在这么高了，比她母亲还高半个头了，她还是天天这时候都在那儿等母亲回来，胳膊肘支在横栏上往下看，两条腿又长又结实。

可她还是有点儿孩子气，窗台底下藏不下了就躲在门后头，母亲一回来一走上阳台，她就从后面捂住母亲的眼睛，她不再那么大声喊了，可她的笑声又圆又厚，母亲嗔怪她的声音倒像是个孩子了。”

“这不是神话，根本就不像神话。”阿冬说。

“有一天又是这时候她又在阳台上，一会儿往楼下看看，一会儿来来回回走，拿着一本书可是不看，隔一分钟就对着窗玻璃拢拢头发。她有点儿心神不定，她确实是有点儿心神不定，我应该想到可我一点儿也没想到。然后就见她轻轻跳了一下，我知道她又要跟母亲捉迷藏了，可这一回她好像忘了该躲在哪儿，在阳台上转了好几圈儿还是没找好地方。我算计着母亲上楼的脚步。最后她还是又躲在了门后头。这时门开了，可出来的不是她母亲，是个我从来没见过的高个儿小伙子。”

“他是谁？”阿夏轻声问。

十叔闭上眼睛不讲了。

“这不是神话。”阿冬说。

我跟阿冬说：“这回没准儿是神话了。”然后我又问十叔：“这个小伙子是王子吧？”

“他是勇敢的王子吧？”阿冬也问。

我说：“是‘白雪公主’里那个王子吧？”

阿冬也说：“是‘灰姑娘’里那个王子吧？”

十叔仍闭着眼，说：“这下我才想起来，一转眼都过去这么多年了。”他是说给自己听。

“这到底是不是神话呀，十哥？”

“就算是吧。”十叔说。

“那后来呢？后来他们怎么啦？”

“后来，白天晚上小伙子都在那儿了。”

“完了？这就完了呀？”阿冬轻叹一声，又对我说，“这不像神话是吧？一点儿都不像。”

“可这是神话。”十叔说。“是。”

我看见十叔用上牙使劲咬自己的下嘴唇，都咬出挺深的牙印来了，都快咬破了。

回家的路上，阿冬还是一股劲念叨："这根本不是神话，这有什么意思呀。"

"笨死了你，自己听不懂你怨谁。"阿夏说。

阿冬委屈得直要哭。

我问："阿夏，他们后来到底怎么啦？"

阿夏不吭声，低着头走她的路。

这样看来，十叔当时的年龄就与我估计的有些出入了。细算一下的话，他那时至少该有二十多岁了，甚至可能在三十岁以上。我跟您说过，我的奶奶已去世多年。一个人早年的历史只好由着他模糊的记忆说了算，便连他自己也没有旁的办法，对您来说，只有我给您讲过这么一个故事——这件事本身才是真确的。倘您再把它讲给别人，那时就只有您给别人讲了一个故事——这才是真确的了。历史都不过是一个故事，一个传说，由一些人讲给我们大家，我们信那是真的是因为我们只好信那是真的，我们情愿觉得因此我们有了根，是因为这感觉让人踏实，让人愉快。

那时奶奶领着我们三个往家走，小街又是黄昏。走过净土寺，两个尼姑正关山门，朝我们笑笑依旧无声息，笑脸埋没在苍茫里。

我问奶奶："十叔的病还能治好吗？"

"能。"奶奶说。

阿夏却说不能："我爸说的，不能。"

阿夏阿冬的爸爸是科学家，光是书就有好几屋子，他说什么，没有人不信。

"你可千万别跟十叔他爸这么说。"奶奶说阿夏。

阿冬说："我们叫十哥，是不是阿夏？"

阿夏问奶奶："为什么别说呀？"

"反正你别说，要说你就说能治好。"

"那不是骗人吗？"

"那你就什么都别说，行不？"

"可是为什么呀？"

奶奶说过，十叔他爸从早到晚磨豆腐挣的钱，全给十叔瞧病用了，除去买黄豆和给那匹驴买草料，剩下的钱都送到药铺去了。奶奶说过，要不他挣的钱再续弦一个也够了，再盖几间大瓦房也够了，再买十匹驴也够了。“奶奶,什么叫续弦呀？”奶奶不理我。十叔他爸的那匹驴已经老得皮包骨了，只能拉半天磨了，剩下的半天十叔他爸自己推。老谢专管滤豆浆、煮豆浆、点豆腐，永远在蒸腾的热气中忙得顾不上说话。

阿夏阿冬的爸爸说：“十哥的父亲太不懂科学了，科学才不管人的感情呢。”

“你也叫他十哥吗？”阿冬问。

阿夏阿冬的爸爸说：“这么多年了，既然毫无效果，何苦还总把钱往药铺送呢？”

阿夏说：“要不要我去告诉他？”

“告诉什么？”

“十哥的病治不好了呀，干吗撒谎？”

“我也去！”阿冬说。

阿冬阿夏的爸爸说：“我问过最有名的大夫了，脊髓要是完全断了，简直一点儿办法也没有。”

“我去告诉他们吧？”阿夏说。

“我也去！”阿冬说着跳下床，往屋外跑。

“回来，阿冬！”他妈妈喊住他。

阿冬阿夏的爸爸说，不应该让十叔这么整天躺在床上什么都不干，得给他想个别的办法活下去。可是，就连阿夏阿冬的爸爸自己也想不出还能有什么别的办法。很少有阿夏阿冬的爸爸也不知道的事。他偶尔闲了，也给我们讲故事，讲月亮之所以亮不过是反射了太阳的光；讲一共有九颗行星围着太阳转，地球不过是其中一颗；讲银河系中的恒星少说也有一千亿颗，而银河系在宇宙中不过像一片叶子长在大树上。“十哥讲过,星星都在跳舞。”阿冬说。他爸爸便笑笑，说：“这说法也不坏，它们确实像在跳舞。”

除去冬天最冷的时候，十叔的小窗不分昼夜总是开着的，为了看清外边的事为了听清外边的声音，成了习惯，他倒也不因此受凉生病。对于十叔，无所谓昼夜，他反正是躺着，什么时候睡着了便是夜，醒了就在镜子里看他的世界，世界还通过那小窗送给他各种声音。他常从梦里大叫几声惊醒，叫声凄长且暴烈，若在深夜便听得人发瘆。“什么叫哇，奶奶？”“还有谁？又是豆腐房那边儿。”奶奶说，叹一口气。我便知道，此刻十叔又在看那些镜子了。我便也掀起窗帘看天上，我很想看看夜里星星怎么跳舞，可是这夜星星都不动，满天的星星各自悄悄呆在自己的位置上。即便是冬天最冷的时候，太阳一上来，十叔也要叫老谢把他的小窗打开一会儿。您能想象，他不能太久地不看到什么不听到什么。您可以想象，他独自在那儿同世界幽会，不知是它们从那儿来了还是他从那儿去了。您想象一道阳光罩住一张木床，在阳光中飞舞的是他的灵魂，在阳光中死去的是他的肉体。待夕阳把远处那座白楼染得凄艳，十叔就盼着我们去听他的故事了。要是我们不去，要是晚上老谢没事了，十叔憋了一整天的故事便讲给老谢一个人听。当然，十叔屋里有一个非常旧非常旧的无线电，可他没法去扭那两个旋钮，要是他爸和老谢都忙着，他不想听的他也得听，所以十叔不怎么爱听它。十叔更乐意自己讲故事。自己想听什么自己讲来听，这有多好。当然，他更盼着我和阿冬阿夏去听。

“十哥你昨天又做噩梦了吧？我妈说你夜里又做噩梦了。”

“阿冬你胡说什么！”阿夏搡了他一把，“什么都不懂什么都不懂，简直快笨死了你。”

“我是叫的十哥我没跟人学。”阿冬分辩说。

“都快笨死了你知道吗，还不知道呢！”

“阿夏！”十叔喊。然后他闭了一会儿眼睛，仿佛有个噩梦在他脸上很快地跑了一圈，之后他猛地睁开眼睛问我们：“今天想听什么故事呀？”完全换了一副神情。

“神话的！”阿冬说，“听那个耗子跳舞的。”

“光会听一个，你都快笨死了。”

“嘘——”十叔说，“你们听。”

一个男人轻轻地唱着歌从窗外走过去了，从镜子里看不见他，声音跟牛似的。

“他又去演出了。”十叔自言自语地说。

“演什么？你怎么知道他去演出？”阿夏问。

“一到这时候他就走了，半夜里准回来。你听他的嗓子有多好，是不是？”

“他唱的什么呀？”阿冬问。

“我也听不清，”十叔说，“他总唱这支歌，可我总也听不清这歌里唱的是什么。”

阿夏说：“我倒听清了一句，好像是——‘你可看见了魔王’。”

“他的嗓子真是好，你说呢阿夏？”

“他是谁呀？”

“他就住在那座楼上，四层，从左边数第三个窗口。每天夜里他从这儿过去不一会儿，那个窗口的灯就亮了。”

十叔指的还是那座白色的楼房。从早到晚，那楼房在阳光里变换着颜色，有时是微蓝的，有时是金黄的，这会儿太阳西垂了它是玫瑰色的。楼下几棵大树，枝繁叶茂，绿浪一样缓缓地摇。

“他长得什么样儿？”阿夏问。

十叔想了想，说：“嗯，个子长得真高。”

阿冬说：“有我爸高吗？”

“当然有。他比谁都高，也比谁都魁梧，腿比谁都长肩比谁都宽，噢对了，他是运动员，也是歌唱家也是运动员。”

“那他跑得快吗？”

“当然，当然快，特别快。他跳得也特别高。你说什么，跳起来摸房顶？当然能，这在他算什么呀。你们会打篮球吗？”

“我会！”阿夏说。

“他一跳你猜怎么着？头都碰着篮筐了。”

“十叔你也会打球？”我问。

“可我听说过，那篮筐高极了是吧阿夏？”

“高极了高极了的，”阿夏比画着说，“连我们体育老师使劲跳都够不着篮板呢！”

“都快有天高了吧？”阿冬说。

“可我轻轻一跳，连头都能碰着篮筐。”

“十叔你怎么说你呀？你怎么说‘我’呀？”

“我说我了？没有没有，我哪儿说我了？”

“十哥，我想听个神话的。”阿冬说。

“他又特别聪明，”十叔继续讲，“跟他一般大的人中学还没毕业呢，他都念完大学了。等人家大学毕业了，他早都是科学家了。想跟他结婚的人数也数不过来，光是特别漂亮的就数不过来。可他还不想结婚，他想先得到全世界去玩玩，就一个人离开家。他也坐过飞机也坐过轮船，也会开汽车也会骑马。他还是最喜欢骑马，他有一匹好马，浑身火红像一个妖精，跑得又快又通人性，是一个好妖精。”

“那只会跳舞的耗子也是好妖精。”阿冬说。

“是，也是。”

“你还说有一只猫和一只狗都是好妖精。你还说有一棵树和一个虫子也都是好妖精。”

“这匹马也是。不管到哪儿它都不会迷路。高兴了我就和它一起跑，累了就骑一会儿。”

“十叔你又说‘我’了，你说‘高兴了我就’，你说了。”

“嗷是吗，我说错了。”十叔停了一会儿，又说，“我讲到哪儿了？嗷对了，他就这么绕世界玩了一个痛快。还记得我给你们讲过风的故事吗？他就像风一样到处跑到处玩儿，想到哪儿去就到哪儿去，一会儿在深山里，一会儿在大道上。江河湖海他也都见了。当然，当然会划船，再说他也会游泳，多深多急的河里他也敢游。废话，淹死了还算什么，他能在海里游三天三夜也不上岸，他能一口气在水里憋好几分钟也不露出头来。当然是真的，不是真的我还给你们讲什么劲儿？他也到大森林里去过，十天半个月都走不出来的大森林，都是十好几丈高的大树，一棵挨一棵一棵挨一棵。不累，他从来不知道累，更不知道什么叫生病。他哪儿都去过，哪儿都去过什么都看见过。告诉你阿夏，他的腿比你的腰还粗一倍呢，你想想。”

阿夏问：“他去过非洲吗？”

“怎么没去过？”十叔说，“那儿有沙漠有狮子，对不对？当然得去。

他还有一杆枪，他的枪法没问题，一枪撂倒一头狮子，要不一头狗熊，这对他根本不算一回事。”

“十哥，我也有一杆枪！”阿冬说。

“哈，你那枪！”十叔笑起来，“阿夏，要是我，我没准儿把阿冬也带上。夜里就住山洞，阿冬你敢吗？用火烤熊肉吃你敢吗？狼和猫头鹰成宿地在山洞外头叫，你敢吗阿冬？”

“阿冬这会儿就快吓死了。”阿夏笑着。

“还说什么你那枪！”十叔也笑着。

阿夏又问：“十哥，那他去过南极洲吗？见过企鹅吗？”

“什么你说？什么鹅？”

“怎么你连企鹅都不知道哇？”

十叔脸上的笑容渐渐消失，那个噩梦好像在别处跑了一圈这会儿又回来了。

“企鹅是世界上最不怕冷的动物，”阿夏还在说，“南极洲是世界上最冷的地方，一年四季都是冰天雪地。”

“那有什么，”十叔低声自语，“只要他想去他就能去。”

“那他去过美洲呢？还有欧洲？”

“他想去他就能去。”十叔又闭上眼睛。

“还有澳洲吗？他去过吗？”

“只要他想去，阿夏我说过了，他就能去。别拿你刚学的那点儿玩艺儿来考我。”

“十叔，他去过天上吗？”我问。

“十叔，我爱听星星跳舞的那个故事。”

“阿冬你又叫十叔，你少跟人学行不行！”

这当儿十叔一直闭着眼，紧咬着下嘴唇。

阿夏看看阿冬和我，愣了一会儿，趴到十叔耳边说：“十哥你生气啦？我没想考你。”

十叔松开牙但仍闭着眼，出一口长气有点颤抖：“没有，阿夏，我不是生你的气。我不是生别人的气。我凭什么生别人的气呢？别人想到哪儿去就到哪儿去，跟我有什么关系？我就在这儿。”

十叔虽这么说，可我觉得他还是生了谁的气了。他一使劲咬下嘴唇而且好半天好半天闭着眼睛，就准是生谁的气了，可我不知道他到底是生谁的气。太阳又快回去了，十叔的小屋里渐渐幽暗。在墙上，你几乎分不清哪是窗口哪是镜子了，都像是一个洞口一条通道，自古便寂寞着呆在那儿，从一座无人知晓的洞穴往旷远的世界去。那儿还有一块发亮的天空，那座楼变成淡紫色，朦朦胧胧飘忽不定。阿夏轻声说：“咱们该走了。”“不，十哥还没讲神话的呢！”阿冬不肯走。磨房里的驴便亮开嗓门叫起来，磨声停了。然后那驴准是跟了老谢踱到街上，叫声在古老的黄昏里飘来荡去，随着晚风让人松爽，又伴了暮色使人凄惶。净土寺那边再传来做法事的钟鼓声。

十叔好像睡着了。

阿夏拉起阿冬和我，让我们不要出声，轻一点儿轻一点儿，悄悄的，往外走。

“别走阿夏，我答应了阿冬，我得给他讲一个神话的。”十叔睁开眼，像是才睡醒。

我们等着。连阿冬都大气不出。很久。

“有一天夜里，满天的星星又在跳舞。我这么看着他们已经看了好几十年，一天都没误过。就是阴天，我也能知道哪片云彩后面是哪颗星星。这天夜里，星星上的神仙到底被感动了，就从这窗口里进来，问我，要是他把我的病治好，我怎么谢谢他。”

“十哥这是迷信，”阿夏说，“你的病治不好了。你的病要是治不好了呢？”

“你的性子真急阿夏，我还没说完呢。我的病治不好了这我不比谁知道？所以我说我讲的是个神话。”

“让我告诉你爸去吗？”阿冬说。

“噢可别，阿冬你千万可别。“十叔说。

“干吗撒谎？”阿冬学着阿夏的语气。

“这你们还不懂，你们还小。一个人总得信着一个神话，要不他就活不成他就完了。”

暗夜在窗外展开，又涌进屋里，那些镜子中亮出几点灯光，或者竟是星星也说不定。净土寺那边的钟声鼓声诵经声，缥缥缈缈时抑时扬，看看像要倦下去却不知怎样一下又高起来。

十叔苦笑道："要是神仙把我的病治好，我爸说要给他修一座比净土寺还大的庙呢。"

"十叔你呢？你怎么谢他？"

"我？我就把他杀了。他要是能治这病，他干吗让我这么过了几十年他才来？他要是治不了他干吗不让我死？阿冬，他是个坏神仙，要不就是神仙都像他一样坏。"十叔的语气极其平静，像在讲一个无关痛痒的故事。

"你也信一个神话吗，十哥？"

"阿夏，平时你可不笨。"十叔说，"人信以为真的东西，其实都不过是一个神话；人看透了那都是神话，就不会再对什么信以为真了；可你活着你就得信一个什么东西是真的，你又得知道那不过是一个神话。"

"那是什么呀？"

"谁知道。"黑暗中十叔望着那些镜子。

我们去问阿夏阿冬的爸爸，他摇头沉吟半晌，最后说，一定得想个办法，让十叔能做一点有实际价值的事才行。

"什么是实际价值？"

"就是对人有用的。"

"什么是有用的？"

"阿冬！别总这么一点儿脑子也不用。"

可结果我们还是给十叔想不出办法来。他要是像阿夏阿冬的爸爸那么有学问也好办，可他没有，没有就是没有甭管为什么，也甭说什么"要是"。但从那以后阿冬阿夏的爸爸不让他们去十叔那儿听故事了，说那都是违反科学的对孩子没好处。阿冬阿夏的爸爸便尽量抽出些时间来，给我们讲故事，讲太阳是一个大火球，热极了热极了有几千几万度；讲地球原来也是个火球，是从太阳身上甩出来的后来慢慢变凉了；讲早晚有一天太阳也要变凉的，就像一块煤，总有烧乏了的时候。阿夏说："那可怎么办呀？"她爸爸说："放心，那还早着呢。"阿夏说："早晚得烧完，那时候怎么办呢？粮食还怎么长呀？”她爸爸笑笑说：“那时候还有地球吗？地球在这之前就毁灭了。”阿夏说：“那可怎么办？”她爸爸说：“那时候人类的科学早就特别发达了，早就找到另外的星球另外的适合人类生活的地方了。”阿夏松了一口气。我也松了一口气。阿冬问：“要是找不着呢？”阿冬阿夏的爸爸说：“会找着的，我相信会找着的。”

我还是能经常到十叔那儿去。奶奶不在乎什么科学不科学，她说谁到了十叔那份儿上谁又能怎么着呢？死又不能死。

这一来我反倒经常可以玩到阿冬那把枪了，还有他妈妈给他买的各种各样好玩的东西。我只要说，“十叔昨天又讲了一个神话的”，阿冬就会把他所有的玩具都端出来让我挑。对我们来说，阿夏阿冬的爸爸讲的和十叔讲的，都一样是故事，我们都爱听。

我问阿冬：“你还记得十叔家窗户外的那座白楼吗？”阿冬一点也不笨，阿冬说：“你想玩儿什么你就玩儿吧，这些玩具是咱们俩的。”我说：“你还记得那座楼房旁边有好几棵大树吗？上头老有好些乌鸦的？”阿冬说：“我记得，十哥说它们都是好妖精。”我说：“十叔说它们没有发愁的事跟咱俩一样，一早起来就那么高兴，晚上回来还是那么高兴。”阿冬说：“那些乌鸦，啊——啊——啊——的老叫是不是？”我说：“你还记得楼顶上老落着一群鸽子吗？”“那也是一群好妖精，十哥说过。”“十叔说它们也没那么多烦心事，它们要是烦心了就吹着哨儿飞一圈，它们能飞好远好远好远也不丢。”十叔的故事都离不开那座楼房，它坐落在天地之间，仿佛一方白色的幻影，风中它清纯而悠闲，雨里它迷蒙又宁静，早晨乒乒乓乓地充满生气，傍晚默默地独享哀愁，夏天阴云密布时它像一座小岛，秋日天空碧透它便如一片流云。它有那么多窗口，有多少个窗口便有多少个故事。一个碎了好几块玻璃的窗口里，只住着一个中年男子，总不见女人也不见孩子，十叔说他当初有女人也有孩子，偏他那时太贪杯太恋着酒了，女人带着孩子离开了他。十叔说：“不过他的女人就快回来了，女人一直在等着他，现在知道他把酒戒了。”我说：“要是她还不知道呢？”十叔说：“那就去找她，要是我，我就把酒戒了去找她。”我问：“她在哪儿呀？”十叔想了一会儿，说：“也许，就在那一大片屋顶中的哪一个屋顶下。”……另一个窗口里，有一对老人。老两口整日对坐窗前，各读各的书或者各写各的文章，很久，都累了，便再续一壶茶来，活动活动筋骨互相慢慢地谈笑。十叔说他们的儿女都是有出息的儿女，都在外面做着大事呢。十叔说："他们的儿子是个音乐家。"我说："你怎么知道？"十叔说："他们的儿媳妇是个画家。"我说："你是怎么知道的？"十叔说："他们的女儿是个大夫，女婿是个工程师。"我问："你到底是怎么知道的呀？"十叔便久久地发愣……还有个窗口里住着个黑漆漆的壮小伙子，一到晚上就在那儿做木工活。十叔说他就快结婚了，未婚妻准是个美人儿。我问："怎么准是呢？"十叔闭一下眼睛如同旁人点一下头，说："准是。"表情语气都不容怀疑。……还有一个窗口白天也挂着窗帘，十叔说那家的女人正坐月子呢，生了一对双儿，一个男孩一个女孩。十叔说："当爹的本想要个闺女，当妈的原想要个儿子，爷爷呢，想要孙子，奶奶想要孙女，这一下全有了。"……还有一个摆满了鲜花的窗口，那儿有个白发苍苍的老太太。十叔说她都快一百岁了，身体还那么硬朗，什么事都不用别人干。那些花都是她自己养的，几十种月季几十种菊花，还有牡丹、海棠、兰花，什么都有，天天都有花开，满满儿屋子都是花都是花的香味儿。十叔说："她侍弄那些花高高兴兴的一辈子，有一天觉得有点儿累了，想坐在花丛里歇一会儿，刚坐下，怎么都不怎么就过去了。"我问："过哪儿去了？"十叔说："到另一个世界去了。"我说："到天上去了吧？"我说我知道了，这是个神话。十叔笑一笑，叹一口气又闭上眼睛……

白色的楼房，朝朝暮暮都在十叔的镜子里，对十叔的故事无知无觉。那些窗口里的人呢，各自度着自己的时光，日复一日年复一年，不曾想到世上还有十叔这么个人。

阿冬阿夏终于耐不住了，有一天我们又一起到十叔的小屋去。我们进去的时候，正好听见那个男人又唱着歌从窗外走过。

阿夏说："十哥我又听清一句了！他唱的是'你可看见了魔王？他头戴王冠，露出尾巴'。"

"谁呀？阿夏，他是谁呀？"阿冬问。

"阿冬你这么笨可怎么办！就是那个又高又大全世界哪儿都去过的人。这都记不住。"

阿冬说："十哥，我好些天没来我真想你。"

"阿冬就会甜言蜜语。"阿夏撇一下嘴。

"我就是想了，我没骗人我就是想了。"

"怎么想的你？"

"我，我想听个神话的。"

只有十叔没笑，他说："我正要给你们讲件怪事呢，我发现了一件特别奇怪的事。"

"十哥我爱听奇怪的事，我爱听神话的。"

"你们看最顶层尽左边那个窗口。"十叔指的还是那座白楼。"那儿总也不亮灯，晚上也从来不亮灯，真是怪了。"

"大概那儿没人住吧？"阿夏说。

"可你们看那窗帘，多漂亮是不是？窗台上还放着两个苹果呢。看见墙上那个大挂钟没有？钟摆还来回动呢。"

太阳这时正照在那面墙上，好大好大的一只挂钟，钟摆左一下右一下，闪着金光。

"也许晚上没人在那儿住吧？"

"我原来也这么想，"十叔说，"可是有天晚上月亮正好照进那个窗口，我看见那儿有人。我明明看见有一个人，一会儿坐在窗前，一会儿在屋里走动，可就是不开灯。这下我才开始注意那儿了，原来每天夜里都有人，我看见他点火儿抽烟了，我看见烟头儿的红光在屋里走来走去，可他在那黑屋子里就是不开灯，从来都不开。"

阿冬说："十哥，我有点儿害怕。"

"胆小鬼，又笨胆儿又小。"阿夏说。

那座楼房这会儿是枯黄色的。楼顶上的鸽子探头探脑地蹲在檐边，排成行。乌鸦还没回来，老树都安静着。

"我们去那楼里看看吧。"阿夏说。

阿冬说："我不想去。"

"你不想去因为你是个胆小鬼！十哥，我们到那楼里去看看吧？我们还从来没到那楼里去过呢。"

十叔说："我早就想到那儿去看看了，可是阿夏，我怎么去呢？"

"要是有一辆车就行了，我们推你去。"

"我早就想去了，可是不行阿夏，我想过多少遍了，那么高我可怎么上去呀？"

"让老谢抱你上去，我们再把车抬上去。"

"阿夏你要是去，我就告诉爸爸。"

"胆小鬼，你敢！"

我记得是老谢给十叔做了一辆小车，不过是钉了个大木箱又装上四个小轱辘，十叔躺在里头，我们推着他到那座白色的楼房去，小车轱辘"叽里嘎啦叽里嘎啦"地响，十叔的身体短得就像个孩子，轻得就像个孩子。老谢跟在我们身后走，什么话也不说。

奇怪的是，我们在那些七拐八弯的小胡同里转了很久，也没能接近那座白楼，我们总能看到它却怎么也找不着通到那儿去的路。阿冬不停地说，咱们回去吧咱们回去吧。阿夏便骂他是胆小鬼，仍然推着车往前走。阿冬紧拽着阿夏的衣襟不松手。残阳掉在了一家屋顶上，轻轻的并不碰响什么，凄艳如将熄的炭火，把那座楼房染成暗红色了。我们推着十叔再往西走了一阵，又往北走，那楼房像也会走似的，仍然离我们那么远。阿夏问老谢："到底该怎么走呀？"老谢说他没去过他不知道，说："问你十哥，他要去他想必知道。"十叔让我们再往东走。乌鸦都飞回来，在老树上吵闹不休。暮霭、炊烟在层层叠叠的屋顶上，在纵横无序的小巷里，摇摇荡荡。看看那座楼像是离我们近了，大家欢喜一回紧走一阵，可是忽然路到了尽头，又拐向南去，再走时便离那楼愈远了。阿冬还是不住地说："回去吧，阿夏咱们回去吧。"阿夏说："要回你自己回去！"阿冬只好念念叨叨再跟了走，不断回头去望。离家已是那么遥远了，仿佛家在千里之外。天便更暗下来，四周模糊不清，那座楼由青紫色变成灰黑。"老谢，到底怎么走才对呀？""问你十哥，他要来他就应该知道。"老谢还是这么说。可是无论我们怎么走，总还是那些整齐或歪斜的屋顶、整齐或歪斜的高墙、整齐或歪斜的无数路口，总是能看到那座楼也总还是离它那么远。天黑透下去，乌鸦藏进老树都不出声。阿冬说："阿夏咱们别走了，一会儿该迷路了。"阿夏没好气地说："我们已经迷路了，我们回不去家了！”阿冬愣一下，蒙了，转身就跑，看看不对又往回跑，然后站住，“哇”的一声哭出来。十叔忙哄他：“阿冬别怕，阿夏吓唬你玩儿呢。”阿冬才慌慌地住了哭声，紧跑到阿夏身边抱住阿夏，抽噎着再不敢动。阿夏把他搂在怀里。

这时候传来一阵歌声，低沉浑厚得像牛一样：“……啊父亲，你听见没有，那魔王低声对我说什么？你别怕，我的儿子你别怕，那是寒风吹动枯叶在响……”

“十哥，是他！”阿夏说，“是那个人。”

“噢！他在哪儿？”十叔说。

从一个巷口拐出一个人来，他手里拎根竹竿探路，边走边轻声唱。走近了，我们听得更清楚了：“……啊父亲，你看见了吗？魔王的女儿在黑暗里。儿子、儿子，我看得很清楚，那是些黑色的老柳树……”他从我们面前走过，我们也看清他的模样了，他长得又矮又小又瘦，而且他手里拎了根竹竿探路。他大概觉出有几个人在屏住呼吸看他，便朝我们笑笑点一点头，不说什么，一心唱他的歌一心走他的路去。

阿夏对十叔说：“咱们问问他，往那个楼去怎么走吧？”

十叔不吭声。

“十哥，你不是说他就住在那座楼上吗？他能知道到那儿去怎么走。”

“不。”十叔说。

“他不是住在四层左边第三个窗口吗？”

“不，那不是他。”十叔说，“他不是那个人，他不是！那个人不是他，不是……”

在黑得看不见的地方，仍传来那个人的歌声：“……啊父亲，啊父亲，魔王已抓住我，它使我痛苦不能呼吸……”渐行渐远，渐归沉寂。

渐归沉寂，我们还在那儿坐着。

我们还在那儿坐了很久。满天的星星都出来，闪闪烁烁闪闪烁烁，或许就是十叔说的在跳舞吧。净土寺里这夜又有法事，钟声鼓声诵经声满天满地传扬，嗜嗜呟呟伴那星星的舞步。那座楼房仿佛融化在夜空里隐没在夜空里了，唯点点灯光证明它的存在，依然离我们那么远。

“老谢，咱们还去吗？”

“问你十哥，他应该知道了。”

十叔的眼睛里都是星光。

阿冬已经困得睁不开眼了，不住地说，十哥咱们回家吧，咱们回家吧十哥。

十叔说：“回家，阿冬咱们回家，我以前给你们讲的都是别人的神话。”

我们便往回家走。阿夏背着阿冬，告诉阿冬别睡，睡着了可要着凉，“马上就到家了，快醒醒阿冬。”声音无比温柔。老谢背着我，又推着十叔。我不记得是怎么回到家的了，很可能我在路上也睡着了。

我说过，我不保证我讲的这些事都是真的。如果我现在可以找到阿冬阿夏，我就能知道这些事是不是真了，可我找不到他们。好几十年过去了，我不知道阿冬阿夏现在在哪儿。我看这不影响我把这个故事讲完。您要是听烦了您随时都可以离开，我不会觉得这是对我的轻蔑——请原谅，这话我该早说的。人有权利不去听自己不喜欢的故事，因为，人最重要的一个长处，就是能为自己讲一个使自己踏实使自己愉快的故事。

那夜归来，十叔病了。第二天我和阿冬阿夏去看他，他那小屋的门关得严严的。耳朵贴在门上听听，屋里静得就像没人。“十哥，十哥！”“十叔！”叫也没人应。我们正要推门进去，老谢来了，说十叔病了正睡呢，叫我们明天再来。这样有好多天，每次去老谢都说十叔正睡呢：“他刚吃了药，正睡呢。”“他什么时候醒啊？”“你们看这门什么时候开了，他就醒了。”

也不知又过了多久，终于有一天那门开了，我和阿冬阿夏跳着跑进去。阿冬喊：“十哥！这么多天没见你我可真想你。”阿夏撇一下嘴。阿冬说：“我没甜言蜜语！我也想听神话的，我也想十哥了。”

小屋里稍稍变了样子，所有的镜子都摘了下来，都扣着摞在墙旮旯。十叔平躺在床上，头垫高起来，胸上放一只小碗，嘴上叼一根竹管，竹管如铅笔一般长短一般粗细。见我们来了他冲我们笑笑，笑得很平淡。然后，他上嘴唇压过下嘴唇把竹管插进碗里，再下嘴唇压过上嘴唇把竹管抬起来，轻轻吹出一个泡泡。泡泡颤几下脱离开竹管，便飘飘摇摇升起来，晃悠悠飞出窗口去，在太阳里闪着七色光芒。

“我能吹一个非常大的。”十叔说。

他果然吹出一个挺大的。

“这不算，”十叔说，“这不算大的。”

他又吹出了一个更大的。

“我也会，”阿冬说，“让我吹一个行吗？”

“少讨厌你，阿冬！”阿夏把阿冬拉在怀里。

十叔说：“我得吹一个比磨盘还大的，那才行呢。”

“你能吹那么大的吗？”

“我要能吹一个比这窗户还大的就好了。”

“怎么就好了呀，十叔？”

“下辈子就好了。”

“十哥，那是迷信。”阿夏说。

十叔不理会阿夏的话，专心地吹了一个泡泡又吹一个泡泡，吹了一个又一个。

“嘿，快看这个！大不大？”十叔兴奋地喊。

满屋里飞着大大小小七彩闪耀的泡泡，忽上忽下忽左忽右轻盈飘逸，不断有破碎的，十叔又吹出新的来。我和阿冬满屋里追逐它们，又喊又笑又蹦又跳。十叔吹得又专心又兴奋。

“都太小了，”十叔说，“我要能一连吹出一百个像刚才那个那么大的，就好了。”

“什么就好了，十哥？”

“像我这样的病就都能治好啦。”

“这也是迷信，十哥，这也是。”阿夏说。

“明天我让老谢给我找一根再粗一点儿的竹管来，”十叔说，“那才能吹出更大的来呢。也许我能一连气儿吹出一万个来呢。”

“吹那么多呀！”阿冬说，高兴得不得了。“吹一万一万一万一万个，是吧十哥？”

“那就没人得病了，就没病了。”

“十哥，我觉得这还是迷信。”阿夏说。

“这不是迷信，阿夏你说这怎么是迷信？”

阿夏怔怔的，回答不出来。

泡泡一个又一个，一个又一个，飞得满屋，飞出窗口，飞得满天。十叔说：“阿夏你看哪，飞得多漂亮！”

阿夏回家又去问她爸爸，什么是迷信？她爸爸说：“盲目，盲目地相信一件事。”

阿冬问：“什么是盲目？”

“就是没有科学根据。”

“什么是科学根据？”

“好啦阿冬，你这脑子又动得太多了，这你还不懂。还是我来多给你们讲些故事吧。我以后一有时间就给你们讲些科学的故事，好吗？”

阿夏阿冬的爸爸又给我们讲月亮、讲太阳、讲银河、讲宇宙、讲一光年是多远；讲宇宙一直在膨胀一直都在膨胀，讲所有的天体都离开我们越来越远越来越远；讲总有一天宇宙也要老的，要走完生命的旅程，要毁灭。

“那可怎么办？那我们到哪儿去？”阿夏问。

“那时候人类的科学已经非常非常发达了，人早就又找到一个可以生存的地方了。”

“要是找不着呢？”阿冬问。

“会找着的，我相信会找着的。”

“为什么会找着？”

“我想会的。”

宿 命

一

现在谈谈我自己的事，谈谈我因为晚了一秒钟或没能再晚一秒钟，也可以说是早了一秒钟却偏又没能再早一秒，以致终身截瘫这件事。就那一秒钟之前的我判断，无论从哪方面说都该有一个远为美好的前途。截至那一秒钟之前，约略十三人十八人次主动给我提过亲，其中十一回附有姑娘的照片，十一回都很漂亮，这在一定程度上或可说明问题。但我当时的心思不在这上头，我志向远大，我说不，我现在的心思不在这上头。提亲的人们不无遗憾，说，莫非（莫非是我的姓名），莫非我们倒要看你找个什么样的天仙。然后那一秒钟来了。然后那一秒钟过去了，我原本很健壮的两条腿彻头彻尾成了两件摆设，并且日渐消瘦为两件非常难看的摆设，这意味着倒霉和残酷看中了一个叫莫非的人，以及他今后的日子。我像孩子那样哭了几年，万般无奈沦为以写小说为生的人。

曾有一位女记者问我是怎样走上创作道路的，我想了又想说，走投无路沦落至此。女记者笑得动人：您真谦虚。总之她就是这么说的，她说您真谦虚。

二

实际无关谦虚。

说不定，牵涉十叔的那些懵里懵懂似有若无的记忆，原是我童年时的一个预感。据说孩子的眼睛可以洞察许多神秘事物，大了倒失去这本领。自然这不重要。要紧的是我的腿不能动了随之也没了知觉，这不是懵里懵懂似有若无的记忆，这一回是明明白白确凿无疑的事实，而且看样子只要我活下去，这一事实就不会不是个事实。

我以前从不骂人，现在我想世上一切骂人的话之所以被创造出来就说明是必要的。是必要的，而且有时还是必然的结论。

三

不过是一秒钟的变故，现在说它已无多少趣味。是个夏夜，有云，天上月淡星稀，路上行人已然寥落，偶有粪车走过将大粪的浓郁与夜露的清芬凝于一处，其味不俗。我骑车在回家的路上，心里痛快便油然吹响着口哨，吹的是《货郎与小姐》中货郎那最有名的咏叹调。我刚刚看完这出歌剧。我确实感觉自己运气不坏。我即将出国留学，我的心思便是在这上头，在地球的另一面，当然并不限于那一面，地球很大。我的腰包里已凑齐了护照、签证、机票以及与此相关的一系列文件，一年又十一个月艰苦奋斗之所得。腰包牢牢系在裤腰带上，除非被人脱了裤子去这腰包是绝不可能丢的，这腰包的设计者今生来世均当有好报，这是我当时的想法。气温渐渐降下来，且有了一丝爽风。沿途的楼房里有人在高声骂娘又有人轻轻弹奏肖邦的练习曲，外地小贩便于路旁的暗影中撒开行李，豪爽地打响一串哈欠有如更夫的钟鼓。平凡的一个夏夜。我吹着口哨。地球是很大，我想在假期里去看看科罗拉多河的大峡谷，在另一个假期里去看看尼亚加拉大瀑布，平时多挣些钱且生活尽可能地简朴，说不定还可以去埃及看看胡夫大金字塔去威尼斯看看圣马可大教堂，还有法国的卢浮宫英国的伦敦塔日本的富士山坦桑尼亚的塞卢斯野生动物保护区等等，都看看，都去看一看，机会难得。我精力充沛我的身体结实如一头骆驼，去撒哈拉大沙漠走一遭也吃得消，再去乞力马扎罗山下露营，我不打狮子，那些可爱的狮子。我吹着口哨，我吹得不很好，但那曲子写得感人。我不是个禁欲主义者。莫非不是个禁欲主义者，他势必会有个妻子。她很漂亮很善良，很聪明，很健康很浪漫很豁达，很温柔而且很爱我，私下里她不费思索单凭天赋便想出无数奇妙的爱称来呼唤我，我便把世间其他事物都看得轻于鸿毛，相比之下在这方面我或许显得略笨，我光会说亲爱的亲爱的我最亲爱的，惹得她动了气给我一记最最亲爱的小耳光。真正的男人应该有机会享受一下软弱。不过事后他并不觉得英雄因此志短，恰恰相反，他将更出类拔萃，令他的妻子骄傲终生！凉爽的夏夜使人动情，使人赞美万物浮想纷纭，在那一秒钟之前有理由说莫非不是在梦想。我骑在车上,吹响一路货郎的那段唱。我盘算以四年时间拿下博士学位，然后回来为祖国效力。我不会乐不思蜀，莫非不是那种人，天地良心，知道我出去学什么吗？学教育，祖国的教育亟待改革迫切需要人才。莫非不是没能力去学天体物理抑或生物遗传工程，但莫非有志于祖国的教育事业，在那一秒钟之前我一直在一所中学里任教。我骑车拐上一条稍窄的街，那是我回家的必由之路，路面上树影婆娑，以后会证明这树影婆娑可与千刀万剐媲美。我依然吹着口哨。我是一个无罪的人。我想四年之后我回来，那时我就可以要一个儿子(当然在这之前需要结婚)，抑或是一个女儿，设若那时政策允许也可以是一个儿子又一个女儿，哪个在先哪个在后完全不在考虑之列，我看男女应该平等，唯愿儿子像我女儿像母亲,唯望这一点万勿颠倒了。这样想不对吗？我看不出这有什么错。我是个无罪的人,在那个夏夜以及那个夏夜之前我都是一个无罪的人。无罪，至少是这样。

我吹着《货郎与小姐》中最著名的唱段，骑车朝那万恶的一秒钟挺进。与此同时有一位我注定将要结识的年轻司机，也正朝这一秒钟匆忙赶来。

四

照理说，那不是个能给人留下深刻印象的夏夜，如果不是有人在马路上丢了一只茄子的话。我吹着口哨吹着货郎的唱段，我的前车轮于是轧到那只茄子，事后知道那茄子很大很光又很挺实，茄子把我的车轮猛扭向左，我便顺势摔出二至三米远，摔进那一秒钟内应该发生的事里去了。只听一声尖厉的急刹车响，我的好运气就此告罄，本文迄今所说的那些好事全成废话，全成了废话一堆。成了一个永久的梦例。

否则也就无事，问题出在它不把你撞死而仅仅把你的腰椎骨截然撞断。以往的一切便烟消云散烟消云散，烟消云散之后世界转过身去把它毫无人味的脊梁给你看，我是说给我看，给莫非。

五

在以后的日子里我常想起一只电动玩具母鸡，在沙地上煞有介事地跑，碰上个石子颠了个跟头翻了个滚儿，依然煞有介事地往前跑，可方向与当初满拧(有可能是前翻一周半加转体一百八十度)。我见人玩过那样一只电动玩具母鸡，隔一会儿下一个假蛋。

六

我躺在马路中央，想翻身爬起来可是没办到。前面提到过的那个年轻司机跑过来问我，你觉得怎么样？我说很奇怪好像我得歇一会儿了。司机便把我送到医院。

我说大夫我什么时候能好？我很快就要出国没有很多时间可耽误。大夫和护士们沉默不语，我想他们可能没弄懂我的意思，他们把我剥光了送上手术台，我说请把我裤腰带上那个腰包照看好，我还把机票的有效日期告诉了他们。一个女护士说哎呀呀都什么时候了。我心想时间是不早了，我说是不早了不过我这是急诊。女护士一动不动看了我有半分钟。这下我明白了，他们一时还不可能了解我，不了解我多年来的志向和脚踏实地的奋斗历程，也不了解那一年又十一个月的奔波和心血，因而不了解那腰包对我意味着什么。我鼓励大夫，您大胆干吧不要发抖，我莫非要是哼一声就不算是我。大夫握了握我的手说，我希望您从今天起尤其要时时保持这种勇气。我当时没听懂他这话中的潜台词。

七

事实真相不久便清楚了：我已经被种在了病床上，像一棵“死不了儿”被种在花盆里那样。对那棵“死不了儿”来说世界将永远是一只花盆、一个墙角、一线天空，直至死得了为止。我比它强些。莫非比它强些。“莫非我们倒要看你找一个什么样的天仙”——那样一个莫非，将比“死不了儿”强些。我于是仰天嚎啕大放悲声，闻其声恰似回到了自由自在的童年，观其状惟妙惟肖一个大傻瓜。我有个姐姐，她从遥远的地方赶来，紧紧把我搂住像小时候那样叫着我的小名儿，你别着急你别担心，你别这样别这样，无论如何我会照顾你一辈子的(你别哭你别闹，蚂蚱飞了，不就是蚂蚱飞了吗姐姐明天再给你逮一只来)。但这一次不是童年，蚂蚱也没飞，根本没有什么蚂蚱。飞了的是一条很好很好的脊髓。我把姐姐搡开，把我的手从她冰凉的手里掰出来，走！走开！所有的人都给我出去！！姐姐再度将我抱住，她的劲儿一时大得出奇。我看了一眼太阳，太阳还是原来的太阳，天呢？也还是在地上头。母亲没来，还没敢让母亲知道。父亲像个不会说话的瘦高的影子，无声地出去，又无声地回来，买了好多好吃的东西放在桌上；又无声地出去无声地回来,买了更多更好吃的东西放在我的床边。我吼一声，父亲激灵一下惊得闪开，我把花瓶打进痰桶，把茶杯摔进便盆，手表砸扁扔进纸篓，其余够得着的东西横扫遍地然后开始骂人，双手垫在脑后，看定了天花板，尽情尽意尽我所知的脏话向世界公布数遍，涕泪纵横直到天昏地暗时，然后累了，心如千年朽木糟成一团。偷偷在自己的大腿上掐一把，全无知觉，慌得紧把手缩回深恐是调戏了别人。这他娘的到底是怎么了呢？漫长的寂静中，鸽子在窗外咕咕咕地嘶鸣，空旷、虚幻，天地也似无依无着。

到底是怎么了呢？无人肯告与莫非。

八

警察向我说明出事的情况。那个年轻司机没什么错儿，您那么突如其来地蹿向马路中央是任何人所料不及的。司机没有超速行驶，没喝酒，刹车很灵也很及时，如果他再晚一秒钟踩刹车，警察说恕我直言，您就没命了。我说谢谢。警察说那倒不用，我们来向您说明情况是我们的工作。我说请问我有什么错儿没有？姐姐说你有话好好说。警察说，您也没什么错儿，您在慢行道内骑车并且是在马路右边，您是个自觉遵守交通规则的好公民，可谁骑车也不见得总注意到一只茄子，而且那条路上光线较暗。我说，树影婆娑。什么您说？是的树影颇多，从出事现场看您决不是有意去轧那个茄子的。我说，废话！姐姐说，莫非！警察叹口气，可您摔出去得太巧了，要是再早一秒钟的话，汽车就不至于碰到您。大夫也这么说过，太巧了，刚好把脊髓撞断，其他部位均未伤及。照您说这是我的错儿？警察说我没这么说，我只是说路上光线较暗，注意不到一只茄子是可以理解的。那么到底是谁的错儿？姐姐说，莫非——！我说，姐，难道我不能问这到底是谁的错儿吗？警察说，莫非同志您可以要求一点经济赔偿。滚他妈的经济赔偿，我眼下只缺一条完整的脊髓！莫非同志您这是无理要求，并且请您注意您对一个正在执行公务的警察的态度。我说既然如此，您有义务向我说明这到底是谁的错儿。茄子，警察说，如果您认为这样问很有意义的话，那么，茄子，你干吗不早不晚偏在那一秒钟去惹它？

九

日子便这样过去。每天所见无非窗外的旭日到夕阳。腰包里的文件犹在，默默然一部古书似的记载了无数动人的传说。

人类确凿不能将人类被撞断的脊髓接活，日子便这样过去。医学院的实习生们常来围了我，主治大夫便告诉他们为什么我是一个典型的截瘫病例：看看，上身多么魁伟，下身整个在萎缩。

日子便这样过去，消化系统竟惊人地好，毫不含糊地纳入各种很香的东西，待其出来时都变作统一的臭物。日子便这样过去。

向日葵收获了。夜来香的种子落在地上，随风埋进土里。天上悬了几日风筝，悬了几日，又纷纷不见了踪影。雪无声飘落。孩子们便嚷着在雪地上飞跑，啃着热气腾腾的烤白薯。我说哎，烤白薯！我是说世界并没有变，烤白薯仍旧还是烤白薯。父亲瘦高的身影却应声蹒跚于雪地上，向那卖烤白薯的炉前去……

日子便这样过去了又过去。苍天在上，莫非过上这样的日子实在是冤枉的。哭一回想一回，想一回哭一回，看来那警察的最后一句问话是唯一的可能有道理。

十

渐渐地我想起来了，在离出事地点大约二百米远的时候，我遇见了一个熟人。我记起来了，我吹着口哨吹着货郎的咏叹调看见了他，他摇着扇子在便道上走，我说嘿——！他回过头来辨认一下，说噢——！我说干吗去你？他说凉快够了回家睡觉去，到家里坐坐吧？他家就在前面五十米处的一座楼房里。我说不了，明天见吧我不下车了。我们互相挥手致意一下，便各走各的路去。我虽未下车，但在说以上那几句话时我记得我捏了一下闸，没错儿我是捏了一下车闸，捏一下车闸所耽误的时间是多少呢？一至五秒总有了。是的，如果不是在那儿与他耽误了一至五秒，我则会提前一至五秒轧到那只茄子，当然当然，茄子无疑还会把我的车轮扭向左，我也照样还会躺倒在马路中央去，但以后的情况就起了变化，汽车远远地见一个家伙扑向马路中央，无论是谁汽车会不停下么？不会的。汽车停下了。离我仅一寸之遥。这足够了。我现在在科罗拉多河大峡谷或在地球的其他地方而不是被种在病床上。不是。绝不是被种在病床上。那样一个莫非。那样一个令人以为要娶一个天仙的莫非。

十一

顺便提一句：至今仍只是十三人十八人次主动给莫非其人提过亲，其中十一回附有姑娘的照片。这三个数字以后再没有增长，这从一个侧面反映了今日之莫非与昨日之莫非断不是同一个莫非了。天地翻覆，换了人间。

我说这些没有其他意思，虽则莫非事实上是无辜的。

话说回来，姑娘们也是无辜的。一个姑娘想过一种自由的浪漫的丰富多彩的总而言之是健全的生活，这不是一个姑娘的过错。一对父母希望自己的女婿站在别人的女婿面前，更体现出自己晚年的幸福与骄傲，这不是一对父母的过错。析此理而演绎开去，上述三个数字的不再增长，不是媒人的过错，不是朋友们的过错，不是谁的过错。天高地厚，驴比狗大，没错。

十二

莫非之不幸，盖自那一至五秒的耽误。

我们不禁要问，我们也完全有理由这样问：是什么造成了莫非在距出事地点约二百米处遇见了那个熟人的？

这样我又想起来一件事，在我遇见那个熟人前三至五分钟时，我在一家小饭馆里吃了一个包子。我饿了，不是馋了当真是饿了，一个人饿了又路经一家小饭馆，吃便是必然的。上帝如果因此而惩罚我，我就没什么要说的了。我走进那家小饭馆，排在六个人后边成为第七个等候买包子的人。我说，包子什么时候熟？第六个人告诉我，您来得是时候，马上就要出笼了，我从上一锅等起已经等了半小时了。我便等了一会儿，心想这么晚了回家去也不再有饭，而我还是九小时以前吃的午饭呢。包子很快出笼了，卖包子的老妇人把包子一个个数进碟子，前六个人有吃四两的有买五斤拿走的，轮到我，老妇人说没了还有一个。我探头在笸箩里搜看，说，厨房里还有？老妇人说没了，就这一个了，您要不要？我说还蒸吗？她说明天还蒸，今天到点了。我看看墙上的大表：二十二点半。我就吃了那一个包子。现在让我们计算一下：如果我不是吃了一个包子而是吃了五个包子(我原打算是吃五个包子)，按吃一个费时二分钟计，我至少要晚八分钟离开那小饭馆。而我遇到那个熟人时，熟人正往家走且距离家只有五十余米，一个正常人走五十余米是绝然用不了八分钟的。我那熟人很正常，这一点由我来担保。这就是说，如果我早些到那小饭馆排在第五或第六位，我必吃五个包子，就不会遇见那个熟人，不会喊他，不跟他说那几句话，不必捏一下车闸，不耽误一至五秒从而不撞断脊髓，今日之莫非就在地球的另一面攻读教育学博士，而不在这儿，更不是坐在轮椅里。

十三

到现在问题已经比较明朗了。请特别注意小饭馆里第六个买包子的人所说的那句话，他说他从上一锅等起已经等了半个小时了。这就是说我若不能提前半小时到达那家小饭馆，则我必排名第七，必吃一个包子，必遇见那个熟人，必耽误一至五秒从而必撞断脊髓，今日之莫非就还是坐在轮椅里。

我们必须相信这是命。为什么？因为歌剧《货郎与小姐》结束的时候，是二十二点整。无论剧场离那家小饭馆有多远，也无论我骑车的速度如何，我都不可能在二十二点半之前半小时到达那家小饭馆，这是一个最简单的算术问题。这就是说，在我骑车出发去看歌剧的时候，上帝已经把莫非的前途安排好了。在劫难逃。

十四

现在就要看看上帝是用什么方法安排莫非去看那歌剧的了。

我说过我一直在一所中学里任教。出事的那天我本该十八点一刻下班的，历来如此，这儿看不出上帝的作用。下午第四节课是我的物理课，十八点一刻我准时说道：下课！学生们纷纷走出去，我也走出去。我走到院子里找到我的自行车，我准备直接回家，我希望在出国之前能和二老双亲多呆一会儿。这时候我听见身后有个学生问我：老师，我能回家了么？我才想起，这个学生是我在上第四节课时罚出教室的。事情是这样的：课上到一半时，这个学生忽然大笑起来，他坐在最后排靠近窗户，平时是个非常老实的学生，我有时甚至怀疑他智商不高。我说请你站起来。他站起来。我说请你解释一下你为什么笑？他低头不语。我说好吧坐下吧注意听讲。他坐下，但还是笑。我说请你再站起来。他又站起来。你到底笑什么？他不说话。我看得出他非常想克制住自己不笑，他用手捂住自己的嘴像女孩子那样，我一直怀疑他智商偏低。我说你坐下吧不许再笑了。他坐下但仍止不住地笑，课堂秩序便有些乱，淘气的学生们借机跟着大笑。我没办法只好请他出去，我说请你出去镇静镇静，否则大家都不能听课了。他很听话，自己走出去。放学时我几乎把他忘了，我相信他至少是性格里有些问题。可怜的孩子。我说你可以回家了,以后注意课堂纪律。结果他又开始笑，不停地笑。这下我有点生气了，我说到底有什么可笑的？就这样我问了他约二十分钟，毫无结果，他光是笑不肯回答。这时候，我们可敬的老太太校长喊我：莫老师，有张戏票你看不看？我问是什么。歌剧《货郎与小姐》，看不看？怎么想起来给我，您不去吗？她说她非常想去，可是刚刚接到教育局的电话有个紧急会议要她去参加，看不成了，你看不看？我说好吧我看。以后的事情我都说过了。

十五

之后我出院了。医院离家不远。我坐在轮椅里，二老双亲轮换着推我在街上走。杨树又已垂花，布谷鸟在晴朗的天上”好苦好苦”地叫得悠远，给人隔世之感。风吹鸟啼，渐悄渐杳，又听得有人喊我，莫非，莫非！是莫非么？我说没错儿是我。大学时的一个女同学站到我面前。怎么，莫非你怎么在这儿？我说依你看我应该在哪儿？你不是出国留学去了吗？你这是怎么了？我说你问我，你让我去问谁？她睁大了眼睛，她好像才注意到我的两条腿：这是怎么弄的？我说这很简单，再容易不过了。她脸红一下，在上大学时我常对她这么说，在她经常解不出一道数学题的当儿。母亲又忍不住落泪，拉了父亲站到远处去。五个包子的问题，我说，或者一个茄子。我便把事情的经过简要地告诉她。她说真是真是，唉——！我说我们必须承认这是命。她说，莫非你别这么想，莫非你要坚强，她眼泪汪汪的，莫非你要活下去。

遥远的姐姐来信也是这么说：你要活下去。谁也没说活下去是指活到什么时候，想必是活到死，可有谁不是活到死的呢？姐姐说，别担心，姐姐有一个窝头就有四分之一是你的（另外三个四分之一分别是姐姐、姐夫和小外甥的）。可我担心的是比窝头更重要的一些事，在活到死这一漫长的距离内有一些更重要的东西，那是贤惠的姐姐无法给我的。所以后来我就写写小说。所以后来女记者采访我的时候，我说是万般无奈沦落至此。如同落草为寇。

十六

多年以来我一直暗自琢磨，那个后排靠窗户坐的学生为什么突然笑起来没完？那是我命运的转折点。那孩子智商肯定偏低，但他笑得那么莫测高深，恰似命运的神秘与深奥。孩子的眼睛或许真有超凡的洞察力？不知道他在那一刻看见了什么。我想我要是能把他当时的笑态准确地画下来，我就能向各位展示命运之神的真面目了。

若不是那神秘的笑，我便不可能在那天晚上有一场《货郎与小姐》的歌剧票，我莫非博士今天已是衣锦还乡功成名就老婆孩子一大堆了。

十七

在那艰难岁月，我喜欢上了睡觉。我对睡觉寄予厚望，或许一觉醒来局面会有所改观：出一身冷汗，看一眼月色中卧室的沉寂，庆幸原是做了一场噩梦，躺在被窝里心嗵嗵跳，翻个身踹踹腿庆幸那不过是个噩梦，然后月亮下去，路灯也灭了闹钟也叫了，起床整理行装，走到街上空气清新，赶往飞机场还去赶我的那次班机……

应该说会做噩梦的人是世上最幸福的人，因为可以醒来，于是就比不会做噩梦的人更多了幸福感。

在那些岁月，我每每醒来却发现，我做了一个想从噩梦中醒来的美梦。做美梦是最为坑人的事，因为必须醒来。

要么从噩梦中醒来，要么在美梦中睡去，都是可取的。可在我，这事恰恰相反。

躺倒两年后，我开始写小说，为了吃，为了喝，为了穿衣和住房，还为了这行当与睡觉有异曲同工之妙，而且比睡觉多着自由——想从噩梦中醒来就从噩梦中醒来，想在美梦中睡去就在美梦中睡去，可以由自己掌握。同是天涯沦落人，浪迹江湖之上，小说与我相互救助度日，无关谦虚之事。

十八

终于有一天我又见到了我的那个学生，那个一向被我认为智商不高的学生。他在一本刊物上见了我的小说，便串联起一群当年的同学来看我。孩子们都长大了，胡子拉碴的，有两个正准备结婚。大家在一起回忆往事，说说笑笑很是快活。学生们提议，为莫老师成了作家，干杯！我这才想起问问那个学生，你那天为什么笑个没完呀？他仍羞羞怯怯推说不为什么。我换个问法，我说你看见了什么？他说，一只狗。一只狗？一只狗值得你那么笑吗？他说那只狗，说到这儿他又笑起来笑得不可收拾，但他终于忍住笑镇定了一下情绪，他毕竟是长大了，他说，那只狗望着一进学校大门正中的那条大标语放了个屁。大家都说他瞎胡编。他说我就知道说出来你们都不会信，反正那只狗确实是放了个屁，我听见的我看见的，很响但是发闷。大家还是不全信，说他有可能听错了。他便问我，莫老师您信吗？我没听错真的我没听错，确实是因为那个狗屁莫老师您信吗？

过了很久我说我信。我看那孩子的神情像个先知。

十九

如今当我做任何一件事情的时候，我都听见那声闷响仍在轰鸣。它遍布我的时空，经久不衰，并将继续经久不衰震撼莫非的一生。

为什么为什么为什么？为什么要有这一声闷响？

不为什么。

上帝说世上要有这一声闷响，就有了这一声闷响，上帝看这是好的，事情就这样成了，有晚上有早晨，这是第七日以后所有的日子。

1987 年 8 月 27 日

老屋小记

1. 年龄的算术

年龄的算术，通常用加法，自落生之日计，逾年加一；这样算我今年是四十五岁。不过这其实也就是减法，活一年扣除一年，无论长寿或短命，总归是标记着接近终点；据我的情况看，扣除的一定是多于保留的了。孩子仰望，是因为生命之囤满得冒着尖；老人弯腰，是看囤中已经见底。也可以用除法，记不清是哪位先哲说过：人为什么会觉得一年比一年过得快呢？是因为，比如说，一岁之年是你生命的全部，而第四十五年只是你生命的四十五分之一。还可以是乘法，你走过的每一年都存在于你此后所有的日子里，在那儿不断地被重新发现、重新理解，不断地改变模样，比如二十三岁，你对它有多少新的发现和理解你就有多少个二十三岁。

二十三岁时我曾到一家街道生产组去做工，做了七年。——这话没有什么毛病：我是我，生产组是生产组，我走进那儿，做工，七年。但这是加法或减法。若用除法乘法呢，就不一样。我更迷恋乘法，于是便划不清哪是我，哪是那个生产组，就像划不清哪是我哪是我的心情。那个小小的生产组已经没有了，那七年也已消逝，留下来的是我逐年改变着的心情，和由此而不断再生的那几间老屋，那些年月以及那些人和事。

2. 到老屋去

那是两间破旧的老屋，和后来用碎砖垒成的几间新房，挤在密如罗网的小巷深处，与条条小巷的颜色一致，芜杂灰暗，使天空显得更蓝，使得飞起来的鸽子更洁白。那儿曾处老城边缘，荒寂的护城河水在那儿从东拐向南流；如今，城市不断扩大，那儿差不多是市中心了。总之，那个地方，在这辽阔的球面上必定有其准确的经纬度，但这不重要，它只是在我的心情里存在、生长，一个很大的世界对它和对我都不过是一个悠久的传说。

我想去那儿，是因为我想回到那个很大的世界里去。那时我刚在轮椅上坐了一年多，二十三岁，要是活下去的话，料必还是有很长久的岁月等着我。V 告诉我有那么个地方，我说我想去。V 和我在一条街上住，也是刚从插队的地方转回来，想等一份称心的工作，暂时在那生产组干着。我说我去，就怕人家不要。V 说不会，又不是什么正式工厂，再说那儿的老太太们心眼儿都挺好。父亲不大乐意我去，但闷闷地说不出什么，那意思我懂：他宁可养我一辈子。但是“一辈子”这种东西，是要自己养的，就像一条狗，给别人养了就是别人的。所有正式的招工单位见了我的轮椅都害怕，我想万万不可就这么关在家里并且活着。

我摇着轮椅，V 领我在小巷里东拐西弯，印象中，街上的人比现在少十倍，鸽哨声在天上时紧时慢让人心神不定。每一条小巷都熟悉，是我上小学时常走的路，后来上了中学，后来又去“串联”又去“插队”又去住医院……不走这些路已经很久。过了一棵半朽的老槐树是一家有汽车房的大宅院，过了大宅院是一个小煤厂，过了小煤厂是一个杂货店，过了杂货店是一座老庙，很长很长的红墙，跟着红墙再往前去，我记得有一所著名的监狱。V 停了步，说到了。

我便头一回看见那两间老屋：尘灰满面。屋门前有一块不大的空场，就是日后盖起那几间新房的地方，秋光明媚，满地落叶金黄，一群老太太正在屋前的太阳地里劳作，她们大约很盼望发生点儿什么格外的事，纷纷停了手里的活儿，直起腰，从老花镜的上缘挑起眼睛看我。V“大妈，大婶”地叫了一圈儿，又仰头叫了一声“B 大爷”。房顶上还蹲着一个老头，正在给漏雨的屋顶铺沥青。

“怎么着爷们儿？来吧！甭老一个人在家里憋闷着……”B 大爷笑着说，露出一嘴残牙。他是说我。

3. D的歌

应该有一首平缓、深稳又简单的曲子，来配那两间老屋里的时光，来配它终日沉暗的光线，来配它时而的喧闹与时而的疲倦。或者也可以有一句歌词，一句最为平白的话，不紧不慢地唱，反反复复地唱，便可呈现那老屋里的生活，闻见它清晨的煤烟味，听见它傍晚关灯和锁门的轻响。

我们七八个年轻人占住老屋的一角，常常一边干活儿一边唱歌。七年中都唱过些什么，记不住也数不清。如今回想，会唱的歌中，却找不出哪一句能与我印象中那老屋里缓缓流动的情绪符合。能够符合它的只应当是一句平白的话，平白得甚至不要有起伏，唯颤动的一条直线，短短的，不断地连续。这样一句话似乎就在我耳边，或者心里，可一旦去找它却又飘散。

到这儿来的年轻人，有些是像V那样等着分配更好的工作的，有些则跟我一样，或轻或重地有着一份残疾。健康的一拨一拨地来了又一拨一拨地走了，残疾的每次招工都报名，但报名与落榜的次数相等。

D的嗓音并不亮，但音域宽，乐感好，唱什么是什么。D只是一条腿有点瘸，但除了跑不快，上树上房都不慢。“文革”已到后期，电影院里开始放映一些外国影片了，那里面的音乐和插曲让D着迷。《桥》哇，《流浪者》呀，《瓦尔特保卫萨拉热窝》，还有后来的《追捕》《人证》，D一律都看八九遍。《拉兹之歌》《丽达之歌》《草帽歌》，D都能用“外语”唱，嘀里嘟噜咿咿呜呜——D说：保证没错儿，不信咱再去看一遍。小T就笑。小T一边梳辫子一边说：“哇老天，您这可是哪国语呀，什么意思知道不？”D一脸不屑：“操心操心，你管它什么意思干吗？”小T说：“不知道什么意思就瞎唱！”D故作惊讶状：“嘿，我说小T，你平时可不笨，长得也挺好，咋不懂音乐呢？音乐！用不着他妈的什么意思。”小T红了脸：“音乐就音乐，你管我长得好不好呢？”小T的话里露出几分满足。

小T长得漂亮，自己知道，也知道别人知道。小T也爱打扮，不过在那年月里也真可谓“英雄无用武之地”，无非是把毛衣拆了织、织了拆，变出些大同小异的花样，或者刻意让衬衫的领子从工作服上面鲜艳夺目地翻出来。但那在翻滚着灰色和蓝色的老屋里和小街上，毕竟是一点新意。

D不光能唱，那些外国电影中的台词他差不多都能背诵。碰上哪天心里不痛快，早晨一来他就开戏，谁也不理，从台词到音乐一直到声响效果，全本儿的戏，不定哪一出。“空气在颤抖，仿佛天空在燃烧……”（语出《瓦尔特保卫萨拉热窝》）“看呀，天空多么蓝啊，往前走，对，往前走不要朝两边看……”(语出《追捕》)“那儿就你一个人吗？”“不，还有它。”“谁？”“死神。”（语出《爆炸》）“俄罗斯是农民的国家，没有城市也能活……”“啊，你描绘了一幅多么可怕的图画……”（语出《列宁在一九一八》）可惜我记不住那么多了。

组长L大妈冲D喊：“你整天这么演电影儿可不行，还干活儿不干？”

“你瞧我手底下闲着了吗？革命生产两不误嘛。”

“你影响别人！”

“谁？死神吗？”“滚，没人跟你贫嘴！想干就干，不想干回家！”

“啊，您描绘了一幅多么可怕的图画……”D把画笔往L大妈跟前一拍，“中国是人民的国家，不画这些臭画儿也能活！”

“好小子，有种的你走！你怎么不走呀？”

D跷起二郎腿，闭起眼睛唱歌：“妈妈～，杜哟瑞曼巴～得噢斯绰哈特～哟～给喂突密～？”（Mama，do you remember，the old straw hat you gave to me？）

L大妈冲大伙喊：“都干活儿，谁也甭理他！”

老屋里静下来，只有D的歌声“……我看这世界像沙漠，四处空旷无人烟，我和任何人都没来往，都没来往……”轻轻地有些窃笑。有几个老太太忍不住笑出声，劝D：“算了吧，别怄气，都挺不容易的，干吗呀这是？快，快干活儿。”D说一声“别打岔”，歌声依旧，一首又一首唱得陶醉，仿佛是他的独唱音乐会。L大妈脸上红一阵白一阵。天窗上漏下一道阳光，在昏暗的老屋里变换着角度走，灿烂的光柱里飘动着浮尘和D悠缓的歌声……阳光渐渐移在D的身上，柔和宁静，仿佛舞台灯光，应该再有一阵阵掌声才像话。

近午歌声才停。D走到L大妈跟前，拿过画笔，坐回到自己桌前干活。

L 大妈追过来："这就完啦？你算人不算？" D 不抬头："好男不跟女斗。"

"什么？小兔崽子，你说什么？！" L 大妈气昏。

D 慌忙起立，赔笑道："不不不，我是说，法律不承认良心，良心也不承认法律。"（《流浪者》台词）

L 大妈把画笔摔得满地，坐在门槛上一把鼻涕一把泪地哭诉，说她这可是图的什么？每月总共多拿两块钱，操心劳神还挨骂，可真是犯不上。如是等等。"是我不愿意你们青年人都分配上个好工作吗？跟我闹脾气顶他娘个屁用！不信你们就问问去，哪回招工的来了我不是挨个儿给你们说好话……"

4. 外汇

老太太们盼望着这个小生产组能够发达，发展成正式工厂，有公费医疗，一旦干不动了也能算退休，儿孙成群终不如自己有一份退休金可靠。她们大多不识字，五六十岁才出家门，大半辈子都在家里侍候丈夫和儿女。

我们干的活倒很文雅：在仿古的大漆家具上描绘仕女佳人，花鸟树木，山水亭台……然后在漆面上雕刻出它们的轮廓、衣纹、发丝、叶脉……再上金打蜡，金碧辉煌地送去出口，换外汇。

"要人家外国钱干吗呢，能用？" A 老太太很有些明知故问的意思，扫视一周，等待呼应。

"给你没用，国家有用。" G 大婶搭腔，"想买外国东西，就得用外国钱。"

"外国钱就外国钱吧，怎么叫外汇？"

"干你的活儿呗老太太——！知道那么多再累着。"

"我划算，外汇真要是那么难得，国家兴许能接收咱这厂子……"

老太太们沉默一会儿，料必心神都被吸引到极乐世界般的一幅图景中去了。

"哎，对了，U 师傅，您应当见过外汇？"

于是，最安静的一个角落里响起一个轻柔的声音："外汇是吗？哦，那可有很多种哪，美元、日元、英镑、法郎、马克……我也并不都见过。"这声音一板一眼字正腔圆，在简陋的老屋里优雅地漂浮，怪怪的，很不和谐，就像芜杂的窄巷中忽然闪现一座精致的洋房，连灰尘都要退避。“对呀对呀，纸币，跟人民币差不多……对呀，是很难得，国家需要外汇。”

这回沉默的时间要长些，希望和信心都在增长。

可是A老太太又琢磨出问题了：“咱们买外国东西用外国钱，外国买咱的东西不是也得用中国钱吗？那您说，咱这东西可怎么换回外汇来呢？”

“不，”U师傅细声地笑一下，“外国人买咱们的东西要付外汇。”

“那就不对了，都用他们的钱，合着咱的钱没用？”

U师傅光是笑，不再言语。

很多年以后，我在一家五星级饭店里看见了那样几件大漆的仿古陈设：一张条案、几只绣墩、一堂四扇屏风。它们摆布在幽静的厅廊里，几株花草围伴，很少有人在它们跟前驻足，唯独我一阵他乡遇故知般的欣喜。走近细看，不错，正是那朴拙的彩绘和雕刻，一刀一笔都似认得。我左顾右盼，很想对谁讲讲它们，但马上明白，这儿不会有人懂得它们，不会有人关心它们的来历，不会再有谁能听见那一刀一笔中的希望与岑寂。我摸摸那屏风纤尘不染的漆面，心想它们未必就是出自那两间老屋，但谁知道呢，也许这正是我们当年的作品。

5. 三子

冬天的末尾。冻土融化，变得温润松软时，B大爷在门前那块空场上画好一条条白线，砖瓦木料也都预备齐全，老屋里洋溢着欢快的气氛。但阵阵笑声不单是因为新屋就要破土动工，还因为B大爷带来的“基建队”中有个傻子。

“嘿，三子，什么风把你刮来了？”

“你们这儿不是要盖房吗？”

“嗬，几天不见长出息了怎的，你能盖得了房？”

三子愧怍地笑笑：“这不是有B大爷吗？”

三子？这名儿好耳熟。我正这么想着，他已经站到我跟前，并且叫着我的名字了。“喂，还认得我吗？”他的目光迟滞又迷离。

“噢……”我想起来了，这是我的小学同学，可怎么这样老了呢？驼背，而且满脸皱纹。“你是王……”

“王……王……王海龙。”他一脸严肃，甚至是紧张。

又有人笑他了：“就说‘三子’多省事！方圆十里八里的谁不知道三子？未必有谁能懂得‘王海龙’是什么东西。”

三子的脸红到耳根，有些喘，想争辩，但终于还是笑，一脸严肃又变成一脸愧怍，笑声只在喉咙里“哼哼”地闷响。

我连忙打岔：“多少年了呀，你还记得我？”

“那我还能不记得？你是咱班功课最棒的。”

众人又插嘴说：“那，最孬的是谁呢？”“小学上了十一年也没毕业的，是谁呢？”“俩腿穿到一条裤腿里满教室跳，把新来的女老师吓得不敢进门，是谁？”

“我——！妈了个 × 的！”三子猛喊一声，但怒容只一闪，便又在脸上化作歉疚的笑，随即举臂护头做招架的姿势。

果然有巴掌打来，虚虚实实落在三子头上。

“能耐你不长，骂人你倒学得快！”

“这儿都是你大妈大婶，轮得上你骂人？”

“三子，对象又见了几个啦？”

“几个哪儿够，几打了吧？”

“不行。”三子说。

“喂喂——说明白了，人家不行还是咱们不行？”

“三子！”B 大爷喊，“还不快跟我干活儿去？这群老‘半边天’一个顶一个精，你惹得起谁？”

B 大爷领着三子走了，甩下老屋里的一片笑骂。

B 大爷领着三子和 V 去挖地基，还有个叫老 E 的四十多岁的男人。三子一边挖土一边念念叨叨地为我叹息：“谁承想他会瘫了呢？唉，这下他不是也完了？这辈子我跟他都算完了……”V 听了就呲得三子：“你他妈完了就完了吧，人家怎么完了？再胡说留神我抽你！”三子便半天不吭声，拄着锹把低头站着。B大爷叫他，他也不动，B大爷去拽他，他慌忙抹了一把泪，脸上还是歉意的笑。——这些都是后来B大爷告诉我的。

6. 春天

三子的话刺痛了我。

那个二十三岁、两腿残废的男人，正在恋爱。他爱上了一个健康、漂亮又善良的姑娘。健康，漂亮，善良——这几个词太陈旧，也太普通了，但我没有别的词给她。别的词对于她都嫌雕琢。别的词，矫饰、浮华，难免在长久的时光中一点点磨损掉。而健康，漂亮，善良，这几个词经历了千百年。

属于那个年轻的恋爱者的，只有一个词：折磨。

残疾已无法更改，他相信他不应该爱上她，但是却爱上了，不可抗拒，也无法逃避，就像头上的天空和脚下的土地。因而就只有这一个词属于他：折磨。并不仅因为痛苦，更因为幸福，否则也就没有痛苦也就没有折磨。正是这爱情的到来，让他想活下去，想走进很大的那个世界去活上一百年。

他坐在轮椅上吻了她，她允许了，上帝也允许了。他感到了活下去的必要，就这样就这样，就这样一百年也还是短。那时他想，必须努力去做些事，那样，或许有一天就能配得上她，无愧于上帝的允许。偷偷地但是热烈地亲吻，在很多晴朗或阴郁的时刻如同团聚，折磨得到了报答，哪怕再多点儿折磨这报答也是够的。

但是总有一块巨大的阴影，抑或巨大的黑洞——看不清它在哪儿，但必定等在未来。

三子的话，又在我心里灌满了惶恐和绝望。一个傻人的话最可能是真的。

杨树的枝条枯长、弯曲，在春天最先吐出了花穗，摇摇荡荡在灰白的天上。我摇着轮椅，毫无目的地走。街上车水马龙人流如潮，却没有声音——我茫然而听不到任何声音，耳边和心里都是空荒的岑寂。我常常一个人这样走，一无所思，让路途填塞时间。劳累有时候能让心里舒畅、平静，或者是麻木。这一天，我沿着一条大道不停地摇着轮椅，不停地摇着，不管去向何方，也许我想看看我到底有多少力气，也许我想知道，就这么摇下去究竟会走到哪儿。

夕阳西坠时，看见了农田，看见了河渠、荒冈和远山，看见了旷野上的农舍炊烟。这是我两腿瘫痪后第一次到了城市的边缘。绿色还很少,很薄，裸露的泥土占了太重的比例，落霞把料峭的春风也浸染成金黄，空幻而辽阔地吹拂。我停下车，喝口水，歇一会。闭上眼睛，世界慢慢才有了声音：鸟儿此起彼落的啼鸣……

农家少年的叫喊或者是歌唱……远行的列车偶尔的汽笛声……身后的城市“隆隆”地轰响着，和近处无比的寂静……但是，我完了吗？如果连三子都这样说，如果爱情就被这身后的喧嚣湮灭，就被这近前的寂静囚禁，这个世界又与你何干？

睁开眼,风还是风,不知所来与所去,浪人一样居无定所。身上的汗凉了，有些冷。我继续往前摇，也许我想：摇死吧，看看能不能走出这个很大的世界……

然后，暮色苍茫中，我碰上了一个年轻的长跑者。

一个天才的长跑家——K。K 在我身旁收住脚步，愕然地看着我，问我这是要到哪儿去？我说回家。他说，你干吗去了？我说随便走走。他说你可知道这是哪儿吗？我摇摇头。他便推起我，默默地跑，朝着那座“隆隆”轰响的城市，那团灯火密聚的方向……

7. 长跑者

想起未开放的年代，一定会想起 K，想起他在喧嚣或寂静的街道上默默奔跑的形象。也许是因为，那个年代，恰可以这孤独的长跑为象征、为记忆、为诉说吧。

K 因为在“文革”中出言不慎，未及成年就被送去劳改，三年后改造好了回来，却总不能像其他同龄人一样有一份正式工作。所谓“改造好了”，不过是标明“那是被改造过的”（就像是“盗版”的），以免与“从来就好的”相混淆。这样，K 就在街道生产组蹬板车。蹬板车之所得，刚刚填平蹬板车之所需。力气变成钱，钱变成粮食，粮食再变成力气，这样周而复始。我和 K 都曾怀疑上帝这是什么意图。K 便开始了长跑，以期那严密而简单的循环能有一个漏洞，给梦想留下一点可能。K 以为只要跑出好成绩，他就可以真正与别人平等，或者得一份正式工作，或者再奢侈些——被哪个专业田径队选中。

K 推着我跑，灯火越来越密，车辆行人越来越多……K 推着我跑，屋顶上的月亮越来越高，越来越小，星光越来越亮越来越辽阔……K 推着我跑，“隆隆”的喧嚣慢慢平息着，城市一会比一会安静……万籁俱寂，只有 K 的脚步声和我的车轮声如同空谷回音……K 推着我跑，在我的印象中一直就没有停下，一直就那样沉默着跑，夜风扑面，四周的景物如鬼影幢幢……也许，恰恰我俩是鬼（没有“版权”而擅自“出版”了），穿游在午夜的城市，穿游在这午夜的千万种梦境里……

K 是个天才长跑家。他从未受过正规训练，只靠两样天赋的东西去跑：身体和梦想。他每天都跑两三万米，每天还要拉上六七百斤的货物蹬几十公里路，其间分三次吃掉两斤粮食而已。生产组的人都把多余的粮票送给他。谈不上什么营养，只临近大赛的那一个月，他才每天喝一瓶牛奶，然后便去与众多营养充足、训练有素的专业运动员比赛。年年的“春节环城赛”我都摇着轮椅去看他跑。年年他都捧一个奖杯或奖状回来，但仅此而已，梦想还是梦想。多少年后我和 K 才懂了那未必不是上帝的好意相告：梦想就是梦想，不是别的。

有个十三四岁的男孩要跟 K 学长跑，从未得到过任何教练指点的 K 便当起了教练。

后来，这男孩的姐姐认识了 K，爱上了 K，并且成了 K 的妻子——那时 K 仍然在拉板车，在跑，在盼望得到一份正式工作，或被哪个专业田径队选中。

热恋中的 K 曾对我说过一句话。他说他很久以来就想跟我说这句话了。他说：“你也应该有爱情，你为什么不应该有呢？”我不回答，也不想让他说下去。但是他又说：“这么多年，我最想跟你说的就是这句话了。”我很想告诉他我有，我有爱情，但我还是没有告诉他，我很怕去看这爱情的未来。

那时候我还没能听懂上帝的那一项启示：梦想如果终于还是梦想，那也是好的，正如爱情只要还是爱情，便是你的福。

8. U 师傅

U 师傅有什么梦想吗？U 师傅会有怎样的梦想呢？

U 师傅的脚落在地上从来没有声音，走在深深的小巷里形单影只，从不结群。U 师傅走进老屋里来工作，就像一个影子，几乎不被人发现。"U 师傅来了吗？"——如果有人问起，大家才往她的座位上望，看见一个满头乌发身材颀长的老女人，跟着听见一声如少女般细声细气的回答——"来了呀。"

我初来老屋之时，听说她已经有五十岁——除非细看其容颜，否则绝不能信。她的身段保持得很好，举手投足之间会令人去想：她必相信可以留住往昔，或者不信不能守望住流去的岁月。无论冬夏，她都套一身工作服，领口和袖口的扣子都扣紧。她绝不在公用的水盆中洗手，从不把早点拿来老屋吃。她来了，干活；下班了，她走。实在可笑的事她轻声地笑，问到她头上的话她轻声回答，回答不了的她说"真抱歉，我也说不好"，令她惊讶的事物她也只说一声"哟，是嘛"。

"U 师傅，您给大伙说两句外国话听听行不行？"

"不行呀，"她说，"都快忘光了。"

小 T 说："U 师傅，您听 D 唱的那些嘀里嘟噜的是外语吗？"

她笑笑，说："我听不懂那是什么语。"

小 T 便喊 D："嘿，你听见没有，连 U 师傅都听不懂，你那叫外语呀？"

D 走到 U 师傅跟前，客客气气地弓身道："有阿尔巴尼亚语，有南斯拉夫语，有朝鲜语，还有印度语。"

"哟，是吗？"U 师傅笑。

"U 师傅，我早就想请教您了，您说'杜哟瑞曼巴'是什么意思？"

"你说的大概是 do you remember，意思是，'你还记得吗'？"

"哎哟喂，神了。"D 挠挠头，再问，"那'得噢斯绰哈特'呢？"

U 师傅认真地听，但是摇头。

“一个草帽，是吗？”

“草帽？噢，大概是 the old straw hat，‘那个旧草帽’，是吗？”

“‘哟给喂突密’呢？”

“You gave to me，就是‘你给我’。哦，这整句话的意思应该是，‘妈妈，你还记不记得你给我的那个旧草帽。’”

D 点头咋舌，跷着大拇指在老屋里走一圈，回到自己的座位上去。

小 T 快乐得手舞足蹈：“哇，老天，D 哥们儿这回栽了吧？”

D 不理小 T，说：“U 师傅，我真不明白，您这么大学问可跟我们一块儿混什么？”

L 大妈的目光敏觉地投向 U 师傅，在那张阻挡不住地要走向老年的脸上停留一下，又及时移开：“D，干你的活儿吧，说话别这么没大没小的！”

听说 U 师傅毕业于一所名牌大学的西语系，听说 U 师傅曾经有过很好的工作，后来生了一场大病，病了很多年工作也就没了。听说 U 师傅没结过婚，听说不管谁给她介绍对象她都婉言谢绝。

U 师傅绝对是一个谜。老屋里寂寞的时刻，我偶尔偷眼望她，不经意地猜想一回她的故事。我想，在那五十几年的生命里面必定埋藏着一个非凡的梦想，在那优雅、平静的音容后面必定有一个牵魂动魄的故事。但是她的故事守口如瓶，就连老屋里的大妈大婶们也分毫不知，否则肯定会传扬开去。

应该是一个爱情故事，一个悲剧。应该是一份不能随风消散、不能任岁月冲淡的梦想，否则也就谈不上悲剧。应该并不只是对于一个离去的人，而是对于一份不容轻掷的心血，否则那个人已经离开了你，你又是甘心地守望着什么呢？等待他回来？我宁愿不是这样一个通俗的故事。如果他不回来（或不可能再回来），守望，就一定是荒唐的吗？不应该单单去猜测一种现实——何况她已经优雅而平静地接受了别人无法剥夺的：爱情本身。她优雅、平静但却不能接受的是：往日的随风消散。是呀，那是你的不能消散的心的重量，不能删减的魂的复杂，不能诉说的语言绝境，不能忘记的梦之神坛或大道。

到底是怎样一个故事并不重要。

有一次小T去U师傅家回来（小T是老屋唯一去过U师傅家的人），跟我们说:“哇，老天！告诉你们都不信，U师傅家真叫讲究喂，净是老东西。”

D说：“有比L大妈还老的东西？”

小T说：“我是说艺术品，字画，瓷器，还有太师椅呢。”

D说：“太湿，怎么坐？”

小T说：“你们猜U师傅在家里穿什么？旗袍！哇，老天，缎子的，漂亮死了！头发挽成髻，旗袍外面套一件开身绣花的毛坎肩，哇，老天，她可真敢穿！屋里屋外还养了好多好多花……”U师傅的梦想具体是什么，也不重要。

9. B大爷

B大爷七十多岁了。砌砖和泥、立柱架梁、攀墙上房，他都还做得。察领导之言、观同僚之色，他都老练。审潮流之时、度朝政之势，他都自信有过人之见——无非是“女人祸国”的歪论、“君侧当清”的老调。B大爷当过兵打过仗，枪林弹雨里走过来，竟奇迹般没留下一点伤残。不过他当的既非红军，亦非八路，也不是解放军。他说他跟“毛先生”打过仗。

“哪个毛先生？”

“毛主席呀，怎么了？”

“哎哟喂B大爷子！毛主席就是毛主席，能瞎叫别的？”

“不懂装懂不是？‘先生’是尊称，我服气他才这么叫他。当年我们追得毛先生满山跑，好家伙，陈诚的总指挥，飞机大炮的那叫狂，可追来追去谁知道追的是师傅哇？论打仗，毛先生是师傅，教你们几招人家还未准有工夫呢，你们倒他妈不依不饶地追着人家打？作死！师傅就是先生，‘先生’是尊称，懂不？”

“满山跑？什么山？”

“井冈山呀？怎么着，这你们又比我懂？”

“哪里哪里，你是师傅，啊不，先生。”

“噢嗬，不敢当，不敢当。”B大爷露出一嘴残牙笑。

他当过段祺瑞的兵，当过阎锡山的兵，当过傅作义的兵，当过陈诚的兵。

“那会儿不懂不是？”B大爷说，“心想当兵吃粮呗，给谁当还不一样？就看枪子儿找不找你的麻烦。饥荒来了，就出去当两天兵，还能帮助家里几个钱。年景好了就溜回来，种地，家里还有老娘在呢。唉，早要是明白不就去当红军了？”

“您当兵，也抢过老百姓？”

“苍天在上，可不敢。冲锋陷阵，闹着玩的？缺德一点儿枪子儿也找你。都说枪子儿不长眼，瞎说，枪子儿可是长眼。当官儿的后头督着，让你冲，你他妈还能想什么？你就得想咱一点儿昧良心的事儿没有，冲吧您哪。不亏心，没事儿，也甭躲，枪子儿知道朝哪儿走。电影里那都是瞎说。要是心虚，躲枪子儿，哪能躲得过来？咣当，挺壮实的一条汉子转眼就完了。我四周躺下过多少呀！当了几回兵，哪回我娘也没料着我能囫囵着回来。我说，娘，你就信吧，人把心眼儿搁正了，枪子儿绕着你走。”

“B先生，枪子儿会拐弯儿吗？”

“会，会拐弯儿。”

你惊讶地看着B大爷，想笑。B大爷平静地看着你，让你无由可笑。B大爷仿佛在回忆：某个枪子儿是怎样在他眼前漂漂亮亮地拐了弯儿的。

“这辈子我就信这个，许人家对不起你，不许你对不起人家。”

在基建队，B大爷随时护着三子，不让他受人欺侮。

晚上，三子独自东转西转，无聊了，就还是去B大爷那儿坐坐。

生产组的新车间盖好了，B大爷搬去那两间老屋里住，兼做守卫。木床一张，铺盖一卷，几件换洗的衣裳，最简单的炊具和餐具，一只不离身的小收音机——B大爷说：“这辈子就挣下这几样儿东西，不信上家里瞅瞅去，就剩一个贼都折腾不动的水缸。”

三子到B大爷那儿去，有时醉醺醺的。B大爷说：“甭喝那玩艺儿，什么好东西？”

三子说：“您不也喝？”B大爷说：“我什么时候死都不蚀本儿啦！喝敌敌畏都行。”三子说：“我也想喝敌敌畏。”B大爷喊他：“瞎说，什么日子你也得把它活下来，死也甭愁活也甭怕才叫有种！”三子便愣着，撕手上的老茧，看目光可以到达的地方。

B 大爷对旁人说 ：“三子呀，人可是一点儿不傻，只不过脑子不好使。”

脑子不好使而人并不傻，真是非凡之见。这很可能要涉及艰深的哲学或神学问题。比如说，你演算不出这非凡之见的正确，却能感受到它的美妙。

10. 浪与水

从老屋往北，再往东，穿过芜杂简陋的大片民居，再向北，就是护城河了。老城尚未大规模扩展的年代，河两岸的土堤上柽柳浓荫、茂草藏人，很是荒芜。河很窄，水流弱小、混浊，河上的小木桥踩上去嘎嘎作响，除去冰封雪冻的季节，总有人耐心地向河心撒网，一网一网下去很少有收获；小桥上的行人驻足观望一阵，笑笑，然后各奔前途。

夏天的傍晚，我把轮椅摇过小桥，沿河“漫步”，看那撒网者的执著。烈日晒了一整天的河水疲乏得几乎不动，没有浪，浪都像是死了。草木的叶子蔫垂着，摸上去也是热的。太阳落进河的尽头。蜻蜓小心地寻找露宿地点，看好一根枝条，叩门似的轻触几回方肯落下，再警惕着听一阵子，翅膀微垂时才是睡了。知了的狂叫连绵不断。我盼望我的恋人这时能来找我——如果她去家里找我不见，她会想到我在这儿。这盼望有时候实现，更多的时候落空，但实现与落空都在意料之内，都在意料之内并不是说都在盼望之中。

若是大雨过后，河水涨大几倍，浪也活了，浪涌浪落，那才更像一条地地道道的河了。

这样的时候，更要到河边去，任心情一如既往有盼望也有意料，但无论盼望还是意料，便都浪一样是活的。

长久地看那一浪推一浪的河水，你会觉得那就是神秘，其中必定有什么启示。“逝者如斯夫”？是，但不全是。“你不能两次踏进同一条河”？也不全是。似乎是这样一个问题 ：浪与水，它们的区别是什么呢？浪是水，浪消失了水却还在，浪是什么呢？浪是水的形式，是水的信息，是水的欲望和表达。浪活着，是水，浪死了，还是水，水是什么？水是浪的根据，是浪的归宿、是浪的无穷与永恒吧。

那两间老屋便是一个浪，是我的七年之浪。我也是一个浪，谁知道会是光阴之水的几十年之浪？这人间，是多少盼望之浪与意料之浪呢？

就在这样的时候，这样的河边，K 跑来告诉我：三子死了。

“怎么回事？”

“就在这河里。”

雨最大的时候，三子走进了这条河里，——在河的下游。

“不能救了？”

我和 K 默坐河边。

河上正是浪涌浪落，但水是不死的。水知道每一个死去的浪的愿望——因为那是水要它们去作的表达。可惜浪并不知道水的意图，浪不知道水的无穷无尽的梦想与安排。

“你说三子，他要是傻他怎么会去死呢？”

没人知道他怎么想。甚至没有人想到过：一个傻子也会想，也是生命之水的盼望与意料之浪。

也许只有 B 大爷知道：三子，人可不比谁傻，不过是脑子跟众人的不一样。

河上飘缭的暮霭，丝丝缕缕融进晚风，扯断，飞散，那也是水呀。只有知道了水的梦想，浪和云和雾，才可能互相知道吧？

老屋里的歌。应该是这样一句简单的歌词，不紧不慢反反复复地唱：不管浪活着，还是浪死了，都是水的梦想……

务虚笔记（节选）

一、写作之夜

1

在我所余的生命中可能再也碰不见那两个孩子了。我想那两个孩子肯定不会想到，永远不会想到，在他们偶然的一次玩耍之后，他们正被一个人写进一本书中，他们正在成为一本书的开端。他们不会记得我了。他们将不记得那个秋天的夜晚，在一座古园中，游人差不多散尽的时候，在一条幽静的小路上，一盏路灯在夜色里划出一块明亮的圆区，有老柏树飘漫均匀的脂香，有满地铺散的杨树落叶浓厚的气味，有一个独坐路边读书的男人曾经跟他们玩过一会儿，跟他们说东道西。甚至现在他们就已忘记，那些事在他们已是不复存在，如同从未发生。

但也有可能记得。那个落叶飘零的夜晚，和那盏路灯下一个孤单的身影，说不定会使他们之中的一个牢记终生。

但那不再是我。无论那个夜晚在他的记忆里怎样保存，那都只是他自己的历史。说不定有一天他会设想那个人的孤单，设想那个人的来路和去处，他也可能把那个人写进一本书中。但那已与我无关，那仅仅是他自己的印象和设想，是他自己的生命之一部分了。

男孩儿大概有七岁。女孩儿我问过她，五岁半——她说，伸出五个指头，随后把所有的指头逐个看遍，却想不出半岁应该怎样表达。当时我就想，我们很快就要互相失散，我和这两个孩子，将很快失散在近旁喧嚣的城市里，失散在周围纷纷纭纭的世界上，谁也再找不到谁。

我们也是，我和你，也是这样。我们曾经是否相遇过呢？好吧你说没有，但那很可能是因为我们忘记了，或者不曾觉察，忘记和不曾觉察的事等于从未发生。

2

在一片杨柏杂陈的树林中，在一座古祭坛近旁。我是那儿的常客。那是个读书和享受清静的好地方。两个孩子从四周的幽暗里跑来——我不曾注意到他们确切是从哪儿跑来的，跑进灯光里，蹦跳着跑进那片明亮的圆区，冲着一棵大树喊："老槐树爷爷！老槐树爷爷！"不知他们在玩什么游戏。我说："错啦，那不是槐树，是柏树。""噢，是柏树呀，"他们说，回头看看我，便又仰起脸来看那棵柏树。所有的树冠都密密地融在暗黑的夜空里，但他们还是看出来了，问我："怎么这一棵没有叶子？怎么别的树有叶子，怎么这棵树没有叶子呢？"我告诉他们那是棵死树："对，死了，这棵树已经死了。""噢，"他们想了一会儿，"可它什么时候死的呢？""什么时候我也不知道，看样子它早就死了。""它是怎么死的呢？"不等我回答，男孩儿就对女孩儿说："我告诉你让我告诉你！有一个人，他端了一盆热水，他走到这儿，哗——，得……"男孩儿看看我，看见我在笑，又连忙改口说："不对不对，是，是有一个人他走到这儿，他拿了一个东西，刨哇刨哇刨哇，咔！得……"女孩儿的眼睛一直盯着男孩儿，认真地期待着一个确定的答案："后来它就怎么了呀？"男孩略一迟疑，紧跟着仰起脸来问我："它到底怎么死的呢？"他的谦逊和自信都令我感动，他既不为自己的无知所羞愧，也不为刚才的胡猜乱想而尴尬，仿佛这都是理所当然的。无知和猜想都是理所当然的。两个孩子依然以发问的目光望着我。我说："可能是因为它生了病。"男孩儿说："可它到底怎么死的呢？"我说："也可能是因为它太老了。"男孩儿还是问："可它到底怎么死的呢？"我说："具体怎么死的我也不知道。"男孩儿不问了，望着那棵老柏树意犹未尽。

现在我有点儿懂了，他实际是要问，死是怎么一回事？活，怎么就变成了死？这中间的分界是怎么搞的，是什么？死是什么？什么状态，或者什么感觉？

就是当时听懂了他的意思我也无法回答他。我现在也不知道怎样回答。你知道吗？死是什么？你也不知道。对于这件事我们就跟那两个孩子一样，不知道。我们只知道那是必然的去向，不知道那到底是什么，我们所能做的一点儿也不比那两个孩子所做的多——无非胡猜乱想而已。这话听起来就像是说：我们并不知道我们最终要去哪儿，和要去投奔的都是什么。

3

窗外下起了今年的第一场秋雨，下得细碎，又不连贯。早晨听收音机里说，北方今年旱情严重，从七月到现在，是历史上同期降水量最少的年头。水，正在到处引起恐慌。

我逐年养成习惯，早晨一边穿衣起床一边听广播。然后，在白天的大部分时间里，若是没人来，我就坐在这儿，读书，想事，命运还要我写一种叫作小说的东西。仿佛只是写了几篇小说，时间便过去了几十年。几十年过去了，几十年已经没有了。那天那个女孩儿竟然叫我老爷爷，还是那个男孩儿毕竟大着几岁，说“是伯伯不是爷爷”，我松了一口气，我差不多要感谢他了。人是怎样长大的呢？忽然有一天有人管你叫叔叔了，忽然有一天又有人管你叫伯伯了，忽然有一天，当有人管你叫爷爷的时候你作何感想？太阳从这边走到那边。每一天每一天我都能看见一群鸽子，落在邻居家的屋顶上咕咕地叫，或在远远近近的空中悠悠地飞。你不特意去想一想的话你会以为几十年中一直就是那一群，白的，灰的，褐色的，飞着，叫着，活着，一直就是这样，一直都是它们，永远都是那一群看不出有什么不同，可事实上它们已经生死相继了若干次，生死相继了数万年。

4

那女孩儿问我看的什么书，(“老爷爷你看的什么书？”“不对，不是爷爷是伯伯。”“噢，伯伯你看的什么书？”）我翻给她看。她看看上面有没有图画。没有。“字书，”她说，语气像是在提醒我。“对，字书。”“它说什么？”“你还不懂。”是呀，她那样的年龄还不可能懂，也不应该懂。那是一本写给老人的书。

那是一个老人写下的书：一个老人衣袖上的灰／是焚烧的玫瑰留下的全部灰烬／尘灰悬在空中／标志着这是一个故事结束的地方。

不不，令我迷惑和激动的不单是死亡与结束，更是生存与开始。没法证明绝对的虚无是存在的，不是吗？没法证明绝对的无可以有，况且这不是人的智力的过错。那么，在一个故事结束的地方，必有其他的故事开始了，开始着，展开着。绝对的虚无片刻也不能存在的。那两个孩子的故事已经开始了，或者正在开始，正在展开。也许就从那个偶然的游戏开始，以仰望那棵死去的老树为开始，藉意犹未尽来展开。但无论如何，必有一天他们的故事也要结束，那时候他们也会真正看见孩子，并感受结束和开始的神秘。那时候，在某一处书架或书桌上，在床头，在地球的这面或那面，在自由和不自由的地方，仍然安静而狂热地躺着一本书——那个以“艾略特”命名的老人，他写的书。在秋雨敲着铁皮棚顶的时节，在风雪旋卷过街巷的日子，在晴朗而干旱的早晨而且忘记了今天要干什么，或在一个慵懒的午睡之后听见隐约的琴声，或在寂寥的晚上独自喝着酒，在一年四季，暮鼓晨钟昼夜轮回，它随时可能被翻开被合起，作为结束和开始，成为诸多无法预见的生命早已被预见的迷茫。那智慧的老人他说：我们叫作开始的往往就是结束／而宣告结束也就是着手开始。／终点是我们出发的地方。那个从童年走过来的老人，他说：如果你到这里来，／不论走哪条路，从哪里出发，／那都是一样／……／激怒的灵魂从错误走向错误／除非得到炼火的匡救，因为像一个舞蹈家／你必然要随着节拍向那儿“跳去”。这个老人，他一向年青。是谁想出这种折磨的呢？他说：是爱。这个预言者，在他这样写的时候他看见了什么？在他这样写的时候，这城市古老的城墙还在，在老城边缘的那座古园里，在荒芜的祭坛近旁，那棵老柏树还活着；是不是在那老树的梦中，早就有了那个秋天的夜晚和那两个孩子？或者它听见了来自远方的预言，于是坦然赴死，为一个重演的游戏预备下一个必要的开端？那个来自远方的预言：在编织非人力所能解脱的／无法忍受的火焰之衫的那双手后面。／我们只是活着，只是叹息／不是让这样的火就是让那样的火耗去我们的生命……。这预言，总在应验。世世代代这预言总在应验总在应验。一轮又一轮这个过程总在重演。

5

我生于1951年1月4日。这是一个传说，不过是一个传说。是我从奶奶那儿，从母亲和父亲那儿，听来的一个传说。

奶奶说：生你的那天下着大雪，那雪下得叫大，没见过那么大的雪。

母亲说：你生下来可真瘦，护士抱给我看，哪儿来的这么个小东西一层黑皮包着骨头？你是从哪儿来的？生你的时候天快亮了，窗户发白了。

父亲便翻开日历，教给我：这是年。这是月。这是日。这一天，对啦，这一天就是你的生日。

不过，1951年1月4日对我来说是一片空白，是零，是完全的虚无，是我从虚无中醒来听到的一个传说，对于我甚至就像一个谣言。“在还没有你的时候这个世界已经存在了很久”——这不过是在有了我的时候我所听到的一个传说。“在没有了你的时候这个世界还要存在很久”——这不过是在还有我的时候我被要求接受的一种猜想。

我在一篇文章中这样写过：我生于1951年。但在我，1951年却在1955年之后发生。1955年的某一天，我记得那天日历上的字是绿色的，时间，对我来说就始于那个周末。在此之前1951年是一片空白，1955年那个周末之后它才传来，渐渐有了意义，才存在。但1955年那个周末之后，却不是1955年的一个星期天，而是1951年冬天的某个凌晨——传说我在那时出生，我想象那个凌晨，于是1951年的那个凌晨抹杀了1955年的一个星期天。那个凌晨，奶奶说，天下着大雪。但在我，那天却下着1956年的雪，我不得不用1956年的雪去理解1951年的雪，从而1951年的冬天有了形象，不再是空白。然后，1958年，这年我上了学，这一年我开始理解了一点儿太阳、月亮和星星的关系，知道我们居住的地方叫作地球。而此前的比如

1957年呢，很可能是1964年才走进了我的印象，那时我才听说1957年曾有过一场反右运动，因而1957年下着1964年的雨。再之后有了公元前，我听着历史课从而设想着人类远古的情景，人类从远古走到今天还要从今天走去未来，因而远古之中又混含着对2000年的幻想，我站在今天设想过去又幻想未来，过去和未来在今天随意交叉，因而过去和未来都刮着现在的风。

6

往事，过去的生活，分为两种。一种是未被意识到的，它们都已无影无踪，甚至谈论它们都已不再可能。另一种被意识到的生活才是真正存在的，才被保存下来成为意义的载体。这是不是说仅仅这部分过去的生活才是真实的？不，好像也不，一切被意识到的生活都是被意识改造过的，它们只是作为意义的载体才是真实的，而意义乃是现在的赋予。那么我们真实地占有现在吗？如果占有，是多久？“现在”你说是多久？一分钟？一秒钟？百分之一秒抑或万分之一秒？这样下去“现在”岂不是要趋于零了？也许，“现在”仅仅是我们意识到一种意义所必要的时间？但是一切被意识到的生活一旦被意识到就已成为过去，意义一旦成为意义便已走向未来。现在是趋于零的，现在若不与过去和未来连接便是死灭，便是虚空。那么未来呢？未来是真实的吗？噢是的，未来的真实在于它是未来，在于它的不曾到来，在于它仅仅是一片梦想。过去在走向未来，意义追随着梦想，在意义与梦想之间，在它们的重叠之处就是现在。在它们的重叠之处，我们在途中，我们在现在。

7

但是，真实是什么呢？真实？究竟什么是真实？

当一个人像我这样，坐在桌前，沉入往事，想在变幻不住的历史中寻找真实，要在纷纷纭纭的生命中看出些真实，真实便成为一个严重的问题。真实便随着你的追寻在你的前面破碎、分解、融化、重组……如烟如尘，如幻如梦。

我走在树林里，那两个孩子已经回家。整整那个秋天，整整那个秋天的每个夜晚，我都在那片树林里踽踽独行。一盏和一盏路灯相距很远，一段段明亮与明亮之间是一段段黑暗与黑暗，我的影子时而在明亮中显现，时而在黑暗中隐没。凭空而来的风一浪一浪地掀动斑斓的落叶，如同掀动着生命给我的印象。我感觉自己就像是这空空的来风，只在脱落下和旋卷起斑斓的落叶之时，才能捕捉到自己的存在。

往事，或者故人，就像那落叶一样，在我生命的秋风里，从黑暗中飘转进明亮，从明亮中逃遁进黑暗。在明亮中的，我看见他们，在黑暗里的我只有想象他们，依靠那些飘转进明亮中的去想象那些逃遁进黑暗里的。我无法看到黑暗里他们的真实，只能看到想象中他们的样子——随着我的想象他们飘转进另一种明亮。这另一种明亮，是不真实的么？当黑暗隐藏了某些落叶，你仍然能够想象它们，因为你的想象可以照亮黑暗可以照亮它们，但想象照亮的它们并不就是黑暗隐藏起的它们，可这是我所能得到的惟一的真实。即便是那些明亮中的，我看着它们，它们的真实又是什么呢？也只是我印象中的真实吧，或者说仅仅是我真实的印象。往事，和故人，也是这样，无论他们飘转进明亮还是逃遁进黑暗，他们都只能在我的印象里成为真实。

真实并不在我的心灵之外，在我的心灵之外并没有一种叫作真实的东西原原本本地呆在那儿。真实，有时候是一个传说甚至一个谣言，有时候是一种猜测，有时候是一片梦想，它们在心灵里鬼斧神工地雕铸我的印象。

而且，它们在雕铸我的印象时，顺便雕铸了我。否则我的真实又是什么呢，又能是什么呢？就是这些印象。这些印象的累积和编织，那便是我了。

有过一个著名的悖论：

下面这句话是对的

上面这句话是错的

现在又有了另一个毫不逊色的悖论：

我是我的印象的一部分

而我的全部印象才是我

（节选自人民文学出版社2007年版《务虚笔记》）

我的丁一之旅（节选）

第一部分

1. 标题释义

所谓“丁一”，既可入乡随俗认作我一度的姓名，亦可溯本求根，理解为我所经历的一段时期，经过的一处地域，经受的一种磨难抑或承受的一次担负。这么说吧，在我漫长或无尽的旅行中，到过的生命数不胜数，曾有一回是在丁一。丁一之旅纷繁杂沓，尘嚣危惧，歧路频频，留给我的印象尤为深刻。如今远在史铁生，张望时间之浩瀚，魂梦周游，常仿佛又处丁一。所以想写写那一回的感受——算不上小说，更未必够得上文学，最可以曲为比附的是回忆录；就比如“A 在某年某月”，“B 的某种生涯”，“C 的某地之行”，本文取题即为“我的丁一之旅”。

但有一点说明：当时并无著述之念，故未留下任何笔记实录，如今经生隔世再看丁一，难免会有张冠李戴记混了的地方。

2. 引文与回想

“太初，上帝创造宇宙，大地混沌，没有秩序。怒涛澎湃的海洋被黑暗笼罩着。上帝的灵运行在水面上。……后来，上帝用地上的尘土造人，把生命的气吹进他的鼻孔，他就有了生命。”（《旧约·创世记》）

归根结蒂我来自那里。生命，无不源于那时。

“后来，主上帝说：人单独生活不好，我要为他造一个合适的伴侣……于是主上帝用地上的尘土造了各种动物和飞鸟，把它们带到那人面前……但是它们当中没有一个适合作他的伴侣……于是主上帝使那人沉睡。他睡着的时候，主上帝拿下他的一根肋骨……用那根肋骨造了一个女人，把她带到那人面前。那人说：我终于找到我骨里的骨，我肉中的肉……”(《旧约·创世记》)

亚当和夏娃就是从那时起相互区分，也是从那时起相依为命。

那时，在那个园子里，男人亚当和女人夏娃都是光着身子，但他们从不觉得羞耻。然而，某日黄昏，“他们听见主上帝在园子里走，就跑到树林中躲起来。但是主上帝呼唤那人：你在哪里？他回答：我听见你在园子里走，就很害怕，躲了起来，因为我赤身露体。上帝问：谁告诉你，你光着身体呢？你吃了我禁止你吃的果子了吗？那人回答：你赐给我、作我伴侣的那女人给我果子，我就吃了。主上帝问那女人：你为什么这样做呢？她回答：那蛇诱骗我，所以我吃了。”“后来，主上帝说：那人已经跟我们一样，有了辨别善恶的知识；他不可又吃生命树的果子而永远活下去。于是主上帝把他赶出伊甸园……”(《旧约·创世记》)

就这样他们离开了诞生之地。

就这样，我们从亚当和夏娃分头出发，像迁徙的鸟儿承诺着归来，我们承诺了相互寻找。

就这样他们不得永生，故而轮轮回回，以自称为“我”的心流生生相继，走在这漫长或无尽的旅途中。

3. 心识不死

如同水在沙中嘶喊，或风自魂中吹拂，虚无缥缈间凝聚起一点欲望——心识不死。我知道，我即将进入又一轮身形。

轻轻地飘摇，浮游，浪动，轻轻地漫展或玄想……这期间似有个声音在说着什么，扬扬浪浪，若虚若在，听不清楚……抑或不过是一种意念，仿佛向往，又近乎恐惧……而当我轻轻地开始附着，或渐渐地感到沉重之时，虚无急剧变幻，缥缈骤然有形：一团朦胧辉耀的光芒似从一抽象之点豁然铺陈……

紧接着一声余音荡荡的钟鸣，随之显现出亮白的窗纸、暗衬的窗棂、游动的光斑和树影，显现着四壁、屋顶、吊灯，以及一座古旧的时钟……于是乎由远而近我听见了丁一的哭喊，由虚而实，我看见了母亲的身影……

4. 初到丁一

我进入丁一时他尚幼小，但非刚刚落生。此丁落生之初我还未到，那时求生的本能令他有何作为，须待我到来之后才有所闻——不过是哭嚎吃睡等等吧，无需赘述。

我来了，他才睁开眼睛，准确说，他睁开的眼睛里才有了些成形的影象。那时的丁一就像一块原始僻壤，虽属蛮荒，却和谐自在，处处蕴藏生机。如今想来是我打破了他的平静。就好比搬进一所新居，我这儿瞧瞧，那儿望望，觉得一切都新奇有趣，于是**得意忘形**想放喉一唱。这下麻烦来了，我想的是唱，可他却哭，却叫，“咿咿呀呀”不成曲调。这才提醒了我：丁一蒙昧未开，还是一片荒原。

终于一天，他服从着我的意愿开始叫着母亲了；在他，这多属瞎蒙，在我则明确是期待着母亲慈爱的目光，和温柔的手指。他说不出整话，笨得一塌糊涂，我呢，干着急。我劝我不能急，我告诉我得等待，等到此丁各项功能都健全起来，譬如草木葳蕤丰茂，譬如繁花含苞绽放，那时才可指望他准确表达我的意图。我知道母亲也在等待。母亲一遍遍耐心地对他说着：“叫妈妈，叫呀？妈——妈，妈——妈！”试图从丁一之中唤醒我。其实我是多么想告诉母亲我来了我就在这儿，我多么想对母亲的呼唤做出回应呀，可是不行，我的回应必要通过丁一，可这丁尚处混沌，不能与我默契。我急得想喊，结果又惹得他哭叫，反让母亲心忧。没辙，真是没辙。我惟努力使他笑笑，使他胡乱向母亲挥动一双攥紧的小手。

太阳，那温暖明亮的一团，在丁一新鲜的眸中投下闪光。风，流虚飘幻，走过他和我。窗外，近的树影，远的山峦，以及那山峦背后的满天飞霞——

我不断把丁一的目光推向那儿，要他与我一同眺望，期待着未来我们能够一起步入其中。

5. 人形之器

“功欲善其事，必先利其器。”好呵好呵，丁一这人形之器也算差强我意！此器虽未健全，居中一时寂寞，但观其成年同类，或行或止，善思善想，可歌可泣，不由得我心中窃喜。就比如长河中一条航船，可以自在漂流；或比如大漠上一居小屋，可以安然归梦；再比如一台电脑，可记忆，可联想，可以交流，游戏……我料此丁之未来，惟胜其同类而绝无不及。

我看某些“灵长类”真是徒有虚名，何德何能竟妄称“灵长”？我看那些“啮齿类”、“腔肠类”倒是名符其实，吃了屙呗。说来可叹可笑，在我悠久的旅行中，曾有过误驻猿体的经历——咳咳，那敝器！携我镇日攀援吃睡，哪里是什么断灭了情思欲念，实在是懵懂困顿似绳索缚我于始终。还有一回，近乎失足落水，急慌慌我竟入鱼身——哎呀，那物荒头钝脑十足一副呆器！食其同族而肥大，却任异类来诱钓，来宰杀，一生随波逐流，至死含屈忍辱无言以对。犬马如何？哦天，那种冤魂的集散地，鱼且不如！附灵鱼身，或好似被一剂蒙汗药麻倒，或好比被一条大棒击昏，托魂犬马呢，便醒着，也只能以其四足为行走，以其哀慌的目光为视瞻！偶或逡巡四顾，像是看懂了什么，但终归还是“剪不断，理还乱”，低垂下两眼喊几声算完。

这人形之器你看多好！不单衣食宿行，还可嘻笑怒骂；不单近观远眺，还知居安思危；不单猎兽谋皮，还可饲禽取卵。就说这手吧，设计够多精巧！那指尖，既敏感到闭眼也能捡起一根发丝，却又耐得住烟熏火燎，譬如火中取栗。再说这眼睛，仰观俯察，秋毫明辨，不动声色只悄然一扫便知所处凶吉，便知来者善恶。还有这肠胃，且不说能把有用的养分吸收，把无用的废料排泄，它甚至能把错吞的污物自觉自动地呕出。这都不算，此人形之器最为突出的优越你当是什么？是游戏！是娱乐！进而是思想是审美！琴棋书画，文学戏剧，歌舞体育……此器无所不能。只说棒球一项，就让你惊讶；单看那球来棒打是何等精准，你便要叹服上帝这独一无二的造物。让电脑来试试，让机器人来试试，让任何别的器具都来试试，差得远哪！所以我来丁一。

所以我和丁一一起，开始了我们数十年的形影不离。

6. 在一起

我和丁一在一起——这话听起来简单，其实复杂，意蕴颇多。最直接的意思：我们同命运共呼吸，有福同享有难同当，总之，在他报废之前我们相依相携片刻不可以分离。然而，彻底不能分离的事物是用不着说“在一起”的，这便暗示了另外的可能：我和丁一有时也可各行其是。比如说做梦吧，就多半是我的事，那时节我上天入地为所欲为，丁一呢？谁都瞧得见，那厮猪也似的睡在床上动也不动。不过，要说与他无关确也有失公允。比如，他要是被一盘盘黄色录像激动得彻夜不安，我也就难得自由之梦，我甚至会被他的欲望左右，梦得春风荡漾，梦得色彩斑斓。再比如，他要是迷上了电子游戏，“噼里啪啦”一干通宵，我又如何能梦？当然我可以心不在焉，可以飘然入虚，不拘所在。可是，一俟我行我素他就要骂娘，这厮手底下一乱他就怨我，拍自己的大腿和脑门，一惊一诈弄得我趣意全无，只好怏怏然复归实际。说磨难也好，说担负也罢，总之，如是种种的不自由随时随地。比如他面见领导，我就不便胡思乱想（除非不怕撤职）；比如他立于讲台，我又不可以心猿意马（除非不怕下岗）；再比如他走在街上我得维护他的尊严（莫使人把咱轻看），他去拜见朋友我得照顾他的风度（吾丁非俗丁，尤其不是“二百五”）。特别是他要开上车，我就更没了自由，除非我想即刻弃他而去。但弃他而去又有什么意思呢？况且急的什么？我到过的生命多了，该离开时自然是要离开的，可刚到丁一就又闹着离开，岂不应了此地一句古训：吃饱了撑的？是呀，既来则安。既然说好了在一起，莫如诚心诚意风雨同舟，再苦再难也勿浅尝辄止。否则干吗来的？否则我不痛快，他也抱怨。再说了，哪儿还不一样？不是有人说嘛：自由总归是相对的，不自由才是永远。如此箴言，丁一初来乍到允许他听不懂，我经历的生命多了我不能记不住——生生世世生生世世，倘若一派自由，还谈什么经历、经过、经受和担负？何况我不也常弄得丁一烦恼？

比如上学时做题，比如说后来难免的写写算算，那丁于桌前灯下颦眉瞠目、绞尽脑汁也常是弄得个南辕北辙，咋回事？简单得很：我累了，对不起这会儿我得休息休息了！要不就是我正想着别的什么事——飘然人虚，或心猿意马。我这么看：有别人时我不辞劳苦维护你丁一的面子，没别人时你也该体会体会我的心情、照顾照顾我的爱好，不能总是我顺着你不是？得，这下你瞧他吧，把个脑袋一会在热水里泡泡，一会在凉水里镇镇，就差“头悬梁，锥刺股”了。然而不行还是不行；我真的是累了，或者我压根就对那些事没兴趣，你丁一硬来又能怎样？惟事倍功半，惟狗急然而墙高。比如外语，我记得上学时此丁没少下功夫，起早贪黑地背呀，摇头晃脑地念念有词，怎样呢？及格而已。可美术我就有兴趣，我有兴趣的事他干起来自然就得心应手。画画，我从来喜欢，故而那丁不费大事便常得老师表彰。美术老师拍拍他的肩膀，歪着脑袋瞅他如何一笔一笔如有神助：“嘿，你行！”夸得这厮云里雾里，心说到底出了什么鬼？怎么外语就不行，费那么大劲儿还是不行？怎么美术就好，玩似的老师就说好？我暗笑：什么鬼不鬼的，我呀！懂吗？但没用，这小子不可能明白。

7. 童话剧

顺便说一句：丁一最善之事，或该丁与我最为默契的配合，当在表演，莫过戏剧，兼及歌舞。

某年儿童节，孩子们演出童话剧《白雪公主》，丁一扮王子，一美貌女孩演公主。剧至公主为妖婆所害昏迷不醒，王子本当策马赶到，伏身施吻，救公主于危亡。可谁料，一见那女孩双目紧闭，玉体横陈，恍若香魂已去，这丁竟以为真，当下两眼发直，脚下踉跄不稳。我赶忙提醒他：*假的呀，哥们儿！演戏，这是演戏！*然而此丁情种，心迷气滞早已乱了方寸，哪还听得我说？只见他疯牛似的满台乱走一气，而后颓然跌坐，大泣失声。老师们慌作一团。观众席里“嘁嘁嚓嚓”。导演急呼：“闭幕！闭幕！”可就当此时，不期然台上却有动人一幕发生：那公主闻听王子已到，却缘何迟迟不来伏身？偷眼望去，恰那丁挥泪嚎啕，昏天黑地，公主或忧或怜，兼惊兼恐，居然离魂脱壳一般起身扑向王子，搂定那厮道："喂喂，我没死我没死！你看呀，我哪儿死了？"台下愕然，鸦雀无声。台上，倒像是王子死而复活，两个孩子相拥而泣。导演顿悟，再喊："快快！音乐，音乐！"剧尾乐章于是辉煌奏响，乌云散尽，漫天飞花，一对小情人历尽劫难，破涕为笑。满场欢声雷动，经久不息。众人皆跷指相庆：好哇，好！剧本修改得也好，表演更是情真意切！相比之下那伏身施吻岂不做作？既悖童心，又违国情。

8. 阿春与阿秋

那美貌女孩的名字已经记不清了，就叫她阿春吧，因为那"白雪公主"醒来时大地一片春光，又因为她的姐姐叫阿秋。没错儿，阿秋。阿秋比阿春可能要大着十岁还不止。

但我和丁一并未真正见过阿秋，只是听见她的声音，只是见过她的照片。阿春家有间屋子，里面摆的挂的全是阿秋跳舞的照片。

"她照这么多照片呀！"

"她跳舞，"阿春说："她又长得好看。"

阿秋的舞姿真是好看。

阿秋的身材也真是好看。

但是看不清她的脸。

"她有你好看吗？"

"妈说阿秋比我好看一百倍！"

*一百倍？*丁一想不清楚：*一百倍啥样？*我说：*废话，所以你算术不好。*

这时传来琴声。

阿春领着丁一走。走过安静的厅廊，走过深深的庭院，走过一棵蜂飞蝶舞、枝头缀满粉白色花朵的海棠树，走到了琴声的近旁。阿春说："嘘——，轻点儿！"阿春扒着门缝往里瞅瞅，再让丁一过来。

但是看不见阿秋。门缝中只见一个男人的背影；背影前面，肩膀上方，有一根飘飘摇摇的大鸟的羽毛。

"看见没，我姐？"

但还是看不见阿秋。只听见她的舞步，只听见她的喘息，只见那根白色的羽毛丝丝缕缕，在微细的气流中舒卷飘摇……

“弹琴的人是谁？”

“大哥哥。”

丁一直起腰来：“你哥？”

“不是，不是的，是大哥哥！”

那丁望望我：*大哥哥？*我佯装不解：*管那么多干吗呀你！*

然而阿春却抿着嘴笑；笑一会，贴近丁一耳边：“这是秘密。”

“啥秘密？”

“嗯……”阿春侧耳再听听那琴声，说，“现在可不能告诉你。”

“为啥？”

“因为，因为呀……我也不知道。”阿春“咯咯”地笑出声，对那秘密似浑然不知，又似懵然而有所觉悟。

我忽然感到那丁深处悠悠一坠，继而空空无着，好似绿野青天忽遇一片沙漠。

“走吧，没劲！”他说。

阿春却似已经忘记了什么秘密不秘密，追在丁一身前身后蹦蹦跳跳，不停嘴地说着：“每次都是这样的。每次阿秋跳舞，大哥哥就来给她伴奏……他们关起门来，谁也不让进……可有时候会让我进。今天要不是你，也许我就能进……”

弄不清这丁到底是出了什么事，只见他快步离开，一路怏怏自语：“狗屁，我看他弹得一点儿都不好……”

阿春站住：“我怎么你啦？”

“我说他琴弹得一点儿也不好！”丁一并不停步。

阿春委屈地跟在他身后。

丁一说得倒也不错，那琴声确实配不上阿秋的舞步，配不上那根白色羽毛的优雅与动荡……

9. 懵懂之梦

是因为阿秋，丁一才有了这个梦吗？还是因为那天的事，触动了我由来已久的某种牵念？不知道。到现在我也不知道。日后那丁常以“梦是你的事呀”来敷衍塞责，意思是：这梦与他、与阿秋、与那天的事全不相干。好吧好吧，反正是证据难寻。但这个梦我却记得清楚，总之是某年某月某夜于那丁酣睡之时，忽一位无名女子翩然而至，与我共舞——

四周寂暗，若虚若无，惟一袭素白的衣裙飘飘展展。

“你是谁呀？”

夜色深沉，但在那素白衣裙的映照下，我却看她似曾相识。

“以前，咱们见过？”

她惟含笑不语，舞步依然，分毫不乱。

我转而悄问丁一：*喂，她到底谁呀？*

那丁年幼，正睡得一无所觉。

我便与那女子舞而又舞，并有丝竹为伴。直至远处亮起曙光，近处展开了田野、村庄，阡陌纵横……那舞似具魔力，我虽对这女子心存疑惧，脚下却不由得随她进退，欲罢不能……就像我在史铁生时读到的一句诗：除非得到炼火的匡救，因为像一个舞蹈家 / 你必然要随着节拍向那儿跳去。（艾略特的《四个四重奏》）

我目不转睛地看着她，看她的笑靥似含忧愁，或藏哀怨。很久很久她没有一句话，从始至终就这么跳着，轻得像风，像夜的宁静……但随着曙光的扩大，她优雅的面容开始模糊，窈窕的身形仿佛融化，素白的衣裙渐与白昼汇为一处……

“喂，你怎么了？你这是怎么啦！”

我惊叫着想要抓牢她，贴近她，抱紧她，然而双手一空，那女子已隐身不见。

我四处寻找，张望，在街道上在城市里，在千山万壑般的楼群中喊：“喂喂！你在哪儿？你在哪儿呀——！”

丁一猛醒，懵然呆坐。

喂，那女子你可认识？

年幼的丁一呆头呆脑地似乎想了一会。

那女子，你可曾见过？

丁一睡眼惺忪地“嗯”了一声，随即却又摇头。

*我怎么看她倒好眼熟？*我顾自回想。

我顾自回想时那丁已在母亲的催促下穿衣，排泄，洗漱，而后又吃又喝去了。

这是我来丁一的头一场梦。这梦早于阿秋或是晚于阿秋全无紧要，但从此以后，这不明由来的女子便频来入梦，骚扰丁一。

10. 天生情种

其实，芸芸人形之器，我所以选中丁一，重要的一条是看他天生情种。

丁一情种，这已在《白雪公主》的演出中得过证明，现又经其懵懂之梦再次确认。但是但是，何故一定要择情种而居呢？听我说，此地有句俗话，“是真才子自风流”，因故可料，情种断不会是傻瓜。但傻瓜又有何妨？傻瓜岂不更是逍遥乐在？唉，“一朝遭蛇咬，十年怕井绳”呀，傻瓜不由得让我想起误入猿身鱼体以及托魂犬马的往事。那类无思无欲的生命真正是过客，实在是瞎活，没点盼头，就像永远编织着一条没头没尾没有色彩的绳子。丁一一带嘛，固然也是永远地编织着一条道路，但这道路却非其它肉身、动器可比；比如猿鱼犬马那类畜牲，半辈子摇头晃脑，半辈子走来走去，终不过首尾相接的一具圈套！人的道路就不一样。人的道路千变万化多姿多彩，蕴含无限可能，孕育无穷盼念，就算痛苦也比着畜类多吧，但有惊讶、赞叹、欣赏和感动作为酬报，我看值得。所以我看中丁一，看好这**情种**；人的路途何故多姿多彩？你想吧，说到底是一个“情”字。

还有一点：我喜欢此丁的诚实。断非傻瓜的，不等于就狡诈。你看这丁，鲁莽，憨直，甚至有些愚蛮，这样的人多半诚实。诚实，倒不是说我们就没有隐私，就没有必要的伎俩，就可一切公开，不不不，而是说我与丁一互不欺瞒。*你说是吗，哥们儿？ / 当然当然。/ 我看你不光老实，而且明白。/ 你以为傻瓜都老实？* 是呀是呀，越是傻瓜才越要卖机灵。傻瓜之傻，殊因其总是蒙骗着自己。

（节选自人民文学出版社 2005 年版《我的丁一之旅》）

【诗歌卷】

如果清点我的遗物

请别忘记这片天空

那是我恒久的眺望

我的祈祷

我的痴迷、我的忧伤

我的精神在那儿羽翼丰满

我的鸽子在那儿折断翅膀

我的生命

从那儿来又回那儿去

天上、地下都是我的飞翔

鸽　子

所有窗外都是它们的影子
所有梦里都是它们的吟哦
像撕碎的纸屑，飞散的
　那些格子，和那些
　词不达意的文字……
被囚禁的欲望羽化成仙
怵目惊心，一片雪白
　划过阴沉的天际
在楼峰厦谷人声鼎沸的地方
　彻日徘徊。
峭立千仞的楼崖上
孤独的心在咕咕哼唱
　眺望方舟。
那洪水已平息了数千年
但在它们眼里
　却从未结束
汪洋，浩瀚，苍茫……
最是善辨方向的这些鸟儿呵
在拥挤不堪的欢庆声中
　四处流浪……
一遍遍起飞又一遍遍降落

中了魔法似的，一圈又一圈
　徒劳而返。
风中伫立，雨中谛听
风雨中是否残留着
祖先的消息？风雨中
你是否想起了，数千年
　淡忘的归途？

说一件最简单的事吧
你我之间，到底隔着什么？

每一双望眼都是一只孤单的
鸽子，每一行文字都是一群
　眺望的精灵。
期期艾艾，吟吟咏咏
漫天飘洒的可是天堂中
祭祀的飞花？抑或菩提树
　已枝叶飘零？

那绵长的哨音响自童年
　历长风沛雨
　过大漠群山
而如今，已思绪疏缓
响在我暮年的每一个
　宁静瞬间。
于是我看见——
　窗外是它们牵连的身影
　梦里是它们浩渺的吟哦
于是我听到——

　所有的吟哦都在呼唤
　所有的呼唤全是情缘
情缘入梦，化作白色鸟群
在苍茫的水面上，汇合成
　古老的哀歌。

这哀歌，唤醒童年的信仰
白色的鸟群，一代代
承载着转世的鸽魂。
归途如梦，还是
　梦即归途？不过
这流浪的心呵，真有必要
询问终点吗？梦却忘记了
　梦的缘由。
幸而鸽魂不散，哀歌不停
要我听从那由来已久的
投奔，抑或永恒的轮回
　心欲靠拢
　梦即交融
生命之花在黑夜里开放
在星光的隙间，千遍万遍
　讲述爱的寓言。
白色的鸟群便从黑暗中聚拢
于曦光微明的水面——
　无边无际地飞开
　无边无际地漫展
　无边无际于
在之无穷……

预言者

迷迷荡荡的时间呵
已布设好多少境遇！
偷看了上帝剧本的
预言者，心中有数。

因之一切皆有可能
而我只能在此，像
一名年轻的号手，或
一位垂暮的琴师。

应和那时间借以铺陈的
音乐，剧中情节，或
舞中之姿，以及预言者
未及偷看的，无限神思。

生 辰

这世界最初的声音被谁听去了？
水在沙中嘶喊，风
　自魂中吹拂
无以计数的虚无
如同咒语，惊醒了
一个以“我”为据的角度。

天使的吟唱，抑或
诸神的管弦，那声音
　铺开欲海情天
浪涌云飞，也许是
　思之所极的寂寞
　梦之所断的空荒
未来与过去，模铸进
一个名为“尘世”的玩具。

一阵不可企及的钟声里
一方透明的隔离后面——
玻璃的沁凉与沉实，被
　感觉到的时刻
天使和魔鬼相约而至，跳入

一个孩子的眼睛
他的皮肤
他的身体
他的限定，和他
不可限定的痴迷……

一条小街，无来由地
作为开端，就像
老祖母膝下的线团
滚开去，滚开去……
数不清的惊奇牵连成四季
冬去春来
花落花开
编织出一个球体的表面
河汉迢迢
关山漫漫
或缠绕成——比如说
潘多拉的应许
斯芬克思的诘问。

但那最初的声音里，你可听见
早已写下了最终的消息？
不过要等到秋天，等到
金风如舞
细雨如歌
方可悉闻她的旋律。是呀
老祖母早已心知肚明，而你
要记住她的表情
要跟随她的姿态

当一切都皈依了永恒复返
你或许才能听清，老祖母
默然而知或怡然哼唱的
　那个曲调。

另外的地方

时至今日
箴言都已归顺
那只黑色的鸟儿，在笼中
能说会道。
一张雄心勃勃的网上
消息频传
真理战胜真理
子弹射中子弹。

这时你要闭上双眼
置身别处，否则
光芒离你太近
喧嚣震破耳鼓。
　话语覆盖话语
　谎言揭露谎言
　诸神纷至沓来
白昼会抹杀黑暗。

　但你要听，以孩子的惊奇
或老人一样的从命
以放弃的心情

从夕光听到夜静。
在另外的地方
以不合要求的姿势
听星光全是灯火，遍野行魂
白昼的昏迷在黑夜哭醒。

而雨，知道何时到来
草木恪守神约
于意志之外
从南到北绿遍荒原。
风不需要理由
耕耘不需要理由
阳光和时间都不需要它
上帝说好呀，此外无言。

最后的练习

最后的练习是沿悬崖行走
梦里我听见，灵魂
像一只飞虻
在窗户那儿嗡嗡作响
在颤动的阳光里，边舞边唱
眺望即是回想

　谁说我没有死过？
出生以前，太阳
已无数次起落
悠久的时光被悠久的虚无
吞并，又以我生日的名义
卷土重来

　午后，如果阳光静寂
你是否能听出，往日
已归去哪里？
在光的前端或思之极处
时间被忽略的存在中
生死同一

秋天的船

我躺倒在甲板
枕断桅残樯，听浪
依旧传达水的消息——
　连绵不断
　连绵不断……
浸入我的行船。秋天
多么安静、畅朗、舒然
让人潜心体会，沉没的
　每一个深度
　每一次瞬间
像浪一样，回归
　水的心田……

淹没即是皈依
我久已的盼望——
　在忘川之滨
　看水色天魂……
秋风不止于收获，而在它
　镇定的节奏
　沉缓的歌吟
内容并不要紧，虽说

在所难免，就像我已漂泊了
　上万个暑夜寒晨。
多少次欲沉又浮，都只为
那节奏尚未降临；心绪
　慌张，不能听清那
　深处的思问。
而如今，在这张苍老的琴上
随处一敲，便都是
　美妙的弦音……

在遥远的春天
第一次传闻死的消息
我曾注目一个老人——
　混浊的眸光
　佝偻的脊背，以及
背后深阔的天际……
你惊诧于他的坦然，直到
四季更迭，死神的嗤笑
响进我的每一个骨节
方才幡然醒悟，他
并不在看，而只是听
听那无死无碍的风呵
　吹响落叶
　吹散浮云
吹动浪的玄想，吹醒
无处不在的——歌神

和弦，适合这个季节
　疏缓，深稳，回荡

　似天地应合……
顾自弹拨，顾自
前行，每一步都是
　宿命的歌唱
怒放的春花和夏天的苦雨
一切歧途，都因之
　得以匡正。
但是仔细听吧——就像
那位老人，你是否听出
　死即迁徙
　在却无穷
始终就是一件事呀：你
　和我，死也不能逃离。

希米，希米

希米，希米
我怕我是走错了地方
谁想却碰上了你！
你看那村庄凋敝
旷野无人、河流污浊
城里天天在上演喜剧。

希米，希米
是谁让你来找我的
谁跟你说我在这里？
你听那脚步零乱
呼吸急促、歌喉沙哑
人都像热锅上的蚂蚁。

希米，希米
见你就像见到家乡
所有神情我都熟悉。
看你笑容灿烂
高山平原、风里雨里
还是咱家乡的容仪。

希米，希米
你这顺水漂来的孩子
你这随风传来的欣喜。
听那天地之极
大水浑然、灵行其上
你我就曾在那儿分离。

希米，希米
那回我启程太过匆忙
独自走进这陌生之乡。
看这山惊水险
心也空荒，梦也恓惶
夜之望眼直到白昼茫茫。

希米，希米
你来了黑夜才听懂期待
你来了白昼才看破樊篱。
听那光阴恒久
在也无终，行也无极
陌路之魂皆可以爱相期？

节 日

呵，节日已经来临
请费心把我抬稳
躲开哀悼
挽联、黑纱和花篮
最后的路程
要随心所愿

呵，节日已经来临
请费心把这囚笼烧净
让我从火中飞入
烟缕、尘埃和无形
最后的归宿
是无果之行

呵，节日已经来临
听远处那热烈的寂静
我已跳出喧嚣
谣言、谜语和幻影
最后的祈祷
是爱地重逢

遗 物

如果清点我的遗物
请别忘记这个窗口
那是我常用的东西
我的目光
我的呼吸、我的好梦
我的神思从那儿流向世界
我的世界在那儿幻出奇景
我的快乐
从那儿出发又从那儿回来
黎明、夜色都是我的魂灵

如果清点我的遗物
请别忘记这棵老树
那是我常去的地方
我的家园
我的呼喊、我的沉默
我的森林从那儿轰然扩展
我的扩展从那儿通向空冥
我的希望
在那儿生长又在那儿凋零
萌芽、落叶都是我的痴情

如果清点我的遗物
请别忘记这片天空
那是我恒久的眺望
我的祈祷
我的痴迷、我的忧伤
我的精神在那儿羽翼丰满
我的鸽子在那儿折断翅膀
我的生命
从那儿来又回那儿去
天上、地下都是我的飞翔

如果清点我的遗物
请别忘记你的心情
那是我牵挂的事呵
我的留恋
我的灵感、我的语言
我的河流从你的影子里奔涌
我的波涛在你的目光中平静
我的爱人
没有离别却总是重逢
我是你的你也是我的——路程

［剧本卷］

大钟孤零零地守候在空地上。

四顾无人，连鸟儿也在别处。

只有太阳，静静地把树影缩小，而后伸长。

大钟周围的土地上，纷乱的脚印和车辙，明明标写着春天的力量。

地坛与往事（节选）
——改编暨阐述

本文可算作准剧本，或仅仅是对改编一个剧本的设想和提示。改编主要根据了史铁生的散文《我与地坛》、小说《老屋小记》和《我之舞》，同时援引了作者另外十四篇作品中的某些章节、片断。引文所出之篇目，均以字母为代码一一标明。

28. 重病之时

躺在“透析室”的病床上，看鲜红的血在“透析器”里汩汩地走——从我的身体里出来，再回到我的身体里去，那时，我常仿佛听见飞机在天上挣扎的声音，猜想上帝的剧本里这一幕是如何编排。(Q)

森的画外独白：*把身体比作一架飞机，要是两条腿（起落架）和两个肾（发动机）一起失灵，这故障不能算小，料必机长就会走出来，请大家留些遗言。*(Q)

有时候我设想我的墓志铭，并不是说我多么喜欢那路东西，只是想，如果要的话最好要什么？要的话，最好由我自己来选择。我看好《再别康桥》中的一句：“轻轻地我走了，正如我轻轻地来。”在徐志摩先生，那未必是指生死，但在我看来，那真是最好的对生死的态度，最恰当不过，用作墓志铭再好也没有。(Q)

仿佛在辽阔无边的水面上，仿佛在迷迷蒙蒙的雾霭里……重病之时，寒冷的冬天里有过一个奇迹——我在梦中学会了一支歌。梦中，一群男孩和女孩齐声地唱：生生露生雪，生生雪生水，我们友谊，幸福长存。莫名其妙的歌词，闻所未闻的曲调，醒来竟还会唱，现在也还会。那些孩子，有我认识的，也有的我从未见过，他们就站在我儿时的那个院子里，轻轻地唱，轻轻地摇，四周虚暗，瑞雪霏霏……(K)

森的画外音：*这奇妙的歌，不知是何征兆。*

懂些医道的人说好——"生生"，是说你还要活下去；"生水"嘛，肾主水，你不是肾坏了吗？那是说你的生命之水枯而未竭，或可再度丰沛。(K)

妻子没日没夜地守护着我，任何时候睁开眼，都见她在我身旁。我看她，也像那群孩子中的一个。

我说："这一回，恐怕真是要结束了。"

她说："不会。"(K)

"刚才，我想到一句诗，你要听吗？"

"当然。"

"我怕我是走错了地方 / 谁想却碰见了你！"

"谢谢。"

"只是不知道，来世，我能不能再找到你。"

"一定。我还会顺水漂来……"

那群如真似幻的孩子，在我昏黑的梦里翩然不去。那清明畅朗的童歌，确如生命之水，在我僵冷的身体里悠然荡漾……(K)

森的画外音：*我真的又活过来。太阳重又真实。昼夜更迭，重又确凿。*(K)

我又能摇着轮椅出去了，走上阳台，走到院子里……我把梦里的情景告诉妻子，她反倒脆弱起来，待我把那支歌唱给她听，她已是泪水涟涟……(K)

29. 今日地坛

碧瓦朱门早都焕然一新。绿地都围上了护栏。所有的道路也都重新铺过。

惟祭坛四周的老柏树，仍一如既往的苍翠、镇静，洒一地浓荫。再就是园子东北角的海棠和梨花，正是春光无限，一树树的淡粉与雪白，蜂也依旧，蝶也依旧……

森和淼于画外的交谈声——

那些孩子怎么说，让你下来，让他玩会儿？

孩子的想法都差不离，这样的事我碰上不止一次。

你怎么说呢，当时？

有那么一会儿，我真觉着我可以下来让他玩会儿。说不定这么一欠身，一迈腿，也就下来了，一切都好好的，不过是个梦。

淼叹了口气，轻得让人不易察觉，然后看一下森。正如所料：噩梦早已消散，至少在森的脸上已找不到丝毫痕迹。

森的顶发明显稀疏，已逾不惑之年，坐下一辆崭新的电动轮椅。淼在一旁，嫩绿色的风衣飘飘摆摆，尤显年轻。——乍看去倒像似是父女俩。

30. 大钟遗址

斋宫北墙外的那一片马尾松，并未比过去长高太多，但茂密依旧。森和淼，沿林边细长的小路缓步而行。

森的画外音：*这儿是园中最为僻静的地方，游人很少光顾。当年我常来这儿看书，钻进林中，无人打扰，一看就是几个小时。*

森在松林对面的一片草地前驻步，默望良久。

“那儿，原来，还有一口大钟。”他说。

“大钟？噢噢我懂，是不是那种……”淼双臂合拢，比划着。

森不及回答，绕着草地，测定那口大钟曾在的位置。

淼望着他，像在人山人海中望着他时一样。

好半天森才停下来，自语道：“是这儿，应该是这儿。”

淼才走近他，想问什么，又没问。

仍怕不够准确似的，森绕着草地再作查看，然后把轮椅开进草地中央，对淼说——或仍不过是自语：“没错儿，就是这儿。”

看着他这股突来的认真劲儿，淼已经猜到了什么。

有那么一会儿两个人都不说话，默默地望着那片草地出神。

天空中云聚云散，草地上时暗时明。明暗之间似有一缕箫声涌动，但稍纵即逝。

淼：“你怎么啦？”

森：“我？没有哇？哦，没事儿。”

淼飞快地看他一眼，意思是：没事儿？没事儿值得你这样？

森也感到了这一点，笑笑：“过去，我常在这儿等她。”

淼：“干吗不说约会？”

森：“对，约会。”

淼：“后来呢？”

森：“什么后来？后来你都知道了。”

淼：“我是说那口大钟，哪儿去了？”又是那副一心一意的眼神，一心一意地为他人担忧的样子。

森摇摇头：“不知道。有天来了一伙人，开个吊车，不知把它给搬哪儿去了。”

那一缕箫声终于压抑不住了，涌动得清晰起来，或仅止箫曲，或继而有歌——也可以是从头至尾的无字吟咏，也可以是譬如陆放翁的那首《钗头凤》，或与之类似的意境。不妨把它抄录下来，以供参考：

红酥手，黄藤酒，满城春色宫墙柳。东风恶，欢情薄，一怀愁绪，几年离索。错，错，错！

31. 空镜头：地坛情思

老树萌芽，荒林新绿，雾濛濛一片轻摇慢荡。箫歌延入：

春如旧，人空瘦，泪痕红浥鲛绡透。桃花落，闲池阁，山盟虽在，锦书难托。莫，莫，莫！

箫歌低回，缠绵悱恻，在红墙绿瓦（或是断壁残垣）间如流如淌。

森的画外音：*我不能去找她，只能等她来找我，这一点，是贯穿于那个“埋藏着的爱情故事”的基调。*

大钟孤零零地守候在空地上。

四顾无人，连鸟儿也在别处。

只有太阳，静静地把树影缩小，而后伸长。

大钟周围的土地上，纷乱的脚印和车辙，明明标写着春天的力量。

森的画外低诵：*设若枝桠折断，春天惟努力生长。设若花朵凋残，春天惟含苞再放。设若暴雪狂风，但只要春天来了，天地间总会飘荡起焦渴的呼喊……*(D)

32. 安静的桃花

森的低诵声延入：*我还记得一个伤残的青年，是怎样在习俗的忽略中，摇了轮椅去看望他的所爱之人……也许是勇敢，也许不过是草率，是鲁莽或无暇旁顾，他在一个早春的礼拜日起程……*(D)

他摇着轮椅，走过融雪的残冬，走过翻浆的土路，走过滴水的屋檐，走过一路上正常的眼睛……(D)

画外，森的低诵：*那时，伤残的春天并未感觉到伤残，只感觉到春天。*(D)

他摇着轮椅，走过解冻的河流，走过湿润的木桥，走过满天摇荡的杨花，走过幢幢喜悦的楼房……(D)

画外，森的低诵：*那时，伤残的春天并未有什么卑怯，只有春风中正常的渴望。*(D)

走过喧嚷的街市，走过一声高过一声的叫卖，走过灿烂的尘埃……(D)

画外，森的低诵：*那时，伤残的春天毫无防备，只是越走越怕那即将到来的见面太过俗常……*(D)

就这样，他摇着轮椅走进一处安静的宅区——安静的绿柳，安静的桃花，安静的阳光下安静的楼房，以及楼房投下的安静的阴影。(D)

画外，森的低诵：*整个春天，直至夏天，都是生命力独享风流的季节。长风沛雨，艳阳明月，那时田野被喜悦铺满，天地间充斥着生的豪情……那时候视觉呈一条直线，无暇旁顾……*(D)

她出来了。

可是怎么回事？她脸上没有惊喜，倒像似惊慌："你怎么来了？"

"呵老天，你家可真难找。"

她明显心神不定："有什么事吗？"

"什么事？没有哇？"

她频频四顾："那你……？"

"没想到走了这么久……"

她打断他："跑这么远干吗，以后还是我去看你。"

"咳，这点儿路算什么！"

她把声音压得不能再低："嘘——，今天不行，他们都在家呢。"

不行？什么不行？他们？他们怎么了？噢……她身后的那个落地窗，里边，窗帷旁，有张焦虑的脸，中年人的脸，身体埋在沉垂的窗帷里半隐半现……目光严肃，或是忧虑，甚至警惕。继而又多了几道同样的目光，在玻璃后面晃动。一会儿，窗帷缓缓地合拢，玻璃上只剩下安静的阳光和安静的桃花。

你看出她面有难色。

“哦，我路过这儿，顺便看看你。”

你听出她应接得急切：“那好吧，我送送你。”

“不用了，我摇起（轮椅）来，很快。”

“你还要去哪儿？”

“不。回家。”(D)

33. 长跑者 K

但他没有回家。他沿着一条大路走下去，一直走到傍晚，走到了城市的边缘，听见旷野上的春风更加肆无忌惮……(D)

在那儿，森又碰见了 K。这一回 K 什么都没说，便把森的手摇车调转 180 度，推着他继续跑……

K 推着我跑，灯火越来越密，车辆行人越来越多……K 推着我跑，屋顶上的月亮越来越高，越来越小，星光越来越亮越来越辽阔……K 推着我跑，“隆隆”的喧嚣慢慢平息着，城市一会儿比一会儿安静……万籁俱寂，只有 K 的脚步声和我的车轮声如同空谷回音……(B)

森的画外音：*K 因为在“文革”中出言不逊，未及成年就被送去劳改。三年后回来，却总不能像其他同龄人一样有一份正式工作……K 就在街道生产组蹬板车。蹬板车之所得，刚刚填平蹬板车之所需。力气变成钱，钱变成粮食，粮食再变成力气，这样周而复始。我和 K 都曾怀疑上帝这是什么意图。K 便开始了长跑，以期那严密而简单的循环能有一个漏洞，给梦想留下一点可能。*

K 盼望以他的长跑成绩来获得政治上真正的解放，他以为记者的镜头和文字可以帮他做到这一点。第一年他在春节环城赛上跑了第十五名，他看见前十名的照片都挂在了长安街的新闻橱窗里，于是有了信心。第二年他跑了第四名，可是新闻橱

窗里只挂了前三名的照片，他没灰心。第三年他跑了第七名，橱窗里挂前六名的照片，他有点怨自己。第四年他跑了第三名，橱窗里却只挂了第一名的照片。第五年他跑了第一名——他几乎绝望了，橱窗里只有一幅环城赛群众场面的照片。那些年我们俩常一起在地坛里呆到天黑，开怀痛骂，骂完沉默着回家，分手时再互相叮嘱：先别去死，再试着活一活看。(B)

K推着我跑，在我的印象中一直就没有停下……(B)

森的画外音：*后来有个姑娘爱上了他，并且嫁给了他……热恋中的K曾对我说过一句话。他说他很久以来就想跟我说这句话了。他说："你也应该有爱情，你为什么不应该有呢？"我不回答，也不想让他说下去。但是他又说："这么多年，我最想跟你说的就是这句话了。"我很想告诉他我有，我有爱情，但我还是没有告诉他，我很怕去看这爱情的未来。那时候我还没能听懂上帝的那一项启示：梦想如果终于还是梦想，那也是好的，正如爱情只要还是爱情，便是你的福。*(B)

K推着我跑在我的印象中一直就没有停下，一直就那样沉默着跑，夜风扑面，四周的景物如鬼影幢幢……也许，恰恰我俩是鬼——没有"版权"却擅自"出版"了，穿游在午夜的城市，穿游在这午夜的千万种梦境里……(B)

34. 异国透析室

静静的透析室，色彩并不单调：浅蓝色的透析机，淡粉色的护士们的衣装，洁白的四壁和门窗，殷红并汩汩流淌着的是血——由动脉里出来，经条条悬挂的管路，再从静脉回到身体里去。

透析机偶尔发出"嘀嘀"的警报，随即护士的脚步声便一路响来。

病人们倒都悠闲，聊天的，看报的，鼾声如雷的。

森躺在病床上，不断欠身朝窗外的小花园里张望——森和摄影师就在那些花丛中等候，但从这个角度怎么也看不见。

35. 小花园

摄影师捧着书，细看那一段，不由得读出声："它们是一片朦胧的温馨与寂寥，是一片成熟的希望与绝望，它们的领地只有两处：心与坟墓。比如说邮票，有些是用于寄信的，有些仅仅是为了收藏……[E]你是说这儿？"

森："还能是哪儿？真够迟钝的你可！"

摄影师再捧起书，反复琢磨。

小花园里鸟语花香，轻风徐徐，"嗡嗡"的蜂鸣有如眠歌。

森伸伸懒腰，打了个哈欠。

摄影师方有所悟："这个爱情故事，好像……是个悲剧？"[D]

森微闭双眼："你说的是婚姻，爱情没有悲剧。"[D]

摄影师惊讶地看着森，大惑不解："真够迟钝的，我可？"

"那可不是！"森说："对爱者而言，爱情怎么会是悲剧？对春天而言，秋天是它的悲剧吗？"[D]

摄影师："那结尾是什么？"[D]

"等待。"[D]

"之后呢？"[D]

"没有之后。"[D]

"或者说，等待的结果呢？"[D]

"等待就是结果。"[D]

"那，不是悲剧吗？"[D]

"不，是爱情。"[D]

摄影师继续发愣，好半天才把迷幻般的目光凝聚到森的脸上："那……你呢？"

森这才睁开眼睛："我咋啦？"

"那你跟他，是什么呢？"

"你只有过一次爱情？"

"不好意思，我好像还……一次都没有过。"

“我信吗？”

“我骗你？”

“你还没有过婚姻，这我信。可爱情……”淼指了指心口。

摄影师下意识地也摸摸胸口：“这也算？”

“这不算什么算？”

“我说的是成功的爱情。”

“对爱者而言，爱怎么会是失败？对春天而言，秋天是失败吗？”

淼站起身，走到治疗室的窗根下，欠起脚跟朝里面望，然后笑笑，做个手势，意思是：放心吧，我在哪！

摄影师的目光跟随着淼，跟随着她的每一个动作，直到她又坐回到原来的地方，才终于吞吞吐吐地说：“那么，那个女人，她……”

淼：“她会不会回来，是不是？痛快点儿！”

“是是是。那你，怎么想？”

“不知道。”

“不知道？！”

“不知道我是希望她回来，还是不希望她回来。”

摄影师惊得瞠目结舌。

“咋啦你，不要紧吧？”

“不行不行，我得承认我实在是有点儿迟钝。您的意思是？”

“真的，我有时真的是希望她能回来，他们能够重逢，隆重的、精彩的、非同凡响的重逢……可有时候，又不希望。你懂了吗？”

“真是抱歉，我没听出您比刚才多说了什么。”

“唉，你们这些男人，全都一根筋！”

“比如说，她要是回来了，那……你怎么办？”

“所以嘛！”

“所以什么呀？你快把我弄糊涂了。”

“你压根儿就不算明白！”

“那……他呢，他希望她回来吗？”

淼把头仰靠在椅背上，眸中映满天光，有一缕流云，有一只白色的鸟，有一丝闪闪烁烁的忧郁……

那只白色的鸟，飞得很高，飞得很慢，翅膀扇动得潇洒且富节奏，但在广袤无垠的蓝天里仿佛并不移动……(H)

淼在画外说道——与以往诵读的语速、音调完全一样：*如果上帝不允许一个人把他的梦统统忘掉得干净，就让梦停留在最美丽的位置……所谓最美丽的位置，并不一定是最快乐的位置，最痛苦的位置也行，最忧伤最熬煎的位置也可以，只是排除……*(H)

画外，摄影师问：*排除什么?*

36. 白色鸟

天上，白色的鸟，甚至雨中也在飞翔……贴着灰暗的天穹……更显得洁白，闪亮的长翅一上一下优美地扇动，仿佛指挥着雨，掀起漫天雨的声音……(H)

雨，飘洒在荒林中，飘洒在空地上，飘洒在大钟和钟旁的一顶雨伞上……橘红色的伞面遮住了一对恋人的脸，但可以看出：他们一同坐在那辆手摇车上……

画外，淼的回答——语速与那只大鸟收展翅膀的节奏一致：*F是说，只排除平庸……*(H)

白色的鸟像一道光，像梦中的幻影，在云中穿行，不知要飞向哪儿……雨响作一团……世界只剩下这声音，其他都似不复存在……(H)

那对恋人，相拥着，伞下似有喃喃低语……雨在橘红色的伞面上飞溅，密如鼓点，响如心动……因而，能听清的似乎只有这么一句："搂紧我，哦，搂紧我搂紧我……"

画外，森的回答——或许是受了那鼓点儿般的雨声的感染，语速也似急剧起来：*F是说：只排除不失礼数地把你标明在一个客人的位置上，把你推开在一个距离外，又把你限定在一种距离内：朋友。这位置，这距离，是一条魔谷，是一道鬼墙，是一个丑恶凶残食人魂魄的老妖，它能点金成石、化血为水、把你舍命的珍藏“唰啦”一下翻转成一块丑陋的浮云，轻飘飘随风而散……*(H)

摄影师在画外问道：*谁是F？*

画外，森几近一字一句地回答：*我是我的印象的一部分，而我的全部印象才是我。*(H)

天上，那只鸟在盘旋，穿云破雾地盘旋，大概并不想到哪儿去，专是为了掀起这漫天风雨……(H)

地上，那把橘红色的伞，被风吹起，又被雨打落，在林间的空地上翻滚，像一朵盛开时节忽而凋零的花……恋人已不知何往，惟那喃喃的低语——“搂紧我，哦，搂紧我搂紧我”——变作呼喊，在大钟四周盘桓不去，在天地之间震荡不息……

（节选自人民文学出版社2010年版《妄想电影》）

引文所出篇目及代码：(A)《想念地坛》(B)《老屋小记》(C)《给友人的一封信》(D)《比如摇滚与写作》(E)《我与地坛》(F)《轻轻地走与轻轻地来》(G)《我之舞》(H)《务虚笔记》(I)《合欢树》(J)《关于庙的回忆》(K)《重病之时》(L)《墙下短记》(M)《复杂的必要》(N)《秋天的怀念》(O)《老家》(P)《没有太阳的角落》(Q)《病隙碎笔1》

字体说明：(1) 宋体字为叙事与阐述 (2) 楷体字为引文——以字母标明出处 (3) 斜体字为画外音

【书信卷】

我越来越相信，人生是苦海，是惩罚，是原罪。对惩罚之地的最恰当的态度，是把它看成锤炼之地。既是锤炼之地，便有了一种猜想——灵魂曾经不在这里，灵魂也不止于这里，我们是途经这里！宇宙那宏大浑然的消息被分割进肉体，成为一个个有限或残缺，从而体会爱的必要。

给盲童朋友

各位盲童朋友，我们是朋友。我也是个残疾人，我的腿从二十一岁那年开始不能走路了，到现在，我坐着轮椅又已经度过了二十一年。残疾送给我们的困苦和磨难，我们都心里有数，所以不必说了。以后，毫无疑问，残疾还会一如既往地送给我们困苦和磨难，对此我们得有足够的心理准备。我想，一切外在的艰难和阻碍都不算可怕，只要我们的心理是健康的。

譬如说，我们是朋友，但并不因为我们都是残疾人我们才是朋友，所有的健全人其实都是我们的朋友，一切人都应该是朋友。残疾是什么呢？残疾无非是一种局限。你们想看而不能看。我呢，想走却不能走。那么健全人呢，他们想飞但不能飞——这是一个比喻，就是说健全人也有局限，这些局限也送给他们困苦和磨难。很难说，健全人就一定比我们活得容易，因为痛苦和痛苦是不能比出大小来的，就像幸福和幸福也比不出大小来一样。痛苦和幸福都没有一个客观标准，那完全是自我的感受。因此，谁能够保持不屈的勇气，谁就能更多地感受到幸福。生命就是这样一个过程，一个不断超越自身局限的过程，这就是命运，任何人都是一样，在这过程中我们遭遇痛苦，超越局限，从而感受幸福。所以一切人都是平等的，我们毫不特殊。

我们残疾人最渴望的是与健全人平等。那怎么办呢？我想，平等不是可以吃或可以穿的身外之物，它是一种品质，或者一种境界，你有了你就不用别人送给你，你没有，别人也无法送给你。怎么才能有呢？只要消灭了“特殊”，平等自然而然就会来了。就是说，我们不因为身有残疾而有任何特殊感。我们除了比别人少两条腿或少一双眼睛之外，除了比别人多一辆轮椅或多一根盲杖之外，再不比别人少什么和多什么，再没有什么特殊于别人的地方，我们不因为残疾就忍受歧视，也不因为残疾去摘取殊荣。如果我们干得好别人称赞我们，那仅仅是因为我们干得好，而不是因为我们事先已经有了被称赞的优势。我们靠货真价实的工作赢得光荣。当然，我们也不能没有别人的帮助，自尊不意味着拒绝别人的好意。只想帮助别人而一概拒绝别人的帮助，那不是强者，那其实是一种心理的残疾，因为事实上，世界上没有任何人不需要别人的帮助。

我们既不能忘记残疾朋友，又应该努力走出残疾人的小圈子，怀着博大的爱心，自由自在地走进全世界，这是克服残疾、超越局限的最要紧的一步。

给杨晓敏的信

杨晓敏：

您好！

看了您的论文。文章中最准确的一个判断是：我并非像有的人所估计的那样已经“大彻大悟”，已经皈依了什么。因为至少我现在还不知道“大彻大悟”到底意味着什么。

由于流行，也由于确实曾想求得一点解脱，我看了一些佛、禅、道之类。我发现它们在世界观方面确有高明之处（比如“物我同一”、“万象唯识”等等对人的存在状态的判断；比如不相信有任何孤立的事物的“缘起”说；比如相信“生生相继”的“轮回”说；比如“不立文字”、“知不知为上”对人的智力局限所给出的暗示；以及借助种种悖论式的“公案”使人看见智力的极限，从而为人们体会自身的处境开辟了直觉的角度，等等这些确凿是大智慧）。但不知怎么回事，这些妙论一触及人生观便似乎走入了歧途，因为我总想不通，比如说：佛要普度众生，倘众生都成了“忘却物我，超脱苦乐，不苦不乐，心极寂定”的佛，世界将是一幅什么图景？而且这可不可能？如果世间的痛苦不可能根除，而佛却以根除世间痛苦的宏愿获得了光荣，充其量那也只能是众生度化了佛祖而已。也许可能？但是，一个“超脱苦乐”甚至“不苦不乐”的效果原是一颗子弹就可以办到的，又为什么要佛又为什么要活呢？也许那般的冷静确实可以使人长寿，但如果长寿就是目的，何不早早地死去待机做一棵树或做一把土呢？如果欲望就是歧途，大致就应该相信为人即是歧途。比如说人与机器人的区别，依我想，就在于欲望的有无。科学已经证明，除去创造力，人所有的一切功能机器人都可以仿效，只要给它输入相应的程序即可，但要让机器人具有创造能力，则从理论上也找不到一条途径。要使机器人具有创造力，得给它输入什么呢？我想，必得是：欲望。欲望产生幻想，然后才有创造。欲望这玩意儿实在神秘，它与任何照本宣科的程序都不同，它可以无中生有变化万千这才使一个人间免于寂寞了。输入欲望，实在是上帝为了使一个原本无比寂寞的世界得以欢腾而作出的最关键的决策。如果说猴子也有欲望，那只能说明人为了超越猴子应该从欲望处升华，并不说明应该把欲望阉割以致反倒从猴子退化。而"不苦不乐"是什么呢？或者是放弃了升华的猴子，或者是退出了欲望的石头。所以我渐渐相信，欲望不可能无，也不应该无。当然这有一个前提，就是：我们还想做人，还是在为人找一条路，而且不仅仅想做一个各种器官都齐全都耐用的人，更想为人所独有的精神找一个美丽的位置。还得注意：如果谁不想做人而更愿意做一棵树，我们不应该制止，万物都有其选择生存方式的权利——当然那也就谈不上选择，因为选择必是出于欲望并导致欲望。说归齐，不想做人的事我们不关心（不想做人的人，自然也都蔑视我们这类凡俗的关心，他们这种蔑视的欲望我们应该理解，虽然他们连这凡俗的理解也照常地蔑视——我唯一放心的是他们不会认为我这是在暗含地骂人，因为那样他们就暴露了暗地里的愤怒，结果违反了"不苦不乐"的大原则，倒为我们这类凡俗的关心提出了证据）。我们关心的事，还是那一条或那一万条人的前途。

这就说到了"突围"。我确曾如您所判断的，一度甚至几度地在寻求突围。但我现在对此又有点新想法了——那是突不出去的，或者说别指望突出去。因为紧接着的问题是：出去又到了哪儿呢？也许我们下辈子有幸做一种比人还高明的生命体，但又怎么想像在一个远为高明的存在中可以没有欲望、没有矛盾、没有苦乐呢？而在这一点上佛说对了（这属于世界观）——永恒的轮回。这下我有点懂了，轮回绝非是指肉身的重复，而是指：只要某种主体（或主观）存在，欲望、矛盾、苦乐之类就是无法寂灭的。（而他又希望这类寂灭，真是世上没有不犯错误的人！）这下我就正像您所判断的那样"越走越逼近绝境"了，生生相继，连突围出去也是妄想。于是我相信神话是永远要存在的，甚至迷信也是永远要存在的。我近日写了一篇散文，其中有这么两段话："有神无神并不值得争论，但在命运的混沌之点，人自然会忽略着科学，向虚冥之中寄托一份虔敬的祈盼。正如迄今人类最美好的向往也都没有实际的验证，但那向往并不因此消灭。""我仍旧有时候默念着'上帝保佑'而陷入茫然。但是有一天我认识了神，他有一个更为具体的名字——精神。在科学的迷茫之处，在命运的混沌之点，人唯有乞灵于自己的精神。不管我们信仰什么，都是我们自己的精神的描述和引导。"我想，因为智力的有限性和世界的无限性这样一个大背景的无以逃遁，无论科学还是哲学每时每刻都处在极限和迷途之中，因而每时每刻它们都在进入神话，借一种不需实证的信念继续往前走。这不需实证也无从实证的信念难道不是一种迷信吗？但这是很好的迷信，必要的迷信，它不是出自科学论证的鼓舞，而是出于生存欲望的逼迫。这就是常说的信心吧。在前途似锦的路上有科学就够了，有一个清晰而且美妙的前景在召唤谁都会兴高采烈地往前走，那算得上幸运算不得信心，那倒真是凭了最初级的欲望。信心从来就是迷途上的迷信，信心从来就意味着在绝境中"蛮横无理"地往前走，因而就得找一个非现实的图景来专门保护着自己的精神。信佛的人常说"我佛慈悲"，大半都是在祈望一项很具体的救济，大半都只注意了"慈"而没有注意"悲"，其实这个"悲"字很要紧，它充分说明了佛在爱莫能助时的情绪，倘真能"有求必应"又何悲之有？人类在绝境或迷途上，爱而悲，悲而爱，互相牵着手在眼见无路的地方为了活而舍死地朝前走，这便是佛及一切神灵的诞生，这便是宗教精神的引出，也便是艺术之根吧。（所以艺术总是讲美，不总是讲理。所以宗教一旦失去这慈悲精神，而热衷于一个人或一部分人的物界利益时，就有堕落成一种坏迷信的危险。）这个悲字同时说明了，修炼得已经如此高超的佛也是有欲望的，比如"普度众生"，佛也是有苦有乐有欢有悲的。结果非常奇怪，佛之欲求竟是使众生无欲无求，佛之苦乐竟系于众生是否超脱了苦乐。这一矛盾使我猜想，此佛陀非彼佛陀，他早已让什么人给篡改了，倘非如此我们真是要这个劳什子干吗？无非是我们以永世的劫难去烘托他的光环罢了。所以，我一直不知道"大彻大悟"到底是什么，或者我不相信无苦无乐的救赎之路是可能的是有益的。所以，灭欲不能使我们突围，长寿也不能。死也许能，但突围是专指活着的行为。

那个围是围定了的，活着即在此围中。

在这样的绝境上，我还是相信西绪福斯的欢乐之路是最好的救赎之路，他不指望有一天能够大功告成而入极乐世界，他于绝境之上并不求救于“瑶台仙境，歌舞升平”，而是由天落地重返人间，同时敬重了慈与悲，他千万年的劳顿给他酿制了一种智慧，他看到了那个永恒的无穷动即是存在的根本，于是他正如尼采所说的那样，以自己的劳顿为一件艺术品，以劳顿的自己为一个艺术欣赏家，把这个无穷的过程全盘接受下来再把它点化成艺术，其身影如日神一般地作美的形式，其心魂如酒神一般地常常醉出躯壳，在一旁作着美的欣赏。（我并没有对佛、禅、道之类有过什么研究，只是就人们对它们的一般理解有着自己的看法罢了。不过我想，它们原本是什么并不如它们实际的效用更重要，即：“源”并不如“流”重要。但如果溯本清源,也许佛的精神与西绪福斯有大同,这是我从佛像的面容上得来的猜想,况且慈与悲的双重品质非导致美的欣赏不可。）所以宗教和艺术总是难解难分的，我一直这么看:好的宗教必进入艺术境界，好的艺术必源于宗教精神。

但是这又怎么样呢？从死往回看，从宇宙毁灭之日往回看：在写字台上赌一辈子钱，和在写字台前看一辈子书有什么不一样呢？抽一辈子大烟最后抽死，和写一辈子文章最后累死有什么不一样呢？为全套的家用电器焦虑终生，和为完美的艺术终生焦虑有什么不一样呢？以无苦无乐为渡世之舟，和以心醉于悲壮醉于神圣为渡世之舟又有什么不一样呢？如果以具体的生存方式论，问题就比较难说清，但把获得欢乐之前、之后的两个西绪福斯相比较，就能明白一个区别：前者（既便不是推石头也）仅仅是一个永远都在劳顿和焦灼中循环的西绪福斯，后者（无论做什么）则是一个既有劳顿和焦灼之苦，又有欣赏和沉醉之乐的西绪福斯，因而他打破了那个绝望的怪圈，至少是在这条不明缘由的路上每天都有一个悬念迭出的梦境,每年都有一个可供盼望的假期。这便是物界的追寻和（精）神界的追寻，所获的两种根本不同的结果吧。当然赌钱或许也能赌到一个美妙境界，最后不在乎钱而在乎兴奋了，那自然是值得祝贺的，但我想，真有这样的高人也不过是让苦给弄伤了心，到那牌局中去躲避着罢了，与西绪福斯式的欢乐越离得远些。

最后有一个死结，估计我今生是解它不开了：无论哪条路好，所有的人都能入此路吗？从理论上说人都是一样的构造，所以“人皆可成佛”，可是实际上从未有过这样的事实；倘若设想一个人人是佛的世界，便只能设想出一片死寂来，无差别的世界不是一片死寂能是什么呢？——至少我是想不出一个解法来。想而又想可能本就是一个荒唐者的行状，最后想出一个死结来，无非证明荒唐得有了点水平而已。那个欢乐的西绪福斯只是一个少数，正如那个“大彻大悟”的佛也是一个少数，又正如那些饱食终日的君主同样是一些少数，所谓众生呢？似乎总就是一出突围之戏剧的苦难布景，还能不体会一个“悲”字吗？

1990 年

给李健鸣I

李健鸣：

您好！

我正读刘小枫的一篇文章，谈卡夫卡的，《一片秋天枯叶上的湿润经脉》。其中有这样一段："这种受苦是私人形而上学意义上的，不是现世社会意义上的，所以根本不干正义的事。为这私人的受苦寻求社会或人类的正义，不仅荒唐，而且会制造出更多的恶。"我想，这就是写作永远可以生存的根据。人的苦难，很多或者根本，是与生俱来的，并没有现实的敌人。比如残、病，甚至无冤可鸣，这类不幸无法导致恨，无法找到报复或声讨的对象。早年这让我感到荒唐透顶，后来慢慢明白，这正是上帝的启示：无缘无故的受苦，才是人的根本处境。这处境不是依靠革命、科学以及任何功法可以改变的，而是必然逼迫着你向神秘去寻求解释，向墙壁寻求问答，向无穷的过程寻求救助。这并不是说可以不关心社会正义，而是说，人的处境远远大于社会，正如存在主义所说：人是被抛到世界上来的。人的由来，注定了人生是一场"赎罪游戏"。

最近我总想起《去年在马里昂巴德》，那真是独一无二的神来之笔。

人是步入岐途了，生来就像是走错了地方。这地方怎么一切都好像中了魔法？狂热的叫卖声中，进行的是一场骗术比赛，人们的快意多半系于骗术的胜利。在熙熙攘攘的人群（或者竟是千姿百态的木偶）中走，定一定神，隐隐地甚至可以听见魔法师的窃笑。

我想起《去年在马里昂巴德》，正像剧中人想起（和希望别人也想起）

去年在马里昂巴德那样，仿佛是想起了一个亘古的神约。这神约无法证实，这神约存在于你不断地想起它，不断的魂牵梦萦。但是中了魔法的人有几个还能再相信那神约呢？

“马里昂巴德”与“戈多”大有关联，前者是神约是希望，后者是魔法是绝境。

我经常觉得，我与文学并不相干，我只是写作（有时甚至不能写，只是想）。我不知道写作可以归到怎样的“学”里去。写作就像自语，就像冥思、梦想、祈祷、忏悔……是人的现实之外的一份自由和期盼，是面对根本性苦难的必要练习。写作不是能学来的（不像文学），并无任何学理可循。数学二字顺理成章，文学二字常让我莫名其妙，除非它仅仅指理论。还是昆德拉说得对：任何生活都比你想像的复杂（大意）。理论是要走向简单，写作是走进复杂。

当然，写作与写作不同，有些只是为了卖，有些主要是为了写。就像说书瞎子，嘴里说着的一部是为了衣食，心里如果还有一部，就未必是大家都能听懂的。

我曾经写过：人与人的差别大于人与猪的差别。人与猪的差别是一个定数，人与人的差别却是无穷大。所以，人与人的交往多半肤浅。或者说，只有在比较肤浅的层面上，交往是容易的。一旦走进复杂，人与人就是相互的迷宫。这大概又是人的根本处境，所以巴别塔总是不能通到天堂。

现在的媒体是为了求取大众的快慰，能指望它什么？

性和爱，真是生命中两个最重要的密码，任何事情中都有它们的作为：一种是走向简单的快慰，一种是走向复杂的困苦。难怪流行着的对爱情的看法是：真累。大凡魔法（比如吸毒，比如电子游戏）必要有一份快慰作吸引，而神约，本来是困苦中的跋涉。

造罪的其实是上帝。他把一个浑然的消息分割进亿万个肉体，和亿万种残缺的境况，寂寞的宇宙于是有了热火朝天的“人间戏剧”。但是在戏剧的后面（在后台，在散了戏回家的路上，在角色放弃了角色的时候）才有真相。我怀疑上帝更想看的也许是深夜的“戏剧”——梦境中的期盼。深夜是另一个世界，那时地球的这一面弥漫着与白天完全不同的消息，那是角色们卸装之后的心情，那时候如果魔法中得不深，他们可能就会想起类似“马里昂巴德”那样的地方，就会发现，每一个人都是那浑然消息的一部分，而折磨，全在于分割，分割之后的隔离。肉体是一个囚笼，是一种符咒，是一份残缺，细想一切困苦都是由于它，但后果却要由精神去担负。那大约就是上帝的意图——锤炼精神。就像是漂流黄河，人生即是漂流，在漂流中体会上帝的意图。

爱，就是重新走向那浑然消息的愿望，所以要沟通，所以要敞开。那是唯一符合上帝期待的行动吧，是上帝想看到的成果。

还有死。怕死真是人类最愚蠢一种品质。不过也可能，就像多年的囚徒对自由的担心吧，毕竟是一种新的处境。

病得厉害的时候，我写了一首小诗（自以为诗）：

最后的练习是沿悬崖行走 / 在梦里我听见 / 灵魂像一只飞虻 / 在窗户那儿嗡嗡作响 / 在颤动的阳光里，边舞边唱 / 眺望即是回想。

谁说我没有死过？ / 在出生以前 / 太阳已无数次起落 / 无限的光阴，被无限的虚无吞并 / 又以我生日的名义 / 卷土重来。

午后，如果阳光静寂 / 你是否能听 / 往日已归去哪里？ / 在光的前端，或思之极处 / 时间被忽略的存在中 / 生死同一。

至于这个乌烟瘴气的“现代”和“城市”，我真有点相信气功师们的说法，是末世的征兆。不可遏制的贪婪，对于一个有限的地球，迟早是灭顶之灾。只是不知道人们能否及时地从那魔法中跳出来？

您的通信建议非常好，可以随意地聊，不拘规则。确实有很多念头，只是现在总是疲劳，有时候就不往下想了。随意地聊聊和听听，可以刺激日趋麻木的思想。只是您别嫌慢，我笔下从来就慢，现在借着“透析”就更慢。

问候钱老师。

祝好！

史铁生

1998年11月14日

给李健鸣Ⅱ

李健鸣：

您好！

我又写了几行自以为诗的文字：

如果收拾我的遗物 / 请别忘记这个窗口 / 那是我最常用的东西 / 我的目光 / 我的呼吸和我的好梦 / 我的神思从那儿流向世界 / 我的世界在那儿幻出奇景 / 我的快乐 / 从那儿出发又从那儿回来 / 黎明夜色都是我的魂灵

大概是我总坐在四壁之间的缘故，唯一的窗口执意把我推向“形而上”。想，或者说思考，占据了我的大部分时间。我不想纠正，因为并没有什么纠正的标准。总去想应该怎样，倒不如干脆去由它怎样。唯望您能忍受。

我还是相信，爱情，从根本上说是一种理想（梦想，心愿），并不要求它必须是现实。

现实的内容太多，要有同样多的智谋去应对，势单力薄的理想因此很容易被扯碎，被埋没，剩下的是无穷无尽的事务、消息、反应……所以就有一种潇洒的态度流行：其实并没有什么爱情，有的只是实实在在的日子（换句话就是：哪有什么理想，有的只是真实的生活）。但这潇洒必定经不住迂腐的多有一问：其实并没有的那个东西，到底是什么？如果说不出没有的是什么，如何断定它没有呢？如果说出了没有的是什么，什么就已经有了。

爱情并非有形之物，爱情是一种心愿，它在思念中、描画中，或者言说中存在。呼唤它，梦想它，寻找它，乃至丢失它，轻慢它，都说明它是有的，它已经存在。只有认为性欲和婚姻就已经是它的时候，它消失，或者根本不曾出面。

所有的理想都是这个逻辑，没有它的根本不会说它，说它的都因为已经有它。

所以语言重要。语言的重要并不仅在于能够说明什么，更在于可以寻找什么，描画理想，触摸虚幻，步入可能。甚至，世界的无限性即系于语言的无限可能。

写作所以和爱情相近，其主要的关心点都不在空间中发生的事，而在“深夜的戏剧”里。布莱希特的“陌生化”，我想，关键是要解除白昼的魔法（即确定所造成的束缚），给语言或思悟以深夜的自由（即对可能的探问）。要是看一出戏，其实在大街上或商店里也能看到，又何必去剧场？要是一种思绪独辟蹊径，拓开了生命的可能之地，没有舞台它也已经是艺术（艺术精神）。有，或者没有这样的思绪在飘动，会造就两种截然不同的现实。

昨天有几个朋友来看我，不知怎么一来说起了美国，其中一个说：“美国有什么了不起？我可不想当美国人。”另一个说：“那当然，当美国人干吗？”这对话让我感慨颇多，当不当美国人是一回事，但想不想当美国人确实已经作为一个问题被提出、被强调了，事情就不再那么简单。比如，为什么没有人去考虑要不要当古巴人？或者，你即便声称想当古巴人，也不会在人们心中掀起什么波澜，或引起什么非难。所以，存在之物，在乎其是否已经成为问题，而有没有公认的答案倒可以轻视。

我也并不想当美国人，当然让我去美国玩玩我会很高兴，原因不在于哪儿更好，而在于哪儿更适合我。这都是题外话。再说一句题外话：有人（记不清是谁了）曾经说过：不可以当和尚，但不可以不想当和尚。此言大有其妙。

并非有形的东西才存在。想什么和不想什么，说什么和不说什么，现实会因而大不相同。譬如神，一个民族或者一个社会，相信什么样的神，于是便会有什么样的精神。所谓失神落魄，就是说，那个被言说、被思悟着的信仰（神）如果不对劲儿，现实（魄）必也要出问题。

三毛说“爱如禅，一说就错”，这话说得机灵，但是粗浅。其实禅也离不开说，不说怎么知道一说就错？“一说就错”只不过是说，爱，非语言可以穷尽。而同时也恰恰证明，爱，是语言的无限之域。一定要说它是语言的无限之域，是因为，不说（广义地说，包括思考与描画），它就没有，就萎缩，就消失，或者就变质。眼下中国人渐渐地少说它了，谁说谁迂腐，谁累。中国人现在少说理想，多说装修，少说爱情，多言性。中国人现在怕累，因为以往的理想都已落空，因为以往的理想都曾信誓旦旦地想要承包现实。

让理想承包现实，错误大约正从这儿开始。理想可以消失为现实，不可能落实为现实。理想的本质，注定它或者在现实的前面奔跑，或者在现实的上空飘动，绝难把它捉来牢牢地放在床上。两个没有梦想的人，不大可能有爱情，只可以有性和繁殖。同床异梦绝非最糟糕的状态，糟糕的是同床无梦。

我曾经写过：爱这个字，颇多歧义。母爱、父爱等等，说的多半是爱护。“爱牙日”也是说爱护。爱长辈，说的是尊敬，或者还有一点威吓之下的屈从。爱百姓，还是爱护，这算好的，不好时里面的意思就多了。爱哭，爱睡，爱流鼻涕，是说容易、控制不住。爱玩，爱笑，爱桑拿，爱汽车，说的是喜欢。“爱怎么着就怎么着”，是想的意思，随便你。“你爱死不死”，也是说请便，不过已经是恨了。

“飘飘欲仙”的感觉，在我想来，仍只在性的领域。性的领域很大，不单是性生活。说得极端些，甚至豪华汽车之于男人，良辰美景之于女人，都在性的领域。因为那仅仅还是喜欢的状态。喜欢的状态是不大可能长久的，正如荷尔蒙的分泌之有限。人的心情多变，但心情的多变无可指责，生活本来多么曲折！因此，爱，虽然赞美激情和“飘飘欲仙”，但并不谴责或遗憾于其短暂。当激情或“飘飘欲仙”的感觉疲倦了，才见爱之要义。

在我看来，爱情大于性的，主要是两点。一是困苦中的默然相守，一是隔离中的相互敞开。

默然相守，病重时我尤感深刻。那时我病得几乎没了希望，而透析费之高昂更令人不知所措。那时的处境是，有钱（天文数字）就可以活下去，没钱只好眼睁睁地憋死。那时希米日夜在我身边，当然她也没什么办法。有那么一段时间，我们只是一同默默地发愁，和一同以听天由命来相互鼓励。恰是这默默和一同，让我感到了爱的辽阔和深重——爱与性之比，竟是无限与有限之比的悬殊！那大约正是因为，人生的困苦比喜欢要辽阔得多、深重得多吧。所以，喜欢不能证明爱情（但可以证明性），困苦才能证明。这困苦是超越肉体的。肉体的困苦不可能一同，一同的必是精神，而默默，是精神一同面对困苦的证明。那便是爱，是爱情与性之比的辽阔无边，所以令语言力不从心，所以又为语言开辟了无限领域。

相互敞开。人不仅“是被抛到这个世界上来的”，而且是一个个分开着被抛来的。人的另一种（其实是根本的）困苦，就是这相互的隔离。要超越这隔离，只能是心魂的相互敞开，所以才有语言的不断创造，或者说语言的创造才有了根据，才有了家园，语言的创造才不至于是哗众取宠的胡拼乱凑。这样的家园，也可以就叫作：爱情。

性，所以在爱情中有其不可忽视的地位，就因为那是语言，那已不仅仅是享乐，那是牵动着一切历史（个人的，以及个人所在其中）的诉说与倾听。

我曾经写过：爱情所以选中性作为表达，作为仪式，正是因为，性，以其极端的遮蔽状态和极端的敞开形式，符合了爱的要求。极端地遮蔽和极端地敞开，只要能表达这一点，不是性也可以，但恰恰是它，性于是走进爱的领地。没有什么比性更能体现这两种极端了，爱情所以看中它，正是要以心魂的敞开去敲碎心魂的遮蔽，爱情找到了它就像艺术家终于找到了一种形式，以期梦想可以清晰，可以确凿，可以不忘，尽管人生转眼即是百年。

人大约有两种本性，一是要发展，二是要稳定。没有发展，即是死亡。没有稳定，则一切意义都不能呈现。

譬如“现在”，现在即是一种稳定。现在是多久？一分钟还是一秒钟，或者更长和更短？不，现在并没有客观的度量，现在是精神对一种意义的确认所需要的最短过程。失去对意义的确认，时间便是盲目的，现在便无从捕捉。

我想，发展是属于性的——生长，萌动，更新（比如科学）；稳定是属于爱情的——要使意义得以呈现，得到确认（比如信仰）。

所以不能谴责性的多向与善变，在任何人心中，性都是一团野性的风暴，而那也正是它的力与美。所以也不能谴责爱的相对保守，它希望随时建设一片安详的净土。同样的比喻也适于男性与女性。我不用“男人”与“女人”，意思是，这不是指生理之别，而是指生命态度——男性的态度和女性的态度。上帝的意思大约是：这两种态度都是必要的。所以，“金风玉露一相逢，便胜却人间无数”，那当然是不易的。不易，因而更要作为一种祈祷而存在。

这个话题显然没完，或者也许不可能完，慢慢说吧。

祝

新年好运，已卯吉祥！

史铁生

1998年12月11日

给李健鸣Ⅲ

李健鸣：

您好！

总算把年过完了。在民间传说中“年”被描画成一种可怕的怪兽，果然不假。

我是这样想：在“爱的本身”后面，一定有“对爱的追求”，即一定有一种理想——或者叫梦想更合适。这理想或者梦想并不很清晰，它潜藏在心魂里而不是表明在理智中，它依靠直觉而不是逻辑，所以它如您所说是“无法事先预料和无法估计后果的情感”。这很明白。我说“爱是一种理想”，其原因并不在于此。

您说“也许爱的最大敌人就是恐惧了”，我非常同意。我所说的理想，恰恰是源于这“最大的敌人”。恐惧当然不是由性产生，人类之初，一切性活动都是自然而然。只当有了精神寻求，有了善恶之分、价值标准，因而有了物质原因之外的敌视、歧视和隔离，才有了这份恐惧，或使这恐惧日益深刻。人们于是“不敢打开窗户”。倘其不必打开倒也省事，但“不敢打开”恰说明“渴望打开”，这便是理想或梦想的源头。这源头永远不会枯竭，因为亚当、夏娃永远地被罚出了伊甸园，要永远地面对他者带来的恐惧，所以必然会永远怀着超越隔离的期盼。

有些神话真是寓意高妙。比如西绪福斯滚动石头，石头被推上山顶又重新滚回山下，永无停歇。比如思芬克斯的谜语，谜底是“人”，谁若猜它不出谁就要被吃掉。比如亚当、夏娃吃了知识树上的果实，懂得了羞耻，被罚出伊甸园，于是人类社会开始。

宗教精神（未必是某一种特定的宗教——有些宗教也已经被敌视与歧视搞糟了）的根本，正是爱的理想。

事实上我们都需要忏悔，因为在现实社会中，不怀有歧视的人并不多。而这又是个不可解的矛盾：一方面，人类社会不可能、也不应该取消价值标准，另一方面价值标准又是歧视与隔离的原因。——这就是人间，是原罪，是上帝为人选定的惩罚之地。我常常感到这样的矛盾：睁开白天的眼睛，看很多人很多事都可憎恶。睁开夜的眼睛，才发现其实人人都是苦弱地挣扎，唯当互爱。当然，白天的眼睛并非多余，我是说，夜的眼睛是多么必要。

人们就像在呆板的实际生活中渴望虚构的艺术那样，在这无奈的现实中梦想一片净土、一种完美的时间。这就是宗教精神吧。在这样的境界中，在沉思默坐向着神圣皈依的时间里，尘世的一切标准才被扫荡，于是看见一切众生都是苦弱，歧视与隔离唯使这苦弱深重。那一刻，人摆脱了尘世附加的一切高低贵贱，重新成为赤裸的亚当、夏娃。生命必要有这样一种时间，一块净土，尽管它常会被嘲笑为“不现实”。但“不现实”未必不是一种好品质。比如艺术，我想应该是脱离实际的。摹仿实际不会有好艺术，好的艺术都难免是实际之外的追寻。

当然，在强大的现实面前，这理想（梦想、净土）只能是一出非现实的戏剧，不管人们多么渴望它，为它感动，为它流泪，为它呼唤，人们仍要回到现实中去，并且不可能消灭这惩罚之地的规则。但是，有那样的梦想在，现实就不再那么绝望，不至于一味地实际成经济动物。我想，这就是应该强调爱是一种理想的原因。爱是一种理想或梦想，不仅仅是一种实际，这样，当爱的实际并不美满之时，喜欢实际的中国人才不至于全面地倒向实际，而放弃飘缭于心魂的爱的梦想。

我可能是幸运的。我知道满意的爱情并不很多，需要种种机遇。我只是想，不应该因为现实的不满意，就迁怒于那亘古的梦想，说它本来没有。人若无梦，夜的眼睛就要瞎了。说“没有爱情”，是因为必求其现实，而不大看重它更是信奉。不单爱情如此，一切需要信奉的东西都是这样，美满了还有什么好说？不美满，那才是需要智慧和信念的时候。

如果宗教意义上的爱不可能全面地现实，爱情便有了突出的意义——它毕竟是可以现实的。因而它甚至具有了象征意味。它甚至像是上帝为广博的爱所保留的一点火种。它甚至是在现实、现实和现实的强大包围下的一个圆梦的机会。上帝把一个危险性最小的机会(因为人数最少)给了恋人，期待他们“打开窗户”。上帝大约是在暗示：如果这样你们还不能相互敞开你们就毫无希望了，如果这样你们还是相互隔离或防范，你们就只配永恒的惩罚。所以爱情本身也具有理想意义。艺术又何尝不是如此？它不因现实的强大而放弃热情，相反却乐此不疲地点燃梦想。

我越来越相信，人生是苦海，是惩罚，是原罪。对惩罚之地的最恰当的态度，是把它看成锤炼之地。既是锤炼之地，便有了一种猜想——灵魂曾经不在这里，灵魂也不止于这里，我们是途经这里！宇宙那宏大浑然的消息被分割进肉体，成为一个个有限或残缺，从而体会爱的必要。

在夜的辽阔无比的声音中，确实蕴含着另外的呼唤，需要闭目谛听。(我才明白为什么音乐是最高级的艺术，因为听之辽阔远非视界所能比及。）我们途经这里，那就是说我们可以期待一个更美好的世界，比如说极乐世界。但这不应该被强调，一旦这样强调，爱的信念就要变成实利的引诱，锤炼之地就难免沦为贿赂之地。一个更美好的世界，不管是人间还是天堂，都必经由万苦不辞的爱的理想，这才是上帝或佛祖或一切宗教精神的要求。

现在的一些气功或崇拜恰恰相反，不是许诺实利就是以实利为目的，所以可疑。

您的信中最后说道："所有你能遇到的意识形态都是为了去掉你的天性"，"那不是任何理论所能解决的，只能依靠我们的心性"。这真是说得好。我曾真心地以为真理越辩越清，现在我知道，真理本来清楚，很可能是越辩越糊涂。很多理论，其出发点未必是为生命的意义而焦虑，甚至可能只是为了话语的权利而争夺。思考是必要的，但必须"直指心性"。

先写这些。

祝好！

史铁生

1999 年 2 月 28 日

给肖瀚

肖瀚先生：

您好！

那天聊得很开心，回来就找您和张辉先生的文章看。读《圣徒与自由主义者》时有些感想，并触动了一些我久有的迷惑，现把随手的笔记传给您，有空请批评。

1. 在不产生昆德拉的土地上，别指望产生哈维尔。在没有自由主义氛围的地方，为信仰而死的还有两种："肉弹"和叛徒。便有仁人、志士、硬骨头，其思想质量与信仰取向也难与哈氏比肩。

但在未产生哈维尔的土地上，却要指望产生昆德拉，否则就毫无希望了。正如我们那天所说：尤其言论自由，是首要的。

2. 所以，要紧的不在有无信仰与圣徒，而在有什么样的信仰和为着什么的圣徒。施特劳斯说过这样的意思：到处都有文化，但非到处都有文明。这逻辑应该也适用于信仰与圣徒。恐怖主义和专制主义，论坚定一点都不比圣徒差，想必也是因为有着强足的精神养源。那天我们说过，"精神"一词已被败坏，不确定能养出什么来。尤其是贬低着思想的"精神"，最易被时髦掏空，空到里面什么都没有，进而又什么都可以是。

3. 我很同意您对昆、哈的看法，他们并不是对立的位置。贬昆扬哈，或许是自由的土地上应该做的，在另外的地方就怕种瓜得豆。我特别赞成您这文章的末尾一句："我们只能激励自己去做卡斯特里奥，却无权要求别人去做自由的铺路石。"

4. 不知您对犹豫和软弱是怎么看？那一定都是坏品行吗？或者：坚定不移、视死如归就肯定都是好品质？是圣徒的根本,或"精神养源"之首要？

比如软弱，在我想，原因之一是不想受折磨，原因之二是不想让亲人受折磨，原因之三是不想让一切无辜的人受折磨。这不是正当的和美好的吗？再说犹豫，一切思想必都始于犹豫，而非坚定不移（疑）。惟在思想不断发掘的尽头，才可能有美好的信仰，或精神。——当然，为自己的犹豫和软弱找借口的人也会这样说，但这也不能说明犹豫和软弱就一定糟糕。

5. 我常想，人是怎样听到上帝的声音的？无缘亲聆神命的凡夫俗子，可怎么分辨哪是人传，哪是神说？为此我曾迷惑不已。直至读到刘小枫先生的一些书，读到"写作的零度"与"自然正确"等等，方有所悟；也才懂了上帝为什么要那样回答约伯。只有回到生命起点，回到人传与不传都是不争的生命处境去，才能听到上帝的声音。亚当、夏娃或人的最初处境，是什么？是分离、孤独、相互寻找与渴望团圆。这当然还不是爱的全部，但是否可把这看作是上帝对爱做出的暗示？起点是情感，而非志向。志向皆可人传，可以是人替神做出的价值判断，可以走到任何地方去。而情感，或人的相互盼望，却是人传与不传都在的事实。

6. 这就又要说到蛇的诱骗。诱，即引诱人去做神；骗，即人其实不可能做成神。想做神而其实做不成神的人,便把人传的价值冒充为神说的善恶，于是乎"恐怖"与"专制"（以及物欲的迷狂）也就都有了合理合法的精神养源。

7. 我担心以上文字已经有些卖弄了。您是这方面的专家。我一向对学者心存敬畏，是真话。因为我越来越赞成"少谈些主义，多研究些问题"。我所以要说以上这些千疏百漏或不言而喻的话，实在是要为下面诸多难解的问题作铺垫，找理由，甚至也许是——但愿不是——找借口。

8. 直说吧：这世界上最让我同情和做噩梦的，是叛徒[1]。直接的原因是：我自知软弱，担心一旦被敌人抓去事情总归是很难办。当英雄吧，怕受不住，可当不成英雄势必就做成了叛徒，那更可怕。敌人固然凶残，可“自己人”也一点都不善，难办就难办在这两头堵上。要是当得成英雄就当英雄，当不成英雄也可以什么都不当，那我的噩梦就没了。有位残疾人写过一句诗：“在妈妈那儿输到什么地步都有奖品。”这诗句常让我温暖，让我感动。但叛徒的身后没有妈妈，他身前身后全是敌人！世上有这样的人，却很少有为他们想想的人；或私下里想想，便噩梦似的赶紧掐掐自己的腿，庆幸那刚好是别人。

9. 所以我想不好：一个怕死怕疼怕受折磨的人，是否也配有理想和信仰？

我想不好：一个软弱并心存美好信仰的人，是不是只配当和尚？否则一个闪失，是不是就得在圣徒和叛徒中任选一种？

我想不好：一个不想当和尚的软弱志士，一旦落网，是该挨那胸前的一枪呢，还是该挨这背后的一刀？何况事情还远不这么简单。

比如说：一个圣徒可以决定自己去受刑与赴死，他也有权为亲人做同样的选择吗？要是没有，他就可能做成叛徒；要是有，这权利是谁给他的？因为他是圣徒，还是因为他要做圣徒？

10. 记得哈氏写过他曾在一家酒吧前被暴打的经历，权衡利弊后他还是退避了。这让我松了一口气。当然我知道，这口气更多的是为自己备下了借口，绝难与哈氏的退避同日而语。我还知道：莫说亲人受累，便是只身去受那酷刑，怕我也还是顶不住。为此我羞愧多年，迷惑多年，庆幸多年。庆幸明显是不够，与此同时去赞美圣徒呢，好像也不足补救。要是魔鬼和圣徒一起都把叛徒也是人这件事给忘了，想必，这现象应当别有蕴意。

11. 我甚至想：置亲人的苦难与生死于不顾者，是否还够得上圣徒？当然，与此相反的行径肯定是不够。这样看，做圣徒就还得靠点运气了：第

---

① 本文中的叛徒，单指暴行下的屈服者，不包括为荣华富贵而给别人使坏的一类。

一别让敌人抓去；第二这敌人不要是太残忍的一种；第三，在终于熬不住折磨之前最好先死了，或忽然可以越狱。——咳，这题怎么越做越没味儿了？

那就换一条思路：一个为了亲人不受折磨而宁愿自己去遭千古唾骂的人，是否倒更近圣徒些？就算是吧，但明显离我们心中的圣徒形象还很远。

那就再换一条思路：要是在任何情况下，“自己人”都不把“自己人”当叛徒看，行不行？要是敌人不把人当人，咱可不能无情无爱地把“自己人”逼到绝境，怎么样？好像还是不行。因为敌人并不手软，要是“咱的人”因此被一网打尽，咱的事业可咋办？

看来真是这样：在没有自由主义——比如信仰和言论自由——之广泛基础的地方，圣徒难免两难。那么昆德拉与哈维尔的同时并存，这件事是偶然还是必然？

所以还有一条思路：“咱的事业”到底是啥事业？是为了“咱的人”强旺起来，还是为了天下人都是“自己人”？套句老话儿：是某某专政呢，还是“天下大同”、“自由博爱”？后一种思想氛围下，才可能出现圣徒吧？比如甘地，比如马丁·路德·金，比如曼德拉和图图，比如他们的思想和主张。

12. 刚刚看到图图的一本书：《没有宽恕就没有未来》。单这书名就让我明白了许多事。甭说得那么大，就比如一小群人，相处得久了也难免有磨擦、矛盾和积怨，要是还想处下去——还有未来，没有宽恕则不可想像。何况数千年的人类，积下了多少恩怨呀！一件件地都说清楚也许能办到，当反思的反思、当忏悔的忏悔自然更是必要，但若睚眦必报或“千万不要忘记”地耿耿于怀，那就一定没有未来了。

但问题马上又来了：把历史的悲剧丢开不提，是否也算宽恕？当然不是。但为什么不是？人应该宽恕什么，惩罚什么，警惕什么，忘记什么和不能忘记什么？这就不单是坚强可以胜任的了，不单要有强足的精神养源，更要有深厚的思想养源。

13. 跟以往的圣徒一样，哈维尔的伟大也是更在于他的思想和主张。哈氏一定没有刻意去当圣徒。圣徒肯定不在主义的张扬里，而多半是在问题的研究中。所以我特别尊敬学者，相信那些埋头于问题的人。要是我说刘小枫和陈嘉映等人即近圣徒，我也许是帮倒忙，但他们的工作依我看正就是神圣和产生神圣的工作。几千年几千年地义愤填膺和挥舞主义，号召得人们颠三倒四、轻视思想、怠慢问题，是个人就会贬低理性、嘲笑哲学，摇摇旗子就是一派精神，大义凛然却是毫无办法。

14. 理性，在目前的中国至少有两种意思：一是指墨守成规，不越雷池一步；一是指思考，向着所有的问题，想不清楚可以，蒙事和“调包”的不算。所以我相信，不管什么事，第一步都得是诚实（怪不得良善之家的教育都是首重诚实呢），否则信仰也会像“精神”那样被败坏到什么都没有或什么都可以是。我忽然想到：其实任何美好的词，都可以被败坏，除非它包含着诚实的思考。

诚实真是不容易做到。我所以佩服王朔，就因为他敢于诚实地违背众意。他的很多话其实我也在心里说过，但没敢公开。这让我读到布鲁姆的一段话时感慨良多，那段话总结下来的意思是：你是为了人民，还是为了赢得人民？——这样的逻辑比比皆是：你是为了真理，还是为了占有真理？你是想往对里说，还是想往赢里说？你是相信这样精彩，还是追着精彩而这样？……

15. 所以软弱如我者就退一步：如果不能百分百地公开诚实，至少要努力百分百地私自诚实。后来我发现这也许是不自由中自由的种子、难行动时的可以行动、不可能下的一种可能、非现实深处的现实埋藏，或软弱者不能再退的诚实底线。——不过这也许有点可笑：谁知道你退到了哪儿？谁知道你终于还会退到哪儿去？

这实在是问题，而且不因为知道这是问题这就不是问题。

谢谢您们那天的款待。有空并有兴趣时，可来我家聊天。

问候您的夫人。问候张辉。

史铁生

2003 年 8 月 24 日

理想的危险

——就《我的丁一之旅》给邹大立的回信

邹大立：

你好！

收到你的信，以及你和网友谈论《丁一》的文章。在西安玩得太累，那晚无力多聊，实在抱歉。不过，关于《丁一》还是笔谈的好。

说《丁一》写的是“欲望双刃剑”，不如说是“理想双刃剑”。“欲望”本来可褒可贬，正如生命，压根儿就蕴含了美好与丑恶。而“理想”一词从来都是褒义，是人生向往，是精神追求。但理想的结果，却未必总能如其初衷。黑格尔给悲剧的定义是：相互冲突的两种精神都值得我们同情。这定义也可引申为：相互冲突的两种行径，悲喜迥异的两种结果，竟始于同样美好的理想。

丁一（或顾城）的爱情固不符常规，否则其理想色彩也就暗淡，但究其根本，难道有什么不好？然而它却导致了一场悲剧。这到底怎么回事？在爱的理想与杀戮的结果之间，究竟有着一条怎样的路径？

我并不认识顾城，只是读过一些他的诗。我写《丁一》也不直接由于顾城事件，甚至到现在也不了解其全貌。但那海岛上的悲剧，自一听说我就感觉没那么简单，但也是懵然不解其意。惟随岁月迁移，或情智成长，才知其不可轻看。所以不可轻看，不单是因为一个诗人的杀人，更在于它深刻触及了爱的意义、性的本质、艺术与现实的冲突，最终引出一个永远的课题：理想的位置。可以说，人类的一切文明成就，一切争战缘由，一切光荣与堕落，都与如何摆放理想的位置根本相关。

爱情所以是一种理想，首先是因为，她已从生理行为脱颖而出，开始构画着精神图景了。事实上，人类的一切精神向往，无不始于一个爱字，而两性间的爱情则是其先锋，或者样板。

但丁一总有个想不通的问题：爱情，这一人皆向往并千古颂扬的美好情操，何以要限定在两人之间？换句话说：一件公认的好事，怎么倒是参与者越少越好？多一个人怎样？3－N人如何？后果不言而喻。可这到底为什么，人们不是口口声声地赞美并企盼着博爱吗？

噢，这里面有个性的问题。性的什么问题？性的禁忌！可这不是一回事吗——性，这一生命不可或缺的行为，何以让人如此惧怕，以至于要严加防范？曾经是为了财产继承，为了种姓兴旺，但随时代变迁，尤其是有了爱情的超越，这一层考虑早已相当淡薄，性何故依旧是马虎不得？

可你说它马虎不得吧，它又在自由的名下多有作为，比如娱乐，比如表演，甚至艺术。然而无论怎样自由，性还是逃不脱其天赋的限制。娱乐，表演，艺术……但有个前提：得表明这仅仅是娱乐，是表演，是艺术，并没有别的事。罗兰·巴特好眼光，从中看出了“裸体之衣”！[①]比如裸体舞者，一无遮蔽吗？不，她穿上了一袭名为艺术的“裸体之衣”。此衣无形，却如壁垒森严；其舞无声，却宣告了一道不可跨越的隔离。

宣告，啥意思？语言呀！那灯光，那舞台，那道具……构成了参与者的共同约定，或“裸体之衣”的无声强调：“这是艺术，请勿胡思乱想！”可为什么要强调呢？孩子不守纪律，老师才要强调：“这不是你们家，这是课堂！”同样道理，恐怕有人还是胡思乱想，在心里说着另外的话，所以才要强调：“这不是你们家，这是舞台，这是剧场！”别的什么话呢？又是谁在说？裸体在说，甚至是性，在悄悄地说。说什么？说什么你自己想，想不出来未必是很纯洁，更可能是太傻。

但有一事已得证明：裸体是会说话的，尤其性，在专事繁衍后的千百年中已然成长为一种语言。怎样的语言？比如是爱情的表达：“这不是公共场所，这是围困中的一块自由之地（譬如一座孤岛），这儿赞美胡思乱想，这儿纵容胡作非为，这儿看重的是冲破一切尘世的隔离。”

① 见罗兰·巴特的《裸体舞》。

当然，这语言也可以是无爱或不爱的表达。比如太过随便的性行为，不过就像聊了回闲篇，说了顿废话，与爱情毫不相干。而对性事的蓄意不恭呢，比如公开的越界，肆意地胡来……则已是一份明确的毁约声明了：既往的爱情已告终结。

所谓“冲破隔离”，冲破什么的隔离？“裸体之衣”既不蔽身，它究竟隔离了什么？心哪！这世上最为隐蔽的是心哪，最不可随便袒露、随便敞开的不是身体，是心哪！“裸体之衣”真正的强调是：“我袒露了身体，却依然关闭着心。”心其实不善娱乐，心常陷于孤独。心更是不要表演，表演的是身体，心在忍受谎言。而一切真正的艺术都是心的呼喊，都是心在吟唱，或是心借助身体无奈地模仿着敞开。

何故模仿敞开？那是说：心渴望敞开，却不得不有所防范。刀枪之战需要铠甲来抵挡，心灵之战则要关闭起你的心。爱情，是孤独的心求助于他人的时刻，可他人又是怎样想呢？倾慕是否会换来鄙视？坦率是否会被视为乞求？关闭的心于是又模仿强大，模仿矜持和冷漠，甚至以攻为守……致使那真诚的心愿，不得不在假面与谎言的激流中漂泊。

这事得怨上帝，是他以分离的方法创造了世界，以致我们生来就是“人心隔肚皮”。但你不能怨上帝。有数学家说：“像我们这样有局限的生物……深深的不安来自我们对一切无穷的东西完全缺乏自信。然而如果不是隐含地涉及无穷，根本就不会有任何数学。”[①]我猜，上帝的创世必也是这样考虑的：若不分离，安得有限？若无有限，怎涉无穷？若非有限与无限的对峙，或有限对无限的观察，又怎么谈得上存在？上帝看存在是好的，事情就这样成了。我们这些有限的生物也就有事干了。我们这些被分离的家伙便欲海情天地渴望着团圆了。

但团圆之路危险丛生。人生来就有差别，社会又在制造差别；差别导致歧视，歧视又在复制歧视……故而每一颗心都是每一颗心的陌生之域，每一颗心都对每一颗心抱以警惕，每一颗心都在重重险境中不能敞开其梦

① 引自丽贝卡·戈德斯坦的《不完备性——哥德尔的证明和悖论》。

中的伊甸。但这也正是爱的势能吧——所有的心都在相互渴望！与其说上帝造成了人心的隔离，莫如说他成就了人间的爱愿。问题是，具体到实际可怎么办？博爱尚远，就先把这理想局限于两性间的爱情吧；所以我说她是先锋，或样板。据说，以进化的成本计，性别实属多余。果真如此，我们倒可对其目的作更浪漫、更优美的猜想了：那是上帝赋予情人们的一份信物，或给团圆的一种启示，给博爱的一条思路。《丁一》是说，这就像上帝给人的最后机会：在这危险系数最小的一对一关系中，人啊，你们若仍不能倾心相爱，你们就毫无希望了。

但这依然意味着冒险。所有的爱情都是一次冒险——在这假面攒动、谎言充斥的人流中，你怎么知道哪儿是你的伊甸，谁又是你的亚当或夏娃？情种丁一曾多次试探，他以为性即是爱，足以辨认出那一别经世的夏娃。孰料，性完全可以仅仅是性，冒充爱、顶替爱，却不见夏娃。这哪里是为了团聚的分离，这明明是加固着隔离的一次次“快餐”！幸好情人们都通情达理，甩下一片冷漠，各自消形于排山倒海般的人流了。

幸好吗？“通情达理”曾属赞誉之词，在如今的恋人中间尤得推崇，但于爱情这到底是喜是忧？还有“潇洒”，还有“太累”和“别傻了你”……如今的“爱情”似都已沧桑历尽、荣辱不惊了。此理想之衰微，还是理性之成熟？

丁一不愧情种，对“夏娃”念念不忘，为理想寻遍天涯，为实现他的“戏剧”而百折不挠。实现——理想之剑的危险一刃已现端倪。

戏剧，仅仅是把现实搬上舞台吗？太说不通。一切文学、艺术、戏剧，无论是对丑恶行径的夸张，还是对善美事物的彰显，究其实，都是一处理想性或可能性生活的试验场。我猜这小小环球之于上帝，也是一场实验性戏剧吧——看那块落入红尘的“宝玉”终能怎样，或看那信誓旦旦的“浮世之德”究竟是何走向。

我赞成丁一与娥对戏剧的理解：让不可能成为可能，使非现实可以实现。这才是戏剧之魅力不衰的根本，这才是虚构的合理性根据，这也才是上帝令人类独具想象力的初衷吧。艺术，实为精神追寻的前沿，故其常不顾世俗成规，也不求大面积理解。何谓“先锋派”？艺术从来都是先锋派。先锋，绝非一种行文模式，而是对精神生活之种种可能性的不屈不尽的寻找。我以为，尼采所说的“超人”也是此意——并非法力无边的神明，而是不断超越自己的凡人。丁一与娥即属先锋派。他们奇想叠出，成规弃尽，在自编自演的戏剧中品尝着爱的平安——谎言激流中的相互信任；体会着性的放浪——假面围困下的自由表达；甚至模拟心灵的战争与戕害——性虐；性虐之快慰何来？先造一个残酷的现实模型，再看它轰然毁灭于戏剧的可能性中。

但丁一渐渐把戏剧与现实混为一谈。他忘了，戏剧只在约定的舞台上才是“现实”，而爱情终难免要走出剧场，走进那心灵之战依旧如火如荼的现实中去。这忘却或有意的忘却，又由于萨的到来，娥的默认，以及“丹青岛”的传说，更令此丁实现其理想的热望不断升温。

然而先哲有言：只要三个人，就要有政治了。①我理解：两个人可以完全是感情的事，好则百年，不好则分道扬镳，简单得很；要是再来一位呢，可就不是再添一份碗筷的事了。3 人恋，仅一份“1 爱 2”可不行，不公平，也不安全。算起来得是“1 爱 2”×3。就是说，每个 1 都得同时爱着 2，只需 1/3 的例外就要出事。听说，确实有过三个人的和睦婚姻，但个例只是一道脆弱的彩虹。果然先哲又有话了：政治的首要问题是分清敌我。②三个人，总是一碗水很难端平，开始都是好朋友和特好的朋友，但最终反目成仇者并不在少数。

所以就有了政治。爱情是理想，婚姻则是法律。理想是从不封顶的精神上线，法律是不可违背的行为准则。政治何为？正是为了那从不封顶的永远不要封顶，那不可违背的谁也不许违背。

爱情被限制在最小范围，已是潜在的政治。爱情虽然超越了种姓和财产的束缚，却超越不了对平安——围困中的那块自由之地——的忧虑与渴求。什么在围困？心灵因何而战？价值，或价值感哪！其实是价格。尤其这商潮汹涌的时代，名与利合谋把人都送上了战场，美可以卖，丑也可以卖，人和物一律都有标价；但未必能有战胜者，其战果多为抑郁症的漫延。爱情便再次以理想的身份出面，呼唤着回归——她曾以精神的追寻从动物

①② 均见 Heinrich Meier（迈尔）的《古今之争中的核心问题》。

性中脱颖而出，现在又是她，念念不忘伊甸。当然，此乐园非彼乐园，爱情意在：使堕落的亚当、夏娃们重启心扉，推倒隔离，于一条永恒的路上——而非一座封闭的园中——再建爱的家园。

于是，爱情的理想本质令其不能安守现状，便有了进一步超越的梦想：3－N人岂不更好？——有点儿像当年的“一大二公”。但超越法律也就可能违犯法律，理想之剑的危险一刃正在这里。

危险并不在3－N人，不管多少人心心相印，都是法律管不着的；危险在于理想一旦忽略法律，政治便可能走向强权。政治的天职，恰是要摆平种种理想的位置。还是那位先哲的意思：所谓护法，绝不只是维护既定法律的严格，更根本的是，要维护其合法性根源不受侵犯——即人写的法律，务必要符合神的意旨，正所谓“天赋人权”！[①]比如生存的权利、追求幸福的权利，便是天赋或神定的人权。凭什么这样说？凭的是：这是终极答案，谁也不能再问它一个“为什么”。比如你问我干吗要写作，咱慢慢探讨；可你若问我干吗要活着，最好的结果是我陪你去医院。要活着，已是终极答案，是人的天赋品质，即所谓“自然正确”，所以是神定的权利。再比如，你问我为什么不革命？我说我害怕。你问我为什么害怕？我说我不想让一群人打我，然后或说我是叛徒，或就把我杀掉。你还要问为什么吗？那我告诉你：我不是英雄也不想当什么英雄，这合法，而您已在违法的边缘。

丁一就是这样走到了违法的边缘（顾城已经走进去了）。丁一的理想不可谓不美好，且有幸遇到了志同道合的娥，以及萨。萨对那理想一直是若惧若盼，丁一极尽劝诱亦属正当。娥虽对那理想极尽赞美，却基于现实的考虑而中途变卦，对此丁一不能容忍。如是不能容忍的极端后果，一是毁灭自己，一是毁灭对方，当然最后也就毁灭了理想本身。我不想让丁一走顾城的老路，不想让接近这一路口的人都走那条老路。丁一或可出家？但总有些“无可奈何花落去”的味道；被迫逃上树的和主动爬上树的，所见风景必不相同。我只希望丁一的灵魂飞升得更高更远，终于看清那理想中埋藏的危险。

理想的危险，即理想的推行！既是理想，既是美好和非常美好的理想，你不想它扩大吗？不想扩大的其实算不上理想，但推行却可以毁灭理想。

① 见 Heinrich Meier（迈尔）的《古今之争中的核心问题》。

所以，理想于其诞生一刻已然种下了危险。那扩大的欲望，会从劝诱渐至威逼，会从宣扬渐至强迫，譬如惟我独尊的宣扬已然就是强权了。但这丁一，理想障目不见现实，使理想成为现实的热望拿住了他。他的失望化作怒火，指向了娥，指向了萨，甚至指向了秦汉、商周和所有的人——你们这些庸人，你们这些理想的叛徒！他就差说这句话了。

人有此一种理想的权利，也有彼一种理想的权利，否则就不叫理想的权利。人有坚持理想的权利，也有放弃理想和改变理想的权利，否则还是没有理想的权利。然而，权利的平等，并不能抹杀价值的高低。还是那句话：前者是不可违背的现实规则，后者是不可封顶的精神追寻；二者并行不悖，或和谐相处，正是政治的职责。

叛徒，最是理想暴力的牺牲品，但究其根本，是政治的失责。但似乎，人们从未（或很少）关注叛徒的处境。叛徒，我倒以为多是良善之人，既具正义感，又有一颗向爱之心；正义感使之不忘匹夫之责，向爱之心则令其不忍连累无辜。能够指责叛徒的只有两件事：一怕苦，二怕死。但这不是人权吗？正义者缘何正义？不就是要铲除那些给人以苦、送人以死的暴政或恐怖之徒吗？为此，正义者不怕苦也不怕死，自当名垂千古；但若以正义为据，逼人以死，或让人一辈子生不如死，岂非绝大的讽刺！

骂一声叛徒多么容易，甚至是一件多么划算的事。我猜，人人都对叛徒的成因不闻不问，对叛徒的处境视而不见，却又都对叛徒嗤之以鼻、拒之千里，乃为同一件事情的两面。怎么个同一件事呢？即人人都有成为叛徒的潜质！这让人想起“文革”中的暴力，究其实，打人者多是为了表现忠勇，而所以要表现忠勇，不过是不想做那挨打的人。

《动物世界》中有句片头语：“有一天，当所有的动物都冲出牢笼，走向它们远古的栖居地，那一天便是野生动物的节日。”这差不多也是叛徒的心声吧。叛徒，最是可以验证政治是否正确，法律是否偏离了它的合法性根据，以及理想是否摆错了位置，或一个社会是否精神正常的试剂。（注意：这里的叛徒，绝不包括旨在升官发财的出卖。）

我绝没有提倡放弃理想的意思。放弃理想，人将怎样？莫非也像野生动物，走向远古的栖息地？莫说这好或不好，只问这行与不行吧。

“姑父”的愿望着实诱人——退回到铸成大错之前的时空中去，让一切重新开始，但这只是无奈的安慰。据说，爱因斯坦的狭义相对论已然“摒弃了绝对时间概念，取而代之的是每一位观察者所特有的时空概念，以至于宇宙空间内‘现在’的概念再也没有任何意义。”[①]但“现在”对于人——每一位观察者——却是有意义的，或其实，恰是意义造就了现在、过去和未来，从而造就了时间。所以倒退不得，人在一条永恒行进的路途上，意义是其坐标。在许多科幻作品中，人驾驶着超光速飞船回到了过去，并试图改造过去，依我看这是不可能的。设若真有那样的运载工具，我们或可重新观察过去，却不可能参与其中。为什么？因为“时间”是由“意义”造就的，“过去”是被“往事”选定的，倘能参与，就又成了现在——以一种新的意义，选定了目前这新的时间。

“一切都是可能的，但我在这儿。”“丹青岛”上的那位女子看懂了人的处境：所谓命运，即无穷的可能性中你只能实现一种，无限的路途之中你只能展开一条——譬如叛徒，譬如烈士或英雄、敌人或庸人……时间果然残忍，但尽管如此，那魔术也非一条拯救之路。

动物的牢笼是有形的阻挡，人的牢笼是无形的隔离。有形阻挡的摧毁可期于人性之良善，无形隔离的消除却要仰仗神光的照耀——单靠人的正义就怕会走向强权。理想的位置正与艺术相近吧，即人性的渴望与神性的引领。善与美，切不可强力推行，否则直接变成恶与丑。艺术不可以没有，正如梦想不可以没有，而戏剧正是“不可能的可能，不现实的实现”，就让它缭绕于梦中，驻扎于理性吧。但谁来把握这尺度呢？政治的智慧！

愿丁一长进。愿“姑父”们在艺术的时空中得到安慰。

即颂

大安！

史铁生

2008 年 11 月 15 日

① 引自《新发现》所载之《科学的极限》。